일러두기

1. 번역에 쓰인 원전은 2013년 중국 장강문예출판사에서 출간한 '이월하 문집' 제1판을 사용했다.
2. 맞춤법과 띄어쓰기는 한글 맞춤법과 외래어 표기법에 따랐다.
3. 한자는 우리말로 표기하고, 꼭 필요한 경우에만 괄호 속에 원음을 병기해 이해하기 쉽도록 했다.
   예 : 다이곤多爾滾(도르곤)
4. 인명과 지명은 우리말로 표기했다. 단, 이미 굳어진 표현은 원지음을 존중했다.
   예 : 나찰국羅刹國(러시아). 이후에는 '러시아'로 표기
5. 본문 중의 괄호 안에 뜻을 풀이한 것은 모두 옮긴이의 설명이다.

【제왕삼부곡 제1작】

중국 최고지도부가 선택한 최고의 역사소설

강희대제

9

얼웨허 역사소설

홍순도 옮김

더봄

小說 康熙大帝：二月河

Copyright ⓒ 2013 Eryuehe
Korean Translation Copyright ⓒ 2015 by theBOM Publishing co.

Korean edition is published by arrangement with Eryuehe
小說《康熙大帝》出刊根據與原作家二月河的約屬於theBOM出版社. 嚴禁無斷轉載複製.

강희대제 9권

개정판 1판 1쇄 발행　2015년 6월 28일
개정판 1판 2쇄 발행　2015년 9월 30일

지은이　얼웨허(二月河)
옮긴이　홍순도
펴낸이　김덕문

펴낸곳　더봄
등록번호　제2015-000072호
주소　서울특별시 중구 을지로 12길 28, 207호(저동2가, 저동빌딩)
대표전화　02-2264-0148　　**팩스**　02-2264-0149
전자우편　thebom21@naver.com
블로그　blog.naver.com/thebom21

ISBN 979-11-86589-09-0 04820
ISBN 979-11-86589-00-7 04820(전12권)

책값은 뒤표지에 있습니다.

남순南巡을 떠나는 강희제

강희제는 재위 기간 동안 여섯 차례의 남순을 했다. 그를 통해
황하를 직접 시찰하여 수재水災를 막기 위한 공사 지시를 내리기도 하고, 전왕조인
명나라의 황제들의 능묘인 효릉孝陵을 참배하는 등 청나라에 부정적이던
한족들을 포용하는 모습을 보임으로써 통합의 리더십을 발휘했다.

홍승주洪承疇

복건福建 천주泉州 출신으로, 명말청초明末清初 시기의 대신大臣이다.
명나라에서 병부상서, 총독 등을 지냈다. 1642년 금주錦州 송산성松山城에서
벌어진 청나라와의 전투에서 패배하고 포로로 잡혀 청나라에 투항하였다.
순치 연간에 강남 지역의 군무를 총괄하면서 항청 세력을 진압하여 결국
영력제를 무너뜨렸지만 그로 인해 한족들로부터는 공공의 적이 되었다.
시호는 문양文襄이다.

연갱요年羹堯

한군漢軍 양황기鑲黃旗 출신. 강희 29년(1690)에 진사가 되어
사천 순무四川巡撫와 총독總督, 정서장군定西將軍을 역임했으며,
서장西藏(티벳)의 반란을 진압했다. 옹정雍正 연간에
무원대장군撫遠大將軍이 되어 청해青海를 평정한 공으로
일등공一等公에 봉해졌다. 하지만 그 직후 옹정제의
시기와 견제를 받아 옹정 3년 말에 자결을 명받았다.

3부 천하통일

40장 | 남경 행궁과 비로원   009

41장 | 청풍도사와의 재회   024

42장 | 주삼태자의 최후   040

43장 | 남순南巡에 나선 강희   056

44장 | 다시 만난 치수治水의 귀재   071

45장 | 낙마호에 나타난 도적떼   088

46장 | 양강총독 갈례의 몰락   105

47장 | 군량미를 확보하라   120

48장 | 명明 효릉孝陵을 참배하는 강희   137

49장 | 소마라고의 입적   155

50장 | 태황태후의 와병   171

51장 | 명주의 몰락   185

52장 | 토사구팽兎死狗烹   203

53장 | 태황태후의 임종   218

54장 | 강희, 친정親征을 결심하다   236

55장 | 삼군을 직접 통솔하는 강희   254

56장 | 오란포통의 격전   270

57장 | 함락되는 낙타성   287

58장 | 천하통일   306

40장
남경 행궁과 비로원

　목자후는 강녕 직조로 발령이 난 다음날 바로 남행길에 올랐다. 그러나 그는 서두르지는 않았다. 북경을 벗어난 다음 우선 산동성 태안泰安으로 동하東下해서는 태산泰山에 올라 일출을 구경했다. 이어 다시 제남濟南으로 돌아와 큰 우성룡의 집에서 며칠을 묵었다. 명주와 색액도는 목자후가 강희의 은밀한 지시를 받았을 것이라는 의구심을 떨칠 수 없었으나 가는 동안 여유만만하게 놀러만 다니는 목자후의 소식을 들으면서 모든 의심을 접었다. 하지만 강소성 경내에 들어선 이후 목자후는 언제 그랬냐 싶게 길을 다그치기 시작했다. 끼니도 대충 해결하고 밤낮으로 말을 갈아 타가면서 달려 고작 이틀 만에 강녕에 도착했다. 도착 당일 업무 인수인계를 한 목자후는 사관司官 한 명을 불러 잠시 업무를 맡겨놓고는 4인 가마에 타고 위동정을 찾아 나섰다. 때는 이미 완전히 어두워진 뒤였다.

"자후!"

위동정이 반갑게 목자후를 맞았다. 의형제 사이인 데다 사돈까지 맺기로 약속했으니 더욱 반갑고 허물이 없었다. 그러나 눈치 빠른 위동정은 목자후의 행동이 수상쩍고 표정이 여느 때와는 다르다는 사실을 바로 간파했다.

"어떻게 된 거야? 어제 관보를 보니 자네는 아직 치천淄川에 있다고 하던데, 벌써 도착했는가? 미리 연락이라도 주지 그랬어. 높은 자리에 올랐어도 덜렁대는 습관은 여전하구먼!"

목자후는 웃음을 잔뜩 머금고 있었다.

"그런 게 아니에요, 형님. 나 있잖아요……."

목자후가 무슨 말인가를 하려다 입을 닫았다. 옆에 하인들을 비롯한 사람들이 지나다니는 것을 의식한 듯했다. 그가 말을 바꾸었다.

"그런데 이게 얼마만이에요, 형님! 봉성부인奉聖夫人(위동정의 어머니)과 감매 형수도 빨리 뵙고 싶고 해서 그냥 줄달음쳐 왔어요."

위동정은 목자후가 중대한 사실을 감추고 있다는 사실을 더욱 확신했다. 짐짓 아무것도 모르는 척하면서 하인들에게 명령을 내렸다.

"여기 이러고 있지들 말고 목 대인이 모처럼 오셨는데, 어서 가서 술상이나 잘 봐오게. 오늘 사돈끼리 원 없이 마셔봐야겠어!"

위동정의 채근에 하인들이 모두 나갔다. 목자후가 그 순간을 노려 목소리를 한껏 낮췄다.

"폐하께서 내년 사월에 남순하시기로 결정을 하셨어요. 이쪽이 워낙 어지러운 곳이라 미리 와서 정리정돈 좀 해놓으라고 저를 보내신 거예요. 여기 밀지가 있어요. 형님이 여기를 맡고 있으니까 내가 도울 수 있는 것은 도와가면서 같이 처리해 나가야겠어요."

"그래?"

위동정은 놀라는 표정을 지으면서도 강희의 밀지를 받아서 자세히 읽었다. 그런 다음 서찰을 촛불에 태워버렸다. 어찌 된 일인지 그의 안색은 약간 창백해 보였다.

"폐하께서는 정말 지혜가 뛰어나신 분이셔! 내가 남경에서 얼굴이 많이 알려져 일하기 불편할 거라고 생각하시고, 누구도 알아보지 못할 자네를 보내 전대미문의 사건을 처리하려고 하시네. 역시 대단한 분이야!"

위동정의 말을 듣고 난 목자후가 진지한 어조로 말했다.

"형님이 지시만 내리면 그대로 따르겠습니다. 갈례가 정말 주삼태자와 암암리에 결탁해 역모를 시도한다면 색액도도 결코 이 그물을 빠져나갈 수 없을 거예요. 잘하면 우리가 남경에서 또다시 공을 세우는 거죠!"

그러나 위동정은 목자후의 말에는 별로 관심이 없는 듯했다. 그저 자신이 최근 몇 번 탐문해 본 결과를 조용히 들려주었다.

"남경에 행궁을 짓는 곳은 세 군데야. 하나는 백사도白沙渡, 다른 하나는 영곡사靈谷寺, 마지막 하나는 막수호莫愁湖에 있다고 해. 이상한 것은 세 곳 모두 절과 아주 가깝다는 거지. 영곡사는 폐하께서 주원장朱元璋의 묘인 효릉孝陵을 참배하고 돌아오실 때 잠깐 들르실 거니까 그런대로 괜찮아. 하지만 백사도는 너무 외딴 곳에 있어. 폐하의 신변보호가 여간 어렵지 않을 거라고 생각해. 막수호도 사정은 비슷해, 북쪽에 진회하秦淮河가 성 안쪽을 가로막고 있는 데다 서쪽과 남쪽 두 곳이 강으로 둘러싸여 있어. 또 지세도 너무 낮아. 만약 무슨 일이 있거나 홍수가 나는 날에는 폐하께서 어디 피신할 곳도 없게 돼! 왜 꼭 이런 곳에다 행궁을 지으려는 것인지……."

목자후는 묵묵히 위동정의 설명을 다 듣고 난 다음 다시 한 번 놀라지 않을 수 없었다. 그의 분석이 너무나도 치밀하고 정확했던 것이다. 더불어 갈수록 갈례의 속셈이 수상쩍다는 생각을 지우지 못했다. 그가 다시 입을 열었다.

"형님한테 얘기를 들어 보니까 가장 미심적은 곳은 막수호가 아닌가 싶어요. 그곳은 비로원과 가까운 데다 경관이 빼어나 유람객이 많죠. 겉으로 보기에 대단히 평화로워 보인다는 점을 노리는 것이 틀림없어요. 나에게 택하라고 해도 거기를 택하겠어요. 내일 내가 한번 둘러보고 오겠습니다."

"내가 벌써 몇 번 갔다 왔네. 끔찍하더군. 누가 그곳의 선산禪山 꼭대기에서 대포를 쏘아대면 어떡하나 하는 생각까지 들더라고. 오죽했으면 내가 포대 위의 홍의대포가 없어졌는지 강남 제포국에 알아보러 갔겠어. 하지만 나에게는 군사에 관한 직책이 없잖아. 그래서 안으로 들어가 눈으로 확인할 수 있는 명분이 없었어. 그러나 말만 듣고서야 어떻게 믿겠어. 비로원의 선산은 오랫동안 통제돼 있었기 때문에 정말 대포를 설치해 놓고 있을 경우에는……."

위동정이 한동안 깊은 생각을 한 다음 다시 입을 열었다. 그러다 끔찍하다는 듯 몸을 오싹했다.

"아무튼 이번에 무슨 수를 써서라도 선산으로 들어가 봐야 해. 들리는 소문에 삼일 후면 성명性明 대사가 원적에 들어간다고 하네. 이번이 모두 다섯 명째야. 그러니 내일 비로원을 찾아 분향을 하는 사람들이 엄청날 거야. 잘하면 기회가 생길지도 모르겠어."

"기회라고요?"

갑자기 서재 밖에서 위동정의 부인 사감매의 목소리가 들려왔다. 곧이어 주렴을 걷으면서 안으로 들어선 그녀가 손으로 입을 가리고 웃었다.

"어머니께서 예비사돈께서 북경을 떠나 남경으로 온다는 얘기를 들으시고 많이 좋아하셨어요. 그런데 두 사람은 무슨 비밀 얘기가 그렇게 많아요? 어머니께서 나오시겠다는 것을 억지로 말렸네요. 남도 아니고,

이런저런 격식 차릴 게 뭐 있어요! 매향아, 어서 서쪽 서재를 비워 목 대인을 대접할 준비를 하지 않고 뭘 하는 거야?"

위동정과 목자후는 서로 마주 보면서 웃었다. 그리고는 사감매를 따라 음식이 차려진 바깥채를 향해 걸음을 옮겼다.

위동정의 사택은 공부자묘孔夫子廟의 동북쪽에 위치한 호거관虎踞關 안에 있었다. 막수호에서 그다지 멀지 않은 곳이었다. 목자후는 이튿날 아침 일찍 잠에서 깨어났다. 날씨는 아직 쌀쌀했다. 그는 흠칫 떨고는 겉옷 하나를 더 껴입고는 느릿느릿 막수호를 향해 걸음을 옮겼다.

때는 10월이 가까워오는 초가을 무렵이었다. 바람 끝이 많이 차가웠다. 그래서일까, 진회하 물은 대단히 맑았다. 물속에서 노니는 물고기들도 무척이나 한가로워 보였다. 그러나 막수호 주변은 달랐다. 음식점과 찻집들이 즐비했고 언덕 위에도 유람객들이 구름처럼 몰려들었다. 강에서는 이곳저곳을 오가는 배들이 서로 교차하면서 부지런히 오가고 있었다. 비파와 피리 소리도 여기저기에서 끊이지 않았다. 여섯 개 왕조의 수도로서의 유구한 역사를 가진 남경의 명승지답게 경관도 더할 나위 없이 아름다웠다. 목자후는 느릿느릿 발걸음을 옮기면서 주변을 자세히 눈여겨 살폈다. 저쪽 맞은편 언덕 위에 높고 낮은 건물들이 자욱한 안개 속에서 오밀조밀 신비한 모습을 드러내고 있었다. 잠시 후 안개가 물러가자 이번에는 아침 햇살을 받아 반짝이는 노란 유리기와가 시야에 들어왔다. 새롭게 지은 금원禁苑 행궁行宮이 있는 곳이었다. 목자후는 버드나무가 빽빽하게 심어진 언덕을 따라 빙 둘러 승기루勝棋樓에 이르렀다. 거지 몇 명이 돌담에 기댄 채 술을 마시는 모습이 눈에 들어왔다. 그는 순간 무단과 함께 위동정의 개를 잡아먹던 20년 전의 일을 떠올렸다.

'그때의 우리도 이렇게 사람들의 시선에 초연했지. 창피라는 것이 무엇

인지도 몰랐고. 그저 아무 데나 퍼져 앉아 술을 마셨지.'

목자후는 감개가 무량했다. 세월이 많이 흐른 뒤에 과거를 뒤돌아보니 확실히 나쁜 추억만은 아니었다.

"빈도가 거사께 절을 올리겠습니다!"

갑자기 등 뒤에서 말소리가 들려왔다. 목자후는 놀라서 뒤를 휙 돌아봤다. 머리가 마치 검불처럼 헝클어지고 금방 흙탕물에서 기어 나온 듯한 도사 한 명이 허리를 굽실거리고 있었다. 숯검정을 칠한 듯한 얼굴에 웃음을 머금고 있었다. 보시를 바라는 것 같았다. 목자후가 웃으면서 은전 몇 닢을 건네주었다.

"이걸로 술이나 사 마시세요. 그런데 도사는 억양이 여기 사람이 아닌 것 같네요!"

"빈도는 발길 닿는대로 구름처럼 거닐다 보니 말투가 네 맛도 내 맛도 아닌 완전 잡탕이 돼버리고 말았네요. 아무튼 거사와 인연이 닿아 기쁘네요. 무량수불!"

도사는 은전을 받아 챙기자 목적을 달성했다고 생각한 듯 바로 되돌아갔다. 목자후는 그 모습을 바라보다 자신도 모르게 웃음을 지으면서 천천히 걸어서 승기루 앞으로 다시 돌아왔다. 그런데 거기서는 전혀 예상치 못한 한바탕 소란이 벌어지고 있었다. 귓밥이 축 처지고 체격이 비대한 기름떡 가게의 주인으로 보이는 남자가 한 손에 저울을 들고 다른 한 손으로는 어떤 중년 남자의 귀를 비틀면서 욕설을 퍼붓고 있었다.

"어디서 굴러온 잡종 개새끼가 감히 여기가 어디라고 손을 대!"

중년 사내는 가게 주인으로부터 욕을 먹으면서도 화를 내지 않았다. 오히려 히히 웃었다.

"당신이 짐승이 아니고서야 어찌 내가 잡종 개새끼로 보일 수 있는가? 뭘 잃어버렸는지는 모르겠으나 이러는 게 아니지!"

기름떡 장수도 지지 않았다. 마구 손가락질을 해대면서 연신 침을 튕겼다.

"이렇게 많은 사람들이 다 증인이라고! 방금 기름솥에서 떡을 건져 놓았는데, 눈 깜짝할 사이에 없어졌잖아. 주둥아리가 다 데여가지고 창자에 구멍이 나는 것이 겁나지도 않아?"

기름떡 장수의 욕설은 정말 걸쭉했다. 구경꾼들은 참다 못해 그만 웃음을 터뜨리고 말았다.

"뭣 때문에 웃는 거야! 내가 이러고 다니니까 우습게 보이나? 그 저울로 나를 한번 달아 봐. 무게가 반 근만 나가도 내가 당신 기름떡을 훔쳐 먹은 것으로 하지!"

중년 사내가 눈을 부라리더니 배를 한껏 내밀었다. 기름떡 장수도 지지 않았다. 눈에 쌍심지를 켜고 더욱 거친 말을 내뱉었다.

"이런 빌어먹을! 이제는 아주 사람을 가지고 놀려고 하는구면!"

기름떡 장수가 그예 솥뚜껑 같은 손바닥으로 중년 사내의 얼굴을 냅다 후려갈겼다. 그러나 사내는 전혀 피할 생각을 하지 않았다. 오히려 얼굴을 앞으로 쑥 내밀었다. 곧이어 엉뚱하게도 기름떡 장수가 비명 소리와 함께 뼈가 으스러진 듯한 손목을 부여잡은 채 죽을상을 지었다. 쇠기둥을 내리치는 것 같은 충격이 손목에 가해졌던 것이다. 중년 사내는 우스꽝스런 표정으로 기름떡 장수의 약을 살살 올렸다. 그리고는 기름떡 장수의 손에서 저울을 낚아채 구경꾼 가운데 한 사람에게 주면서 말했다.

"형씨, 저 양반이 아직도 내가 도둑이라고 생각하는 것 같네요. 이 저울로 내 몸무게를 달아봐 줘요!"

떡의 무게를 재서 파는 저울로 120근(1근은 600그램)은 가볍게 나갈 것 같은 사내를 단다는 것은 말도 안 된다고 할 수 있었다. 당연히 구경꾼들이 갈수록 몰려들었다. 나중에는 안으로 비집고 들어올 수가 없어 뒤에서 목을 한껏 빼들고 침을 흘리면서 입을 벌리고 있는 사람도 있었다. 아이들 역시 구경거리가 생겼다고 신이 나서 미꾸라지처럼 인파를 비집고 다녔다. 그 바람에 장내는 한참 동안이나 술렁거렸다. 목자후는 길에서 흔히 보는 다툼인 줄 알고 그냥 지나치려고 했다. 그러다 혹시나 하는 생각으로 발걸음을 멈췄다.

중년 사내의 말에 한 구경꾼이 앞으로 나왔다. 이어 저울에 이상이 있는지 없는지 자세하게 살펴보더니 별일 다 본다는 듯 말했다.

"꼭 달아보고 싶다면 아무튼 한번 올라와 보세요!"

중년 사내가 곧바로 저울판에 두 발을 올려 놓았다. 저울대를 조심스럽게 있는 힘껏 쳐든 구경꾼은 하마터면 뒤로 나자빠질 뻔했다. 저울이 깃털처럼 가벼워 팔에 반응이 전혀 오지 않았던 것이다. 좌중의 사람들도 마찬가지였다. 깜짝 놀라 모두들 눈이 휘둥그레졌다. 순간적으로 숨소리마저 멈춘 사람도 있었다. 그들은 눈앞의 광경이 전혀 믿어지지가 않았으나 잠시 후 정신을 가다듬고 저울 앞으로 다가갔다. 과연 저울 눈금은 반 근이 채 안 되는 무게를 가리키고 있었다. 장내는 금세 파도가 출렁이듯 술렁거렸다. 이어 조수가 밀려오듯 박수소리가 터져 나왔다.

사내는 그제야 거드름을 피우면서 저울판에서 내려왔다. 그러더니 혼이 반쯤 나가버린 듯 입을 벌리고 있는 기름떡 장수에게 저울을 던져주었다.

"가게를 통째로 삼켜버리지는 않을 테니까 걱정 말라고! 장소 좀 빌려 밑천 안 드는 내 장사나 잠깐 해보려는 것이네!"

중년 사내는 이어서, 장포 자락을 허리춤에 쑤셔 넣더니 치렁치렁한 머리채를 목에 휙 감았다. 그리고는 가게 앞에 있는 커다란 바윗돌을 끙! 하는 소리와 함께 번쩍 들었다. 이어 손바닥으로 받쳐들더니 승기루 남쪽 처마 밑에 가볍게 내려놓았다. 그 위에 올라가서는 공수를 하면서 말했다.

"나는 우일사于一士라는 사람입니다. 어릴 때부터 깊은 산속에서 훌륭한 스승의 가르침을 받아 무예를 익혔죠. 이후 이 바닥에서는 자존심 대결을 벌여 꺾여본 적이 없습니다. 그에 대해서는 정말 자부를 하는 편입니다. 나하고 무술을 겨뤄보고 싶은 사람이 있으면 주저하지 말고 나와 보세요!"

우일사가 말을 마친 다음 오만하기 이를 데 없는 표정을 지었다. 이어 주위를 둘러봤다.

사람들은 그제야 저마다 혀를 끌끌 차면서 우일사 앞으로 동전을 다투어 던져줬다. 최소한 500근은 될 것 같은 돌을 번쩍 들어 옮긴 모습을 보여준 그의 비상한 재주에 아낌없는 성원을 보낸 것이다.

"명색이 용이 꿈틀대고 호랑이가 도사리고 있다는 남경에 이렇게도 인재가 없나. 에이, 재미없군!"

우일사는 아무리 약을 올려도 선뜻 나서는 상대가 없자 실망스런 표정을 지었다. 그러다 주머니에서 10냥은 충분히 될 것 같은 은덩이를 꺼내 돌 위에 올려 놓았다. 이어 땅바닥에서 사람들이 던져준 동전 수십 개를 주워 엄지와 집게손가락으로 꽉 집었다.

"보시다시피 동전 칠십 개를 두 개의 손가락으로 집었습니다. 누가 이것들을 빼앗아 갈 수 있다면 내가 여기 돌 위에 있는 은 열 냥을 술값이나 하라고 드리겠습니다. 누구 덤벼 볼 사람 없습니까?"

우일사의 말이 끝나기도 전에 인파가 술렁였다. 젊은 청년 하나가 발갛게 상기된 얼굴을 한 채 패기만만한 모습으로 걸어 나왔다. 그는 곧 두 팔을 걷어붙이고 한 손을 옆구리에 지른 채 떡하니 서 있는 우일사에게 다가갔다. 그리고는 우일사의 손가락 사이에 끼어 있는 동전들을 빼내려고 안간힘을 썼다. 그러나 동전은 마치 쇳물을 녹여 손가락에 붙인 듯 꼼짝도 하지 않았다. 청년은 젖 먹던 힘까지 다해 계속 당겨봤으나 번번이 실패하고 말았다.

그때였다. 놀라움을 금치 못하는 사람들 틈을 비집고 인상이 험상궂은 사내 하나가 힘깨나 써 보이게 생긴 팔뚝을 휘두르면서 나왔다. 그는 젊은 청년을 거칠게 밀어내고는 퉤퉤! 하고 손에 침까지 발라가면서 덤벼들었다. 얼굴이 붉어지고 눈알이 금세 튀어나올 것처럼 눈을 부릅뜨기까지 했다. 그러나 동전은 여전히 꿈쩍도 하지 않았다. 구경꾼들 사이에서는 바로 환호성이 터져 나왔다. 우일사는 더 이상 적수가 없자 동전을 우수수 떨어뜨리면서 하하하 웃음을 터트렸다.

"여섯 개 왕조의 수도였던 상서로운 땅이라고 해서 힘깨나 쓰는 사람들이 사는 줄 알았더니, 순 무지렁이들이만 사는구먼! 에이, 재미없어!"

목자후는 아이들 장난 같은 것에는 끼어들고 싶지 않았다. 하지만 우일사의 오만방자한 언행을 더 이상 참아주는 것도 괴로운 일이었다. 그 생각에 그가 할 수 없이 소매를 걷어붙이고 나서려던 순간이었다. 갑자기 지저분하기 이를 데 없는 도사 한 명이 뼈다귀를 뜯으면서 다가왔다. 조금 전 목자후가 보시를 한 도사였다. 그는 냉큼 바윗돌 위에 있던 은 열냥을 집어 들고 말했다.

"아가야, 청풍淸風도사라는 이름은 들어봤지? 내가 바로 그 이름도 유명한 청풍도사가 아니겠니. 나한테 효도하는 셈 치고 이 돈은 그냥 주는 게 어때?"

좌중의 사람들이 갑작스런 청풍도사의 출현에 놀라 수군댔다. 우일사역시 눈을 부라렸다.

"뭐야? 아니 이런 간 큰 도둑이 다 있나! 얼굴도 추잡스럽군."

"큰일은 못하겠구먼. 쩨쩨한 자식 같으니라고!"

청풍이 우일사를 바라보면서 짓궂게 빈정댔다.

"여기 있다. 가져가라!"

청풍은 그 말이 채 끝나기도 전에 집어 들었던 은전을 우일사에게 다시 던졌다. 그런데 그 은전은 어느새 그의 손바닥 안에서 이미 한 덩어리로 뭉쳐져 있었다. 또 그 위에는 손가락자국 다섯 개가 선명하게 찍혀 있었다. 무예에 일가견이 있는 사람이라면 실력을 바로 가늠할 수 있는 수준이었다. 우일사가 그 사실을 모를 까닭이 없었다. 아니나 다를까, 그는 순간적으로 청풍에 대한 경외심을 느꼈는지 황급히 읍을 하면서 비굴한 웃음을 지어 보였다. 사실 목자후는 자칭 청풍도사라는 사람이 처음부터 몹시 눈에 익다는 생각을 떨치지 못했다. 어딘가에서 본 듯한 사람이었다. 그러나 얼른 생각이 떠오르지 않았다.

목자후는 엉뚱한 곳에서 시간을 많이 지체했다는 생각이 들자 바로 비로원으로 출발하기 위해 나룻배를 하나 빌렸다. 배는 얼마 후 막수호 서쪽에 도착했다. 저 멀리 거북이 등 같은 산등성이가 장강長江과 연결이 돼 있을 것 같은 곳이었다. 또 석두성石頭城을 등에 업고 있는 곳이기도 했다. 멀리 울창한 숲속에는 붉은 담장이 보였다. 절에서 종소리가 은은히 들려오면서 잠자는 영혼을 두드려 깨우는 것 같았다. 비로원은 왠지 평범한 곳이 아닌 듯했다.

수행의 도량인 선원禪院도 그랬다. 무려 40만 평은 족히 넘을 것 같은 엄청난 크기였다. 그 선원 앞 공터에는 커다란 무대도 설치돼 있었다. 절의 입구인 거대한 산문山門은 몇 아름은 될 것 같은 수십 그루의 은행나무들 속에서 모습을 살짝 드러내고 있었다. 산문으로 들어가자 1층의 천왕전天王殿이 보였다. 그것은 여느 절과 별반 다를 것이 없었다. 하지만 2층의 삼세불전三世佛殿은 그 꾸밈새가 범상치 않아 보였다. 우선 높이가 여섯 장丈은 될 것 같은 석가모니불상이 한가운데 자리하고 있었다. 그

양 옆으로는 꽃을 든 보현보살과 화려한 꽃병을 든 관음보살이 자리 잡고 있었다. 또 불상 아래에 있는 호법금강들은 모두 입적할 때 그대로의 몸인 등신불, 말하자면 태골법신胎骨法身이었다. 저마다 알록달록한 얼굴을 한 채 몸에는 화려한 금빛 단장을 한 모습이었다. 마치 살아 움직이는 사람들처럼 생동감이 넘쳤다. 목자후는 그것들을 휙 둘러보고서도 별다른 감동을 못 느낀 듯 심드렁한 표정을 짓고 있었다.

그때 뒤에서 누군가가 어깨를 툭 쳤다. 깜짝 놀라 돌아선 그의 눈에 들어온 사람은 다름 아닌 사감매였다. 그녀가 빙그레 웃으면서 서 있었다. 푸른 옷에 무명치마를 입은 평범한 아낙차림의 그녀는 전혀 1품의 고명부인 같지가 않았다. 목자후는 그녀를 보고 뜻밖의 모습에 실소를 했다.

"형수님이 웬일이세요? 깜짝 놀랐잖아요!"

"형님이 동생이 길을 잃을 것 같았는지 따라가 보라고 했어요. 자신은 통 시간을 낼 수가 없다고 하면서요. 여기 온 지 한 시간이 넘었는데 그림자도 보이지 않아서 진짜 길을 잃어버린 줄 알고 가슴이 덜컹했네요!"

사감매를 만나자 목자후도 밝은 표정으로 주위를 둘러봤다. 그러나 머리만 끄덕였다. 주위에 사람들이 무척 많아 말하기가 불편한 눈치였다.

"제가 활불活佛(덕이 높은 승려)이 원적圓寂(죽음)에 드는 대례를 보려고 시골에서 사천리 길도 마다하지 않고 일부러 찾아왔는데, 어디 다른 곳에 가기야 하겠어요? 형님에게 걱정 붙들어 매라고 전해주세요, 형수님!"

두 사람은 인산인해를 이룬 사람들 틈에 끼어 이리저리 밀려다녔다. 그러다 대비전大悲殿으로 들어가 참배를 하고는 동쪽의 보화문寶華門으로 꺾어 들어갔다. 그러자 바로 비로원의 뒤편이 나타났다. 지세가 높고 바람이 차가운 탓에 불공을 드리는 사람이 드문 곳이었다. 산등성이 아래로는 동쪽으로 거침없이 흘러가는 장강이 보였다. 웬일인지 근처의 잡풀에 둘러싸인 난약원蘭若院은 더없이 서글퍼 보였다. 키가 넘는 쑥대가 찬바람에 몸을 가누지 못하고 쉴 새 없이 흐느적거리기 때문에 그런 듯했다. 목자후는 그 뒤편의 선산禪山을 바라봤다. 낡고 피폐한 건물들이 볼썽사납게 자리를 잡고 있었다.

"형님하고 저하고 여기 한번 와봤어요. 뒤에는 총독부에서 내다붙인 출입금지 경고문이 붙어 있어요. 사실 여기는 고승이 수행정진하는 곳인 데다 건물들이 오래된 탓에 위험하기도 해요. 그 핑계를 대고 그동안 단 한 명도 들여보내지 않았지 뭐예요."

사감매가 이어 나직이 다시 말을 이었다.

"아까 봤던 그 우일사가 바로 이곳에 살고 있어요. 오갈 데 없어 그런다고는 하나 내가 보기에는 그게 아닌 것 같아요……. 아미타불! 앞만 보면 제법 그럴 듯한 사찰이 있고 향불도 많이 타고 있는데, 뒤뜰은 마치 주인 없는 무덤처럼 방치해두고 있는 것 같죠?"

사감매의 말이 떨어지기 무섭게 거대한 체구의 스님 한 명이 나오더니 합장을 했다.

"두 분께서는 여기에서 걸음을 멈춰주십시오. 여기는 본 사찰의 선사禪師가 면벽좌선하는 곳입니다. 보기에는 몹시 피폐한 것처럼 보이겠으나 성지聖地입니다. 방장方丈스님의 법지法旨가 계셨는 바 어느 누구도 가까이 다가갈 수 없습니다. 이해해 주시면 감사하겠습니다."

그러자 목자후가 부탁한다는 표정을 지어 보이며 통사정을 했다.

"저의 어머니의 간곡한 부탁을 받고 사천 리 길도 마다하지 않고 활불을 참배하려는 일념으로 찾아왔습니다. 스님께서 부디 자비를 베푸시어 저희들이 한 번만 활불을 참배하고 가도록 해주십시오."

"이것은 법지에 따른 것이라 빈승도 어쩔 수 없습니다. 아미타불!"

목자후는 고민을 해보았지만 마땅한 계책이 떠오르지 않았다. 바로 그때 우일사가 앞쪽의 절에서 나왔다. 그러더니 바로 난약원의 한 낡은 선방의 문을 열고 들어갔다. 목자후는 우일사를 못 본 척하고 주머니 속에서 은표 한 장을 꺼내 스님에게 건네주었다.

"제 어머니께서는 불심이 대단히 두터우십니다. 건강이 좋지 않으신 관계로 못 오시고 꼭 대신 참배하고 오라면서 가산家産을 털었습니다. 그리하여 무려 이천 냥이나 마련해 보냈습니다. 성명 대사를 만나 뵐 수 없다면 여래불이라도 꼭 한 번 참배를 했으면 좋겠습니다!"

스님이 잠시 머뭇거렸다. 목자후처럼 큰돈을 보시하는 사람이 그리 많지 않았던 탓이었다. 그가 한참 후 결단을 내린 듯 대답했다.

"이런 일은 소승이 결정할 일이 아닙니다. 시주께서 독실한 신자이심을 헤아려 주지 스님께 한번 말씀드려 보겠습니다. 두 분께서는 일단 저쪽 묘향화우재妙香花雨齋로 가서서 차 한잔 드시면서 기다리십시오."

스님은 곧 두 사람을 향림문香林門으로 안내했다. 문 안으로 들어서자 정사精舍가 줄줄이 보였다. 또 가운데 2층짜리 다락집도 둘의 시야에 들어왔다. 금테의 검은 편액에 쓰인 '묘향화우'라는 해서체의 글씨가 보는 사람의 눈을 확 끌어당겼다. 아래층에는 방이 세 개 있었다. 그런데 어찌나 밝고 깨끗한지 벽 한가운데 있는 달마達磨만 아니었다면 일반 아문과 다를 바 없다고 해도 좋았다. 두 사람을 안내한 스님이 차를 따라주면서 말했다.

"여기는 방장 스님의 정사입니다. 잠시만 기다리시면 소승이 주지 스님을 모셔 오겠습니다."

스님이 말을 마치고 돌아서 나가다 다시 돌아섰다. 이어 뭔가 할 말이 있는 듯 입을 실룩거렸다. 그러나 끝내 아무 말도 하지 않았다. 이내 빠른 걸음으로 걸어갔다.

방 안에 남겨진 두 사람은 서로를 번갈아 보면서 한동안 침묵을 지켰다. 그새 사감매는 방 안을 유심히 둘러봤다. 순간 갑자기 뭔가 떠오른 듯 자리에서 일어나더니 신탁神卓 앞으로 다가갔다. 그런 다음 벽에 걸린 달마도를 쳐들고 뒤를 살펴보기 시작했다.

"여기 좀 보세요!"

목자후가 황급히 다가갔다. 달마도 뒤에는 흔히 보는, 특이할 것도 없는 불탑이 있었다. 속에 모셔져 있는 인물은 부처님도 신선도 아닌 준수한 소년이었다. 부채를 편 채 가슴을 가리고 등에 옥피리를 꽂은, 그러나 어딘가 이상해보이는 모습이었다. 둘은 다시 벽을 자세히 살펴봤다. 그러자 벽면에 가느다란 틈이 보였다. 비밀 문이 틀림없었다. 목자후가 금세 눈에서 밝은 빛을 내뿜었다. 그 안에는 강희 12년 주삼태자가 사람들을 끌어 모아 역모를 일으켰을 때 모셨던 '종삼랑 대선'從三郎大仙의 상像이 있었던 것이다.

41장
청풍도사와의 재회

"드디어 찾아냈어요! 나는 오늘부터 여기 묵어야겠어요!"

목자후가 흥분과 긴장으로 세차게 뛰는 가슴을 억누르면서 말했다. 사감매가 그의 창백한 얼굴을 보면서 걱정스러운 듯 반대를 했다.

"그건 너무 위험해요!"

"위험하지 않은 일이었다면 폐하께서 왜 나를 여기로 파견하셨겠어요? 나는 여기 머물 거예요. 사흘 후 자정에 형님에게 병력을 보내 호응해달라고 전해주세요!"

"왜 꼭 사흘 후여야 하죠?"

사감매가 물었다. 목자후가 바로 대답했다.

"우선 잠을 못 잤더니 너무 피곤하군요. 또 이곳에 힘깨나 쓰는 인간들이 많은 것 같아 좀 두고 보기도 해야겠고요."

그때 밖에서 발자국 소리가 들렸다. 이어 노란 눈썹의 노승이 가사袈

裟를 걸치고 들어왔다. 그가 합장을 하고는 눈꺼풀을 드리우더니 읍을 하면서 물었다.

"아미타불! 빈승 각원覺圓이 두 분 시주의 마음 씀씀이에 감사드립니다. 성불하십시오!"

목자후가 황급히 자리에서 일어나며 합장을 했다.

"신도 이일승李日升이 장춘長春에서 배알하러 왔습니다. 활불을 배알할 기회를 주십사 하고 방장 큰스님께 저와 형수님이 부탁드리는 바입니다!"

각원 스님이 방 가운데에 놓여 있던 탁자 앞에 앉았다. 그러더니 잠시 생각을 한 다음 대답했다.

"두 분에 대해선 방금 명현明玄한테 보고를 들었습니다. 어머님의 깊은 불심에 경의를 표합니다! 뵙고자 하는 성명 제자는 어려서부터 불교에 귀의해 이제는 삼승三乘(중생을 열반에 이끄는 교법. 성문승聲聞乘, 연각승緣覺乘, 보살승菩薩乘)의 오묘한 이치를 깨달았습니다. 면벽수행한 지 십 년 만에 마침내 완전한 깨달음의 경지에 이른 것이죠. 내년 오월 이십오일 밤 아홉 시에 본 절에서 좌화할 예정입니다. 그때 가서는 두 분뿐만 아니라 천하의 선남선녀들의 참배를 허락할 것입니다. 하지만 지금은 굉장히 곤란하다는 사실을 말씀드리고자 합니다. 이해를 부탁드립니다!"

내년 5월 25일이라면 남순을 떠난 강희가 정확히 금릉金陵(남경)에 있을 때였다. 목자후는 갑자기 가슴이 덜컹 내려 앉았다. 그러나 위동정이 말한 사실과는 다소 차이가 있었다. 그가 고개를 갸우뚱하면서 물었다.

"사흘 후로 알고 있었습니다."

"거사님께서 잘못 들은 것 같습니다. 사흘 후에는 빈승의 다른 제자인 성민性泯이 원적에 드는 날입니다."

각원은 자신만만한 자세였다. 그러나 사감매는 스님의 말을 도저히 믿을 수가 없었다. 아무리 모든 것에 통달하는 깨달음의 경지에 이르렀다고 하나 어느 누가 자신이 언제 죽는다는 것을 시간 단위까지 알 수 있다는 말인가! 그녀는 "다들 극락세계로 앞을 다퉈 가는데, 스님은 어찌해서 아직 열반에 들지 않으십니까?"라는 질문이 목구멍까지 올라왔다. 그러나 꾹 참고 돌려 말했다.

"그런데 스님, 이 일을 어쩌면 좋습니까? 제가 남편을 따라 잠시 양주揚州에 다녀오게 됐습니다. 집의 사정이 좋지 않아 잠시 도련님을 여기 머무르게 할 수밖에는 없겠습니다."

사감매가 목자후의 손에 들려 있던 은표를 두 손으로 받쳐 스님에게 건넸다. 이어 진지하게 부탁했다.

"약소하지만 스님께서 받아주셨으면 합니다!"

각원 스님은 그다지 달갑지 않은 표정으로 은표를 받아 챙겼다.

"……정 그러시다면 며칠 묵어가시든지 하세요. 난약원에 행낭을 푸세요. 잿밥은 챙겨드릴 겁니다. 그러나 명심해야 할 것은 우리 절 규칙을 어겨서는 안 된다는 사실입니다."

그리하여 목자후는 난약원 서쪽의 신고神庫(불상을 묻어둔 사찰이 피폐한 곳) 옆에 있는 한 승려의 방에 머물게 됐다. 점심을 먹은 그는 피곤을 이기지 못해 드러눕고 말았다. 몇 날 며칠의 여독으로 인해 정신없이 곯아떨어진 것이다. 그는 위동정의 집에서도 눈을 얼마 붙이지 못했던 터라 저녁 무렵이 다 돼서야 단잠에서 깨어났다. 저녁 잿밥을 받은 것은 초저녁의 어둠이 푸르스름하게 깔리기 시작할 때였다.

밥을 들여보내준 사람은 각원 스님의 말대로 명현 스님이었다. 그는 두어 숟가락 뜨는 둥 마는 둥 하다 팔베개를 한 채 벌렁 드러누웠다. 어디에선가 가을벌레의 처량한 울음소리와 파도처럼 소리치는 소나무의 울부짖음이 들려왔다. 기분이 괜히 을씨년스러워졌다.

'한 명은 성명性明, 또 한 명은 성민性泯이라…….'

목자후는 이상하게 두 스님의 법명을 뇌리에서 떠나보내지 못하고 있었다. 급기야 두 사람에 대한 분석을 하기 시작했다.

'왜 앞뒤로 두 사람을 원적에 들어가도록 만들었을까? 보아하니 폐하께서 올해 구월에 이쪽으로 오신다는 첩보를 누군가로부터 받은 것이 틀림없어. 그러니 먼저 그 시간대에 맞춰 한 사람을 준비해 놓고 있었던 거지. 그러다 일정이 변경되자 어쩔 수 없이 또 한 사람을 희생양으로 내세운 거야. 그런데 아무리 날개가 돋쳤다고 해도 어떻게 이토록 소식이 빨리 전해질 수 있다는 말인가……. 이곳에 종삼랑의 신전을 모셔 놓은 것을 보면 양기륭의 소굴임에는 틀림이 없어. 그렇다면 이 늙다리 중이 나를 여기 머물게 한 것은 도대체 무슨 의미일까? 무슨 낌새를 채고 마수를 뻗치기 위해서 그러는 것은 아닐까?'

목자후가 두서없이 이런 저런 생각을 하고 있을 무렵이었다. 앞뜰에서 부스럭부스럭 풀밭을 헤치는 소리가 들려왔다. 그는 재빨리 돌아누워 눈을 지그시 감고 잠든 척했다. 그럼에도 한 손은 강희가 준 예리한 비수가 숨겨져 있는 허리춤에 슬쩍 대고 있었다.

"이봐! 누구신지 몰라도 정말 팔자 한번 끝내 주는군!"

인기척을 낸 주인공은 우일사였다. 밖에 무슨 일이 있어 나갔다가 돌아온 모양이었다. 곧 등에 지고 있던 보퉁이를 벗어 방구석에 던지면서 목자후를 흔들어 깨웠다.

"저녁은 얻어먹고 자는 겁니까? 여기는 끼니 때 지나면 굶어야 하는 곳이에요."

우일사의 말에 목자후가 벌떡 일어나 앉으면서 눈을 비볐다.

"이게 누구시오! 기름떡 먹던 우 선생 아니세요? 정말 재주가 끝내주던데요. 우 선생도 여기 머무는 겁니까?"

우일사가 히죽 웃으면서 구들장이 꺼질 것처럼 벌렁 드러누웠다.

"나 같은 떠돌이야 이런 절이라도 있으면 극락이라고 생각하고 감지 덕지하는 거죠."

두 사람은 그 날 저녁 등잔불 밑에서 상대방에 대해 이것저것 물어보면서 한담閑談을 주고받았다. 잠자리에 든 것은 한밤중이 다 됐을 때였다. 우일사는 그 이후 사흘 동안 매일 아침 일찍 나갔다가 저녁 늦게서야 돌아왔다. 목자후 역시 낮에는 불공을 드리는 신도들 틈에 끼어 절 구석구석을 둘러보고 다녔다. 우일사가 그림자처럼 따라다녔기 때문에 저녁에는 감히 사적인 행동을 할 수가 없었다. 우일사는 며칠 후 저녁에도 늦게 돌아오더니 드러눕자마자 코 고는 소리를 요란하게 냈다. 목자후는 그가 잠에 곯아떨어진 줄 알고 신발을 신은 채 까치발을 하고 밖으로 나오려 했다.

"어디 가는 겁니까?"

신나게 코를 골던 우일사가 갑자기 코골이를 뚝 멈추고 물었다.

뜨끔해진 목자후가 얼른 둘러댔다.

"소변 좀 보려고요."

"여기가 얼마나 무시무시한 곳인데, 혼자 밖에 나가려고 그래요!"

우일사가 일어나 앉으면서 덧붙였다.

"그렇게 말하니까 나도 소변이 보고 싶어지네요. 같이 나가죠."

목자후는 속으로 이를 갈았지만 어떻게 할 도리가 없었다.

"좋죠! 안 그래도 간이 콩알만큼 작아져 있었는데!"

둘은 함께 밖에 나가 소변을 봤다. 목자후는 다시 방으로 돌아와서는 그대로 자리에 벌렁 드러누웠다. 그러나 우일사는 시커먼 괴물처럼 목자후의 침대 앞에 버티고 서 있었다.

"우 선생, 왜 그러는 겁니까?"

"당신 도대체 뭐하는 사람이오?"

우일사가 목소리를 깔면서 물었다. 그리고는 으스스한 표정을 지으면서 다가왔다. 목자후는 뜨끔했다. 그러나 이내 냉정을 되찾았다.

"왜 그래요, 갑자기! 귀신 들렸어요? 장사꾼이 장사를 하지 뭐 하겠어요!"

그러자 우일사가 냉소를 흘렸다. 그러더니 한 걸음 더 다가왔다.

"장사꾼이라고? 칼질도 잘하게 생겼는데? 나를 뭘로 보고 함부로 속이려는 거야? 남경의 부두인 양주부揚州府로 가서 다 알아봤어. 상인들 명단에 당신 이름은 찾아보고 죽으려고 해도 없었어! 솔직히 말해봐. 그 여자는 뭐 하는 사람이야? 집은 어디고? 흥, 걷는다는 것보다 날아다닌다는 표현이 더 어울릴 것 같던데? 밖에 나가자마자 뒤쫓아갔는데도 이미 사라지고 없던 걸!"

목자후는 사감매가 악마의 손에 걸려들지 않았다는 사실을 알고는 일단 안심을 했다. 거리낄 게 없다는 듯 허리를 쭉 펴고 똑바로 앉았다.

"우씨, 당신은 한밤중에 사람을 놀라게 하는 것이 취미인가 보군!"

목자후는 가능하면 우일사의 관심을 다른 곳으로 돌리려고 정신을 가다듬고 억지로 웃음을 지었다. 이어 서서히 혼신의 힘을 모으기 시작했다. 그리고는 곧장 매처럼 덮치면서 우일사의 목을 힘껏 졸랐다. 불과 몇 초 사이에 벌어진 일이었다. 우일사는 너무나 갑작스런 목자후의 행동에 깜짝 놀랐다. 있는 힘을 다해 목자후의 아랫도리를 발로 걷어찼다. 그 바람에 목자후가 잠시 주춤하는 사이에 주머니에서 비도飛刀를 꺼내 힘껏 내던졌다. 그냥 당할 목자후가 아니었다. 잽싸게 몸을 잉어처럼 솟구쳐서는 반대쪽 구석에 살짝 내려섰다. 더불어 두 팔을 매의 날개 모양으로 벌리고 우일사의 일거수일투족을 노려봤다. 그는 잠깐 동안의 맞대결을 통해 우일사가 결코 호락호락한 상대가 아님을 간파했다. 은근히 두려움도 느꼈다. 그가 이리저리 우일사의 허점을 노리고 있을 때였다. 우일사가 갑자기 손을 번쩍 쳐들더니 시커먼 띠를 냅다 휘둘러댔다. 목자후는 그 물체가 무엇인지 몰랐다. 감히 손으로 잡을 엄두를 내지 못했다. 그저 뒤로 반 바퀴 회전을 하면서 간신히 피했다. 그러나 우일사가 휘두른 띠는 마치 눈이라도 박힌 듯 등 뒤에서 사정없이 휘감겨 왔다. 그 충격으로 오른손에 잡고 있던 비수가 어디론가 날아가 버렸다. 목자후는 눈 깜짝할 사이에 숨도 제대로 내쉴 수 없을 만큼 꽁꽁 묶이고 말았다. 그건 그냥 검은 띠가 아니었다. 철사에 쇠가죽을 입힌 것이었다.

아무리 날고 기는 재주가 있다고는 해도 꽁꽁 묶인 상황에서는 어찌할 방법이 없었다. 우일사가 징그러운 표정을 지으면서 한 발자국 다가왔다.

"재주가 그다지 없는 것은 아닌 것 같네? 내가 강호를 떠돈 이후 이 쇠가죽띠를 한 번이라도 피해본 사람은 아직까지 당신밖에는 없어. 솔직히 말해 봐. 당신 진짜 장사꾼 맞아?"

"당연히 장사꾼이지!"

목자후가 목을 이리저리 비틀면서 대답했다.

"여기는 비로원이지 강도떼가 출몰하는 소굴이 아니야. 풀어주지 않으면 소리를 지를 거야!"

"마음대로 하든지! 그러나 목구멍이 터지도록 소리를 질러도 구해줄 사람은 없을 걸!"

우일사가 험상궂은 표정을 지었다.

"구해줄 사람이 없다고? 누가 그래?"

그때 밖에서 갑자기 걸쭉한 목소리가 들려왔다. 동시에 청풍도사가 문을 열고 들어왔다. 그리고는 목자후 앞으로 다가오더니 검은 쇠가죽띠를 만지면서 쯧쯧 혀를 찼다.

"정말 신기한 물건이군. 이런 것은 어디에서 났는가? 사람을 완전히 나무막대기처럼 묶어버렸군!"

우일사는 청풍의 내공이 심상치 않다는 사실을 알고 있었다. 지체 없이 그를 향해 쇠가죽띠를 휘둘렀다.

우일사의 선제공격은 과연 효과가 있었다. 청풍도 역시 목자후처럼 꽁꽁 묶이고 말았다. 우일사는 싯누런 이를 드러내면서 소름이 오싹할 정도로 득의양양한 웃음을 흘렸다. 그러나 그가 그렇게 웃고 있을 때 청풍은 무슨 수를 썼는지 그 단단한 쇠사슬을 툭툭 끊어내 버렸다. 이어 두 손을 펴 보이면서 물었다.

"우씨, 자네는 아직 나하고 놀기에는 너무 어려! 알겠는가?"

목자후는 눈앞에 펼쳐진 기가 막힌 풍경에 두 눈이 휘둥그레지지 않을 수 없었다. 우일사 역시 얼빠진 사람처럼 얼굴이 창백해지더니 비실비실 뒷걸음질을 쳤다. 이어 "귀신이야!" 하는 비명과 함께 냅다 도망치기 시작했다.

"가기는 어디를 가, 이놈아!"

청풍이 단숨에 쫓아가 우일사의 뒷덜미를 꽉 움켜잡았다. 그리고는 손가락을 까딱거려 순식간에 우일사의 급소를 내리쳤다. 우일사는 곧 모가지 비틀린 닭처럼 머리를 푹 수그리고 죽은 듯 꼼짝하지 못했다. 청풍이 그런 우일사를 보고는 실소를 터트렸다.

목자후는 청풍의 일거수일투족을 완전히 넋을 놓은 채 바라봤다. 마치 꿈을 꾸는 것 같았다. 그는 청풍이 다가와 쇠가죽띠를 풀어준 후에도 한참이나 어리벙벙해 있다가 물었다.

"도사, 도대체 누구신데 나를 도와주시는 겁니까?"

그러자 청풍이 침대 모서리에 걸터앉은 채 대수롭지 않다는 표정으로 대답했다.

"아무튼 우리는 약간의 인연이 있다는 것만 알고 있으면 됩니다. 옛말에 '부귀해지면 마누라를 갈아버리고, 공명을 얻으면 친구를 잊는다'고 했어요. 그대가 꼭 그 모양인 것 같아 아쉽기는 하나 이해는 합니다."

목자후는 처음 청풍을 볼 때부터 어딘가 모르게 낯이 익었던 터였다. 그때 불현듯 그의 뇌리를 스치는 것이 있었다. 그는 다시 한 번 유심히 상대를 뜯어보았다. 그제야 '저 세상'에 간 뒤로 잊고 지냈던 그 옛날의 그림자 하나가 서서히 기억의 수면 위로 모습을 드러냈다. 목자후는 그래도 설마, 설마 하면서 띄엄띄엄 물었다.

"호…… 혹시……, 넷째 아닌가? 그렇지, 넷째 맞지? 맞구나, 넷째 아우!"

목자후는 한걸음에 달려가 청풍의 어깨를 껴안았다. 그리고는 목을 놓아 울었다.

"넷째는 오래 전에 죽었습니다. 나는 청풍도인일 뿐입니다."

청풍은 슬피 울면서 감정을 억제하지 못하는 목자후와는 많이 달랐다. 차가울 정도로 담담한 표정이었다. 그가 천천히 자신의 어깨를 부여잡은 목자후의 손을 풀면서 말했다.

"이놈의 도둑소굴은 진작부터 없애버리고 싶었어요. 하지만 관청의 비호를 받고 있는 곳이라 혼자서는 어찌할 수가 없었죠. 오늘 내친김에 내가 데리고 다니면서 샅샅이 보여주겠습니다!"

목자후는 흥분의 도가니에 빠져 있다 간신히 냉정을 되찾았다. 그가 '청풍'이 아닌 원래 성이 학郝씨인 '넷째'를 다시 찾는다면 나쁠 것은 없었다. 그러나 넷째는 여전히 중죄인으로 낙인찍혀 황제로부터 자살형을 받은 오명이 남아 있는 인물이었다. 만약 청풍이 다시 넷째가 될 경우 위동정은 말할 것도 없고 낭심과, 또 과거에 같이 일을 했던 여러 사람들에게 괜한 상처를 덧씌울 수도 있었다. 목자후는 현실적인 문제를 감안하고는 눈물을 닦으면서 입을 열었다.

"지나간 일에 대해서는 나도 영원히 덮어두고 싶네. 일이 끝나면 어디 쓸 만한 암자 하나 지어주는 것으로 약간의 위로를 해줄까 하네! 호궁산胡宮山 형은 같이 안 왔는가?"

"이제는 연세가 많아서 밖에는 나오지 않고 산문을 봉하고 정진에 몰두하고 있어요. 그런데……, 쉿! 무슨 소리가 들리는 것 같네요!"

청풍은 바로 발길로 우일사의 아혈啞穴(건드릴 경우 말을 못하게 하는 혈)을 차버리고는 목자후와 함께 재빨리 문 뒤로 숨었다. 이윽고 문이 빼꼼히 열리는 소리가 들렸다. 이어 명현 스님이 머리를 내밀었다.

"우씨, 다 끝냈으면 얼른 나올 것이지 여태 꾸물거리고 뭘 하는 거야! 뭐야, 자는 거야……?"

명현의 말이 채 끝나기도 전이었다. 목자후의 비수가 허공에서 번뜩였다. 명현은 끽소리도 못 지르고 그 자리에서 나자빠지고 말았다. 목자후가 피비린내를 풍기는 명현을 넘어 건너와서는 우일사를 둘러업고 청풍을 향해 말했다.

"이 자식을 살려두면 혓바닥 하나는 쓸모가 있겠어. 그런데 괜히 말썽을 부릴까봐 걱정이야. 어떻게 하지?"

목자후의 말에 청풍이 공수를 했다.

"무량수불! 신고 뒤에 오래 전에 말라버린 우물이 있습니다. 얼마 동안 그 안에 있으라고 해야겠어요!"

두 사람은 대충 일을 마무리 짓고 머리를 들어 하늘을 바라봤다. 시각은 해시亥時 정각을 가리키고 있었다. 두 사람은 어둠 속에서 눈빛만 교환한 후 머리를 끄덕였다. 몸을 날리자는 신호였다. 둘은 눈 깜짝할 사이에 높은 담벼락을 날아 넘었다. 그리고는 곧장 선산으로 향했다. 하지만 눈앞에 우중충한 산봉우리들과 가옥들이 무질서하게 널려 있어 쉽게 길을 찾을 수가 없었다.

"이대로는 안 되겠네. 나를 따라와 봐!"

목자후는 다시금 담벼락 위로 날아올라 묘향화우루妙香花雨樓의 지붕을 거쳐 정원으로 사뿐하게 내려섰다.

정원은 쥐 죽은 듯 조용했다. 방들은 전부 불이 꺼져 있었다. 목자후가 혹시나 하고 누각 안으로 들어가는 문을 밀어봤다. 그러자 놀랍게도 빗장이 걸려 있지 않았다. 그가 손짓으로 청풍을 불러 함께 그곳으로 들어갔다. 며칠 전에 봐뒀던 기억을 더듬어 책상 앞으로 가서 달마도를 젖혔다. 그리고 종삼랑 신상을 꺼내려고 했다. 그러나 신상은 뿌리가 깊이 박힌 듯 꼼짝도 하지 않았다. 그때 청풍이 나지막하게 말했다.

"여기는 사람이 사는 곳이 아니니 괜찮아요. 천천히 찾아봐요. 분명 뭘 누르면 움직이게 돼 있을 거예요."

목자후는 마음을 편하게 먹고 여기저기 만지고 눌러봤다. 그러나 온몸이 땀범벅이 되도록 헛수고만 했다. 그가 포기할 수밖에 없다면서 손을 거둬들이려던 찰나였다. 갑자기 그의 눈길이 신상神像의 등 뒤에 붙어 있는 피리를 향했다. 그가 그 피리를 만지자 바로 싸-! 하는 소리가 났다. 동시에 종삼랑 신상이 서쪽으로 미끄러지더니 벽이 갈라졌다. 이어 커다란 문이 모습을 드러냈다. 문 뒤로는 시커먼 돌담길이 이어져 있었다. 아마도 선산으로 통하는 길인 듯했다. 순간 찬바람이 몰아닥쳤다.

목자후는 청풍의 뒤를 따라 조심스럽게 돌담길을 걸었다. 한참을 가자 앞에 불빛이 보였다. 가까이 다가가자 돌담 저편에 돌로 만든 작은 집이 하나 보였다. 그는 창문으로 안을 들여다봤다. 일상생활에 기본적으로 필요한 것들이 두루 갖춰져 있는 집이었다. 아담해 보이는 어느 방의 한가운데에는 각원과 얼굴에 칼자국이 난 한 중년 남자가 찻잔을 앞에 두고 얘기를 나누고 있었다. 목자후는 창가에 귀를 바싹 붙였다.

"산장山長(속세를 떠난 사람에 대한 호칭)! 그 남자와 여자를 묘향화우루에 들게 한 것은 실수였어요. 남자는 이미 죽었겠지만 여자는 어디 숨었는지 종적이 묘연하잖아요. 이 일은 그냥 지나치기에는 찜찜하고 후환이 두려울 것 같네요!"

중년 남자가 걱정을 늘어놓자 각원이 대답했다.

"그것은 명현이 일처리를 엉성하게 해서 그렇게 된 겁니다. 남자가 죽은 마당에 여자는 뛰어봤자 벼룩입니다. 멀리 가기야 했겠습니까? 안심하십시오! 솔직히 내가 동방정교東方正敎를 버리고 부처님께 귀의한 것은 양 대인의 도움이 없었으면 불가능했을 겁니다. 여기에서 십 년 동안 있었으나 아직 우리의 정체를 파악한 사람은 없었습니다!"

순간 목자후는 자신의 귀를 의심했다.

'양 대인?'

그러나 그는 틀림없이 그렇게 들었다.

'그렇다면 이 사람이 바로 가짜 주삼태자인 양기륭이라는 말인가?'

목자후는 강희 12년에 황제를 따라 우가牛街의 이슬람사원인 청진사淸眞寺를 밤에 몰래 방문한 적이 있었다. 그때 얼핏 한 번 봤던 주삼태자는 속은 썩어 문드러졌는지 몰라도 겉은 말쑥하고 풍류가 넘치는 준수한 선비다운 청년이었다. 그러나 10년의 세월은 그랬던 청년을 마른 장작을 방불케 하는 깡마른 늙은이로 만들어 버렸다. 그때 양기륭이 냉소를 흘리면서 말했다.

"그건 산장이 잘해서가 아닙니다. 갈례 총독이 두 팔을 벌려 힘껏 막아줬기 때문입니다. 갈례 총독이 아니었더라면 이 산은 풀 한 포기도 남아 있지 않은 민둥산이 되고 말았을 거예요!"

그러자 각원이 이해가 안 간다는 듯 물었다.

"나는 양 대인이 여기에다 힘을 쏟아 붓는 이유를 통 알 수가 없습니다. 외람되지만 그루터기만 지키고서 토끼를 기다리는 것이 아닌가 하는 느낌이 듭니다. 양 대인은 전국 각지에 수십 개의 가게를 운영하고 있어요. 홍택호洪澤湖에는 유철성劉鐵成이 사오백 명의 사람을 키우고 있지 않습니까? 사찰에서 자주 살인을 하는 것이나 밖에서 보기에도 원적이 너무 빈번한 것은 사람들에게 의심을 사기에 충분하지 않겠습니까?"

"백성들이 뭘 안다고 의심을 하겠습니까? 남경 지부가 쫓겨 갔을 뿐 아니라 장백년도 다른 데로 옮겼어요. 그런데 뭐가 걱정이에요? 지금 제일 높은 자리에 앉아 있는 사람이 뛰어난 능력을 가지고 있다는 사실은 나도 인정해요. 흠이라면 자주 미복 차림으로 나돌아 다니면서 뒤통수 때리기를 좋아한다는 거죠. 나는 십 년 전에 그 바람에 망했었죠. 이번에는 절대 똑같은 수법에 놀아나지 않을 테니까 걱정하지 말고 내가 시키는 대로만 따라 주세요!"

양기륭은 찻잎을 질겅질겅 씹었다.

"물방울이 바윗돌을 뚫는다고 하는데, 나는 정말 양 대인의 오기와 뚝심에 감복하지 않을 수 없습니다. 그런데 설혹 이번에 성공을 한다 해도 양 대인이 용상에 앉을 수는 없지 않습니까? 죽 쒀서 개 주는 꼴이 되는 것은 아닌지 모르겠습니다."

각원은 여전히 미심쩍은 모양이었다.

"그건, 그럴 수도 있겠죠! 하지만 나는 내가 당했던 것을 그대로 돌려주는 것으로 만족하겠습니다. 지금 줏대라고는 하나도 없는 원로 유신遺臣(왕조가 망한 뒤에 남아 있는 옛 신하)들은 슬슬 천자의 엉덩이에 들러붙는 추세를 보이고 있어요. 흥! 대명大明 사람은 그 거지 같은 만주족 오랑캐들과는 영원히 물과 불처럼 화합할 수 없다는 것을 보여줘야 해요. 그럼으로써 그들 정신 나간 유신들에게도 경종을 울려줄 참입니다!"

양기륭이 자리에서 일어나며 덧붙였다.

"시간이 다 됐습니다. 우리 슬슬 움직입시다. 내 기억이 틀림없다면 오늘 저녁은 십사호十四號가 만두소(만두饅頭 속에 넣는 재료)를 만들어야 할 차례죠?"

두 사람은 바로 서쪽으로 나 있는 작은 문을 나섰다. 목자후와 청풍은 재빨리 시선을 교환하고 뒤를 따랐다.

두 사람이 바람막이 석옥石屋에서 나오자 갑자기 선산의 찬바람이 불어왔다. 사람을 휘청거리게 만들 정도의 위력을 가진 바람이었다. 칠흑 같은 어둠 속에서 대나무가 진저리치듯 몸을 떨었다. 단풍잎이 흐느끼는 소리도 들려왔다. 산 밑을 흐르는 장강의 포효와 더불어 밤은 등골이 오싹할 정도로 깊고 추웠다. 초롱불을 밝히고 어둠 속을 걸어가는 양기륭과 각원은 간간이 웃음을 터뜨리기도 했다. 그들은 두 사람이 자신들의 뒤를 밟고 있을 줄은 꿈에도 생각하지 않는 것 같았다. 목자후는 그들 뒤를 따르면서도 양기륭이 말한 '만두소'가 도대체 무엇을 뜻하는지 몰라 연신 머리를 갸우뚱거렸다.

한참 후 양기륭과 각원은 초롱불 몇 개가 찬바람에 떨고 있는 승사僧舍 앞에 도착했다. 어린 스님 한 명이 황급히 마중 나오면서 합장을 했다.

"제자 성공性空이 양 대인과 주지스님께 인사 올립니다!"

각원이 물었다.

"준비는 끝났는가?"

"십사호 지통智通이 벌써 출발했습니다!"

"그곳에서?"

"강물이 썰물 때라 원적 포단蒲團(부들로 짠 방석. 좌선할 때 많이 씀) 앞으로 칠 척 정도 이동했습니다."

각원이 양기륭을 돌아보면서 손을 내밀었다. 안내하겠다는 자세였다.

"양 대인, 이쪽입니다!"

양기륭은 바로 각원이 가리키는 강가로 내려갔다. 목자후의 목덜미에서는 찬바람이 기승을 부리는 날씨임에도 땀이 흥건하게 흘러내렸다. 그는 엄습해오는 극도의 공포를 느꼈다. 청풍이 그런 목자후의 어깨를 툭 쳤다.

"따라와 봐요. 저것들이 사람을 어떻게 죽이는가 보게요."

원적이 이뤄질 장소는 가까웠다. 장강 기슭의 모래밭이었다. 그곳에는 이미 마른 장작이 한가득 쌓여 있었다. 또 언덕에서 멀지 않은 곳에 두 개의 문짝을 합쳐 놓은 크기의 두꺼운 나무판자가 있었다. 판자 중앙에는 날이 갈지자 모양인 서슬 푸른 칼이 꽂혀 있었다. 칼의 손잡이 근처에는 찻잔 크기의 구멍이 있어 피를 빼내게끔 돼 있었다. 양기륭은 그런 수법으로 사람을 죽이는 것을 몇 번이나 봐온 터였다. 하지만 여전히 소름이 끼치는지 몸을 움찔했다.

제물이 되기 위해 끌려온 지통은 살집이 좋고 피부가 희었다. 마치 밀가루로 반죽해 놓은 얼굴 같았다. 그의 핏기 없는 얼굴은 창백하기 이를 데 없었다. '만두소'로 요긴하게 쓰기 위해 미리 약을 먹여서 그런지 지통은 합장하고 가부좌를 튼 채 모래밭에 앉아 꼼짝도 하지 않고 있었다. 아주 가끔 움직이는 눈동자만이 그가 아직은 살아있는 사람이라는 사실을 말해주고 있었다. 그때 각원이 부드러운 목소리로 불렀다.

"지통……."

지통은 입술만 실룩거릴 뿐 한마디도 내뱉지 못했다.

"자네는 원래 죽음을 눈앞에 둔 죄인이었어. 그런데 삭발하고 삼 년 만에 개과천선해서 지옥을 비켜 극락세계로 가게 됐네. 자네는 참 복이 많은 사람이야."

다시 각원의 말이 이어졌다.

"오늘 이후로 자네는 희로애락애오喜怒哀樂愛惡와 만연萬緣(온갖 인연)이 전무한 최고의 경지로 들어가 살게 되는 거야. 똑바로 앉아. 이 스승이 마지막 가는 길을 배웅해줄게!"

말을 마친 각원이 손짓을 했다. 곧이어 네 명의 건장한 스님이 숙련된 손놀림으로 칼이 꽂혀 있는 나무판자를 바닥에 고정시켰다. 그리고는 지통을 부축해 뾰족한 칼날 위에 항문을 대도록 하더니 곧장 거칠게 눌러 앉혔다. 간단하기 이를 데 없었다. 숨어 있던 목자후와 청풍은 똑바로 쳐다볼 수가 없어 잠시 머리를 옆으로 돌렸다. 그 사이 지통은 어느새 원적에 들어갔다. 미리 준비해 둔 칼의 손잡이에 난 구멍으로 빠져나간 피가 강으로 흘러 들어갔다.

42장

주삼태자의 최후

숲속에 숨어서 살인 현장을 엿보고 있던 목자후는 그야말로 모골이 송연했다. 곧 박차고 나가서 양기륭과 한판 붙을 태세를 취했다. 그러자 청풍이 황급히 소매를 잡아당겨 앉혔다.

"이제 보니 어각魚殼도 여기 있었네요. 한 패거리예요. 저 사람 역시 우리 사조師祖(스승의 스승)의 제자입니다. 제 사숙師叔에 해당합니다. 사람이 너무 많으니 지금 나가서는 안 돼……."

청풍의 말이 채 끝나기도 전이었다. 저편 언덕에서 바로 고함소리가 들려왔다.

"거기 누구야? 나와!"

이어 비도 하나가 쌩! 하고 바람소리와 함께 날아왔다. 비도는 목자후와 청풍이 은신하고 있는 바로 등 뒤의 나무에 꽂혔다. 더 이상 숨어 있을 수 없다고 생각한 청풍이 공터로 뛰쳐나가더니 공수를 했다.

"어 사숙! 청풍이 여기에서 지켜보니, 사숙은 여전히 풍채가 늠름하시네요. 헤어진 지 구 년이나 됐는데 말입니다. 시샘 날 정도로 말이에요!"

목자후가 어리둥절해하고 있을 때 어각이라 불린 스님은 이미 그들 쪽으로 다가오고 있었다. 서른이 안 되어 보이는 젊은이였다. 목자후를 발견한 그가 대뜸 경계하는 눈초리로 노려보았다.

"누구시오?"

목자후가 싱거운 웃음을 지으면서 대답했다.

"성민 스님이 열반에 드시는 과정이 특이하시네요. 이제 빨간 가사를 입혀 장작을 피워 불에 태워버리면 끝이겠네요? 내년 오월에는 성명 스님도 이 방법대로 희생양이 될 테고⋯⋯. 이제 보니 머리 비상한 사람들은 전부 비로원에 모여 있군요!"

어각이 손짓을 했다. 그러자 이십여 명의 스님들이 저마다 비수를 꺼내들고 부채 모양으로 흩어졌다. 그런 다음 둥그렇게 원을 지어 한 걸음씩 다가들었다. 양기륭과 각원은 먼발치에서 바라만 볼 뿐이었다. 어각은 목자후의 비아냥거림에는 관심이 없다는 듯 청풍을 향해 껄껄 웃었다.

"자네는 출가한 사람인데, 이렇게 야수처럼 거칠어 보이는 자와 같이 다녀서야 되겠는가?"

청풍이 어각의 말에 배에 힘을 주면서 반박했다.

"구 년 전 사숙께서는 여자를 건드린 죄로 사부님에 의해 쫓겨나셨죠. 그때 제가 사부님한테 얼마나 졸랐는지 기억이 안 나세요? 사숙을 한 번만 용서해 주시라고요. 그런데 사숙은 이런 곳에서 이렇게 비인간적인 일을 저지르고 있으니, 정말 실망스럽군요! 호 사부께서 저를 보내 사숙을 찾아오라고 하셨어요. 과거는 묻지 않으신다고 하면서요."

청풍의 말이 끝나기 무섭게 어각이 차갑게 쏘아붙였다.

"나는 이미 불가에 귀의한 몸이야. 어찌 다시 종남산으로 돌아갈 수 있겠는가? 호궁산에게 웃기지 말라고 전해. 자기는 오삼계의 청나라 토벌을 도와 복명復明에 일조하라는 명을 받고 산을 내려왔으면서도 칼날을 돌렸어. 오히려 강희를 도왔지. 그런데 지금 와서 누구를 훈계하겠다는 거야!"

말을 마친 어각이 바로 청풍을 향해 칼날처럼 세운 손을 찌르면서 다가왔다. 그러나 청풍은 두 손으로 그의 손바닥을 덮쳐 꽉 조였다. 더 이상 명치끝을 위협하지 못하게 한 것이다. 어각이 아무리 악을 써도 청풍은 척척 막아냈다. 그러자 어각이 뒤로 물러서면서 머리를 끄덕였다.

"그 옛날의 청풍이 아닌데? 놀랍군!"

청풍이 등 뒤의 배낭에서 먼지떨이 같은 불진拂塵(불기佛器의 하나로, 주로 설법을 할 때 주지나 대리인이 이것을 들고 당상에 선다)을 꺼내 응수했다.

"내가 놀라운 진전을 이룬 것이 아니에요. 사숙이 여자들한테 너무 힘을 써서 몸이 완전히 망가진 것 같은데요?"

청풍은 말을 하면서 동시에 불진을 힘껏 휘둘렀다. 순간 칼을 뽑아 들고 제일 가까이에 서 있던 뚱보 스님 하나가 비명을 지르면서 저만치 날아가 자빠졌다. 그러자 나머지 스님들이 비수를 휘두르면서 악을 쓰고 달려들었다. 순식간에 강가에서는 섬뜩한 칼날을 휘두르는 스님 열몇 명과 불진으로만 응수하는 청풍과의 아슬아슬한 대결이 펼쳐졌다. 다급해진 목자후가 이대로는 안 되겠다는 듯 갑자기 큰 소리로 외쳤다.

"호궁산, 여태껏 어디 가서 개고기나 뜯어먹고 앉아 있다가 이제야 나타나는 겁니까!"

청풍과 접전을 벌이던 어각은 호궁산이 나타났다는 말에 흠칫 놀라 목자후가 있는 쪽을 힐끔 쳐다보았다. 순간 그는 아차! 하고 자신의 실수를 자책했다. 하지만 소용이 없었다. 청풍이 그 틈을 놓치지 않고 휘두른 불진에 맞아 무릎의 살점이 떨어져 나가버렸다. 말의 꼬리에 철사를 넣어 만든 불진의 위력은 당해보지 않은 사람은 모를 정도로 가공할 만한 위력이었다. 청풍은 어각이 무릎의 통증 때문에 이를 악무는 모습을 보이자 재빨리 다섯 손가락에 기를 넣어 그의 복부를 힘껏 찔렀다. 그러나 어느새 어각은 잉어처럼 몸을 솟구쳐 저만치 피하는가 싶더니 다시 몸을 날려 청풍의 가슴팍을 걷어찼다. 악에 받친 청풍이 다시 한 번 어각의 얼굴을 향해 불진을 휘둘렀다. 순식간에 어각의 얼굴은 형체를 알아볼 수 없을 정도로 피범벅이 돼버렸다. 어각은 고통에 휘청거리면서 몸을 지탱하려고 했다. 그러나 이내 저만큼 나가 자빠졌다. 가슴을 강타당한 청풍 역시 입가에 피를 흘리면서 나무에 기댄 채 가쁜 숨을 몰아쉬고 있었다. 실력이 제일 막강한 두 사람이 이렇게 되자 곧 각원까지 싸움에 가세했다. 목자후를 가운데 몰아넣고 마구 주먹질을 해댔다. 그 사이 양기룡은 조용히 종적을 감추고 말았다.

목자후는 열몇 명의 공격을 감당하지 못해 위기일발의 찰나에 내몰렸다. 바로 그 순간 막수호 맞은편의 포대에서 대포소리가 세 번 울려 퍼졌다. 자시 정각이었다. 그와 동시에 사방에서 횃불이 타올랐다. 장강 상류에서 3척의 군함이 등불을 밝히고 순풍에 돛단 듯 힘찬 기세로 다가오는 모습이 보였다. 산 아래와 정상에서도 수를 헤아릴 수 없을 만큼 많은 관군들이 함성을 지르면서 나타났다. 그 사이 목자후를 둘러싸고 있던 스님 중 세 명이 그의 공격을 받고 쓰러졌다. 나머지는 무슨 영문인지 몰라 멍하니 서 있다가 급기야 이리저리 도망가기 시작했다. 각원 역시 목자후의 눈치를 힐끔힐끔 살피면서 엉거주춤 달려갔다. 그러나 목자후는 그런 각원을 놓치지 않았다. 순식간에 그의 멱살을 움켜잡고 허공으로 들어 올렸다.

"가기는 어딜 가려고 그래? 지통이 극락세계로 같이 가자고 기다리는데!"

각원은 고통스러운지 눈을 감고 뭐라고 중얼거렸다. 그러더니 갑자기 손에 들고 있던 까만 환약 비슷한 것을 입에 넣어 씹고는 그대로 꿀꺽 삼켜버렸다. 목자후가 미처 손을 쓸 새도 없었다. 각원은 이내 목 비틀린 닭처럼 잠깐 움찔거리더니 죽어버렸다.

곧이어 군함이 도착했다. 뒷짐을 지고 군함에서 내린 위동정은 합장을 한 채 명상에 잠긴 듯 꼼짝 않고 앉아 있는 지통을 바라봤다. 넓은 모래사장 위에는 죽어 나자빠진 스님들의 시체가 여기저기 너저분하게 널려 있었다. 온통 피를 뒤집어쓴 목자후도 비수를 들고 멍하니 서 있었다. 두 사람은 잠시 마주보면서 침묵했다. 잠시 후 목자후가 먼저 입을 열었다.

"형님, 오늘 저녁 넷째 아우가 아니었더라면 형님은 영원히 나를 볼 수 없었을 겁니다."

말을 마친 목자후가 바로 위동정을 이끌고 청풍에게 다가갔다.

"넷째? 넷째가 아닌가!"

위동정은 너무나 놀라 소리를 질렀다. 청풍은 얼굴이 노랗게 변한 채 가부좌를 틀고 앉아 있었다. 위동정이 그런 청풍을 보고는 다급하게 소리쳤다.

"어서 배를 하나 불러. 집에 돌아가 며칠 푹 쉬게 하면 좋아질 거야."

"나는 넷째라는 사람이 아닙니다. 거사, 착각하셨어요……. 그러나 거사께서 선행을 베푸시어 군함에 있는 나룻배를 하나 내주신다면 감사해마지 않을 것입니다……."

청풍의 목소리는 미약했으나 또렷했다. 위동정이 그 말을 듣고는 눈물 가득한 두 눈을 들어 청풍을 바라보다 긴 한숨과 함께 주위에 명령을 내렸다.

"나룻배에 약품과 먹을 것을 챙겨 넣어 보내드려라!"

위동정은 말을 마치자마자 목자후와 함께 청풍을 부축해 강가로 내려갔다. 곧 청풍을 태운 나룻배는 저 멀리 하나의 점으로 변했다가 완전히 사라졌다. 위동정과 목자후는 그때까지 배에서 눈을 떼지 못했다.

"두 분 군문! 절 안팎에서 전부 일백삼십칠 명의 스님을 잡았습니다. 여기 죽은 자들까지 합치면 모두 일백사십칠 명입니다. 또 선산에서 스무 명을 잡았는데, 전부 좌화하는 모습으로 있습니다. 어떻게 처리할지 명령을 내려 주십시오!"

스무 살 남짓한 청년 군관이 다가와 보고했다.

"연갱요年羹堯인가? 여기 죽어 있는 스님들은 각각 한 칼씩 더 안긴 다음에 저기 있는 장작으로 태워버려!"

위동정은 고개조차 돌리지 않은 채 준엄하게 명령했다.

"예!"

연갱요는 위동정의 명령이 떨어지자마자 바로 장검을 뽑아들고 달려가더니 스님들을 단숨에 푹푹 찔러버렸다. 지통에게도 마찬가지였다. 목자후는 눈 하나 깜짝하지 않고 일을 마무리짓는 연갱요의 모습을 보면서 그 냉혹함에 적잖게 놀랐다. 잠시 후 그가 한숨을 내쉬었다.

"양기륭, 그 개망나니를 놓친 것이 원통해 죽겠네요!"

"그래 봤자 우리 손아귀를 벗어나기는 쉽지 않지. 방금 배 타고 오면서 들었어. 양기륭이 천비묘天妃廟의 수문 입구에서 붙잡혔다고 하는군."

위동정이 냉소를 흘리면서 말했다. 그 순간 연갱요가 어느새 병사들을 거느리고 시체에 불을 지피기 시작했다. 마른 장작이 타들어가는 소리와 함께 시뻘건 불길이 혀를 날름거리면서 치솟았다. 사방에는 살이 타는 악취가 진동했다. 불길은 위동정의 살기등등한 얼굴도 잠깐씩 비쳤다. 그가 목자후에게 얼굴을 돌렸다.

"갈례가 눈치를 챘을지도 몰라. 증거를 없애버리기 전에 오늘 저녁이라도 총독부로 쳐들어가는 것이 어떨까?"

"모든 것은 형님의 명령에 따르겠습니다!"

그러자 위동정이 손사래를 쳤다.

"아니야! 내가 이끌기는 하겠으나 앞장은 역시 흠차인 자네가 서야해!"

일등 시위이자 새로 부임한 강녕 직조 겸 포정사인 목자후가 한밤중에 자신을 찾아왔다는 말을 전해들은 갈례는 놀라움과 걱정에 가슴이 벌렁거렸다. 어쨌든 분명 중대한 일로 찾아왔을 거라는 생각에 바로 옷을 챙겨 입고 얼굴을 문지른 다음 손님 접대하는 방으로 나왔다. 갈례는 현무호玄武湖 표영標營의 유격遊擊인 연갱요가 목자후 옆에 시립하고 있는 모습을 보고는 깜짝 놀랐다. 하지만 짐짓 아무렇지도 않은 듯 허허 웃으면서 인사를 했다.

"목 대인이 오셨다는 소식을 듣고 어제 강녕부로 사람을 보냈었습니다. 그런데 도착하시자마자 금릉에 있는 친구분 댁에 가셨다고 하더군요. 그래서 빨리 보고 싶어 안달이 났지 뭡니까. 내 기억으로는 강희 십구 년에 북경으로 업무 보고차 갔다가 서화문에서 한 번 만났던 것 같네요. 그후 삼 년 만에 이렇게 만나고 보니 세월이 목 대인만 비켜갔나 하는 생각이 드는군요. 여전히 멋지시네요. 나는 할아버지가 다 됐는데!"

연갱요는 원칙적으로는 갈례 휘하의 부하라고 할 수 있었다. 그 때문에 황급히 갈례에게 인사를 하고는 공손하게 한 걸음 물러나 검에 손을 얹고 서 있었다. 그제야 갈례가 얼굴 가득 만족스런 표정을 지었다.

"자네는 내 부하들 중에서 나이가 제일 어린 군관이지. 올해 열일곱이고. 작년 홍택호에서 유철성을 무찌를 때 가장 먼저 쳐들어간 사람도 자네였지. 내 기억이 틀림없지? 듣자 하니 자네는 군공軍功은 별로 좋아하지 않는다더군. 범승모范承謨처럼 진사 시험에 합격해 공명을 이루고 싶은 것인가? 뜻이 가상하군!"

목자후는 그 틈을 이용해 묵묵히 갈례를 훑어봤다. 갈례는 개인적으로는 황제의 외삼촌이었다. 그러나 50세를 전후한 나이에도 조금 기다란 얼굴이 깔끔하게 정리돼 있어서 그런지 왠지 모르게 간사해 보였다. 아닌 게 아니라 그는 처음 목자후 일행을 보는 순간부터 마치 아부라도 하듯 쉴 새 없이 입을 놀렸다. 그러나 두 사람이 한밤중에 찾아온 이유에 대해서는 전혀 묻지 않았다. 자신과 뜻이 다른 봉강대리封疆大吏들을 몇 명이나 손쉽게 거꾸러뜨릴 만큼, 황친의 신분 외에도 남다른 재주가 엿보이는 그다웠다. 한참 후 목자후가 가볍게 기침을 하면서 입을 열었다.

"너무 늦은 시간에 찾아와 실례가 됐습니다. 그러나 일이 폐하의 남순과 직결돼 있습니다. 또 폐하의 밀유를 받들고 있는 입장에서는 어쩔 수가 없었습니다. 그래서 찾아왔으니 너그럽게 봐 주시기 바랍니다!"

"그럼, 그럼! 무슨 그런 말씀을 하세요! 우리는 모두 폐하의 충실한 심부름꾼이 아니겠습니까? 밀지를 받고 오셨다면 뭐든지 시키는 대로 명에 따르겠어요……."

갈례가 웃으면서 말했다.

"행궁에 관한 얘기입니다. 우리가 수집한 정보에 따르면 백사도 선원과 비로원 두 곳에 모두 역적이 숨어 있었다는 것이 밝혀졌습니다. 게다가 산 위에는 일명 '무적대장군'無敵大將軍이라는 대포도 설치돼 있었습니다. 행궁을 겨누고 있었던 것이죠. 이 문제는 너무나도 중대한 사안이라 혼자 결정을 내릴 수가 없어서 찾아왔습니다. 충분히 상의한 후에 폐하께 상주문을 올릴 생각입니다."

목자후가 담담하게 입을 열었다. 갈례는 행적을 종잡을 수 없는 눈앞의 신임 포정사가 자신이 내심 우려하고 있는 문제와 관련한 일을 조사하려고 내려왔다는 말을 듣는 순간 안색이 하얗게 질렸다. 잠시 머뭇거리던 그가 물었다.

"세상에 그런 일이 있었단 말입니까? 기…… 기가 막혀서! 그것들이 대포는 어디서 구했다고 합니까?"

그러자 목자후가 갈례를 노려보면서 흥! 하고 콧방귀를 뀌었다.

"그러게 말입니다! 저도 궁금하기 짝이 없습니다. 대포가 어디에서 생겼는지 말입니다."

잠시 누구도 말이 없었다. 커다란 압박감에 휩싸인 침묵이 실내를 감돌았다. 갈례는 순간적으로 차라리 혹형을 받는 것이 더 나을 것 같다는 생각을 했다. 가슴은 모조리 타서 재가 돼 날아다니는 것 같았고, 온몸은 이가 기어 다니는 것처럼 마구 근질거렸다. 그러나 그것도 잠시였다. 바로 한겨울에 얼음물에 빠진 듯 온몸이 오그라드는 것 같은 느낌을 받았다. 곧 식은땀이 소리 없이 그의 등골을 적셨다. 그리고는 줄줄 허리로 흘러내렸다. 그는 어디에서부터 어떻게 일이 꼬였는지 긴박하게 돌이켜보기 시작했다.

'색액도와 나는 연락을 취하더라도 절대로 편지 왕래 같은 것은 하지 않았어. 진석가가 중간에서 다리 역할을 했을 뿐이야. 양기륭이 몇 번 찾아와 강희를 제거하기 위한 구체적인 방법을 논의하자고 했을 때도 나는 직접 나서지 않았어. 심복을 시켜 만나게 했을 뿐이지. 나의 정체는 전혀 드러낸 적이 없어. 그렇다면 이들이 냄새를 맡고 왔다고 하더라도 나는 당당하지 못할 이유가 없지 않은가!'

갈례는 자신에게 유리한 방향으로 생각하고는 다시 마음을 다잡았다. 그가 이마의 땀을 훔치면서 말했다.

"소인배들이 이토록 설쳐대니 간담이 서늘할 일입니다! 그런데 어떻게 낌새를 채고 그렇게 불이 번쩍 나게 수색을 할 수 있었던 겁니까? 실로 대단한 재주가 아닐 수 없어요!"

"폐하가 주시는 녹봉을 먹으면서 폐하를 위해 목숨 걸고 일하는 것은 당연합니다."

목자후는 갈례의 태도 변화에 속으로 의문을 가졌다. 그러나 그런 눈치를 내보이지는 않고 계속 말을 이었다.

"총독 대인께서는 잠깐 이 사람을 좀 보십시오. 제가 오늘 저녁에 모셔온 친구입니다."

목자후가 손짓을 했다. 그러자 연갱요가 기다렸다는 듯 성큼성큼 걸어 나갔다. 얼마 지나지 않아 두 명의 병사와 함께 기진맥진한 듯 축 처져 있는 양기륭을 끌고 들어왔다. 눈길이 마주친 갈례와 양기륭은 재빨리 서로 시선을 피했다.

목자후가 그 순간을 놓치지 않고 두 사람을 번갈아 보고는 천천히 차 한 모금을 마셨다. 그런 다음 무겁게 입을 열었다.

"총독 대인! 이 사람을 소개하겠습니다. 바로 양기륭이라고 하는 자입니다. 강희 육 년에 주삼태자 행세를 하면서 북경에서 수백만 명의 종삼랑 회원을 모집한 다음 오삼계의 반란을 틈타 명나라의 부활을 꿈꿨던 자입니다. 왕으로 자칭하고는 아주 그럴싸하게 북경을 휘젓고 다녔던 자이기도 합니다! 예전에 고안현에서는 인연이 닿지 않아 만나지 못하고, 나중에 우가 청진사에서 한 번 만난 적이 있습니다. 그 사이 얼굴이 저렇게 수척해졌네요. 어떻게 그 풍류 넘치던 사내가 저렇게 추잡스럽게 늙어버릴 수 있을까요? 제 아무리 머리를 비틀고 짜내도 하늘에서 덮치는 그물을 비켜갈 수는 없었을 테죠!"

말을 마친 목자후는 다시 한 번 갈례와 양기룡 두 사람을 번갈아보았다.

"허튼소리 하지 말고 빨리 죽여. 사내대장부가 죽으면 죽었지 굴욕은 참을 수 없다고! 내가 아무리 추잡스럽게 늙었다고 해도 당신 두 사람보다는 훨씬 나아! 하나는 한족 중에 최고 망나니, 하나는 근본이 없는 이역異域의 짐승! 당신들보다는 내가 더 깨끗해!"

양기룡이 눈에서 불을 뿜었다. 그는 강희 18년에 직예를 떠났다. 그이후 가지고 있던 수백만 냥의 재산을 털어 조정의 대신을 매수했다. 또 녹림綠林(마적이나 도적에 대한 호의적인 호칭)의 영웅들을 끌어들여 안휘, 강서, 절강 등지에서 재기할 그날을 꿈꿔 왔다. 그러나 그는 강희가 이토록 빨리 냄새를 맡을 줄은 몰랐다. 한마디로 수 년 동안의 피나는 노력이 또다시 물거품처럼 사라지는 순간이었다. 그는 정말 비참하기 그지없었다. 더구나 맞은편에 앉아 있는, 가소롭기 그지없는 총독이라는 자는 일만 시켜놓고 정작 자신은 직접 팔을 걷어붙이고 도운 것이라곤 없었다. 만약 저 사람이 조금이나마 적극적으로 나서줬다면 이 정도로 빨리 모든 것이 백일하에 들통이 나지는 않았을 것이 아닌가! 하지만 그는 이번에 모든 것이 수포로 돌아갔다고 해도 색액도와 갈례가 살아있는 한 강희가 결코 안전하지 못할 것이라는 생각을 했다.

"당신도 사내대장부 축에 들어간다고 할 수 있을까? 가짜 태자의 허울을 쓰고 애꿎은 백성 이백여 명을 속여 희생양을 만들 줄이나 알았지! 당신 오줌에 자기 꼴을 한번 비춰 보라고. 어디 우리 대청의 폐하와 천하를 놓고 겨루게 생겼는가? 꾸물대지 말고 말해! 누가 당신 뒤를 봐 줬어? 누가 주동자야? 폐하께서 내년 오월에 남경으로 움직이신다는 것은 어떻게 알았어? 홍의대포는, 네 문의 홍의대포는 또 어디에서 났어? 말하라고, 말해!"

목자후가 갈례를 힐끔 쳐다보면서 양기륭의 말을 반박했다. 또 모든 것을 털어놓으라며 윽박을 질렀다. 갈례는 속사포 같은 그의 질문이 마치 수많은 바늘이 돼 심장을 콕콕 찌르는 것만 같았다. 그러나 목숨이 붙어 있느냐 마느냐가 달린 문제였다. 그는 극도의 공포를 억지로 눌러 참으면서 진정하려고 노력하며 상황을 계속 지켜봤다. 갑자기 양기륭이 땅바닥에 주저앉더니 목자후를 똑바로 쳐다보면서 말했다.

"강희가 올 가을에 남경에 오기로 했다가 다시 내년 오월로 계획을 바꾼 것은 내가 내무부에 선을 대서 알아낸 거야."

"그 사람이 누구야?"

"나 양기륭은 친구를 팔아먹는 사람이 아니야!"

"그럼…… 대포는 어디에서 났어?"

"그건 내가 대명大明의 태조가 누워 있는 효릉의 포대에서 찾아내 전문가를 불러 다시 만든 거야!"

"왜 다시 만들었나? 누가 만든 것인가?"

"너무 오래 방치해둔 탓에 단 한 방에 강희를 날려 보내지 못할까봐 그랬다, 왜? 그리고 갈례가 나를 잡아들이겠노라고 하도 설치고 다니기에 대포 사건이 터져 골치깨나 썩으라고 그랬지!"

양기륭이 음흉한 표정을 지었다. 그리고는 고개를 뒤로 젖힌 채 크게 웃었다. 목자후는 그가 갈례를 보호하기 위해 거짓말을 꾸며댄다는 것을 모르지 않았다. 그러나 당장 까밝힐 명백한 증거가 없었다. 목자후가 다시 물었다.

"누구를 시켜 대포를 다시 만들었나? 말해!"

"내가 말했을 텐데? 나 양기륭은 친구를 팔아먹는 치사한 자식이 아니라고 말이야!"

양기륭이 턱을 한껏 쳐들었다. 그때 갈례가 갑자기 벌떡 일어나더니 찻잔을 무겁게 내려 놓으면서 외쳤다.

"여봐라!"

갈례의 말이 떨어지기 무섭게 복도에서 대기 중이던 아역들이 들어왔다. 그가 손가락으로 양기륭을 가리키면서 악에 받친 듯 고래고래 소리를 질렀다.

"이 거만하고 교활한 자식을 끌어내 손맛 좀 보여줘. 곤장을 안기라고!"

"예!"

"잠깐만요."

목자후가 황급히 손을 내밀면서 막았다. 그리고는 연갱요에게 명령했다.

"양기륭을 옥신묘로 압송해! 그리고 자네가 직접 지키도록 하게!"

명령이 떨어지자마자 연갱요가 순식간에 아역들을 밀쳐내고 양기륭을 끌고 나갔다. 그러자 목자후가 갈례를 향해 말했다.

"갈 대인, 이는 폐하께서 큰 관심을 기울이는 사건인 만큼 이렇게 처리하는 것이 옳은 것 같습니다!"

갈례가 이마를 찌푸렸다. 어찌 보면 화가 나는 건 당연했다. 그는 오늘 저녁 목자후가 양기륭을 자신에게 데리고 와 심문한 것은 심문을 위한 심문일 뿐이라고 생각했다. 목자후가 진짜 노리는 사람은 바로 자신이라는 것을 너무나 잘 알고 있었다. 물론 그는 평계를 만들어 양기륭의 목숨을 빼앗을 수는 있었다. 그러나 반역을 꾀한 것과 같은 중대한 사안의 경우 일단 큰 형벌을 가해서는 안 된다는 강희의 명령이 있었기 때문에 그렇게 하는 것도 쉽지 않았다. 갈례는 상대가 정말 만만치 않다는 사실을 깨닫고는 머리를 숙이고 잠시 생각에 잠겼다. 결론은 달리

할 말이 없다는 쪽으로 났다.

"목 대인이 아니었더라면 나도 크게 당할 뻔했습니다. 홍의대포 사건과 관련해서는 나도 혐의를 피할 수가 없으니, 부디 조사의 강도를 낮추지 말고 끝까지 수사해 줬으면 합니다. 사건의 전모가 밝혀지기 전에는 찜찜해서 잠도 제대로 잘 수 없을 것 같습니다."

갈례가 긴 한숨을 내쉬었다. 순간 목자후는 안색이 파리하게 질려 있는 그를 보면서 어찌 됐든 일말의 인간적인 연민을 느꼈다. 그의 말투가 조금 부드러워졌다.

"솔직히 이 사건은 폐하께서 직접 결단을 내리셔서 책략을 짜셨기 때문에 파헤치는 것이 가능했습니다. 또 끝까지 지켜보실 겁니다. 방금 총독께서 하신 말씀은 제가 마음에 담아 두고 있겠습니다. 이렇게 하시죠. 나에게 호거관에 마음대로 처분해도 괜찮은 집 한 채가 있습니다. 총독께 사택으로 선물하겠습니다. 가족을 데리고 그쪽으로 옮기셔서 명령을 기다리십시오. 안됐지만 총독부는 지금부터 봉해야겠습니다. 필요한 것은 내가 어떻게든 권한 범위 안에서 도와드리도록 하겠습니다. 걱정하지 마십시오. 직무는 해제하지 않을 겁니다. 당분간은 이렇게 할 수밖에 없습니다. 용서하십시오."

"명에 따르겠습니다!"

갈례가 목자후의 제안을 순순히 받아들였다. 받아들이기 힘들 정도의 명령도 아닌 데다 최대한 배려를 한다는 느낌을 받았으니, 달리 도리가 없었다. 그가 허리를 굽히고 밖으로 나가자 연갱요가 등불을 켜든 군사들을 이끌고 총독부를 돌아다니고 있었다. 그러면서 물샐틈없이 모든 것을 봉인한다는 딱지를 붙였다. 목자후의 조치는 사실 위동정이 시킨 것이었다. 그러나 그는 그렇게 하면서도 어쩐지 속이 불편했다. 황급히 위동정의 집으로 향한 것은 그 때문이었다. 이미 날이 희미하게 밝아오고 있었다.

위동정은 안락의자에 비스듬히 기댄 채 목자후의 보고를 들었다. 다 들고 난 다음에도 한참 동안이나 침묵하다 천천히 입을 열었다.

"여보게, 동생! 우리 둘은 이번에 큰 재앙의 불씨를 심은 것 같네!"

목자후는 자신의 일처리가 위동정으로부터 상당한 칭찬을 받을 것으로 생각했다. 속으로는 은근히 들떠 있었다. 그랬으니 위동정의 느닷없는 말에 깜짝 놀라면서 묻지 않을 수 없었다.

"그게 무슨 말입니까? 내가 혹시 무슨 실수를 했습니까?"

"실수한 것이 아니네. 너무 열심히 했어!"

위동정이 말을 마치고는 탁자 위에 놓여 있던 물건을 목자후 앞으로 내밀었다.

"이 두 가지 물건을 좀 보게."

두 개의 나무상자였다. 둘레에 자주색을 칠하고 뚜껑은 도금한 것이었다. 궁중에서 보내온 상자라는 것을 대번에 알아볼 수 있었다. 그가 궁금증을 이기지 못하고 바로 상자를 열었다. 안에는 꽃무늬를 새긴 벽옥碧玉 여의如意와 와룡대臥龍袋(만주족의 전통 마고자)가 있었다. 눈이 휘둥그레진 목자후가 물었다.

"폐하께서 하사하셨습니까?"

"방금 인편으로 급하게 보내셨어! 옥여의는 넷째 황자, 와룡대는……황태자가 보내신 거야. 나에게 반드시 자네에게 직접 건네주라고 명령하셨네!"

위동정이 피곤하고 초췌한 얼굴을 쓸어내렸다. 순간 목자후는 멍해지고 말았다. 위동정이 덧붙였다.

"연갱요에게 아무것도 찾아내서는 안 된다고 전해. 사건의 전모는 이미 드러났어. 여기에서 멈춰야지 다른 사람들까지 끌어들이지는 말라는 뜻이야. 갈례까지 포함해서 말이야."

목자후는 이상하게도 그의 목소리가 마치 아주 먼 곳에서 들려와 공허하게 메아리치는 것 같았다. 하지만 이내 그 뜻을 충분히 깨달았다. 곧이어 한숨을 내쉬면서 서서히 밝아오는 창밖을 바라봤다. 달리 할 말이 생각나지 않는 듯한 표정이었다.

43장
남순南巡에 나선 강희

강희 23년은 근보가 하독을 맡은 지 6년째 되는 해였다. 다행히도 이 해에는 우성룡이 더 이상 치수 사업에 관여하지 않았다. 아마도 고가언의 감수둑(댐)이 무너진 이후 자신의 치수에 대한 능력의 부족함을 비관한 때문인 것 같았다. 또 연이은 승진으로 민정民政에 주력하다 보니 시간적 여유를 찾지 못한 때문이라고 할 수도 있었다. 어쨌거나 이로 인해 근보와 진황은 한결 마음 편히 치수에 전념할 수 있었다. 무너진 둑을 수리하는 일도 진척이 빨라서 계획대로 추진되었고, 수십 년 동안 침수돼 있던 좋은 땅 역시 무려 300만여 경頃이나 얻을 수 있었다. 대부분이 즉시 농사를 지을 수 있는 땅이었다. 당연히 그해부터 농민들에게 나눠줬다. 게다가 조정에서 소득세도 면제해 줬기 때문에 그 일대 백성들의 사정은 한결 나아졌다.

더불어 국고의 부담도 엄청나게 줄어들었다. 22년 겨울 호부에서 장강

이북 주둔군의 무기를 전부 교체시켜주고도 자금이 남을 정도였다. 그뿐만이 아니었다. 거금을 들여 자금성, 창춘원, 우두산牛頭山 등을 대거 수리하는 것도 가능했다. 이부 고공사考功司에서는 이 모든 것을 가능하게 만든 근보의 업적에 대한 상주문을 올렸다. 마음이 흐뭇해진 강희는 바로 근보의 녹봉을 두 배로 올려줬을 뿐만 아니라 하독을 계속 맡도록 했다. 또 상서 직급을 추가하라는 명령도 내렸다.

강희는 강남 일대에서 조정 최대의 우환거리를 제거했다는 위동정과 목자후의 공동 상주문을 받고는 기쁘고 흥분한 나머지 몇 날 며칠 동안 밤잠을 설쳤다. 그는 곧 양기륭을 당장 능지처참의 형벌에 처하라는 명령을 내렸다.

또 다른 한편으로는 만리장성 이북 변경에 있는 비양고와 낭심을 불러 긴급회의를 소집했다. 그의 정력적인 활동은 그 정도에서 그치지 않았다. 예부와 호부에는 남순에 대한 구체적인 노선을 정하고 행사에 차질이 없도록 만반의 준비를 하라는 지시도 내렸다. 그 외에 하도河道 시찰은 어떤 식으로 하면 좋을지, 주원장의 효릉을 언제 참배하면 좋을지에 대해서도 꼼꼼하게 살피도록 했다. 나아가 산동성 곡부曲阜의 공자묘를 참배하는 수순과 안전 문제에 대해서도 지시하는 것을 잊지 않았다.

사실 황제가 강남의 남경 등지를 순시하는 것은 건국 이후 40년 동안 단 한 번도 없던 일이었다. 당연히 강희뿐 아니라 조야朝野 모두가 들뜨지 않을 수 없었다. 어찌 보면 일반 백성들이 더했다. 이제 전쟁은 모두 끝나고 더불어 태평성세가 온다는 확실한 조짐이 보였다.

예부에서 일차적으로 결정한 일정에 따르면 강희 일행은 육로로 산동성에서 남하해야 했다. 이어 태산에 올라 봉선封禪을 행한 다음 공자묘를 참배할 예정이었다. 그런 다음 남경으로 향하도록 돼 있었다. 그러나 강희는 그 일정을 그대로 받아들이지 않았다. 우선 서쪽으로 가서 오대

산을 둘러본 다음 바로 남행길에 오른다는 일정으로 바꿨다. 또 그 다음은 봉릉도鳳陵渡에서 배를 타고 동쪽으로 가서 치수 공사 현장을 시찰하기로 했다. 치수 공사 시찰을 마치고는 남경으로 되돌아가 조운漕運을 둘러본 다음 공자묘를 참배하는 수순으로 정해졌다. 대신 태산에 올라 봉선의 대례를 행하는 일정은 취소됐다.

사실 역대 황제의 군주들은 조금만 성취감을 느꼈다 하면 저마다 통과의례처럼 태산에 올라 하늘과 땅의 신에게 제사를 올리고는 자신의 업적이 전무후무하게 뛰어나다는 것을 강조했다. 사실 강희야말로 그렇게 할 자격이 넘칠 만큼 있었다. 어린 나이에 등극한 다음 악랄한 간신을 제거하고 20여 년에 걸쳐 숱한 내란을 잠재운 황제가 아닌가! 게다가 밝은 정치에 뜻을 두고 여러 번 쾌거를 올리기도 했다. 한마디로 천하대치天下大治를 이룩했다고 해도 과언이 아니었다. 봉선을 행한 역대 군주들에 비해 업적이 넘치면 넘쳤지 못하지는 않았다.

그러나 그는 겸손해지기로 했다. 웅사리와 이광지 등 이학理學의 명신들은 그의 그런 결정에 그야말로 탄복해마지 않았다. 강희는 무수히 들려오는 칭송을 뒤로 한 채 4월 2일 대가大駕를 움직였다. 이어 호탕한 기세로 북경을 떠났다. 북경에는 웅사리가 태자를 보좌하기 위해 남기로 했다.

그가 탄 배가 정주鄭州를 지났다. 그러자 바로 치수 공사의 장관이 눈앞에 펼쳐졌다. 물살은 강폭을 좁힌 탓에 대단히 거셌다. 황하의 모래가 가라앉을 겨를도 없이 밀려가고 있었다. 연안의 4장丈 높이의 둑에는 풀들이 빽빽하게 자라 있었다. 그 때문에 모래바닥이 거의 보이지 않았다. 또 강물의 높이는 평균 2척尺이나 내려 앉아 있었다. 곧이어 홍수에 의해 둑이 밀려나가는 것을 방지하기 위해 원래의 위치에서 2리쯤 되는 곳으로 옮겨 견고하게 쌓은 둑도 강희의 눈에 들어왔다. 그 위에는 버드

나무와 회화나무가 두 줄로 빽빽이 심어져 있었다. 멀리서 보니 마치 두 마리의 푸른 용이 용틀임을 하는 것 같았다. 수천 리도 더 될 만큼 이어진 푸른 용의 거대한 몸짓에 강희는 희열을 감추지 못했다.

그렇게 개봉開封을 지나자 드디어 근보가 독창적으로 만들어 시비도 많았던 그 유명한 감수둑이 보였다. 둑 주변 남과 북의 언덕에는 각각 커다란 수문이 열려 있었다. 더불어 높다란 둑 밖에는 두 개의 수로가 황하의 강물을 세 개의 지류로 분리시키고 있었다. 그 지류는 십리 밖에서 주류와 다시 합치게 돼 있었다. 감수둑과 통하는 열몇 개의 수로에는 각각 수문이 있었다. 홍수가 우려될 때는 막아버리고 가물 때는 농토에 물을 대도록 하는 장치였다. 몇몇 상서방의 대신들은 처음 보는 광경에 눈이 휘둥그레졌다. 그들은 약속이나 한 듯 강희를 따라다니면서 수심을 재기도 하고 둑에 올라 감개무량해 하기도 했다. 고사기 역시 내내 입을 다물지 못하는 강희를 보면서 감수둑은 그야말로 천고의 기적이라는 칭송을 쏟아냈다. 그러자 강희가 빙그레 웃으면서 말했다.

"이건 우리가 호랑이 꼬리만 본 것에 불과해! 며칠 지나서 소가도蕭家渡에 있는 감수둑을 보면 아마 기절할지도 몰라!"

강희의 목소리에는 자신감이 넘쳤다. 근보가 올린 보고서를 읽었기 때문에 상황을 누구보다 잘 알고 있었던 것이다.

강희 일행을 태운 배는 4월 말에 낙마호駱馬湖에 이르렀다. 저 멀리서 근보가 동원한 5만 명이나 되는 인력이 낙타로 토석을 나르면서 황하 치수와 조운 공사의 마지막 공정을 마무리하기 위해 그야말로 악전고투하고 있었다. 또 강폭이 좁은 데다 수량이 대거 늘어나는 시기가 닥칠 예정인 탓에 수많은 상선들이 움직이지 못한 채 빽빽이 정박하고 있는 광경이 펼쳐졌다. 이날 강희의 시중을 들던 대신은 바로 고사기였다. 그는 강희 일행이 탄 선박의 몸체가 너무 커서 강을 통과하기 힘들다는 말을 듣고는 바로 진언을 올렸다.

"폐하, 치수 공정을 시찰하시면서 내려오는 동안 거의 휴식을 취하지 못해 색액도가 몸져누울 것 같다고 이덕전이 전해 왔사옵니다. 명주 역시 멀미를 심하게 하는 모양이옵니다. 소인도 마찬가지이옵니다. 더구나 지금은 상선들이 너무 많아 용주龍舟(황제가 탄 배)가 비켜가는 것이 위험하기도 하옵니다. 또 곧 수량이 늘어나는 때가 되면 정말 위험천만한 상황이 벌어질지도 모르옵니다. 그러니 여기에서 잠시 묵어가시는 것이 좋겠사옵니다. 소인이 사람을 시켜 근보를 불러오도록 했사옵니다. 수량이 불어나는 기간이 끝나는 것을 보고 떠나셔도 늦지는 않사옵니다."

강희가 수긍을 했다.

"자네 말대로 하지. 오늘 하루만 구경도 할 겸 묵어가도록 하겠네. 하지만 내일은 떠나야 하네."

두 사람이 대화를 주고받고 있을 때였다. 선실 뒤편의 주렴이 걷히더니 한류씨가 나왔다. 강희가 그녀의 모습을 보고는 장난기 어린 목소리로 말했다.

"노인장이 복도 많네. 아들이 여기 어디 산다고 하지 않았나? 짐이 이번에는 황후도 데리고 오지 않았는데, 넷째 공주의 성화에 어쩔 수 없이 자네를 데리고 온 거 아닌가!"

강희의 말에 한류씨가 황급히 몸을 낮춰 인사를 올렸다.

"인정 많은 폐하를 모시는 덕분에 미천한 것이 폐하를 따라나서게 됐사옵니다. 정말 꿈만 같사옵니다! 아들이 편지에서 그러는데, 이쪽은 도둑이 자주 출몰하고 복잡한 곳이라고 했사옵니다. 폐하께서는 각별히 조심하셔야 하옵니다!"

강희가 한류씨의 당부에 환한 얼굴로 대답했다.

"이제 보니 천하의 한류씨도 꽤 겁이 많군! 아직 이른 시간인데, 나가서 바람이나 쐬는 것이 어떻겠나? 그건 그렇고 여기 현지의 신사紳士를 몇 명 오라고 하게. 짐이 직접 만나봐야겠어. 태평성세에 어느 도둑이 대낮에 겁 없이 설치는지 말이야."

강희가 자리에서 일어나 기지개를 켰다. 그러자 고사기가 노련하게 슬쩍 화제를 돌렸다.

"지금 근보가 황하 중류에 새로운 물길을 내는 것에 대해 어사들이 국고낭비라면서 반발하고 있사옵니다. 그러니 이참에 폐하께서 직접 둘러보시는 것이 좋겠사옵니다. 정말 어사들 말대로 황하 중류의 물길을 새로 열 필요가 없다면 수백만 냥의 국고를 절약하는 셈이 되옵니다!"

강희는 고사기의 말에 일리가 있다고 생각했다. 그를 위해 이틀 정도 더 머무는 것도 괜찮겠다 싶었다.

"그럼 우리는 배에서 내리자고. 고사기와 한류씨만 짐을 따라나서면 되네. 색액도와 명주는 쉬라고 하게."

강희의 명령이 떨어지자 주위의 태감들이 부산하게 움직였다. 명령을 전달하러 달려가는 태감이 있는가 하면 남아서 강희가 옷을 갈아입는 것을 시중드는 태감도 있었다. 세심하기 이를 데 없는 한류씨가 강희의 허리춤에 달려 있는 예쁜 수가 놓인 전대纏帶를 가리키면서 말했다.

"폐하, 아무리 귀한 댁 도련님으로 보이려고 하셨다고는 하나 이 전대는 어울리지 않사옵니다. 웬만한 집에서는 어디 이런 전대를 구경이나 할 수 있겠사옵니까?"

강희는 한류씨의 한마디에 바로 전대를 풀었다. 뭐 별일이야 있겠냐는 자신감이 얼굴 가득 넘치고 있었다. 그러나 목자후가 떠난 후부터 혼자가 된 무단은 그렇지가 않았다. 막중한 책임감에 어깨가 더욱 무거워지고 부담스러웠다. 그 때문인지 그의 행동거지에서는 전보다 훨씬 섬세하고 조심하려고 노력하는 모습이 역력하게 보였다. 배에서 내려 진鎭의 중심지로 들어간 일행을 반긴 것은 역시 태평성대를 누리기 시작한 백성들의 모습이었다. 해가 서쪽으로 뉘엿뉘엿 넘어가도록 집으로 돌아갈 생각들을 하지 않았다. 무단은 소륜에게 강희를 보좌하면서 앞에서 걷도록 하고 자신은 네댓 명의 시위들을 데리고 먼발치에서 뒤따라갔다.

강희 일행은 곧 초여름 매미의 울음소리가 길게 들려오는 낙마駱馬진에 도착할 수 있었다. 역사가 자그마치 600년은 되는 낙마진은 북송北宋의 희녕熙寧(신종神宗) 때 낙마호의 범람으로 큰 수난을 겪은 적이 있었다. 황하가 남으로 방향을 틀면서 물이 넘친 것이다. 실제로 낙마진에 걸쳐 있는 200여 리의 수로는 강물이 불어나는 시기가 되면 변화무쌍했다. 예컨대 강물이 바다로 방향을 바꾸어 흘러드는 탓에 배를 움직이는 것이 보통 위험한 것이 아니었다. 강물이 불어나는 시기가 됐다는 말에 강을 오가는 상선들이 즐비하게 정박해 있던 것은 그때문이었다. 아무러나 낙마진은 상업이 발달한 지역이라는 사실을 증명하듯 별의별 물건을 파는 가게가 다 있었다. 그야말로 없는 것이 없었다. 강희는 이것저것 만져보기도 하면서 잠시 멈춰서서 흥미진진하게 주변을 구경하다 쌀가게 앞에 멈춰섰다. 그러더니 쌀이 한 되에 5전이라고 적혀 있는 팻말을 보고 기뻐했다.

"이 가격이 제일 적당해. 더 비싸면 가난한 사람들은 힘들어질 거야. 이보다 더 싸면 농민들이 또 농사짓는 재미가 안 나겠지."

강희는 식량에 대해 얘기하다 자신이 하루 종일 아침에 떡 두 조각을 먹은 것이 전부라는 생각을 떠올렸다. 끼니를 해결하기 위해 한류씨에게 물었다.

"자네 아들 가게는 어디 있는가? 거기 가서 한 끼 얻어먹고 싶군."

한류씨가 미소를 지으며 대답하려고 하자 고사기가 먼저 입을 열었다.

"소인은 이미 배가 고파 눈이 뒤집혀질 정도이옵니다. 지금 폐하께서 그리로 가시면 한동안 준비하느라 여념이 없을 텐데, 그때까지 어떻게 기다리겠사옵니까? 폐하께서도 시장하실 테니 우선 아무 가게에나 들어가 한 끼를 때우시는 게 어떻겠사옵니까? 그런 다음 한류씨가 가서 준비한 저녁을 먹는 것이 더 나을 것 같사옵니다. 그래야 한 끼 제대로 얻어먹지 않겠사옵니까!"

고사기의 말에 강희가 아무래도 좋다는 듯 흔쾌히 머리를 끄덕였다. 그런 다음 '만가춘래'萬家春來라는 상호가 적혀 있는 가게 쪽으로 발길을 옮겼다.

강희 일행이 막 계단을 오르려고 할 때였다. 안에서 한바탕 소란이 벌어졌다. 점원인 것 같은 사내가 어린 여자아이의 머리채를 잡아끌고 거칠게 밖으로 밀어내면서 소리를 질렀다.

"빨리 꺼지지 못해? 밥도 눈치껏 빌어 처먹어야지. 손님이 앉아 있는데, 그 밑으로 개처럼 기어 들어가면 어떡해! 잔반 한 가지면 됐지. 빌어먹는 주제에 꼭 고깃국을 달라고 앙탈이야!"

여자아이의 머리는 볼썽사납게 헝클어져 있었다. 손에는 이가 빠진 그릇을 안고 있었다. 당연히 힘으로는 음식점 점원을 당해내지 못했다. 비틀거리면서 밀려나오다 그만 문지방에 걸려 넘어지고 말았다. 그러다 마침 문 앞에 서 있던 어떤 만주족 옷차림을 한 여인의 품에 쓰러졌다. 여인은 마치 오물을 뒤집어쓴 듯 비명을 지르면서 여자아이를 거칠게 밀쳤다. 그 바람에 아이는 저만치 나가떨어졌다. 조심스럽게 안고 있던 그릇 역시 산산조각이 나고 말았다. 여자아이는 넘어져 아픈 것보다 쏟아진 국물이 아까워서 그런지 구슬프게 울었다. 그러자 사람들이 구경거리가 생겼다며 순식간에 몰려들었다. 그들은 여자아이와 박살난 그릇을 번갈아보면서 한바탕 낄낄대고 웃었다. 한류씨가 그 모습을 지켜보다 두 손을 모은 채 중얼거렸다.

"아미타불! 죄가 따로 없구나."

"고씨, 아이를 데리고 들어와 밥을 먹여서 보내게."

강희가 사람들이 낄낄거리는 속에서 하염없이 눈물을 흘리는 여자아이가 가여웠는지 고사기에게 바로 명령을 내렸다. 그러자 점원이 허리를 굽실거렸다. 비단을 둘둘 감지는 않았으나 옷의 재질이 고급스럽고 일거수일투족이 보통사람 같지 않은 강희 일행의 모습을 보고 지레 기가 죽은 것이다. 이어 뒤편의 조용하고 아늑한, 이른바 일등 손님용 좌석으로 안내했다. 그리고는 비굴한 웃음을 지으면서 물었다.

"지체 높으신 어르신들, 뭘 주문하시겠습니까?"

강희가 머뭇거리면서 난감해 했다. 점원이 자신 앞에 떡하니 서서 물어보는 것이 불편한 모양이었다. 고사기는 그제야 강희가 음식을 주문해 본 적이 없다는 생각을 하고는 황급히 입을 열었다.

"우리 도련님은 입이 고급이시라 웬만한 것은 드시지 않네. 이런 곳에 곰발바닥이나 노루 힘줄 같은 것은 없을 테고 말이야. 아무튼 제일 먹을 만한 것들로 가지고 오게."

점원이 흰 수건을 어깨에 척 걸치면서 대답했다.

"이래봬도 우리 가게에는 없는 것 빼놓고는 다 있어요! 방금 대단한 귀인 두 분이 오셔서 만들어 드리려고 했더니, 극구 사양하시면서 붕어찜만 드시고 가셨어요. 그 두 분이 누구인지 아세요? 그 이름도 유명한 근보 상서와 진 하백이라는 것 아닙니까!"

가게 일꾼의 말에 놀란 강희가 "근보가 벌써 도착했는가? 진 하백이라는 사람은 누구야?"라고 물으려고 했다. 그러나 고사기가 재빨리 눈짓을 하는 바람에 목구멍까지 올라온 말을 도로 꿀꺽 삼켰다.

"재미있군그래. 상서가 아닌 우리는 언감생심 공짜는 바랄 수 없으니,

그 사람들에게 해주기로 했던 음식이나 가져오게!"

"예!"

점원이 크게 대답하면서 나가려고 했다. 그러자 강희가 손짓으로 그를 다시 불러 세웠다. 이어 아직 흐느끼고 있는 여자아이에게 물었다.

"너는 뭐가 먹고 싶어?"

"저요?"

여자아이는 강희가 갑자기 자신에게 뭐가 먹고 싶으냐고 묻자 당황해서 잠시 어찌할 줄을 몰랐다. 그러다 얼굴을 붉히면서 기어들어가는 듯한 목소리로 말했다.

"어르신께서 큰 은혜를 베푸시어 갈비탕 한 사발만…… 주신다면…… 감사하겠습니다……."

한류씨는 세심하고 눈치 빠르기로 소문난 사람답게 여자아이에게 분명 무슨 일이 있다는 생각을 했다.

"아가야, 무서워 할 것 없어. 혹시 엄마가 애기를 낳으셨니?"

여자아이가 한류씨의 말에 눈물이 가득 고인 두 눈을 들었다. 그러더니 한류씨를 바라보고는 머리를 끄덕였다.

"우리 도련님은 덕을 쌓고 착한 일만 행하시는 분이셔. 사줄 테니 걱정하지 마. 저기, 씨암탉 있으면 하나 푹 고아서 이 아이에게 주게. 계산은 우리가 할 테니까."

한류씨가 말을 마치고는 주머니에서 은전 두 개를 꺼내 여자아이의 손에 꼭 쥐어주었다. 그때 여자아이를 눈여겨보던 고사기가 끼어들며 물었다.

"올해 몇 살이야?"

"열네 살입니다."

"이름은 어떻게 되는가?"

"약지若芷라고 부릅니다."

"성은?"

"……흑씨黑氏입니다."

고사기가 여자아이와 대화를 나누다 말고 강희를 힐끔 쳐다봤다. 강희는 대수롭지 않은 표정으로 부채를 부치며 앉아 있었다. 고사기가 여자아이에게 다시 물었다.

"너희 조상은 관직에 계셨니?"

여자아이는 고사기의 질문에 바로 머리를 깊이 숙였다. 그리고는 발끝으로 애꿎은 땅만 후벼팔 뿐 말이 없었다. 강희가 아이의 심상찮은 반응에 관심이 생겼는지 가까이 앉으면서 고사기를 쳐다봤다. 고사기가 한숨을 내쉬었다.

"이름 지은 것을 봐도 그렇고, 아이가 말하는 것도 예의바릅니다. 보고 배운 것이 좀 있는 것 같아서 말입니다……. 그런데 성은 좀 아닌 것 같네요. 얘야, 진짜 성이 뭔지 솔직히 말해보거라."

그때 두 명의 점원이 음식을 쟁반에 받쳐들고 왔다. 하나는 김이 모락모락 나는 닭찜이었다. 조금 전의 그 점원이 닭찜을 여자아이 앞에 밀어놓으면서 말했다.

"이 계집애야, 오늘 운 한번 끝내주는구나. 어서 가져다 굶어 뒈진다는 네 어미 갖다 먹여라!"

여자아이는 점원의 거친 욕설에는 아랑곳하지 않았다. 그저 강희와 한류씨에게만 각각 두 번씩 머리를 조아려 보이고는 고맙다는 인사를 연거푸 하면서 밖으로 나갔다. 강희가 바로 고사기를 칭찬했다.

"고사기, 자네는 정말 꼼꼼해. 그러고 보니 정말 다른 사람들과는 다른 면이 있는 것 같군."

한류씨가 강희의 말을 받았다.

"세상 일은 누구도 장담할 수 없는 것이옵니다. 우리 조상님들도 한때는 전 왕조인 명나라에서 꽤나 잘 나갔사옵니다. 그런데 그게 무슨 소용이 있사옵니까? 저도 그 이후로 밥을 빌어먹으러 많이 다녔는데……."

고사기가 한류씨의 말에 호응하고 나섰다.

"그렇기 때문에 군자의 덕도 다섯 세대 이상을 가지 못한다고 하지 않습니까!"

강희 일행이 음식을 먹으면서 떠들썩하게 대화를 나누고 있을 무렵이었다. 갑자기 밖에서 한바탕 소란이 일어난 듯 시끌벅적했다. 강희가 점원을 불러서 물었다.

"어디 전쟁이라도 일어난 것인가?"

점원이 굽실거리면서 대답했다.

"유철성이 아무리 간덩이가 여러 개라고 해도 대낮에 식량을 강탈하려고 쳐들어오지는 않을 겁니다. 전쟁은 아니고요. 그 바보 같은 계집애가 여기에서 닭찜을 들고 나가다가 사고가 난 것 같습니다……."

"뭐라고?"

강희가 젓가락을 내려놓으면서 깜짝 놀라는 표정을 지었다. 점원이 잠시 머뭇거리다 덧붙였다.

"저도 사람들이 얘기하는 걸 들었습니다. 치수 공사를 책임지는 관청의 하급관리의 처남인 방부청方付清이 몇 명의 사내들과 술을 마시다가 닭찜을 들고 지나가던 여자거지를 발견하고 빼앗아 먹었나 봅니다. 그 계집애가 성깔은 있어 가지고 황하로 뛰어 들었답니다……. 어르신과는 상관없는 일입니다."

"그런 일이 있을 수 있나?"

강희가 버럭 화를 내면서 탁자를 힘껏 내리쳤다. 그릇들이 두둥실 춤을 췄다. 강희가 곧장 밖으로 뛰쳐나가려고 했다. 그러자 음식점 주인이 나서더니 강희를 가로막았다. 이어 험악한 얼굴로 싸늘히 뇌까렸다.

"별꼴 다 보는군. 밥값을 내지 않으려고 별 수작을 다 부리네?"

무단은 그 소리를 듣고 가만히 있을 사람이 아니었다. 밖에서 달려들어 와서는 다짜고짜 음식점 주인의 멱살을 잡아 위로 쳐든 채 주먹을 휘갈겼다. 이어 주머니에서 스무 냥짜리 커다란 은덩어리를 꺼내 던져주고 황급히 강희를 따라나섰다.

강물이 불어나는 시기가 가까워지고 있는 것 같았다. 상류에서 기세 사나운 흙탕물이 소용돌이치면서 물비린내를 풍기고 있었다. 강물이 급속도로 밀려오고 있다는 사실을 분명히 보여주는 광경이었다. 사람들이 언덕 위에서 웅성거리는 모습이 보였다. 그들은 조금 떨어진 강 위에서 떴다 가라앉았다를 반복하며 떠내려가고 있는 아이를 바라보고 있었다. 그들 중 일부는 자신은 꼼짝도 하지 않고 있으면서 사람을 살리라고 소리만 지르고 있었다. 또 나머지는 그 자리에 선 채로 발만 동동 구르고 있었다. 바로 그 옆에는 술잔을 비우고 닭다리를 뜯어 먹으면서 노래까지 부르는 인간들이 있었다. 이미 술이 거나하게 취해 있었다. 강희가 험악한 표정으로 그들을 노려보면서 고사기에게 말했다.

"저것들을 잘 봐둬. 약지가 죽는 날에는 내가 같이 처넣어버릴 거야!"

고사기가 황급히 머리를 숙이며 그러겠노라고 대답했다.

그때 상류 저쪽에서 갑자기 나룻배 한 척이 거친 파도를 헤치면서 위태롭게 달려오고 있었다. 배 위에는 비쩍 마르고 시커먼 사내가 언덕 위의 사람들을 향해 삿대질을 하면서 고래고래 고함을 질렀다.

"이 동네에는 자식새끼도 없는 사람들만 사는가 보지? 뭐 이런 데가다 있어!"

사내는 거칠게 말을 내뱉고는 배를 돌려 곧바로 약지를 향해 노를 저어갔다. 강희는 그가 어딘가 모르게 눈에 익었다. 반면 한류씨는 진황이라는 것을 확신했다. 그러나 혹시라도 실수를 할까봐 감히 아는 척하지는 못했다. 강희는 그 와중에도 한류씨를 돌아보면서 친절하게 당부했다.

"여기에서는 이제 그대가 할 일이 없어. 이틀 동안의 휴가를 줄 테니, 아들 집에 가 오랜만에 회포를 풀게. 곧 자네를 찾아갈 거야!"

강희가 한류씨에게 말하고는 다시 큰 소리로 사내의 말에 호응했다.

"맞는 말이오. 낙마진의 민심이 이 정도로 피폐한 줄은 정말 몰랐어요. 또 이렇게 많은 사람들 중에 헤엄을 칠 줄 아는 사람이 하나도 없다는 말이오?"

"다 그럴만한 사연이 있어! 천벌을 받아 마땅한 가문에서 태어난 것이 죄라면 죄라고 할 수 있지!"

강희의 말에 옆에 있던, 수염을 길게 기른 나이 지긋한 노신사가 한숨 쉬듯 내뱉었다. 강희가 그에게 물었다.

"그게 무슨 말입니까? 저 아이가 누구길래? 기생의 딸이라도 되는 겁니까?"

"저 아이는…… 홍승주洪承疇의 외손녀요."

순간 강희는 가슴이 덜컥 내려앉는 충격을 받았다. 안색이 하얗게 질렸다. 홍승주라면 명나라 말기에 풍운의 세월을 살았던 당대의 유장儒將이었다. 또 대청大淸의 구성경략대신九省經略大臣까지 지낸 인물이었다. 세상을 떠난 지 고작 20년밖에 되지 않았는데 그의 가문이 이토록 몰락해 외손녀가 기생보다 못한 천대를 받을 지경에 이르렀다니! 강희는 불어 닥치는 강바람에 자신도 모르게 몸을 흠칫 떨었다.

강희 4년에 홍승주가 죽었을 때 조정의 신하들은 그에게 문성文成이라는 시호를 내리라고 주청한 바 있었다. 그러나 오배와 소극살합 등의 보정대신들은 이견을 보였다. 그래서 다시 문양文襄으로 바꾸게 됐다. 아무려나 시호에서 보듯 '문'에 관한 한은 전혀 손색이 없는 홍승주라고 할 수 있었다. '양'이라는 글자도 의미는 좋았다. 나라에 공로가 있다는 사실을 의미했다. 군신들 역시 강희가 홍승주에게 내린 시호의 '양'자가 '도와주다'라는 뜻임을 잘 알고 있었다. 그만큼 홍승주는 대단한 인물이었다.

하지만 강희는 얼마 전 웅사리에게 특별지시를 내려 그를 《명사》明史의 〈이신전〉貳臣傳에 수록하도록 했다. 완전한 청나라의 충신이라고 할 수 없다는 얘기였다. 사후에 평가가 격하된 셈이었다. 하기야 그가 충의를 저버리고 비굴한 최후를 마쳤으니, 그런 평가도 이상할 것은 없었다. 더구나 이 사실은 만천하에 공개됐다. 따라서 낙마진의 백성들은 강희의 뜻에 따랐다고 해도 과언이 아니었다. 사람이 죽어가더라도 상대가 홍승주의 외손녀라는 것만으로 그들은 수수방관해도 도덕적 책임을 면할 수 있었던 것이다. 한마디로 홍승주를 미워하고, 홍승주 일가를 증오하는 것은 조정에 충성하는 것이라고 할 수 있었다.

44장
다시 만난 치수治水의 귀재

물에 빠진 홍승주의 외손녀 약지는 진황이 위험을 무릅쓰고 구해낸 덕분에 다행히 목숨을 건졌다. 강희는 거센 파도와 싸우면서 생면부지의 소녀를 구해내는 진황의 모습을 지켜보면서 침묵에 잠겼다. 그러다 한참 후에 입을 열었다.

"무단에게 이 일이 일어나게 만든 장본인들을 붙잡아 엄하게 처벌하라고 전해. 구출해낸 약지가 아직 살아있으면 데리고 오게. 짐이 뭘 좀 물어봐야겠어."

강희가 사람들의 이목을 피해 나지막하게 말하고는 강가에서 조용히 몸을 돌렸다. 기분이 착잡한 눈치였다. 마침 그때 뱃전에 엎드려 있는 근보의 모습이 그의 눈에 들어왔다. 그는 가볍게 고개를 끄덕이고는 선실로 들어가 버렸다. 뒤따라오던 고사기가 근보에게 공수를 했다.

"근 대인, 별일 없습니까? 소식을 접하자마자 바로 움직였군요?"

근보가 황급히 자리에서 일어나 인사를 했다.

"여기는 치수 공사의 현장이니 나는 자리를 지키고 있었습니다. 고 대인이 보낸 편지는 받지 못했습니다. 안휘 순무의 자문咨文을 보고 폐하께서 오셨다는 것을 알게 됐죠. ……그런데 폐하께서는 어째 기분이 별로 좋지 않으신 것 같습니다?"

고사기가 머리를 끄덕였다. 이어 귀를 기울여 선실 세면대에서 들려오는 물소리를 확인했다. 더불어 가벼운 기침소리와 함께 입을 열었다.

"소인 고사기가 폐하께 말씀을 아뢰러 왔습니다!"

한참 후 강희의 목소리가 들려왔다.

"들어오게. 근보도 같이."

근보와 고사기는 약간 허리를 굽히고 선실로 들어섰다. 강희의 표정은 조금 전처럼 굳어 있지는 않았다. 대신 조금 피곤한 기색이 엿보였다. 근보의 인사가 끝나자 강희가 의자에 반쯤 기대 앉은 채 말했다.

"근보! 잘 왔네. 짐이 오늘 황하를 둘러봤네. 수량이 확 늘어나는 시기가 곧 닥친다는데, 중하를 수리하는 일이 잘 되겠는가? 애로사항은 없고? 짐은 중하를 수리하는 필요성에 관해서는 아직 확신이 서지 않네!"

"폐하께 아뢰옵니다."

근보가 머리를 조아렸다.

"몇몇 어사들의 반론에 소인은 절대로 공감할 수 없사옵니다. 폐하께서 친히 둘러보시고 계시니 이해를 해주신 줄로 믿사옵니다. 이 일대는 수심이 깊고 구불구불해 물살이 빠르고 파도가 거셉니다. 때문에 조운의 가장 위험한 구간으로 유명하옵니다. 그러나 황하의 물을 중하로 빼버리면 물길이 잔잔해져 조운 선박의 안전운행을 도모할 수 있사옵니다. 더구나 황하의 수위가 낮아져 낙마호의 범람도 막을 수 있사옵니다……."

중하를 수리해 물길을 여는 공정은 전체 치수治水와 치조治漕에 있어 돈이 가장 많이 들어가는 공정이라고 할 수 있었다. 따라서 신하들의 의견도 분분했다. 부정적인 시각이 훨씬 더 우세했다. 근보가 골머리를 앓았던 것도 그 때문이었다. 그러나 그는 이번에야말로 중하를 수리해 반드시 물길을 열어야 한다고 생각했다. 필요성에 대해서도 강희에게 상세하게 역설했다. 하기야 이번 기회에 강희의 허락을 확실히 받아내지 않으면 다음 기회는 없다고 해야 옳았다. 근보가 마지막으로 한마디를 덧붙였다.

"어떤 사람들은 소인이 개인적인 공명에 눈이 멀어 무조건 큰일을 저지른다고 생각하옵니다. 하지만 폐하께서도 이미 확인하신 것처럼 이 구간을 제대로 처리하지 못하면 하류의 조운은 위기를 맞게 되옵니다. 폐하의 용주도 불어나는 물길에 발목이 잡힌 마당에 작은 조운 선박들은 더더군다나 움직이지를 못할 것이 아니옵니까? 폐하께서 현명한 판단을 하실 줄로 믿사옵니다!"

사실 강희는 이미 근보의 능력을 인정하고 있었다. 또 그가 일궈낸 실적에 대단히 만족하고 있었다. 강희가 밝은 표정으로 머리를 끄덕이며 근보의 말에 공감을 표했다.

"자네, 정말 수고 많았네. 짐에게도 말할 기회를 주는 거지? 짐이 자네에게 뭘 따지겠다는 것이 절대 아니야! 오는 길에 자네가 만들어 놓은 것을 보면서 짐은 기분이 날아갈 것 같았네. 그러면서도 한편으로는 독불장군은 없다는 말도 있는데, 이 거대한 공사를 과연 자네 혼자서 한 것일까 하는 생각도 들었지. 짐이 보기에는 자네 참모 중에 치수에 천재적인 재주를 가진 사람이 있는 것 같아. 아닌가?"

강희의 말이 끝나자 고사기가 빙긋 웃으면서 근보에게 말했다.

"이제는 얘기해야 될 것 같군요. 오늘 폐하께서는 그대의 하백 진천

일을 보셨어요."

"뭐, 진천일?"

강희는 그제야 자신이 예전에 철우鐵牛진에서 만난 적이 있던 그 사람이 바로 지금 그 이름도 유명한 근보의 '하백'河伯 진천일이라는 사실을 알게 됐다. 근보도 상황이 이해가 되는지 황급히 전모를 아뢰었다.

"진천일은 이름이 진황陳潢이옵니다. 천일天一은 자字이옵니다. 사실 폐하께서는 소인을 비난하는 글에서 모든 것을 보셨을 것이옵니다. 소인을 못마땅해 하는 사람들은 소인을 호랑이, 진천일은 호랑이의 앞잡이가 돼 거들먹거리면서 휘젓고 다니는 늑대쯤으로 보고 있사옵니다. 일이 잘 되면 몰라도 만일의 경우 소인 때문에 피해를 입을까 우려해 아직까지 진황의 공로에 대한 상주문을 올리지 못했사옵니다……. 소인이 어찌 군주를 기만하겠사옵니까? 감수둑, 중하를 수리해 물길을 여는 공사, 둑 밖에 둑을 하나 더 만드는 등의 계획은 모두 진황의 작품이옵니다……."

강희가 근보의 말에 너털웃음을 터트렸다.

"짐이 보기에도 역시 그는 치수의 귀재라고 해도 과언이 아닐 것 같군! '하백'이라는 호칭에 전혀 손색이 없는 기재奇才야. 섬감陝甘(섬서성과 감숙성) 상류에 나무를 심어 둑을 견고히 한 것도 그의 제안일 테지? 그 일에 대해서는 비방이 난무했었지!"

강희와 신하들이 얘기를 나누고 있던 중 명주와 색액도가 들어섰다. 앞에 서 있던 명주가 먼저 입을 열었다.

"폐하께서 배려해주신 덕분에 한숨 푹 자고 나니 어지럼증이 한결 나은 것 같사옵니다. 고사기가 대신 고생 많았겠사옵니다. 밖에 역승驛丞이 네 명의 향신鄕紳(시골에 사는 과거시험 합격자와 퇴직한 벼슬아치)과 여자아이 하나를 데리고 왔사옵니다. 폐하께 말씀을 올려달라고 무단이 전해 왔사옵니다."

강희는 그제야 자신이 무단에게 명령을 내렸던 사실을 떠올렸다.

"역승에게 내가 오늘 저녁 그쪽에 묵지 않을지도 모른다고 말하고 먼저 가라고 하게. 나머지는 들어오게 하고."

강희는 근보에게 일어나 한쪽 편으로 물러서도록 했다. 잠시 후 강희의 명령을 받고 불려온 네 명의 향신이 들어왔다. 모두 70세 가량은 된 듯한 노인들이었다. 저마다 걸음걸이가 엉거주춤했을 뿐 아니라 노쇠한 기운이 완연했다. 게다가 그들은 모두 검은 비단 두루마기를 입은 채 조심스럽게 행동하고 있었다. 고사기는 그 모습을 보고는 하마터면 웃음을 터뜨릴 뻔했다. '역승이 어디에서 이런 산 귀신들을 찾아왔지?'하는 생각을 한 것이다. 그러나 강희는 그렇지 않았다. 그들에게 대례도 면하게 해줬을 뿐만 아니라 친절하게 이것저것 물어보면서 마음을 편하게 해줬다. 최대한 배려하려는 자세가 돋보였고 대화 내용도 알찼다. 올해 농사 수확에 대한 얘기, 현지 풍속 등에 대한 얘기가 오고 갔다. 강희의 자세는 더욱 진지해졌다. 연신 크게 웃으면서 노인들의 말에 맞장구를 쳤다. 흥미진진하게 들어주는 것은 더 말할 나위가 없었다. 그 사이 옷을 갈아입고 들어선 약지도 수줍은 듯 발그스레한 얼굴을 하고 옆에 공손히 시립했다. 향신들이 긴장을 풀고 잠시 강희를 이웃집 총각 대하듯 편하게 얘기 보따리를 풀어놓을 무렵이었다. 강희가 갑자기 엉뚱한 질문을 던졌다.

"여러분은 짐의 곁에 모두 몇 명의 대신이 있는지 알고 있는가?"

강희의 물음에 그중 한 명이 몸을 앞으로 숙이면서 대답했다.

"폐하께 아뢰옵니다. 소인은 알고 있사옵니다. 폐하를 시중드는 대신들로는 색 대인, 웅 대인, 명 대인, 고 대인, 그리고 탕빈, 이광지 대인 등등입니다. 저마다 재주가 뛰어난 인물들인 것으로 알고 있사옵니다!"

강희가 향신의 대답에 흡족한 듯 고개를 돌려 색액도와 명주, 고사기를 쳐다보았다. 그리고는 다시 조금 전 그 향신에게 물었다.

"그대가 말한 대신들 중 몇 명은 지금 여기 있네. 그렇다면 웃기는 질문 같은 것을 하나 하지. 보이는 대로만 대답해 보게. 여기에 간신처럼 생긴 사람은 없는가?"

강희는 농담처럼 웃으며 말했다. 하지만 평소 쓸데없는 말은 별로 하지 않는 그의 성품으로 볼 때 결코 농담이 아닌 가시가 숨어 있는 질문이라고 해야 옳았다. 좌중의 사람들은 모두들 깜짝 놀라 안색이 변했다. 근보마저도 가슴이 쿵쿵 뛸 정도였다. 강희가 지목한 향신은 말이 떨어지기 무섭게 바로 도수 높은 안경 너머로 마치 절에 있는 불상들을 감상하듯 세 명의 대신들을 노골적으로 뜯어봤다. 눈초리가 예리하기 이를 데 없었다. 어쩌면 내일 모레가 되기도 전에 두 다리 뻗고 저 편한 세상으로 갈 것 같은 노인이 전혀 아니었다. 명주 등은 백일하에 공공연히 심문 아닌 심문을 당하는 터라 진땀을 삐질삐질 흘렸다. 혹시라도 그가 어느 누구를 지목할까봐 은근히 걱정이 됐던 것이다. 더구나 다름 아닌 자신이 지목되면 무슨 망신이란 말인가.

향신은 안경테를 반쯤 내리고 심각하게 명주 등을 쳐다보다 한참 후 고개를 절레절레 흔들었다.

"폐하께 말씀 올립니다. 소인이 이렇게 오래오래 들여다본 결과 폐하 신변의 이 몇몇 대신 중에는 간신이 없는 것 같사옵니다!"

명주 등의 세 사람은 향신의 말에 온 신경을 곤두세웠다가 그제야 안도의 숨을 내쉬었다. 그러자 강희가 물었다.

"어떻게 그렇게 장담할 수 있는가?"

향신이 정중하게 대답했다.

"소인이 이래봬도 세상 구경한 지 칠십 하고도 사 년이 넘었사옵니다.

전 왕조인 명나라의 신종神宗황제 때부터 조부님을 따라다니면서 연극 구경을 많이 했사옵니다. 연극에 나오는 간신들은 하나같이 얼굴이 부풀어 오른 사람이었사옵니다. 또 밀가루 반죽같이 희고 퉁퉁했을 뿐만 아니라 말벌의 눈에 전갈의 코를 하고 있었사옵니다. 생쥐같이 반들거리는 두 눈에 고슴도치 얼굴을 하고 있는 자들도 가끔은 있었사옵니다. 그런데 여기 있는 대신들은 하나같이 품위 있게 각진 얼굴을 하고 있사옵니다. 붉은 빛도 감도는 것이 영락없는 복상福相이옵니다. 그러니 간신일 턱이 있겠사옵니까?"

향신의 말에 좌중에는 한바탕 웃음보가 터졌다. 저마다 흐느적거리면서 박수까지 쳐대고 있었다. 약지 역시 입을 감싸 쥔 채 얼굴을 돌리고 조용히 웃었다. 사람들의 웃는 모습이 더 웃겼던 것이다. 고사기는 겉으로는 그 향신이 흐리멍덩하고 아무 생각 없는 시체처럼 보이기는 했으나 속생각은 멀쩡하다는 생각을 했다. 그때 배를 붙잡고 웃어대던 강희가 말했다.

"대답 잘했어. 짐이 모처럼 만에 크게 웃었네. 고사기, 자네는 웅사리에게 전하게. 짐이 즐거운 나날을 보내고 있다고 말이야……."

강희는 고사기에게 지시하고 난 다음 서서히 웃음을 거둬들였다. 그리고는 얼굴을 돌려 약지에게 물었다.

"너는 홍승주의 외손녀라고 하더군!"

약지가 황급히 머리를 숙이면서 대답했다.

"예……."

강희가 한숨을 섞어 다시 물었다.

"너의 집은 금릉에 있었던 것이 아닌가? 여기는 어떻게 왔어?"

"폐하께 아뢰옵니다."

약지의 눈이 금세 붉어졌다. 쏟아지는 눈물을 억지로 삼키고 있었다.

"저희 집은 원래 남경의 막수호 근처에 있었사옵니다. 그러나 십 년 전 망했사옵니다. 아버지가 병들어 돌아가시고 나서는 어머니하고 걸식을 하면서 금릉을 떠났사옵니다. 여기는 살 길을 찾아 왔사옵니다. 하지만 여기 사람들도 저희가 홍씨의 식구라는 것을 알고는……."

약지는 말을 잇지 못했다. 사실 더 이상의 설명이 필요 없었다. 그 정도로도 충분히 약지의 가족이 여태껏 어떻게 살았는지 충분히 짐작하고도 남았다. 홍승주는 청나라 조정에서는 훌륭한 신하였으나 한족들한테는 인심을 잃을 대로 잃었던 것이다. 더구나 나무가 넘어가면 그 위에 있던 원숭이들이 뿔뿔이 흩어진다는 말도 있듯 그가 세상을 떠나자 상황은 너무나도 빠르게 전개됐다. 주변의 몰매로부터 자유롭지 못했던 것이다. 심지어 꼬마들마저 발로 툭툭 건드리고 갔을 정도였으니, 약지 가족은 그 어디에도 발붙일 곳이 없게 됐다. 저마다 침을 뱉는 원한의 대상이 되었고, 나중에는 살던 집도 행궁을 짓는다는 핑계로 강제로 빼앗기다시피 했다. 하기야 조정에서 홍승주에게 사람대접을 하지 않았으니 민심이야 말할 것이 있겠는가. 강희가 잠시 생각하더니 말했다.

"담벼락이 무너지려고 하면 사람들이 너도 나도 피하는 것이 세상의 인심이지. 그게 또 인지상정이기도 하고. 짐이 '이신전'을 편찬하려고 한 것은 불미스러운 과거가 다시는 되풀이되지 않도록 사람들에게 경종을 울려주려는 것뿐이야. 절대로 명나라에서 관직을 가졌던 사람들을 괴롭히려는 것이 아니야. 홍승주는 오삼계와는 달라. 그는 이자성에게 빌붙은 적이 없어. 조정으로 볼 때는 공은 있으나 과는 거의 없다고 할 수 있어. 그런데 마구잡이로 한자루 속에 처넣고 무차별 구타를 한 것은 너무한 게 아닐까? 공로가 있는 공신의 가족을 대하는 경우가 아니라고 생각하는데?"

강희가 말을 마치고는 향신들을 위엄스런 눈매로 쳐다봤다. 그러다 한참 후 다시 말을 이었다.

"대청의 강산은 이자성의 손에서 빼앗아낸 거야. 더구나 홍승주는 천병을 이끌고 산해관을 넘어 들어와 명나라를 위해 복수도 했어. 엄격히 말하면 명나라의 배신자도 아닌 거야. 짐의 말이 틀리는가?"

"정말 지당하신 말씀이옵니다! 소인들이 생각이 짧아 관심을 가져주지 못했사옵니다. 폐하께서 중죄를 물어주시옵소서!"

향신 한 명이 황급히 허리를 굽실거렸다.

"이제라도 알았으면 됐네. 사람을 대하고 일처리를 함에 있어서 충성과 용서를 배워야 한다는 뜻이지. 약지 이 아이만 보더라도 엄마 병을 고치려고 목숨을 걸고 나섰어. 효녀 중의 효녀야."

강희가 약지를 한껏 칭찬한 다음 얼굴을 돌려 명주에게 물었다.

"홍씨 가문 사람 중에 관직에 있는 사람이 있는가?"

명주가 마치 준비라도 했다는 듯 황급히 대답했다.

"홍승주의 넷째 아들 홍사흠洪士欽이 원래 태상시太常寺(예의禮儀와 제사祭祀를 관장하는 기관) 소경少卿이었사옵니다. 그러나 강희 칠 년에 삼년상을 치르면서 전혀 슬퍼하지 않는 불경을 저질렀다는 내용의 탄핵을 강남 순무인 섭평추葉平秋로부터 받아서 파직됐사옵니다. 지금은 집에 있는 줄로 아옵니다."

"걸고넘어질 것이 없으니까 괜히 핑계를 만든 거겠지! 만만하니까 한번 깨물어 본 거야. 자네, 이부에 공문을 보내 홍사흠을 당장 복직시키라고 하게."

강희가 냉소를 흘리더니 지시했다. 그러자 고사기가 슬며시 약지를 바라보고는 다정하게 충고를 건넸다.

"약지, 너도 성질 좀 죽여야겠어. 지금 세상에 누구 하나 죽는다고 눈깜짝할 사람 아무도 없어! 죽어버리면 자기만 손해야. 알겠니?"

강희가 잠시 침묵하더니 고사기에 이어 약지에게 물었다.

"약지야, 정혼자는 있니?"

"아직은……."

약지가 강희의 갑작스런 질문에 바로 얼굴을 붉혔다. 강희가 잘 됐다는 표정으로 얼굴을 돌려 명주를 바라보면서 물었다.

"자네는 아들만 둘인 것으로 알고 있네. 몇 살씩 먹었나?"

명주는 강희의 질문하는 의도를 대번에 알아차렸다. 바로 대답하려고 했다. 그러나 그보다는 고사기가 한 발 더 빨랐다. 먼저 손뼉을 치더니 웃으면서 아뢰었다.

"폐하께서는 소인과 생각이 통하셨사옵니다. 그렇지 않아도 소인이 중매를 서 볼까 하던 중이옵니다. 성덕性德과 약지는 천생배필인 것 같사옵니다!"

강희가 다리를 바꿔 꼬면서 머리를 끄덕였다.

"짐이 보기에도 성덕 그 아이는 반듯하고 재주도 뛰어나더군. 그러면 둘을 맺어주기로 하고, 성덕 그 아이를 시위 대열에 끼워 넣게!"

아들이 명예롭게 시위가 되고 강희가 직접 나서서 혼인을 맺어주는 행운은 누구에게나 찾아오는 것이 아니었다. 생각지도 못한 황제의 은혜에 명주는 입이 귀에 걸려 어쩔 줄을 몰라 했다.

"소인의 큰아들 규서揆叙가 이 년 전 성은에 힘입어 시위가 됐사옵니다. 그런데 이번에는 성덕이마저 시위가 되는 행운을 맞았사옵니다. 이로써 소인의 가족은 전부 폐하의 시중을 들 수 있게 됐사옵니다. 이 얼마나 대단한 가문의 영광이옵니까! 특히 폐하께서 친히 혼사까지 맺어주시니 소인은 복에 겨워 어찌할 바를 모르겠사옵니다!"

명주는 진짜 감동한 것 같았다. 나중에는 감정을 못 이긴 듯 허리춤에 달고 다니던 금박 옥고리를 빼내 약지에게 건네주었다.

"이걸 상견례 선물로 우선 받아 두거라. 내일 당장 북경에 너희 모녀가 머무를 곳을 마련해 주겠다."

강희는 너무 늦게까지 얘기를 나눴다고 생각했는지 사람들을 서둘러 돌려보냈다. 이어 무단에게 배를 타고 숙천宿遷에 가서 기다리라고 명령하고는 자신은 육로를 택해 이동하기로 결정했다. 또 저녁에는 한류씨의 아들집으로 가봐야 했기 때문에 근보를 먼저 그곳으로 보냈다. 그런 다음 잠시 눈을 붙였다. 피곤이 몰려왔던 것이다.

근보가 밖으로 나오자 색액도가 황급히 따라나왔다. 이어 근보의 어깨를 툭 치면서 물었다.

"한류씨 아들의 집이 어디 있는지 압니까?"

근보는 색액도가 자신에게 호감을 가지고 있지 않다는 사실을 잘 알고 있었다. 그러나 그렇다고 대놓고 무시할 입장도 아니었다. 그저 억지 웃음을 얼굴에 흘리면서 대답할 수밖에 없었다.

"원래는 잘 몰랐죠. 그러나 그 전에 진황하고 이쪽 지세를 답사하러 왔다가 한춘화를 만난 적이 있습니다. 지금은 낙마호와 인접한 곳에서 무생상회茂生商會라는 가게를 열어 도자기와 차 장사를 하고 있는 것으로 압니다. 위동정이 있는 해관海關과도 자주 왕래하는 것 같더라고요. 이미 내무부에 황상皇商(황실과 거래하는 가게 또는 상인) 등록을 마쳤다는 것 같았습니다……."

근보의 긴 설명에 색액도가 웃음을 지었다.

"내가 꼬치꼬치 캐묻는 것도 아닌데 뭐 그리 장황하게 말합니까? 여기에서 잠깐 기다려요. 금방 옷만 갈아입고 올 테니 같이 가도록 합시다. 폐하께서도 저녁에 그리로 가실 거예요!"

근보는 색액도가 왜 따라 나서는지 알 수가 없었다. 잠시 후 두 사람은 색액도의 가마에 나란히 앉아 출발했다.

한춘화의 무생상회는 낙마진의 동남쪽에 위치하고 있었다. 삼면이 바다와 호수로 둘러싸여 있었다. 문을 나서면 바로 부두여서 교통이 무척이나 편리했다. 길가에 위치한 가게는 커다란 대문이 두 개나 있었다. 서쪽으로 더 크게 올린 대문 안으로 들어가면 물건을 가득 쌓아둔 창고가 있었다. 묘한 것은 멀리서 보면 뜰에 석루石樓 하나가 우뚝 솟아 있는 것처럼 보인다는 사실이었다. 아마도 도둑에 대비하기 위한 은신처 같았다. 근보가 멀리서 손가락으로 한춘화의 가게를 가리켰다.

"바로 저기입니다. 모전자전이라고, 한춘화는 한류씨의 비상한 머리를 능가하면 능가했지 못하지는 않는 것 같습니다. 무엇보다 물건이 불티나게 팔립니다. 게다가 저기 도둑을 맞을까봐 피도루避盜樓를 만들어 놓은 것도 대단하지 않습니까? 저것 좀 보세요!"

그러나 색액도는 생각이 다른 곳에 가 있는 듯했다. 그저 머리를 끄덕여 보이면서 엉뚱한 소리를 해댔다.

"오늘 가마꾼 네 명이서 우리 둘을 들었기 때문에 많이 무거울 겁니다. 등골이 빠질 거예요. 어서 내리죠."

색액도가 말을 서둘러 마치고는 발을 힘껏 굴렀다. 그러자 가마가 바로 멈춰섰다.

한류씨는 그때 뒤뜰에서 아들 한춘화, 며느리 한주韓周씨와 함께 진황을 가운데 세워 놓고 일장연설을 하고 있었다. 그러다 대문을 들어선 두 사람을 발견하고는 황급히 달려와 맞아주었다.

"아이고, 반가워라! 근보 어른은 자주 다니니 새삼스러울 것도 없습니다만 색 대인은 어찌 된 일이세요? 고맙기도 해라. 이렇게 누추한 곳을 찾아주시다니! 어서 안으로 들어오세요!"

한류씨는 두 사람을 안으로 안내하고는 자신의 아들, 며느리와 진황을 일일이 소개했다.

"처음 뵙겠습니다, 색 대인!"

진황이 다소 어색하게 색액도를 향해 인사를 올렸다. 사실 그는 한류씨가 왔다는 소문을 듣고 아수의 소식이 궁금하던 차에 한걸음에 달려왔다. 한류씨의 얘기만 놓고 보면 아수는 그의 생각과는 달리 강희의 총애를 한 몸에 받으며 잘 살고 있었다. 게다가 존귀한 신분에 걸맞은 생활을 영위해 나가는 것 같았다. 그는 한류씨의 얘기를 전해듣고는 비로소 안도의 숨을 내쉴 수 있었다.

그러나 왠지 마음 한구석이 허전했다. 말 못할 애잔한 향수에 사로잡히기도 했다. 매일 강줄기를 타고 다니면서 불철주야 바삐 돌아다닐 때는 잠시 잊고 살기도 했으나 문득문득 그녀에 대한 그리움이 간절해질 때가 있었다. 물론 앞으로도 결코 가까이 갈 수 없는 장벽으로 인해 같은 하늘 아래에서도 그녀를 애써 외면하면서 살아야 하는 것이 그의 운명이었다. 그럼에도 그녀에 대한 그리움은 앞으로도 영원히 마음속에 뿌리내려 사라지지 않을 것 같았다.

색액도는 진황의 지나치게 무관심한 자세를 거만함으로 받아들였다. 몹시 기분이 언짢았지만 몇십 년 동안의 수련을 거쳐 그 정도쯤은 웃으면서 넘어갈 수 있었다. 이내 그가 아무렇지도 않은 듯 말했다.

"진 선생과 얼굴을 대하기는 처음이네요. 그러나 소문은 익히 들어왔습니다! 오늘 폐하께서는 그대를 치수의 일인자라고 치하하셨어요. 곧 관운이 열릴 겁니다. 승진하는 것은 뗴 논 당상이고요! 아무려나 이렇게 만났으니, 조금 있다가 폐께서 오시면 만나 뵙는 것도 좋을 것 같습니다. 근 대인, 안 그래요?"

근보가 색액도의 말에 동의했다.

"색 대인께서 그렇게 해주신다면 너무 좋죠. 천일, 어서 색상께 고맙다는 인사 올리지 않고 뭐하시오!"

"폐하께서 진짜 오시는 겁니까? 나는 폐하께서 농담을 하시는 줄 알았지 뭐예요!"

한류씨가 흠칫 놀라면서 손바닥을 쳤다. 임기응변에 강하기로 유명한 그녀답지 않았다. 그녀는 몹시 당황하면서 서두르기 시작했다.

"춘화야, 음식솜씨 좋은 아이들과 잘 노는 아이들 몇 명 불러다 놓아라. 네 처하고 두 사람은 여기에서 꼼짝 말고 대기하고 있고! 그런데 안전문제는 어떻게 하지?"

한춘화가 어머니의 말에 황급히 일어나더니 이리저리 움직이면서 말했다.

"지금이 어느 때인데, 어머니는 그런 걱정을 다 하세요? 이 집은 황량몽진에 있던 집 구조를 그대로 본떠 지은 집이에요. 아무리 운이 좋지 않기로서니 집에 들어오자마자 강도를 당하겠어요?"

한춘화가 어머니 한류씨를 겨우 안정을 시키고는 밖으로 나갔다. 근보는 색액도와 마주 앉아 차를 마시다 날이 완전히 어두워져서야 강희를 마중하기 위해 배가 정박해 있는 곳으로 길을 나섰다.

잠시 후 밖에서 말발굽 소리가 들리더니 이내 마치 코앞에 있는 것처럼 가까워졌다. 이어 강희의 웃음소리가 들려왔다.

"근보, 꽤 먼 줄 알았더니, 엎어지면 코 닿는 곳에 있었잖아! 이럴 줄 알았으면 슬슬 걸어오는 건데 말이야!"

그때 집안에서 대기 중이던 사람들이 황급히 달려 나와 강희를 맞았다. 강희는 소탈한 웃음으로 사람들에게 화답을 하고는 정원에 들어섰다. 이어 미소를 지으면서 말했다.

"진 하백도 여기 있다던데, 잘 됐군! 짐이 어서 한번 봐야겠어!"

진황은 들어서자마자 자신을 찾으면서 흥분하는 강희의 말에 온몸의 피가 얼굴에 몰리는 것 같은 기분을 느꼈다. 한걸음에 성큼 강희 앞으로 다가서서 풀썩 무릎을 꿇었다.

"서생 진황이 용안을 고견하옵니다. 황제폐하 만만세!"

"그래, 그래! 우리는 초면이 아니잖아? 짐을 기억하는가?"

강희가 흐뭇한 미소를 지으면서 진황을 눈여겨봤다. 진황이 강희의 말에 놀란 기색을 보이면서 잠시 생각을 더듬었다. 이어 깊이 머리를 조아렸다.

"용서하시옵소서, 폐하! 소인은 아무리 해도 어디에서 성안聖顔을 뵈었는지 기억이 없사옵니다……."

고사기가 강희의 등 뒤에 서 있다가 한류씨에게서 찻잔을 받아 조심스럽게 그의 앞에 내려놓았다. 그런 다음 장난기 다분한 어조로 진황을 힐난했다.

"천일, 폐하를 뵌 적이 있으면서 왜 나한테는 비밀로 했는가?"

진황이 다시 생각을 더듬었다. 하지만 그래도 여전히 생각이 나지 않는지 머뭇거렸다. 그러자 강희가 웃으면서 입을 열었다.

"전에 짐이 개봉開封을 순시할 때였지. 왜, 철우진에서 보지 않았는가! 무단에게 욕을 한 사발이나 얻어먹고 짐의 밥상도 통째로 가져다 먹었던 기억이 안 나는가?"

강희가 진황의 기억을 되살려주기 위해 더욱 자세하게 설명했다.

"아……!"

진황이 그제야 뭔가 생각이 난 듯 이마를 툭 쳤다. 그러더니 황급히 무릎을 꿇고는 죽어라 머리를 조아렸다.

"용안을 알아 뵙지 못해 죽을죄를 지었사옵니다. 그때 불경스런 말도 많이 했던 것으로 기억하옵니다……."

"괜찮네, 일어서게."

강희가 대수롭지 않다는 듯 말했다. 그러나 고사기가 진황을 아는 척하는 것이 이상한 모양이었다. 바로 고사기에게 질문을 던졌다.

"고사기, 자네는 진황을 이전부터 알고 있었나?"

고사기는 때는 왔다는 듯 진황과 한류씨를 만나 겪었던 일들을 재미있게 가공해 들려줬다. 그러나 진황과 아수 사이의 일은 조심스럽게 비켜갔다. 사람들은 고사기의 입담에 한바탕 웃음을 터뜨렸다. 그때 한류씨가 명주에게 다가가 나지막한 목소리로 물었다.

"폐하 곁에 수행하는 사람들이 이분들뿐이에요? 낯선 고장인데, 몇 명 더 따라 왔어야죠……"

명주가 별생각 없이 대답했다.

"사람이 많이 따라다니거나 남의 이목을 끄는 것을 싫어하시는 폐하의 성격을 뻔히 알잖아요! 또 지금은 예전 같지 않아서 괜찮아요. 설마 무슨 일이야 있겠어요?"

그러나 한류씨는 아무래도 걱정이 되는 모양이었다. 그예 사람을 보내 밖에 무슨 이상한 기미가 없는지 살피도록 했다.

좌중의 분위기는 화기애애했다. 한참 후에는 한류씨가 술상을 차리고 노래하는 여자들도 부르려고 했다. 그러자 강희가 말렸다.

"짐이 여기 찾아온 것은 자네를 비롯한 서민들이 어떻게 사는지 보고 싶어서야. 조용히 보고 가면 돼. 괜히 떠들고 시끌벅적하게 만들면 짐은 그냥 갈 거야."

강희가 한류씨를 기분 나쁘지 않게 나무랐다. 그런 다음 한춘화를 불러 지금 하고 있는 장사의 수익성과 애로 사항 등을 시시콜콜 따져 물었다. 현지 백성들의 고민거리들 역시 묻고 또 물었다. 이어 짧은 수염을 매만지면서 말했다.

"짐이 친정親政을 시작했을 초기에 세 가지 큰일을 마음속으로 결정했었지. 첫째가 철번撤藩이었어. 둘째는 하무河務, 즉 치수 사업이었지. 마지막 세 번째는 조운漕運이었고. 그런데 뜻밖에 철번에서 큰 어려움을 겪는 바람에 생각보다 돈을 많이 썼어. 그 여파로 하무와 조운도 몇 년씩 늦어져 버렸어. 그러나 나중에 짐은 해금海禁 정책을 완화해 위동정으로 하여금 남경에서 해관 일을 보게 했지. 한춘화 자네는 웬만하면 우리 중국인보다는 외국인의 주머니를 털 방법을 생각해야 하네. 우리나라의 유명한 도자기, 차, 대황大黃, 당귀 이런 것들을 가지고 위동정이 있는 해관에 가져가 세금을 내고 외국으로 보내게. 은과 바꾸라는 거지. 얼마나 좋아? 사농공상士農工商이라는 말이 있기는 하나 상업은 우습게 볼 것이 아니야. 춘추시대 때 유명한 상인이었던 범려范蠡도 재상을 지내지 않았는가! 또 같은 춘추시대인 정鄭나라의 현고弦高 역시 상인이었으나 나라를 위해 큰 공을 세웠지. 어디 그뿐인가. 진시황은 사천四川에 살던 어떤 과부가 이재에 능하다고 해서 지위의 고하를 떠나 직접 만나기도 했잖아."

한춘화는 강희의 설득력 있는 말에 연신 머리를 끄덕였다. 한류씨 역시 생각이 바뀌었다. 장사를 비천하다고 생각했기 때문에 이참에 아들에게 때려치우고 강희에게 벼슬을 내려달라고 조르라고 시키려다 그만둔 것이다.

좌중의 사람들은 저마다 기분 좋게 계속 얘기를 주고받았다. 분위기는 더욱 화기애애해졌다. 그러나 집사인 마귀가 정신없이 달려들어와 숨이 넘어갈 듯이 아뢰면서 분위기는 깨졌다.

"마님, 유…… 유철성이 우리…… 우리 진내로 식량을…… 빼앗으러 들이닥쳤어요! 저쪽 가게들에 불을 지르고 지금 이쪽으로 오고 있어요!"

45장
낙마호에 나타난 도적떼

　무단은 유철성이 강도 짓을 하러 들이닥쳤다는 말을 듣고는 무섭게 얼굴을 일그러뜨렸다. 이제는 위동정과 목자후에 이어 시위들 중 가장 고참이 된 그였다. 자신도 아무런 문제없이 명예롭게 일선에서 물러나 승승장구하는 두 사람의 빛나는 전철을 밟고 싶은 생각이 간절했던 것이다. 그러나 이게 웬일인가. 까딱 잘못하면 일생일대의 위기에 처할 순간이 오고 있지 않은가. 그는 잽싸게 장검을 뽑아들었다. 이어 강희의 팔을 잡아챘다.

　"나가시옵소서, 폐하! 소인이 혹시나 해서 몇십 명의 시위들을 어둠 속에 대기시켜 놓고 있었사옵니다! 유철성 저 자식, 설쳐봤자 벼룩이니 걱정하지 마시옵소서. 무슨 사고가 생기면 폐하께서 소인의 껍질을 벗겨 내치셔도 좋사옵니다!"

　"잠깐만! 여기는 우리 집이니 일단 모두 내 말대로 움직여 줬으면 합니다!"

한류씨가 침착하게 큰 소리로 말했다. 이어 획 돌아서더니 대뜸 집사인 마귀의 뺨을 후려치면서 욕설을 퍼부었다.

"병신 같은 자식, 똑바로 말해! 내가 그렇게 가르쳤어? 너, 우리 한씨 가문에서 뼈가 굵은 놈 맞아? 도둑은 몇 놈이나 되는지 잘 살폈어야지. 또 우리 집을 목표로 오는 건지, 아니면 전체적으로 그물을 쳤는지도 미리 살폈어야 하는 것 아냐? 원래 미산호米山湖쪽에 있던 그 유철성 맞아?"

평소 볼 수 없었던 한류씨의 우악스런 모습에 강희는 적지 않게 놀랐다. 그런 그녀의 침착한 자세와 의연함은 효과가 있었다. 좌중의 사람들이 우왕좌왕하지 않고 냉정을 되찾은 것이었다.

"마님께 말씀 올리겠습니다."

마귀는 한 방 얻어맞고 제정신을 차린 것이 분명했다. 말하는 것이 한층 조리가 있었다.

"마구 소리를 지르면서 부근의 몇몇 가게를 둘러싸고 있는 통에 정확히 몇 명인지는 알아볼 수가 없었습니다. 산동성에 있었다는 그 유철성인지도 잘 모르겠습니다."

마귀의 말에 명주가 옆에서 거들었다.

"원래 동평호東平湖와 미산호에 둥지 틀고 나대던 유철성 맞아요. 시랑이 병사들을 훈련시킬 때 이쪽으로 도망친 모양이네요."

"그렇군요……."

한류씨가 명주의 말을 듣고는 잠시 혼란에 빠졌다. 그러나 이내 정신을 되찾았다.

"아무리 강도 짓을 한다고는 하나 이건 너무 뻔합니다. 뭔가 냄새를 맡은 것이 틀림없어요. 이 어둠 속에서 뛰쳐나간다는 것은 너무 위험해요. 여러분들은 폐하를 모시고 피도루로 숨어야겠습니다. 소식만 전하면 최소 두 시간 내에는 부현府縣에서 병사를 보내주던 몇 년 전과는 사정이 다릅니다!"

한류씨가 말을 마친 다음 무단에게 말했다.

"그대 밑의 시위 몇십 명은 폐하를 경호하면서 뒤뜰을 지키고 있도록 하세요. 그리고 내가 움직이는 대로 따라줘요. 얘들아! 등불을 밝히고 대문을 열어 그 자식들을 들여보내라!"

한류씨의 말이 끝나자 대문 밖에서는 비명과 고함이 점점 가깝게 들려왔다. 무단이 명령을 내리기도 전에 사복 차림의 시위 수십 명이 두 번째 문으로 철수하기 위해 움직였다. 바로 강희를 보호하면서 한류씨가 알려준 곳으로 나가려고 했다. 명주와 색액도, 고사기와 근보, 진황 등은 하나같이 사색이 되었다.

"뭐라고요? 대문을 열라고요?"

한류씨의 말에 무단이 크게 놀랐다. 그러더니 그녀 앞으로 성큼 다가서서는 냉소를 터트렸다.

"이 할망구가 미쳤나? 지금은 폐하를 지켜드리는 것이 급선무란 말입니다!"

그때 한춘화가 황급히 나섰다. 이어 강희 앞에 무릎을 꿇었다.

"제 집의 석루는 비밀통로이옵니다. 본체의 다락방과 통해 있사옵니다. 소인이 여기 오자마자 전부 돌로 만들었기 때문에 물, 불이 어떻게 하기 어려운 안전지대이옵니다. 총칼에도 걱정할 것이 없는 곳이옵니다. 둔전屯田의 관병官兵들은 여기에서 무려 이십여 리나 떨어진 곳에 주둔하고 있습니다. 곧 사람을 보내 소식을 전하기는 할 것이옵니다. 불편하신 대로 폐하께서는 잠시만 여기 숨어 계시옵소서. 그러면 소인의 어머니께서 나가서 시간을 끌 것이옵니다. 이대로만 있으면 절대 안전하옵니다."

강희는 급박한 상황 속에서 재빨리 생각을 굴렸다. 아무래도 한류씨 모자의 말이 일리가 있는 것 같았다. 유철성이 정말 냄새를 맡고 왔다면 지금 나가는 것은 그자가 파놓은 함정에 빠지는 셈이 될 수도 있었다.

한춘화가 황급히 앞장서고 강희 일행이 그 뒤를 따랐다. 곧 후당을 에돌아 계단으로 올라갔다. 한춘화가 얼마 후 신전으로 가서 비밀단추를 살짝 눌렀다. 그러자 계단이 마치 대문처럼 모아지더니 꼭 닫혀버렸다. 안에는 석벽 사이로 좁다란 길이 나 있었다. 한춘화가 들어가기를 주저하는 강희를 안심시켰다.

"폐하, 걱정하지 마시고 들어가시옵소서. 그 안은 전부 돌이옵니다. 풀 한 포기도 없사옵니다. 불이 붙을 수도 없을 뿐만 아니라 너무 단단해 물 한 방울 들어갈 수도 없사옵니다……."

강희는 비밀통로를 통해 다락방으로 와서야 비로소 자신이 이미 본채의 뒷담 꼭대기까지 와 있다는 사실을 알 수 있었다. 본채는 돌로 교묘하게 만들어진 창문에서 비치는 희미한 불빛을 통해 훤히 내려다 볼 수 있었다. 그제야 다소 마음이 놓인 무단은 시위들에게 여기저기 흩어져 지키도록 명령을 내렸다. 또 자신은 칼을 잡은 손에 긴장을 풀지 않은 채 강희를 따라 움직였다.

무단은 강희를 경호하면서 틈나는 대로 본채를 내려다봤다. 본채의 광경은 그의 예상과 크게 벗어나지 않았다. 어디나 할 것 없이 횃불 천지였다. 그 횃불들 사이로 볼살이 볼썽사납게 축 처진 한 사내가 보였다. 시커먼 천 조끼 하나만 걸친 채 굵은 막대기 같은 팔뚝을 드러내놓은 그는 대청마루 한가운데 있는 태사의太師椅에 벌렁 드러누워 있었다. 다리를 책상 위에 올려놓고는 푸줏간의 그것을 연상케 하는 큰 칼에 손을 얹은 채 이마 위의 커다란 상처를 움찔거리고 있었다. 금방이라도 발작할 것처럼 짜증스런 표정으로 실내를 두리번거리고 있는 모습은 그 자체만으로 위협적이었다. 수십 명의 부하들도 거의 곰의 뒷다리 같은 팔뚝을 드러내놓고 머리채를 정수리에 얹은 채 무질서하게 여기저기 흩어져 있었다. 땀범벅이 된 몸통들은 불빛 아래에서 곧 터질 것 같은 살기를 내뿜고 있었다. 그때 백발이 성성한 한류씨가 두 하녀의 부축을 받으면서 천천히 모습을 드러냈다. 그녀는 전족纏足을 힘들게 옮기면서 겨우 발걸음을 떼는 것처럼 부들부들 떨기까지 했다. 강희 일행은 그녀가 그렇게 힘없는 모습으로 나서서 과연 적절하게 대응을 할지 걱정이 되지 않을 수 없었다. 긴장한 나머지 침조차 삼키지 못했다.

한류씨는 하녀들의 도움으로 유철성 앞으로 가서는 겨우 인사를 마쳤다. 그리고 머리를 들었다. 순간 그녀는 눈을 크게 뜨고 놀라는 표정을 지었다. 이어 머리를 갸우뚱한 채 교만하기 이를 데 없는 유철성을 뚫어져라 쳐다보더니 파리한 입술을 바르르 떨었다. 그러면서 한참 동안 말을 한마디도 하지 못했다. 살기등등하던 유철성은 도대체 무슨 영문인지 몰라 머리를 숙인 채 자신의 몸을 아래위로 살펴봤다. 그래도 노파가 놀라는 이유를 알 수 없었는지 싸늘한 음성으로 물었다.

"뭘 보는가?"

한류씨는 유철성의 핀잔에는 아랑곳하지 않았다. 그러다 한참 후에야 입술을 더욱 심하게 떨면서 더듬거렸다.

"……여보게! 자네, 미산호의 호주湖主, 유씨 맞지?"

"그렇다. 왜?"

유철성이 머리를 갸웃거렸다. 별로 놀라지 않는 자세였다. 그러나 곧 심상찮은 노파의 반응에 약간 반응을 보이기는 했다.

"나한테 무슨 볼일이라도 있는 거야?"

"이름은 철성이고?"

"그런데!"

"어릴 적에는 검은 소라고도 불렸고?"

"뭐…… 뭐라고? 그래서?"

한류씨의 물음에 유철성뿐만 아니라 그의 부하들 모두 의아해 했다. 그들이 어리벙벙한 표정으로 서로 번갈아보고 있을 때 한류씨가 갑자기 달려들어 유철성의 어깨를 덥석 껴안았다. 그런 다음 엉엉 대성통곡을 했다!

"아이고, 불쌍한 내 동생……. 너, 어디에 있다가 이제야 나타난 거야! 불쌍한 큰누나가 보고 싶지도 않았니? 아이고…… 나는 네가 눈에 밟혀서 어떻게 살아왔는지 몰라……."

한류씨가 눈물, 콧물 범벅이 된 채 땅을 치면서 울부짖었다. 강희 역시 너무나도 돌발적인 상황에 깜짝 놀랐다. 하지만 일단 눈 하나 깜짝하지 않고 현장의 사태를 주시했다. 그때 고사기가 한춘화에게 귀엣말로 물었다.

"춘화, 자네에게 저런 외삼촌이 있었나?"

한춘화는 고사기의 질문에 믿기지 않는다는 듯 고개를 저었다. 그러더니 온몸으로 흥분하는 어머니와 어리둥절해 있는, 이른바 외삼촌을 번갈아 보면서 느릿느릿 대답했다.

"글쎄요. 하지만 어머니는 원래……."

한춘화는 자신이 없는지 더 이상 말을 잇지 않았다. 그때 그와는 달리 대청마루의 분위기는 사뭇 달라지고 있었다. 반신반의하던 유철성이 눈물범벅이 돼 자신을 껴안고 볼을 비벼대는, 소위 큰누나를 바라보면서 더듬거렸다.

"진짜…… 진짜……, 내 큰누나가 맞습니까?"

"그럼!"

한류씨가 줄 끊어진 구슬처럼 또르르 떨어지는 눈물을 닦으면서 가슴 속에서 낡을 대로 낡은 전대 하나를 꺼냈다. 이어 다시 흐느꼈다.

"아우야……, 이걸 좀 봐라……."

유철성이 차츰 모든 게 진실이라고 믿는 듯 전대를 받아든 채 물었다.

"이건 뭡니까……?"

"아버지가 돌아가실 때 이 누나에게 주신 거야. 언제가 되든 너를 찾으면 주라고 말씀하셨어. 어머니가 병석에 누워 계시면서도 한 땀 한 땀 정성들여 만드신 거야……. 네 어릴 적 원래 이름은 검은 강아지였어. 나중에 네가 무럭무럭 잘 자라주니 아버지가 검은 소라고 고쳐 부르셨던 거야. 너, 기억나지 않니?"

한류씨는 어느새 눈물 머금은 얼굴이었다.

"아버지는 어떻게 돌아가셨나요?"

유철성이 한류씨를 거의 누나로 인정하는 것처럼 물었다. 동시에 산동성에서 자란 남자 아이들이라면 누구나 다 가지고 있을 법한 전대를 만지작거리면서 열심히 소싯적의 애칭을 떠올리느라 안간힘을 다하고 있었다. 한참 후 그가 다시 물었다.

"누군가에게…… 맞아 돌아가신 거죠?"

"아니야, 굶어서 돌아가셨어……."

한류씨는 마치 그때의 아픔이 되살아나는 듯 구슬픈 표정을 지었다. 다시 눈물을 펑펑 쏟았다.

"네가 어릴 적부터 조금 유별났잖아? 전錢씨 가문의 도련님과 싸우고 그집 밀짚더미에 불을 싸지르고 도망갔잖아. 그런데 짐승보다 못한 것들이 찾아와서는 몇 날 며칠씩이나 너를 내놓으라고 으름장을 놓았지. 사흘 안에 너를 보내지 않으면 누나인 나를 팔아먹겠다는 협박도 했지……. 그러자 살 길이 막막해진 어머니는 병석에 누워 있다 한밤중에 목을 매 돌아가셨어. 결국 아버지는 나를 데리고 그날 저녁 도망 나왔던 거고⋯⋯. 설상가상으로 때는 한겨울이었지. 어디 가서 빌어먹을 데도 없었어. 그러다 어느 날 아버지는 절 앞에서 시신으로 발견됐어⋯⋯. 너, 얼마나 큰 불효를 저질렀는지 알아? 불쌍한 검은 소야⋯⋯. 너, 지금껏 어디에서 어떻게 살아왔니?"

유철성은 산동성 사람이라면 누구나 다 아는 너무나도 뻔한 가문의 내력을 큰누나에게서 확인하면서 이를 갈았다. 속으로는 이미 눈앞의 할머니를 누나로 인정했다.

한류씨가 한참 울고 난 다음 눈물을 닦았다. 그리고는 떨리는 두 손으로 아직도 꿈속을 헤매는 듯한 유철성의 앞머리를 뒤로 쓸어 넘기면서 말했다.

"이리로 와 봐, 누나가 좀 자세히 보자꾸나! 사십 년이 흘렀어도 너는 어릴 적 모습 그대로네. 눈썹 위에 네가 남의 집 감나무에 올라가 감을 따 먹다 떨어져 생긴 상처가 있을 텐데⋯⋯. 이제는 없구나. 그런데 이 칼자국은 뭐냐?"

"내가⋯⋯ 칼을 가지고 장난을 좀 해서 그래요. 굶어죽지 않으려다 보니까 이렇게 할 수밖에 없었네요."

유철성이 한류씨의 물음에 씁쓸한 웃음을 지었다. 그러나 한류씨는 아직도 얼떨떨한 표정을 보이는 그와는 달리 계속 흥분을 참지 못했다. 마치 보고 또 봐도 계속 보고 싶은 듯 유철성의 여기저기를 매만지면서 말을 이었다.

"너도 고생을 말도 못하게 했을 테지. 이러는 누나도 남편을 잘못 만나 엄청나게 고생했어. 먹고 살기가 하도 힘들어 하나밖에 없는 동생을 찾아 나설 엄두도 내지 못했다고. 누군가 그러는데 네가 동평호에서 사고를 쳐 관군에게 죽었다고 하더라고. 그런데 오늘 이렇게 만나게 되다니! 이게 꿈이냐, 생시냐?"

유철성은 한류씨가 입에 올린 일에 대한 기억은 하나도 떠오르지 않았다. 너무 어릴 적 기억이라 그렇다고 생각했다. 그럼에도 생판 처음 본 큰누나의 생생한 증언은 충분히 믿을 만한 것 같았다. 그는 줄 끊어진 연처럼 떠돌면서 험하게 살아온 자신의 과거를 생각하다 그예 더 이상 주체할 수 없는 듯 갑자기 울음을 터뜨렸다. 그러더니 한류씨 앞에 무릎을 꿇으며 이마가 터져라 머리를 찧으면서 울부짖었다.

"누나……, 용서해줘요. 이런 식으로 누나를 만나게 된 걸! 누나, 나는 정말 사람도 아니에요! 누나가 있다는 말을 듣고도 누나를 찾지 않았으니……."

유철성은 어릴 때부터 온갖 나쁜 짓을 저지르고 다녔다. 그러면서도 가슴속 깊은 곳에서는 은근히 따뜻한 정을 그리워 했다. 설사 한류씨가 자신을 동생으로 잘못 알아봤다고 하더라도 그대로 믿고 싶었던 것은 그 나름의 이유가 있었다. 그동안 쌓였던 수많은 슬픔을 어쨌거나 누나에게 한바탕 쏟아내고 싶었던 것이다.

주위에서 칼을 들고 있던 유철성의 부하들 역시 그와 비슷한 생각인 듯했다. 마치 약속이라도 한 듯 저마다 칼을 칼집에 도로 넣었다. 그리고는 하나같이 코를 훌쩍거리면서 감격적인 오누이의 상봉을 지켜봤다. 얼마 후 유철성이 손등으로 눈물을 쓱 훔치면서 이를 악물었다.

"어떤 개자식이 엉뚱한 정보를 가지고 온 거야? 끌고 와서 무릎 꿇려!"

그러자 유철성의 부하들 중 한 명이 바로 보고를 올렸다.

"가게를 하는 섭聶씨라는 친구인데요, 벌써 가버렸어요. 다들 얼굴을 아는 사이라 나중에라도 좋지 않다면서……."

부하의 말에 유철성이 바로 욕지거리를 내뿜었다.

"빌어먹을! 하마터면 우리 누나를 잡을 뻔했잖아!"

한류씨는 그 순간 꾀주머니답게 재빨리 상황 판단을 했다. 다른 것은 몰라도 강희의 행차에 대한 정보가 새어나간 문제는 짚고 넘어가야 한다고 생각한 것이다. 강희가 이곳에 온 지는 한나절도 되지 않았다. 그런데 그새 유철성에게 소식이 전해졌다. 보통 일이 아니었다. 게다가 누가 전해줬는지도 알아내야 했다. 그녀는 잠시 생각을 하더니 명실공히 누나의 신분으로 유철성을 타이르기 시작했다.

"아미타불! 웬만하면 참아라. 네가 남의 집 여자들은 강간하거나 괴롭히지 않는다고 정평이 나 있기에 누나는 그나마 위안으로 삼고 살았어. 우리 둘은 가족이 불행을 겪어 아픔이 무엇인지를 알아. 그러니 절대로 남의 가슴에 못을 박는 짓을 해서는 안 돼! 그런데 가게를 하는 섭씨라면 한 사람뿐이야. 그 사람은 착하고 심지가 곧기로 소문났어. 그런 사람이 웬일로 너하고 같은 배를 탔어?"

"착하기는요! 그자는 관청의 무리이기도 하고 도둑의 일당이기도 해요. 잘 나가는 갈례 밑에서 일할 수 있는 기회도 마다하고 여기까지 와서 장사하는 속셈을 알 수가 없어요. 오늘 오후 늦게 숨이 턱에 차 가지고 나한테 찾아왔더군요. 무생상회가 외국과 장사를 했는데, 금은을 한 배 가득 싣고 왔다면서요. 내일 중 다른 데로 옮긴다는 정보도 가지고 왔죠. 또 폐하의 용주는 진 밖에 정박해있다고까지 했어요. 그런 소리를 듣고 내가 가만히 있을 수 있었겠어요? 하기야 그 덕에 누나를 만나기는 했지만……."

유철성이 침을 뱉으면서 마구 욕을 했다. 그러나 얼굴에는 어느덧 웃음이 그득했다.

강희는 숨어서 그 모든 얘기를 엿듣다 소름이 끼쳤다. 의식적으로 어둠 속에 잠긴 자신의 주위를 둘러보았다. 진정한 위험은 밑에 있는 유철성이 아니라 자신의 바로 옆에 있는 것 같다는 생각이 들었던 것이다.

무단과 고사기만 빼고 모두가 의심스러운 것은 너무나 당연했다. 심지어 근보와 진황마저 그랬다. 그는 섭씨라는 자를 잡아 어떻게 족칠까를 골똘히 생각했다. 그때 한류씨의 말이 이어졌다.

"그래도 우리 둘은 정말이지 하늘이 도왔어! 애들아, 술상을 봐 오너라! 듣자하니, 너 식량이 모자란다면서? 누나가 농사를 짓지 않기 때문에 식량은 없어. 대신 돈은 좀 있어. 챙겨줄 테니 가지고 가서 사 먹도록 해라!"

유철성이 한류씨의 말에 껄껄 웃음을 터트렸다.

"누나는 꼭 바보 같네요! 내가 아무리 궁하다고 설마 창피하게 누나한테 돈을 얻어가기야 하겠어요? 술 한잔만 마시고 빨리 떠나야죠. 여기는 여간 복잡한 동네가 아니어서 오래 머물고 싶어도 그럴 수 없어요!"

한류씨 입장으로서는 한 차례 광풍이 아슬아슬하게 비켜가는 순간이었다. 고령이었던 만큼 극도로 신경을 쓰고 나니 그에 따른 후유증도 없지 않았다. 급기야 그녀는 연달아 기침을 했다. 유철성이 그 모습을 보고는 황급히 일어나 등을 두드려 주었다. 부하들에게 물을 떠오라고 명령을 내리기도 했다. 고사기는 그 광경을 위에서 내려다보다 하마터면 크게 웃음을 터뜨릴 뻔했다. 명주는 어둠 속에서도 색액도를 힐끔힐끔 쳐다보는 것을 잊지 않았다. 하지만 색액도는 말없이 이맛살만 찌푸리고 있었다.

"내 정신 좀 봐라!"

한류씨가 갑자기 무릎을 탁 쳤다. 그러더니 허허 웃으면서 덧붙였다.

"너는 자신이 얼마나 무서운 존재인지 실감이 날 거야. 우리 아이들이 천하의 유철성이 온다는 말에 모두 겁이 나서 다 도망갔으니까 말이야. 너의 조카 춘화와 조카며느리 주씨, 또 두 아이 모두 뒤에 숨었다. 여기 있던 두 명의 남양 상인들 역시 따라갔는데, 겁이 나서 나올 것 같지가 않구나. 아무튼 가족끼리는 한번 만나보고 가야 하지 않겠니?"

말을 마친 한류씨가 하녀를 불렀다.

"뒤에 가서 다들 나오라고 해. 간이 쪼그라들었겠다!"

한춘화는 어머니가 나오라고 하는 말을 듣고는 잠시 머뭇거리면서 나갈지 말지를 생각했다. 그러다 만일의 경우에 대비해 아이들은 놔두고 부인 주씨만 데리고 나갔다. 그러자 강희도 고사기의 옷자락을 잡아당겼다.

"우리도 내려가 보자고!"

"아니 되옵니다, 폐하!"

고사기가 손을 휘저으면서 작은 목소리로 다급하게 말렸다.

"왜, 자네는 무서운가? 그렇다면 짐 혼자서라도 내려가겠네!"

강희의 눈빛이 어둠 속에서 반짝거렸다. 동작도 빨라 고사기가 말릴 틈도 없이 바로 한춘화를 따라나섰다. 고사기는 어쩔 수 없이 뒤를 따라야 했다. 무단도 말없이 장검을 내려놓고는 다른 시위에게서 두 개의 비수를 받아 장화 속에 집어넣은 채 황급히 따라갔다.

밑에서는 이미 술자리가 마련돼 있었다. 험악한 분위기는 어느새 화기애애한 가족적인 분위기로 변해 있었다. 유철성은 조카며느리 주씨를 만나기 위해 겉옷까지 하나 더 걸치고 있었다. 칼자국 선명한 팔뚝이 드러난 옷이 거부감을 주지 않을까 우려한 것이다. 이윽고 한춘화와 주씨가 모습을 보였다. 그 뒤로 강희와 고사기가 모습을 드러냈다. 무단은 그 뒤를 따랐다. 한춘화와 주씨가 예의를 갖춰 유철성에게 깍듯하게 인사를 올렸다.

유철성은 얼마나 기분이 좋은지 완전히 실눈이 됐다. 바로 한춘화의 손을 잡고는 아래위로 훑어보았다.

"잘 생겼군. 남자다워! 누나는 정말 복도 많아요. 그런데 아이들은?"

한류씨가 웃으면서 대답했다.

"복은 무슨! 아이들은 잠들었겠지. 지금이 몇 시냐? 깨우지 말고 다음에 봐."

어머니의 말에 한춘화도 넉살 좋게 말했다.

"이렇게 나이 들어 외삼촌을 만나니, 반가운 마음을 뭐라 표현할 수가 없네요. 이제 헤어지면 서로가 바빠서 자주 못 만날 겁니다. 그러니 저희 부부가 술을 한 잔 따라 올리겠습니다!"

한춘화와 주씨는 바로 무릎을 꿇었다. 그런 다음 찰랑찰랑 넘치게 따른 술대접을 머리 위로 높이 쳐들어 유철성에게 건넸다.

유철성은 평생 사람 피비린내만 맡으면서 살아왔다고 해도 과언이 아니었다. 그런 그가 인간애가 다분히 녹아있는 천륜의 낙을 잠시나마 맛보고 있었다. 꿈속에서조차 오늘 같은 날이 있을 줄은 생각도 못하지 않았을까? 아니나 다를까, 그는 술을 마시기도 전에 취한 듯 즐거워했다.

"됐어, 그만 일어나라고! 외삼촌은 이런저런 격식이 필요 없는 사람이야. 착하게 살아주는 것만으로도 외삼촌은 너무 기쁘다고!"

유철성이 말을 마치자마자 주머니에서 커다란 금덩이 하나를 꺼냈다. 이어 주씨 손에 쥐어주었다.

"약소하지만 아이들 키우는 데 보태 쓰게!"

유철성은 그에 이어 시선을 강희와 고사기에게 돌렸다.

"놀라게 해서 미안합니다! 앉으세요, 같이 한잔 하게요! 두 분은 척 보기에도 먹물을 많이 먹은 사람들 같군요. 그런데 어찌하여 과거시험 볼 생각은 않고 장사를 하는지 모르겠네요. 외람되지만 이름을 여쭤 봐도 되겠습니까? 내가 기억해 뒀다가 조금 도와줄 수도 있어요!"

"저는 용덕해라는 사람이고요. 이 사람은 고담인이라고 합니다."

강희가 유철성에게서 받은 첫인상은 그리 나쁘지 않았다. 강도 행각 역시 좋아서 취미처럼 하는 사람은 아닌 것 같았다. 나중에는 강도나 산적치고는 트인 사람이라는 생각까지 들었다. 하기야 태평성대에는 과거시험을 봐 관직에 있는 것이 낫다는 생각을 하는 것만으로도 그는 나름 괜찮은 인식을 가진 사람이라고 할 수 있었다. 강희가 그에 대한 좋은 인상을 가진 채 공수를 했다.

"너무 외람됩니다만 대인은 원래 포독고抱犢崮에 있지 않았습니까? 그런데 어찌하여 호주湖主가 된 겁니까?"

유철성은 뜻밖에 가족을 만나 감개무량함에 젖어 있다가 강희의 말을 듣고는 연신 술을 들이켰다. 이어 술대접을 탁 내려놓더니 한숨을 내쉬었다.

"포독고는 강희 십삼 년에 점령당했습니다. 당시 우리 부두목이 죽어버렸습니다. 그래서 내가 살아남은 칠십여 명의 아우들을 데리고 포위망을 간신히 뚫고 나왔죠. 그런 다음 우선 미산호로 갔어요. 그러다 나중에 관병들이 쳐들어오는 바람에 쫓겨서 이곳 낙마호로 오게 된 겁니다……. 이놈의 세상이 태평스러워질수록 우리 이 짓도 앞으로는 해먹기 점점 어려워질 것 같네요!"

고사기는 강희의 말투와 표정을 통해 유철성을 거둬들일 의사가 있다는 사실을 재빨리 간파했다. 틈을 놓치지 않고 한마디 끼어들었다.

"호주 대인, 내가 감히 여쭙고 싶은 것이 있습니다. 듣고 나서 화는 내지 마십시오."

"뭔지 말해보세요! 우리 누나의 손님인데, 내가 뒤집어엎기야 하겠습니까?"

유철성이 사람 좋은 얼굴을 한 채 말했다.

"자고로 영웅은 녹림綠林(산적을 좋게 표현한 말)에서 나옵니다. 특히 산동의 녹림은 그 용맹함이 천하의 제일이라고 했어요."

고사기가 우선 유철성의 비위를 맞췄다. 그런 다음 다시 말을 이었다.

"한나라의 개국 군주인 유방 휘하의 계포季布, 광무제光武帝를 따랐던 마무馬武, 와강瓦崗 밑의 정요금程咬金은 모두 녹림의 내로라하는 인물들이었죠. 명나라의 개국군주 주원장 휘하의 녹림 출신 영웅들은 부지기수였고요. 하기야 원래 성공한 사람들은 왕후王侯가 되고 별 볼 일 없는 사람은 도적이 된다고 하기는 했습니다. 물론 다 그런 것은 아니지만요. 호주 대인 같은 경우에는 어쩔 수 없이 떠밀리다시피 도적이 된 것으로 압니다. 조정과는 원한 관계를 맺은 것도 아니죠. 그런데 어찌하여 조정으로부터 사면赦免을 받아 바른길로 나갈 생각을 하지 않는지요? 이대로 나가신다면 인생이 끝장나는 건 시간문제 아닐까요?"

"끝……장이라?"

유철성이 취기어린 눈으로 고사기를 바라봤다.

"그렇네요. 끝장이라는 말이 틀린 것은 아니네요. 비참한 끝장을 맞을 것이 뻔한 운명이기도 하니까요! 그러나 마누라와 자식새끼도 없는데, 이 한 몸이야 아무려면 어떻겠습니까! 더구나 사면을 받아 바른길로 나가라는 말은 나에게 그물에 걸려들어 도마 위에 오르라는 말밖에는 안 됩니다. 젠장! 전에 지은 죄를 묻지 않을 테니 주저하지 말고 오라는 손짓에 속아 따라갔다가 그 자리에서 귀신이 된 사람들이 어디 한두 명입니까! 못 믿을 인간들인 걸요!"

유철성은 심정이 복잡한지 잔을 들어 술을 단숨에 들이마셨다.

"이제 나는…… 더 이상 바랄 것이 없어요. 누나를 찾았으니…… 나중에 죽어서…… 승냥이의 밥이 될 걱정은 없을 테고……. 그러면 됐죠!"

한류씨는 유철성의 처지가 못내 안쓰러웠다. 황급히 어깨를 다독이면서 들릴 듯 말 듯 슬며시 위로의 말을 건넸다.

'이 부류의 사람들은 신뢰를 중요하게 생각하는구나.'

강희는 유철성의 말을 통해 분명한 사실을 하나 깨달을 수 있었다. 신뢰, 바로 그것이었다. 그가 잠시 후에 웃음 띤 얼굴로 입을 열었다.

"호주 대인이 그런 생각을 가지고 있다는 것 자체가 대단히 발전적인 거라고 볼 수 있어요. 내 친구들 중에는 높은 관직에 있는 사람이 많아요. 추천서를 써드리겠습니다. 고북구에 주둔하고 있는 비양고 장군 밑으로 가서 일하도록 도와드릴 수 있는 힘이 나에게는 있어요. 조정을 위해 총칼을 잡아 보세요. 공을 세우고 인정을 받으면 지금은 없는 모든 것이 저절로 생기지 않겠습니까?"

갑자기 번개가 치며 빛이 번쩍했다. 그러더니 곧이어 저 먼 곳에서 천둥치는 소리가 들려왔다. 유철성은 그 빛처럼 갑작스레 닥쳐온 눈앞의 너무나도 이상한 만남에 굉장히 놀라워하고 있는 중이었다. 마음도 흔들리고 있었다. 강희가 그런 변화를 눈치챘는지 침착하게 붓을 놀려 추천서를 써서 그에게 건네줬다. 유철성은 어리둥절해 하면서 추천서를 받아들고는 중얼거렸다.

"잘…… 잘 생각해 보겠소. 그래요……. 한번 곰곰이…… 생각해보죠……."

그리고는 머리를 숙여 추천서를 들여다봤다. 반 이상이 모르는 글자였다. 그러나 맨 끝부분에 찍혀 있는 붉은 도장에는 선명하게 '체원주인'體元主人이라는 네 글자가 찍혀 있었다. 유철성은 바로 머리를 들고 물었다.

"용 선생, 이름이 왜 네 글자입니까?"

고사기가 유철성의 질문에 웃음을 지어 보였다.

"그건 용 대인의 호입니다. 글씨도 못 알아보는 형편이니 뭐라고 깊은 말은 못하겠으나 내가 알기로는 용 대인의 추천서를 비양고 군문이 거절한 적은 없습니다."

　유철성은 가슴이 세차게 뛰는 것을 주체하지 못했다. 종잇장이 그야
말로 천근만근이나 되는 무게로 느껴졌다.

　그때 갑자기 한바탕 소란이 일었다. 이어 얼굴이 사색이 된 어린 도적
한 명이 달려들어 와서는 유철성에게 급보를 전했다.

　"호……호주, 큰일 났습니다! 관군, 관군이 들이닥쳤습니다!"

46장

양강총독 갈례의 몰락

"그래서? 그게 뭐 어때서 그렇게 난리를 부려?"

한류씨가 침착하게 자리에서 일어섰다. 그리고는 전혀 놀라지 않고 좌중을 향해 고함을 질렀다.

"다들 움직이지 말고 내 말 들어! 철성아, 누나가 시키는 대로만 하면 모든 것이 다 해결된다. 다 좋아진다고! 부하들 중에 혹시 너의 발목을 잡고 늘어지는 자가 있을지 모르니까 빨리 정리해!"

유철성이 더 이상 주저할 수 없다고 판단한 듯했다. 창백한 입술을 실룩거리면서 기운 없는 목소리로 명령을 내렸다.

"모두 총칼을…… 내려놓아라. 누나의 말에 따르겠다!"

유철성의 말이 끝나기 무섭게 대청마루 뒤에서 수십 명의 시위들이 몰려나왔다. 이어 강희를 몇 겹으로 에워쌌다.

"무단!"

강희가 가볍게 미소를 지으면서 손을 내저었다. 동시에 명령했다.

"누가 왔는지 나가 보게."

"예……!"

무단은 대답은 했으나 몸은 여전히 그 자리에 붙박인 듯 움직이지 않았다. 대청마루 안팎을 수십 명의 도적들이 둘러싸고 있었으니 그럴 만도 했다. 함부로 밖으로 나갈 수가 없었던 것이다. 고사기가 무단이 주저하는 이유를 알아채고는 대신 나섰다.

"소인이 나가 보겠사옵니다."

고사기는 말을 마치자마자 바로 밖으로 나갔다. 삽시간에 실내에는 주인 없는 무덤 같은 정적이 흘렀다.

한참 후 고사기가 얼굴 가득 당황한 기색이 역력한 4품의 무관을 데리고 들어왔다. 그는 들어오자마자 무단을 발견하고는 알은체했다.

"고집불통 노새 어른, 어른도 여기 계셨군요!"

"자식아, 말 좀 가려서 하지 못하겠어! 나는 이제 무단이라고! 폐하께서 계시는데, 당연히 내가 있지!"

무단이 차갑게 쏘아붙였다. 순간 좌중의 사람들은 깜짝 놀랐다. 폐하라니! 천자인 강희가 정말 이곳에 있다는 말인가! 마른하늘에 날벼락도 유분수지! 그랬다. 좌중의 사람들은 몇몇만 빼고는 저마다 정신이 나간 듯 눈과 입을 크게 벌렸다. 그리고는 그 자리에 석고상처럼 굳은 채 꼼짝 않고 서 있었다. 강희는 그럼에도 익살스럽게 태연스레 부채를 꺼내 부쳤다.

"성가聖駕를 맞이하라!"

고사기는 더 이상 지체할 수 없다고 판단했다. 목청껏 높이 외치고는 가장 먼저 무릎을 꿇었다.

그러자 제정신이 아닌 듯 멍해 있던 관군들과 도적들, 잇따른 충격으로 정신을 차리지 못하게 된 유철성 등이 모두 번개를 맞아 쓰러지듯 무릎을 꿇었다. 이어 죽어라고 머리를 조아렸다. 색액도, 명주, 근보, 진황, 한류씨 역시 무릎을 꿇었다.

"유철성!"

강희가 상쾌한 기분으로 앞에 꿇어앉은 사람들을 훑어봤다. 천천히 대청마루 한가운데로 걸어 나와서는 그의 앞에 서서 침착하게 말했다.

"자네는 목이 베어져야 마땅할 죄를 지었어. 하지만 짐과 인연이 닿았어. 천만다행이라고 생각하게. 자고로 군주의 말에는 농담이 없다고 했어. 짐이 자네를 용서하고 죄를 씻을 수 있는 기회를 준다고 했으니, 그대로 할 것이네. 약속대로 고북구에 있는 비양고 밑으로 보내주겠네. 부디 짐의 기대를 저버리지 말고 공을 세워 죄를 하나씩 지워나가도록 해!"

유철성은 눈만 멀뚱멀뚱 뜬 채 어찌할 바를 모르고 있었다. 너무나 당황한 데다 황제를 처음 만나는 탓에 제대로 된 인사를 할 줄조차 몰랐던 것이다. 그러자 강희의 등 뒤에 있던 고사기가 손을 내리는 시늉을 해보였다. 유철성은 그제야 죽어라 머리를 조아리면서 두서없이 아뢰었다.

"대단히 감사하옵니다, 천자 폐하! 오늘 이 시각부터 수백 명의 소인의 형제들은 모두 폐하의 하인이옵니다. 폐하의 부름에 목숨을 내던지고 응하겠사옵니다. 불바다, 칼산 그 어디에라도 가서 기꺼이 충성을 다할 것을 맹세하옵니다……."

유철성의 무리가 밖으로 나갔다. 그러자 강희가 진황을 불렀다.

"오늘 저녁 자네하고 술 한잔 하면서 치수 사업에 대해 밤늦게까지 얘기를 나누려고 했었어. 그런데 난데없이 유철성이 나타나는 바람에 계획이 무산됐네. 정말 아쉽구먼. 짐이 보기에 자네는 수수한 외모와는 달리 빼어난 재주를 가지고 있네. 짐이 우선 자네에게 사품인 도원道具

자격을 주겠네. 당분간은 변함없이 근보의 참모로 일하게. 나중에 짐이 섭섭지 않게 해주겠네."

말을 마친 강희는 바로 출발하라는 명령을 내렸다.

양강 총독 갈례는 5월 단오절이 지난 직후 근보가 보내온 글을 받았다. 남쪽을 순방중인 강희가 초이레쯤에 남경에 도착할 예정이라는 내용이었다. 총독으로서의 책임이 막중한 그는 우선 명령을 내려 안전 대책을 강구하도록 했다. 또 당일 아침 일찍 전체 문무관원들을 거느리고 10리 밖까지 강희를 맞으러 나왔다.

오전 아홉 시 정각이었다. 사례司禮 태감인 하주아는 20여 명의 태감을 데리고 말을 달려 소식을 전했다. 황제의 가마가 곧 도착할 것이니 전부 무릎을 꿇고 대기하라는 명령도 내렸다. 얼마 후 어도御道 양 옆에 노란 비단깃발을 나부끼면서 서 있던 육중한 24문의 대포가 일제히 하늘과 땅을 울렸다. 그러더니 오랜 훈련을 받은 것으로 보이는 금의錦衣 악대가 요란한 음악을 울렸다. 그 음악을 들으면서 강희가 색액도와 명주의 부축을 받고 가마에서 내렸다. 이어 황토로 쌓아올린 높은 단상에 올라 남쪽을 향해 서서 미소를 머금고 마중 나온 문무백관들의 절을 받았다.

"소인 갈례가 삼가 폐하의 안녕을 비옵니다!"

갈례는 대례가 끝난 다음 무릎을 꿇고 머리를 조아렸다.

"폐하께서는 어느 행궁에 머무르실 것인지 말씀하여 주시옵소서."

강희는 갈례의 말에는 별로 관심이 없는 듯했다. 그저 화령을 번쩍이면서 엎드려 있는 관원들 사이로 부지런히 시선을 굴렸다. 곧 그의 눈에 곽수가 들어왔다. 그가 고개를 돌려 색액도에게 물었다.

"곽수가 어떻게 여기에 있나?"

색액도가 황급히 허리를 굽히면서 대답했다.

"지난 달 대리시에서 파견을 나왔사옵니다."

강희가 머리를 끄덕이면서 우성룡 앞으로 다가갔다. 더불어 손을 내밀어 일으켜 세웠다.

"우성룡, 짐이 청강을 지나면서 보니까 그쪽의 백성들이 자네의 무병장수를 비는 사당을 지어주기로 의견을 모으는 것 같더군. 자네, 백성들에게 명성이 자자하더군!"

"그 부분에 대해서는 소인도 풍문을 들은 바가 있사옵니다. 소인이 무슨 덕이 있다고 그렇게 과분한 대우를 받겠사옵니까? 소인이 벌써 어머니에게 편지를 보내 그들의 쓸데없는 행동을 말리라고 했사옵니다."

우성룡이 황급히 자신의 입장을 밝혔다. 그러나 강희는 그가 백성들에게 높은 인기를 누리는 것이 별로 싫지는 않은 모양이었다.

"꼭 이롭지 않다고 할 수는 없네. 그리고 자네 어머니는 아주 현명하고 착한 사람이야. 청강 백성들의 부담스러운 인사치레를 견딜 수 없다면서 남경으로 나와 계셨어. 짐이 시위를 시켜 찾아 뵈라고 했네!"

강희가 말을 마치자마자 바로 여러 관원들을 향해 머리를 끄덕여 보였다. 그리고 나서야 갈례를 돌아보았다

"자네는 이전보다 살이 많이 빠졌네? 속깨나 썩는 일이 있나 보군! 걱정거리가 있더라도 건강을 챙겨가면서 고민해야지."

강희의 말은 그저 평범한 한마디에 지나지 않았다. 하지만 말 속에는 분명 뼈가 숨어 있었다. 갈례가 자신도 모르게 온몸을 흠칫 떨었다.

"나이가 많아서 그런지 몇 년째 입맛이 떨어지니 하는 일도 없이 몸이 축나고 그러는 것 같사옵니다. 폐하께서 행궁이 불편하실 것 같으시면 총독아문도 괜찮을 것이옵니다."

"짐은 이번에 위동정의 집에서 머무르겠네. 자네도 알다시피 행궁이

그 누구던가…… 아, 양기륭이 설치한 대포의 반경 내에 들어가 있어. 총독아문이라고 무사하리라는 보장이 있는가? 그럴 바에야 위동정의 집에 가 있는 것이 훨씬 낫지!"

강희가 단어들을 잘근잘근 곱씹으면서 말했다. 순간 갈례의 이마에서는 식은땀이 주체할 수 없이 흘러 내렸다. 그때 강희의 말이 다시 이어졌다.

"여기에서 죄스러워할 것은 없네. 자네가 죄를 물어달라고 올린 상주문을 읽어봤네. 곧 조서가 내려질 테니 기다리게. 여러 관원들, 그만 들어가게!"

강희는 그렇게 명령을 내리고는 바로 출발했다.

우성룡은 남경아문으로 돌아왔으나 기분이 뭐라고 형언하기 어려울 만큼 복잡해지는 것을 어쩌지 못했다. 조금 전 강희가 했던 말을 떠올리자 더욱 그랬다. 괜히 속이 탔다. 완전히 좌불안석이 따로 없었다. 마침 그때 밖에서 하인 우록이 들어와 아뢰었다.

"대인, 곽수 어사께서 뵙기를 청하였습니다!"

우성룡이 황급히 표정을 가다듬었다.

"어서 모셔라!"

우성룡은 모자를 쓰고 손님을 맞으러 나가려고 했다. 그러나 그럴 필요가 없었다. 곽수가 이미 성큼 안으로 들어선 것이다.

"축하해주고 싶어서 왔습니다!"

곽수가 건네는 축하의 말에 우성룡이 짐짓 별것 아니라는 표정을 지은 채 자리를 안내했다.

"왜 그대까지 이러는 거요. 관리로서 탐욕을 멀리하는 것은 본분이에요. 탐관오리들이 하도 많은 탓에 나 같은 사람이 눈에 띄어서 그런 것이죠. 나는 오히려 황송하고 어색해 죽겠구먼."

우록은 주인이 평소 곽수에 대해 좋은 평가를 하던 것을 잊지 않고 있었다. 눈치 볼 것도 없이 바로 우성룡이 아끼는 차를 끓여 왔다.

곽수가 차 맛을 음미하면서 벽에 걸려 있는 채색이 화려한 그림을 한참 쳐다봤다. 그러더니 빙긋 웃었다.

"그렇기는 하죠. 그러나 폐하의 깊고 두터운 은총을 받으니 그래도 부럽고 존경스러운 겁니다. 방금 위동정을 만나서 들었는데, 폐하께서 그대를 강남 순무로 보내실 가능성이 크다고 합니다. 아무튼 그곳 백성들에게는 최대의 기쁜 일이겠죠!"

우성룡이 손사래를 쳤다.

"그런 법이 어디 있다고 그래요? 그런 파격적인 승진은 있을 수 없어요. 뿐만 아니라 나도 부담스러워서 싫습니다."

"파격적이라고요? 명주가 한낱 별 볼 일 없는 삼등 시위에서 하루아침에 좌도어사로 껑충 승진한 것, 고사기가 단숨에 용문에 날아오른 것에 비하면 그대에게는 파격이라는 말도 갖다 붙이기 힘듭니다. 그렇지 않습니까? 그게 진짜 파격적이라고 생각합니까? 물론 내가 기분이 좋은 것은 단지 그것 때문만이 아닙니다. 조정에 훌륭한 신하가 또 한 명 더 늘어났기 때문에 그렇습니다. 백성들에게는 자신들의 진정한 대변인이자 깨끗한 부모관父母官이 한 명 더 생겼고요. 그래서 더욱 기쁜 겁니다."

곽수의 말은 결코 과장된 것이 아니었다. 진심이었다. 그는 원래 거짓과 허위라는 단어를 모르는 사람이었기에 우성룡은 그의 말을 어느 정도는 믿는 것 같았다. 잠시 침묵이 흘렀다. 차를 마시던 우성룡이 길게 한숨을 내쉬었다.

"정도를 걷는다는 것은 정말 힘들어요! 다행히 현명하신 폐하를 만났으니 망정이지, 그게 아니면 우리 같은 바보들은 도마 위에 올라 난도질을 당한 지 옛날일 거예요."

"사실 오늘 나도 마음이 좀 편치가 않습니다. 그래서 그대와 얘기를 나누고 싶어서 왔습니다. 내가 역사책을 많이 읽었기 때문에 더욱 피부로 느끼는 겁니다만 지금의 천자는 정말 현명하고 뛰어난 군주입니다. 솔직히 나는 처음에 우리 한족과 오랑캐 사이에 차별의식을 조금 가지고 있었습니다. 폐하가 별 볼 일 없을 거라고 오해했었죠. 그런데 몇 년 동안 쭉 지켜보니 그게 아니더군요. 자연스럽게 열심히 일해 미력이나마 보태고 싶은 욕구가 생기지 뭡니까. 내 마음 아시겠습니까?"

곽수도 한숨을 내쉬었다.

"오, 그랬습니까? 그대는 바른 소리 잘하기로 소문이 났죠. 역사책에 오르고도 남을 인물이잖아요. 그런데 무슨 일을 더 하겠다는 겁니까? 또 지금 폐하께서는 현명하시고 신하들도 훌륭해요. 굳이 그대가 나서서 해야 할 일이 뭐가 있을까요?"

우성룡이 거침없이 자신의 생각을 피력했다. 곽수가 그의 말에 냉소를 흘리면서 살짝 반박했다.

"그 말은 반만 맞았다고 할 수 있습니다. 폐하가 현명하다는 말은 틀림없기는 합니다. 하지만 신하들이 훌륭하다고 할 수는 없습니다! 나는 그대처럼 완곡하고 심오하게 말할 줄 몰라 그냥 툭 털어놓고 말하겠습니다. 내가 생각할 때 폐하께서는 지금 소인배들에게 둘러싸여 있어요!"

우성룡은 깜짝 놀라 잠시 할 말을 잃었다. 생각지도 않았던 너무나 무거운 주제가 화제로 떠오른 탓이었다. 그러나 곽수는 그에 아랑곳하지 않고 말을 이어갔다.

"우선 색액도는 지나간 공로를 등에 업고 나쁜 짓을 일삼고 있습니다. 이부에서만 관직을 삼백 개는 넘게 팔아먹었다고요! 부정하게 받아 챙긴 검은돈이 무려 수백만 냥입니다. 조정의 관원들치고 그 사실을 모르

는 사람이 있을까요? 이광지 같은 위선자나 모르는 척하고 있겠죠. 그
다음 명주, 고사기를 봅시다. 둘은 완전 거지꼴로 북경으로 왔습니다. 그
러나 지금 그들의 집에 가 보라고요, 상황이 어떤가! 일 년 녹봉이 고작
백팔십 냥인 것들이 금은보화를 거짓말 하나 안 보태고 산더미처럼 쌓
아놓고 돈을 물 쓰듯 하고 있습니다. 그게 다 어디에서 나왔겠습니까?
너무 뻔하잖습니까? 웅사리도 빼놓을 수 없습니다. 명철보신明哲保身이
니 뭐니 하면서 황자를 가르치는 데만 빠져 정무에는 전혀 관심이 없어
요! 이런 사람이 황자를 가르쳐 봤자 어떤 사고방식을 주입시키겠어요?
그렇기 때문에 웅사리가 도찰원으로 강학을 나오는 날이면 나는 저만
치 도망치고 맙니다. 절대로 듣지 않습니다!"

곽수의 홍분은 갈수록 더해갔다. 얼굴이 상기되기까지 했다.

"……폐하께서 덕을 베풀어 주시고 너그럽게 대해줄수록 신하된 사
람들은 더욱 자신에 대한 잣대가 엄격해야 마땅합니다. 하지만 그들은
반대로 폐하의 힘을 등에 업고 호가호위하려고 하지 않습니까! 당나라
명황明皇(현종玄宗)은 처음에는 영명했으나 나중에는 흐리멍덩하게 됐습
니다. 그래서 초창기에는 '개원의 치'開元之治를 열어 번창의 길을 걸었으
나 나중에 천보지란天寶之亂을 맞았습니다. 하지만 그것은 필연일 수밖
에 없었습니다. 옛말에 과거를 잊지 말고 미래의 스승으로 삼자는 말이
있습니다. 나는 원래 언관言官입니다. 폐하께 충언을 올려야 하는 자리
에 있는 사람입니다. 그런데 그러지 못했습니다. 어떨 때 생각하면 뻔히
보고만 있는 내 자신이 밉고 한심스럽게까지 느껴집니다!"

우성룡은 의분에 찬 곽수의 말을 천천히 다 들었다. 그리고 조금 전
의 기쁨과 감동이 온데간데없이 사라져버릴 정도로 충격을 받았다. 그
는 곽수와 크게 다를 것이 없는 사람이었다. 다른 점이 하나 있다면 욱
하는 성미를 참고 차근차근 일을 풀어나간다는 것이었다. 반면 곽수는

자신이 맞는다고 생각하면 물불을 가리지 않는 성격이었다. 우성룡이 잠시 생각하더니 입을 열었다.

"그대의 말이 맞기는 해요. 하지만 잘못하면 일을 그르칠 위험이 있어요. 그대의 성격이 딱 그런 것 같네요. 억지로 밀어 붙여서 될 일은 따로 있어요. 이건 아닌 것 같습니다. 상서방의 대신들 중에서 고사기만 빼고는 모두 폐하의 친정을 보좌하고 삼번을 평정하는 데 공로를 세운 사람들이에요. 나름의 인정을 받았다고 할 수 있어요. 그런데 상서방에 훌륭한 사람이 없다고 말하면 폐하까지 욕보이게 하는 것이나 다름이 없지 않겠습니까?"

곽수는 우성룡의 말에 자신도 모르게 숨을 들이마셨다. 확실히 우성룡은 자신이 미처 생각하지 못한 부분을 짚어냈다.

'그래, 내가 서슴없이 상서방 사람들을 하나같이 '쥐새끼 같은 존재'라고 한다고 치자. 그렇다면 그런 대신들의 보좌를 받는 폐하를 어찌 '현명'하다고 할 수 있겠는가?'

곽수는 거기에까지 생각이 미치자 잠시 입을 닫을 수밖에 없었다. 그러자 우성룡이 그윽한 시선으로 창밖을 바라보면서 말했다.

"아끼는 꽃병 속에 든 쥐를 잡으려면 꽃병을 깨지 않는 선에서 잡아야 합니다. 그렇다면 서두르지 말고 하나씩 처리해나가는 자세가 필요해요. 더러운 것을 깨끗하게 만드는 일을 우리가 아니면 누가 하겠어요?"

우성룡의 말은 결연했다. 곽수는 그런 우성룡의 어조에서 그가 곧 간신들에게 대포를 쏘는 공격을 할 것임을 짐작할 수 있었다. 물론 색액도와 명주는 보통 만만한 사람이 아니었다. 곁가지가 하도 많이 뻗어 있어서 인맥이 거대한 거미줄 같다고 해야 했다. 섣불리 건드렸다가는 큰코다칠 수 있었다. 힘에 겨울 수도 있었다. 곽수가 이를 악물고 한참을 생각한 후에 다시 입을 열었다.

"우리 둘이 공동 명의의 탄핵안을 올려 먼저 명주부터 쓰러뜨리는 것이 어떨까 싶습니다!"

그러나 우성룡은 머리를 저었다.

"자고로 군주가 아무리 힘이 있다고 해도 명주처럼 십몇 년 동안 커온 권력 핵심부의 간신을 단칼에 쳐버린 경우는 없어요. 서두르지 말고 천천히 눈 부릅뜨고 조금만 더 지켜보자고요. 또 가장 크게 드러난 부분부터 공략을 하는 것이 좋아요. 우리 둘이 앞장서고 조정의 다른 신하들이 여론몰이를 해버리면 탄핵이 그리 어렵지는 않을 거예요!"

두 사람이 비밀리에 대화를 주고받고 있을 때였다. 밖에서 우록이 들어와 아뢰었다.

"대인, 위 군문 댁에서 사람을 보내왔습니다. 폐하께서 어르신을 위 군문 댁으로 부르셨다고 합니다!"

우성룡이 황급히 자리에서 일어났다.

"알겠네."

우성룡이 곽수의 손을 잡고 덧붙였다.

"곽 대인, 우리 둘이 약속이나 한 듯 동시에 탄핵안을 올리면 폐하로부터 괜한 의심을 살 수 있어요. 그러니까 내가 남경에서 먼저 하겠습니다. 곽 대인은 북경에 돌아가서 천천히 준비하시고요. 한 번 올려서 안 되면 열 번, 일 년이 모자라면 해마다 될 때까지 하는 겁니다. 이게 바로 폐하의 성은에 보답하는 길이라고 생각합니다."

우성룡이 말을 마치고는 바로 밖으로 나갔다. 곽수는 그의 뒷모습까지 사라진 후에야 자리에서 일어났다.

우성룡이 부랴부랴 청인항淸仁巷 안쪽에 자리 잡고 있는 위동정의 집에 도착했을 때는 저녁 무렵이었다. 하늘을 날다 지친 새들이 둥지를 찾아가고 해가 서쪽으로 넘어갈 즈음이었다. 자신의 도대부道臺府와는 8리 정도밖에 떨어져 있지 않아 그나마 가능한 일이었다. 그는 도착하자마자 서둘러 가마에서 내렸다. 예전의 모습은 전부 뜯겨 나간 채 큰길로 변해버린 청인항이 시야에 들어왔다. 위동정의 저택은 입구에서부터 집을 빙 둘러싼 채 2리 정도의 길이로 늘어서 있는 분홍색 담벼락이 눈길을 끌었다. 척 봐도 새로 지은 건물에 새로 만든 담벼락이라는 사실을 알 수 있었다. 우성룡은 담벼락에서 목을 빼들고 안을 바라봤다. 정원의 푸른 나무들이 자그마한 숲을 이루고 있었다. 또 그 틈새로 정자와 누각들이 살짝 보였다. 그는 그제야 위동정이 번고에서 은 50만 냥을 왜 빌렸는지를 알 것 같았다. 강희의 남순을 위해 대대적인 토목공사를 벌였던 것이다. 그는 위동정의 치밀한 대처에 새삼 감탄을 금치 못했다. 마침 그때 시위 소륜이 우성룡을 발견하고는 황급히 손짓을 했다.

"우 대인, 그렇지 않아도 방금 안에서 우 대인이 도착하셨냐고 물어오셨어요. 어서 들어가시죠!"

우성룡은 소륜을 따라 안으로 들어갔다. 총독 갈례가 서재 앞에 꿇어앉아 있는 모습이 보였다. 그가 소륜에게 물었다.

"폐하께서는 서재에 계십니까?"

"아닙니다. 폐하께서 저분에게 여기 꿇어 앉아 있으라고 명령하셨습니다. 저러고 있은 지 한 시간도 더 됐습니다. 폐하의 남순을 망쳐놓고도 부족해 엉뚱하게 무슨 양생수도養生修道니 장수불로長壽不老니 하는 책을 폐하께 드렸다가 된통 혼이 났습니다. 저기 명 어른과 색 어른도 오시네요!"

색액도와 명주가 남화원南花園의 월동문月洞門에서 나왔다. 그러더니 우성룡을 향해 가볍게 머리를 끄덕이고는 바로 갈례를 향해 걸어갔다.

"갈례! 어명을 받고 묻는다."

색액도가 잔뜩 어두운 얼굴을 한 채 천천히 입을 열었다. 갈례는 어쩔 줄 몰라 하면서 머리를 조아렸다.

"소인 갈례가 성유를 공경하게 듣겠사옵니다."

"역적 양기륭이 막수호와 백사도에 대포를 설치했다. 그것은 반역을 일삼는 행위와 하등 다름이 없었다. 그대는 무기고에서 대포가 없어진 것이 없다고 했다. 그런데 오늘 조사해보니까 무기 전반에 대한 장부가 하나도 없었다. 폐하께서 물으셨다. 과연 이런 상황에서 대포가 없어지지 않았다는 사실을 어떻게 장담할 수 있었다는 말인가?"

색액도가 계속 준엄하게 따져 물었다. 갈례의 얼굴은 삽시간에 백지장처럼 창백해졌다. 그러나 곧 안정을 되찾으며 나지막하게 대답했다.

"강남 대영大營에는 모두 이십사 문의 대포가 있사옵니다. 수량이 극히 제한돼 있었기 때문에 소인이 직접 관리해 왔사옵니다. 그래서 군이 장부를 만들 필요가 없다고 생각했사옵니다. 아무튼 이번에 소인이 여러 가지로 심려를 끼쳐드린 점 폐하께서 죄를 물어주시옵소서!"

색액도가 잠시 숨을 몰아쉬더니 다시 물었다.

"다시 명을 받고 묻겠다. 거국적인 대사인 남순에 필요한 행궁을 지으면서 그렇게도 장소가 없었다는 말인가? 하필이면 역적의 대포가 불을 뿜는 장소에 지었어야 했다는 말인가? 그런데 사건이 이렇게 터졌으면 스스로 총독 자리를 내놓고 죄를 청해야지, 여기 압송될 때까지 어떻게 시치미를 뚝 떼고 있다는 말인가? 더구나 짐이 남경에 도착하니 엉뚱한 귀신놀음 같은 책을 가져다 줬다. 그것으로 자신의 죄를 덮어 감춘 다음 짐의 눈을 흐리게 만들겠다는 수작이 아니고 뭔가? 파렴치하고도 몰지각한 자 같으니라고!"

갈례는 엄한 꾸중의 성유를 들으면서 땅에 엎드렸다. 고개를 들 생각조차 못하고 있었다. 땀을 비 오듯 흘렸다. 한참 후에야 그가 떨리는 목소리로 말했다.

"소인은 그야말로 인륜을 저버린 파렴치한이옵니다. 더 이상 할 말이 없사옵니다. 폐하께서 중벌을 내려주시기를 바랄 뿐이옵니다!"

"이게 전부가 아니야. 또 있어!"

이번에는 명주가 표정 하나 없는 차가운 얼굴을 한 채 천천히 노란 겉봉의 조서를 펼치더니 큰 소리로 읽어 내려갔다.

"갈례는 총독이자 재상 반열의 봉강대리로서 직무에 충실하고 솔직한 인간성으로 나라를 위해 몸 바쳐 일해야 마땅하다. 그러나 남순이라는 거국적인 행사를 준비함에 있어서 직무를 소홀히 했다. 게다가 도둑들을 끌어들임으로써 역적의 음모가 하마터면 현실로 나타날 뻔했다. 이에 대한 죄를 물어 갈례의 직무를 박탈한다. 또 연안부延安府 군영으로 보낸다. 그곳에서 회개하는 마음으로 열심히 일하기를 바란다. 지켜볼 것이다."

"소인…… 성은이 망극하옵니다!"

갈례가 무겁게 머리를 조아렸다. 그러자 명주가 단박에 그의 관모를 벗겨버렸다. 이어 그를 일으켜 주면서 말했다.

"이 바닥은 워낙 영광과 굴욕이 병존합니다. 진퇴도 무쌍한 곳이죠. 이런 일은 늘 일어나는 일이라고 생각하세요. 그러니 너무 상심할 필요는 없습니다. 연안부 같으면 식량 운송에 필요한 서북의 요충지대예요. 잘만 하면 생색이 나는 곳입니다. 다시 돌아올 수도 있다는 얘기죠. 세상이 끝난 것처럼 그러지 말고 나를 따라 나서지 않겠습니까? 위 군문에게 술상을 봐달라고 해서 간소한 환송회를 열어드리겠습니다!"

색액도가 명주와 갈례의 뒤를 따라가다 멍하니 서 있는 우성룡을 보았다.

"우 대인, 그대는 아직 들어가지 않고 뭘 하는 거요? 폐하께서 침하각枕霞閣에서 기다리고 계세요!"

우성룡은 서둘러 안으로 들어갔다. 그러면서 오늘 드디어 대신들의 진면모를 엿보았다는 생각을 했다.

'색액도의 속마음은 진짜 알 수가 없어. 그러나 명주의 병 주고 약 주는 처세는 정말 간담을 서늘하게 만드는군. 갈례가 쫓겨나면 누구보다 기쁠 사람은 저 명주야. 그런데도 등을 두드려 주면서 귀엣말까지 했어. 뒤따라가는 색액도를 불안하게 만들려는 수작이지. 저 재주는 나도 쉽게 감당하기 힘들 것 같군.'

우성룡은 그런 생각을 굴리면서 소륜을 따라갔다.

47장
군량미를 확보하라

그 시각 강희는 남화원 침하각에서 붓을 휘날리고 있었다. 우성룡은 이덕전의 안내에 따라 한편에 자리를 잡고 조용히 앉은 채 강희의 명령을 기다렸다.

방 안에는 또 다른 손님도 와 있었다. 바로 백발이 성성한 위동정의 어머니 손 어멈이었다. 그녀는 강희와 대각선 방향으로 마주 앉은 채 눈 하나 깜빡하지 않고 붓을 잡고 있는 그의 일거수일투족을 뚫어져라 쳐다보고 있었다. 자신의 젖으로 강희를 키운 유모답게 애정이 듬뿍 담긴 눈길이었다. 사실 그녀의 강희에 대한 애정은 자기 자식보다 더하면 더했지 못하지 않았다. 충성심도 변함이 없었다. 남경의 아들집에 사는 탓에 자주 보지 못해 궁금하기는 했으나 마음속으로 잘 되기를 바라면서 늘 기도를 올렸다. 그녀는 얼마 전에 강희가 남경을 방문할 뿐만 아니라 자신의 집에 머무를지도 모른다는 말을 아들로부터 전해듣고부터는 몇 날 며칠 동안 밤잠을 설쳤다.

그러나 강희는 집으로 오기는 했어도 너무나 바빴다. 남경의 관원들을 접견하랴, 현지 원로들을 불러 얘기를 나누랴, 그야말로 한시도 가만히 앉아 있을 새가 없었다. 맷돌처럼 바쁘게 돌았다고 해도 좋았다. 손 어멈으로서는 어쩔 도리가 없었다. 하기야 그저 멀리서 바라볼 수만 있어도 좋다고 생각했으니, 그건 감수해야 했다. 그러나 나중에는 참다못해 봉성부인의 복장을 한 채 지팡이에 의지해 침하각을 찾아오고야 말았다. 그렇다고 눈물의 상봉을 한 것도 아니었다. 그저 조용히 구석자리에 앉아 쳐다만 볼 뿐이었다. 당연히 강희는 그런 손 어멈에게 깊은 감동을 받았다. 틈틈이 시간이 나면 눈인사를 건네기도 했다. 미소를 보내는 것은 더 말할 것이 없었다. 손 어멈은 그 정도라도 자신에게는 충분하다고 생각했다. 긴 시간 가까이 앉아 얘기를 주고받을 수 있다면 더 좋았겠지만 말이다.

강희는 잠시 시간을 내서 손 어멈에게 선물할 붓글씨를 쓰고 있는 중이었다. 그 모습을 바라보는 손 어멈의 표정은 밝고 편안하기 이를 데 없었다. 이윽고 강희가 '복해수산'福海壽山 네 글자를 거의 마무리하고 있었다. 그러다 한참 후 갑자기 머리를 들어 손 어멈에게 물었다.

"어멈, 이번에 짐 때문에 집안 살림이 거덜 나는 것 아닌가?"

"우리 위씨의 조상들이 덕을 많이 쌓은 덕분에 남들은 꿈도 못 꾸는 폐하를 모셨는데, 그게 무슨 말씀이옵니까? 무한한 영광이옵니다. 살림이 깡그리 다 없어져도 소인은 여한이 없사옵니다! 만약 폐하께서 조금이라도 불편을 느끼신다면 소인은 죽을죄를 짓는 것과 마찬가지라고 생각하옵니다."

손 어멈이 얼굴 가득 웃음을 지었다. 강희가 잠시 생각하더니 말했다.

"짐이 보니 이번에 집을 대대적으로 수리했더군. 돈을 적지 않게 썼을 것 같아. 빌린 돈은 어쨌든 갚아야 하겠지. 음…… 이렇게 하지! 올해의 관세에서 3분의 1을 면해주겠네. 나머지는 목자후가 관할하는 강녕 직조에 좀 도와달라고 하게. 지금 당장은 누가 뭐라고 하지 않겠지만 시간이 길어지면 어사들이 가만히 있지 않을 거네."

강희가 말을 마친 다음 바로 먹물이 번지지 않도록 후후 하고 불었다. 이어 손 어멈에게 건네주고는 얼굴을 돌려 우성룡에게 말했다.

"자네, 이리 오게!"

손 어멈은 글씨를 받자마자 바로 자리에서 일어났다. 날도 저물고 강희가 사람을 만나는데 불편할까봐 우려한 것이다. 강희가 두어 걸음 따라 나가는가 싶더니 다시 돌아와 물었다.

"우성룡, 짐이 왜 자네를 불렀는지 알겠는가?"

우성룡이 잠시 생각한 다음 대답했다.

"소인, 잘 모르겠사옵니다, 폐하."

"짐은 자네를 강남 순무로 보낼 생각이네. 자네 생각은 어떤가?"

강희가 기분이 썩 괜찮은 표정을 지었다. 그러더니 자리에 앉아 차 한 모금을 마셨다.

우성룡은 가슴이 뭉클해졌다. 황급히 몸을 앞으로 숙였다.

"폐하께서 그렇게 높은 자리에까지 소인을 올려주시려고 하는 줄은 정말 몰랐사옵니다. 신하로서 갈수록 높은 곳으로 승승장구하는 것은 영광이기는 하옵니다. 하지만 만에 하나 폐하의 기대에 부응하지 못할 수도 있사옵니다. 그에 대한 걱정 역시 만만치 않은 것도 사실이옵니다."

강희가 우성룡의 대답에 만족스러운 듯 머리를 끄덕였다.

"자네가 강남 순무로서 해야 할 일은 매년 칠백만 섬의 식량을 만들어 북경으로 보내주는 것이네. 할 수 있겠는가?"

"폐하!"

우성룡이 갑자기 쿵! 소리와 함께 땅바닥에 엎드렸다.

"조정의 국고는 삼분의 이 이상이 강서江西와 절강浙江 지역에서 거둬들이는 것으로 아옵니다. 때문에 그쪽의 백성들은 너무나 과중한 세금에 쪼들릴 대로 쪼들려 기를 못 펴고 사옵니다. 삼번의 난 때는 역적을 물리쳐 나라를 튼튼히 하자는 일념이 있었사옵니다. 그쪽 백성들은 그 희망 하나로 힘들어도 원망 한마디 없이 용케 잘 따라줬사옵니다. 그런데 이제 전쟁이 끝나고 세금을 낮춰주기를 이제나저제나 고대하고 있는 백성들에게 소인이 어찌 더 큰 부담을 안길 수 있겠사옵니까? 가혹한 정치는 호랑이보다 무섭다고 했사옵니다. 소인은 어명에 따를 수가 없사옵니다!"

우성룡의 말은 딱딱 소리가 날 정도로 단호했다. 성격이 그대로 드러나는 말이었다. 강희가 그의 말을 받았다.

"누가 자네하고 싸우고 싶다고 했는가? 그래서 짐이 자네하고 상의를 하자는 거 아닌가! 이 일은 자네가 아니면 할 사람이 없어. 자네한테 맡기려는 것도 다 그 때문이네. 오 년 내에 서북으로 출정을 하려고 하는데, 수천만 섬이 없으면 어찌 전쟁을 할 수 있겠는가?"

"폐하께서는 아직도 전쟁을 더 치르시려는 것이옵니까? 그것은 명주와 색액도의 생각이옵니까? 아니면 폐하께서 독단적으로 생각하신 것이옵니까?"

우성룡이 강희를 똑바로 쳐다보면서 따지듯 물었다. 순간 강희의 안색이 무섭게 일그러졌다. 동시에 차가운 시선으로 우성룡을 힐끔 쳐다보다 뒷짐을 진 채 방안을 거닐었다. 한참 후에야 우성룡 앞에 조용히 멈춰 섰다. 그가 자신과는 달리 표정 하나 흐트러뜨리지 않은 채 꿇어앉아 단호한 입장을 표명하는 우성룡을 다시 한 번 쳐다보더니 갑자기 미소를 머금었다.

"당연히 짐의 주장이지! 중대한 사안을 결정하는 데 있어서는 짐은 항상 독재를 하지. 상서방의 대신들이 어찌 감히 짐을 좌지우지할 수 있겠나!"

"폐하의 주장이라고 하실지라도……."

우성룡이 잠시 머뭇거렸다. 그러다 내친김이라는 듯 다시 단호한 어투로 말을 이었다.

"소인은 절대 안 된다고 생각하옵니다! 백성들은 삼번의 난 때 이미 원기를 잃었사옵니다. 이어 잇따른 대만과의 전쟁에서 설상가상 고통을 겪었사옵니다. 이제 더 이상 세금을 올리면 살길이 막막해지옵니다. 죽으라는 말밖에 더 되겠사옵니까? 그러다 만약 백성들이 들고 일어나기라도 한다면 폐하께서는 그 뒷감당을 어찌하려고 그러시옵니까?"

강희는 우성룡이 강경하게 나올 줄 예상한 듯한 눈치였다. 그의 말을 담담하게 받아들이면서 미소까지 지었다.

"바로 그런 위험이 따르기 때문에 자네가 아니면 안 된다는 얘기야! 탐관오리들에게 이 일을 맡기면 변란이 수습하기 어려울 정도로 일어날 거야. 백성들은 자네 아닌 다른 누구의 말도 들으려 하지 않을 걸세. 하지만 백성들의 마음속에 청천靑天으로 자리 잡고 있는 자네라면 다르지. 백성들은 고작해야 한숨을 푹푹 쉬면서 어느 정도 분통을 터트리는 선에서 끝날 거야. 봉기까지는 일으키지 않을 거라는 말이야. 서북까지 평정하고 나면 짐은 강남의 은혜를 결코 잊지 않을 거야. 자네는 대신이야! 융통성이 있어야 한다고."

우성룡이 거친 숨을 몰아쉬었다. 그러더니 한참 후에 다시 입을 열었다.

"소인은 가혹한 정치를 변호하는 대변인이라는 오명을 남기고 싶지 않사옵니다. 폐하께서는 천하 백성들의 삶을 가엾게 여기시기를 바라옵니다. 이런 일로 민심을 잃어 지금껏 칭송을 받아온 요순堯舜의 덕에 오점을 남기지 않기를 바라마지 않사옵니다."

"바로 그거야. 짐은 바로 천하 백성들의 삶을 걱정하고 있기 때문에 이러는 거라고. 자네 말대로라면 강남의 백성들만 가엾고 불쌍한 우리 대청의 백성들, 서북쪽에서 갈이단의 말발굽에 깔려 온갖 유린을 당하면서 죽어가는 백성들은 다른 나라 사람들이라는 말인가? 러시아도 우리 서북을 노리고 있는 지가 벌써 수 년째야. 짐이 중원만 바라보고 있다면 서북의 백성들을 포함한 다른 모든 것은 더 이상 대청제국의 것이 아니게 될지도 몰라. 대청의 지도도 다시 그려야 할지 모른다고. 그렇게 된다면 후세 사람들은 짐을 과연 뭐라고 평가하겠는가? '백성을 자식처럼 사랑했다'는 자네와 같은 청백리는 과연 어떤 사람으로 남게 되겠는가?"

우성룡은 속사포 쏘듯 내뱉는 강희의 말에 몸을 흠칫 떨면서 깜짝 놀란 시선으로 강희를 바라봤다. 그러나 뭐라고 대꾸할 말이 없었다.

"청강이 물에 잠길 위험에 처했을 때 자네가 군량미를 빼앗다시피 해서 백성들을 구제해준 공로를 짐은 높이 샀지. 자네를 승진시켜 주기도 했고. 이후 자네가 관할 경내의 세금을 균등하게 하고 강도와 도둑들을 발붙일 곳 없도록 한 공로를 치하해 짐은 또다시 벼슬을 올려줬어."

강희는 날카로운 시선으로 춤추는 촛불을 바라봤다. 그리고는 우성룡을 힐끔 쳐다보고 나서 다시 말을 이었다.

"지금 수십만 명 이상이나 되는 서북의 백성들이 굶주림에 시달리다 못해 관중關中으로 피난을 오고 있어. 서북의 비옥한 땅덩어리가 자칫 적들에게 통째로 먹히게 생겼다고. 그런데 이게 자네와는 전혀 상관없는 일이라는 말인가?"

우성룡은 비수처럼 꽂히는 강희의 말에 가슴이 아팠다. 동시에 얼굴이 벌겋게 달아올랐다. 그가 한참이나 어찌할 바를 모르다 드디어 입을 열었다.

"소인의 안목이 짧았사옵니다. 폐하의 성명聖明하심은 온누리에 비치는 불빛과 같사옵니다. 천하의 어느 구석에라도 폐하의 은혜는 닿아야 합니다. 소인이 깨달은 바가 크옵니다. 이제 소인은 성명에 기꺼이 응하겠사옵니다!"

"이제야 나라의 큰 그릇답군! 충신은 나라에서 얼마든지 찾아낼 수 있어. 국록國祿을 먹는 사람으로서 얼마간의 양심만 있다면 '충'忠은 별로 어렵지 않게 지킬 수 있는 것이야. 하지만 '명'明까지 겸한 사람은 얼마 없어. 대세의 흐름에 따른 맥을 정확히 짚을 줄 알고 작은 울타리가 아닌 전체를 볼 줄 아는 사람이 드물다는 말이네. 여기에 긴 안목을 가지고 눈앞의 불이익을 기꺼이 감당할 수 있는 사람은 정말 귀해. 이제 그만 일어나게."

강희의 표정은 한결 밝아졌다. 우성룡은 조금은 힘겹게 자리에서 일어났다. 강희의 정문일침이 가져다 준 충격에서 헤어나지 못한 것 같았다. 그는 자신이 책을 무려 다섯 수레나 읽었다고 자부해오던 터였다. 그러나 다수의 삶을 이끄는 큰 그릇이 못 되고, 큰 숲이 아닌 작은 나무 몇 그루만 가지고 아웅다웅했다는 것에 생각이 이르자 창피하기가 이를 데 없었다. 그는 아무래도 강희에게 자신의 잘못을 철저하게 고백해야겠다고 생각한 듯 무겁게 입을 열었다.

"성유를 경청하고 나니 정신이 번쩍 드는 청량제를 마신 기분이옵니다. 소인이 저지른 불경에 대해 폐하께서 엄중한 처벌을 내려주시옵소서!"

그러나 강희는 우성룡의 말에는 아랑곳하지 않았다. 오히려 그런 그를 격려했다.

"짐은 자네와 곽수 같은 신하의 청렴함과 충성심은 믿어 의심치 않네. 어떤 경우라도 말일세. 하지만 자네들은 편협하고 외골수로 빠지는 것이 큰 병이야!"

강희는 짧게 마무리를 짓고는 웃는 얼굴로 덧붙였다.

"오늘은 피곤할 텐데 그만 돌아가 쉬게!"

우성룡이 도대부道臺府로 돌아왔을 때는 늦은 저녁이었다. 그러나 아문 앞은 등불이 대낮처럼 환하게 켜져 있었다. 우록이 참모들과 하인들을 데리고 문 앞에 서 있었다. 우성룡은 이상한 생각이 들어 가마에서 내리자마자 물었다.

"명절도 아닌데, 이게 뭐하는 짓인가? 내가 나갔다 들어올 때는 한 사람만 지키고 서 있으면 된다고 하지 않았는가. 내 말을 잊었는가?"

"중승 어른, 소인이 어르신의 말씀을 일부러 어긴 것은 아닙니다. 마님께서 여기 기다리고 서 있다가 어르신을 모셔오라고 하셨습니다!"

우록이 대답했다. 곧이어 주위의 사람들이 약속이라도 한 듯 일제히 무릎을 꿇었다. 그리고는 '중승'中丞이니 '무대'撫臺니, '부원'部院이니 마구 불러대면서 축하한다고 떠들어댔다. 그제야 무슨 영문인지를 안 우성룡은 울 수도 웃을 수도 없는 듯 난감한 표정을 지었다.

"축하를 받을 일이 뭐가 있다고 그러는가! 어서 일어나게. 귀들은 밝아가지고! 폐하께서 방금 알려주셨는데, 어떻게 벌써 알았는가? 그런데 어머님은 언제 도착하셨나?"

우성룡은 서둘러 안으로 들어가려고 했다. 그때 우록이 뒤따르면서 아뢰었다.

"어르신께서 나가시자마자 마님께서 도착하셨습니다. 그리고 명주 어른이 인사를 하러 오면서 마님께 선물을 가져왔습니다……."

순간 우성룡이 그 자리에 뚝 멈춰섰다. 그러더니 머리도 돌리지 않은 채 물었다.

"선물이 뭔가? 어머님이 받으셨어?"

"아시지 않습니까! 마님은 절대 남의 선물 따위는 받으시지 않는다는 것을 말입니다. 당연히 되돌려 보냈습니다. 선물도 어디에서 싸구려 같은 것을 가져왔습니다. 자기로 만든 관음상이었습니다."

우룩의 대답에 우성룡의 얼굴에 웃음기가 스치고 지나갔다. 그의 어머니는 다른 부녀자들과는 달랐다. 불교를 믿지 않고 유교만을 존중하고 도道를 중요시했다. 따라서 명주가 고사기가 그린 그림이나 글자 따위를 가지고 왔더라면 뭘 모르고 받아뒀을 수도 있었다. 하지만 관음상은 아니었다. 우성룡은 명주가 아부도 제대로 할 줄 모른다는 생각에 절로 나오는 웃음을 참지 못했다. 곧 그의 눈에 홀로 의자에 앉아 차를 마시고 있는 어머니의 모습이 보였다. 그가 황급히 다가가 무릎을 꿇었다.

"어머니, 그동안 무고하셨습니까? 늦어서 죄송합니다, 어머니."

우성룡이 무릎을 꿇자 따라 들어온 수행원들 역시 일제히 인사를 올렸다.

"성룡이냐?"

우성룡의 어머니는 두 눈이 완전히 실명이 된 듯했다. 아들의 목소리를 듣자 한 손으로 지팡이를 짚은 채 다른 한 손을 부들부들 떨면서 아들을 찾아 더듬거렸다. 곧 아들 우성룡의 머리를 만진 노파가 얼굴을 더듬으면서 매만지기 시작했다. 백발이 촛불과 함께 흔들리고 있었다. 우성룡은 갑자기 가슴속에서 형언할 수 없는 감정이 치솟아 올랐다. 뜨거운 눈물을 금할 길이 없었다. 하지만 많은 사람들이 있는 자리에서 눈물을 보여서는 안 될 일이었다. 그가 황급히 눈물을 감추고 인사를 올린 다음 자리에서 일어났다.

"오늘은 여러분들도 힘이 들었을 거야. 또 나도 노인네를 모셔야 하니까 저녁 공부는 하루 거르도록 하지. 어찌 됐든 오늘은 내가 승진한 기쁜 날이야. 그러니 내일 내 녹봉에서 열 냥을 빼서 여러분들에게 술이나 한잔 사 줄까 하네. 모레면 나는 남경 순무아문으로 부임해야 하네."

우성룡은 역시 선비 출신다웠다. 도대로 부임한 이후 매달 3과 7이 들어 있는 날에 자신의 참모들과 친병, 하인들에게 사서四書를 가르쳐왔던 것이다. 이날 저녁이 마침 그날이었다. 사람들이 집으로 돌아가지 못하고 기다렸던 것은 그 때문이었다. 우성룡의 명령에 사람들은 황급히 머리를 조아리고 일어났다. 그때 그의 어머니가 다급히 손을 들었다.

"안 돼! 공부는 계획대로 해. 나 때문에 일을 뒤로 미루다니!"

그러자 우성룡은 황급히 그렇게 하겠노라고 대답했다. 그리고는 잠시 후 강의를 시작했다.

"오늘은 의리에 대한 맹자의 논술을 공부해 보기로 하겠네."

우성룡이 수척한 얼굴에 엄한 표정을 지은 채 강의를 시작했다.

"세상에는 군자도 있고 소인배도 있어. 군자가 이득을 대함에 있어서 의義에 위배되지 않는 한은 행할 수 있다. 그러나 의에 조금이라도 저촉되면 과감하게 미련 없이 그 이득을 버려야 한다……."

우성룡의 강의를 듣는 사람의 수준은 사실 천차만별이었다. 때문에 그는 그들을 이해시키기 위해 수많은 예를 들어가면서 강의에 열성을 기울였다. 강의는 밤늦은 시간이 돼서야 겨우 끝이 났다. 얼마 후 사람들이 다 돌아가고 대청마루에는 우성룡 모자만 남게 됐다. 우성룡이 다시 따끈따끈한 대추차를 가져와 어머니의 손에 들려줬다. 그런 다음 옆에 부동자세로 서 있었다. 한참 후에 우성룡의 어머니가 조용히 입을 열었다.

"성룡아! 지난번 편지에서 명주를 탄핵하겠다고 했었지? 어떻게 됐느냐?"

"아직 하지 않았습니다."

"왜? 무서워서?"

그러자 우성룡이 머리를 숙이고 잠시 생각하더니 대답했다.

"이 아들이 뭐가 무서워서 할 일을 못하겠습니까? 그저 중대한 사안이라 다시 한 번 곰곰이 생각해 볼 필요가 있어서 그렇습니다. 어머니께서는 연세도 많으신데, 그런 일에는 지나치게 신경을 쓰지 마십시오. 이 아들을 믿어주세요."

어머니가 빙그레 웃었다.

"내가 자네 일에 간섭해서는 안 되지. 자네가 편지에서 그렇게 썼기에 좀 궁금해서 그러는 거야!"

"황제의 뜻은 예측불허입니다……."

우성룡이 후유! 하고 숨을 내쉬더니 우울한 표정을 지었다. 사실 말이라는 것은 사람의 입에서 쉽게 터져 나올 것 같으나 그렇지 않은 경우가 많다. 특히 어떤 말은 그 자체가 수문水門과 같아서 터져 나오려고 하는 수많은 말들을 가두기까지 한다. 우성룡이 불쑥 내뱉은 한마디가 그랬다. 우성룡의 어머니는 아들에 말에서 뭔가 심상찮은 분위기를 느꼈는지 적이 놀라는 기색을 보였다. 이어 부들부들 떨리는 손으로 지팡이를 꽉 잡았다. 모자간에 오랫동안 무거운 침묵이 흘렀다. 얼마 후 어머니가 먼저 입을 열었다.

"쉬운 일은 아닐 테지. 그래서 너를 보러 왔어. 세상일은 모두 물을 거슬러가는 배처럼 힘든 법이야. 명주는 국척國戚이야. 위로는 폐하의 총애를 받을 뿐만 아니라 아래로는 해바라기 같은 세력들의 충성을 한 몸에 받고 있는 자야. 그런데 네가 그자의 일에 개입하려면 파가멸문破家滅門을 각오해야 한다. 그렇지 않은 이상은 이 일에 개입하지 마라. 목을 걸어놓고 하라는 말이다."

우성룡은 명주를 탄핵할 경우 신변의 위험이 결코 가볍지만은 않을 것이라는 생각은 하고 있었다. 그러나 어머니의 입에서 집안이 완전히 풍비박산난다는 뜻의 '파가멸문'이라는 말을 듣는 순간의 기분은 그 이상의 것이었다. 가슴이 철렁 내려앉았다. 그때 어머니의 말이 이어졌다.

"아녀자가, 그것도 늙은 할멈이 왈가왈부할 일이 아니라는 사실은 잘 안다. 물어보려고 생각지도 않았었지. 그런데 며칠 전 동네아낙들이 수다 떠는 것을 들어보니 대단히 큰 문제인 것 같더구나. 주책이라고 욕먹을 각오를 하고 말하는 것도 그 때문이야. 내가 최근에 들으니 청강진 동쪽에 사는 유柳씨 가문의 한 효렴孝廉이 남경의 과거시험장에서 벌어진 비리의 실상을 폭로하는 글을 남겨놓고 자살을 했다는구나. 돈을 가져다 바치지 못해 고사장에 들어가지도 못하고 쫓겨난 사람들만 해도 수십 명은 된다고 하더군! 너는 이제 순무야. 밖으로 나가면 수레가 대기하고 있고, 들어오면 저마다 허리를 굽실대면서 아는 체를 하겠지. 그래서 그런 얘기들은 귀에 들리지도 않더냐?"

"그게……."

우성룡은 어머니의 물음에 뭐라고 할 말이 뾰족하게 생각나지 않았다. 그저 침묵할 수밖에 없었다.

"그 근보라는 자도 내가 보기에는 되다 만 인간이야! 진내의 채씨, 유씨, 황씨 등은 모두 착실한 농사꾼이었잖아? 땅이 물에 잠겨버리는 바람에 진내로 들어와 장사를 해서 먹고 산다고 하지만 말이야. 그 사람이 하는 치수가 잘 되고 있기 때문에 이제 물이 빠지고 땅이 모습을 드러내고 있어. 그러면 원래 주인들에게 돌려주는 것이 도리야. 그런데 자기가 왜 둔전을 강점하는 거야. 심지어 팔아먹기까지 한다는 거야. 들었겠지? 물론 자기들도 입 쳐들고 할 말은 있을 거야. 그러나 가진 자와 없는 자를 구분해 일처리를 해야 할 것 아닌가! 내 생일 때 근보가 그 진陳씨라는 사람을 통해 이백사십 냥을 보냈더군. 하지만 우리 우씨 가문은 빌어먹으면 먹었지 그렇게 더러운 돈은 받지 않는다고 말하고 돌려보냈어! 일 년에 녹봉이 고작 백 냥 정도인 자가 어디에서 여윳돈이 그리 많이 생겨서 시골 노인의 생일에 이백사십 냥씩이나 보낸다는 말이냐? 치수 공사에 들어갈 피땀을 착취한 것 아니겠어? 내가 보기에 근보와 명주는 같은 어미 뱃속에서 안 나왔다 뿐이지 하는 짓은 똑같은 것 같아."

우성룡의 어머니는 흥분하고 있었다. 우성룡은 그런 어머니의 말을 듣자마자 갑자기 뇌리를 스치는 그 무엇이 있었다. 그것은 근보가 민전民田 1만여 경頃을 강점하고 있다는 사실을 도화선으로 탄핵을 시작하는 것이 무척 효과적일 것 같다는 생각이었다.

'이건 분명히 조야를 뒤흔들고도 남을 큰 사건일 수밖에 없어! 근보가 주목을 받으면서부터 명주는 자신이 근보를 기용하는 데 있어 결정적인 역할을 했다는 사실을 누누이 강조하면서 은근히 으쓱해하는 중이야. 그래서 근보와 진황을 백방으로 보호하려 들고 있지. 이참에 잘하면 일망타진할 수도 있겠군!'

그 생각은 그의 정신을 번쩍 들게 했다. 유난히 눈빛이 반짝거렸다. 그러다 표정이 갑자기 어두워졌다. 어머니가 잘못 되지 않을까 부담스러웠던 것이다. 그가 우물쭈물하면서 말했다.

"그런데요, 어머니. 자칫하면…… 어머니까지 힘들게 만들지 않을까 걱정입니다……."

"뭐라고?"

우성룡의 어머니가 아들의 말에 갑자기 두 눈을 무섭게 치켜떴다. 아무리 크게 떠도 보이는 것은 하나도 없었으나 그녀는 자신이 직면한 극도의 흥분을 그런 식으로 드러냈다.

"다시 한 번 더 그런 소리를 했다가는 이 어미한테 혼날 줄 알아라!"

"……."

"너는 지아비가 세상을 떠나면 아들을 따른다는 말의 뜻도 모르느냐?"

우성룽이 크게 놀라자 그녀는 갑자기 목소리를 낮춰 부드럽게 말했다. 그럼에도 여전히 아들을 격려하는 것은 잊지 않았다.

"네가 영웅 악비岳飛라면 나는 악비의 어미가 된다! 네가 악비를 모함해 죽인 망나니 진회秦檜라면 나는 그 망나니의 어미야! 이게 바로 남편이 세상을 떠나면 아들을 따른다는 사실을 말해주는 것 아니겠느냐?"

우성룽의 어머니는 자신이 하고 싶은 말을 다 한 듯했다. 말이 끝나기 무섭게 바로 하녀를 불러 밖으로 나가버렸다.

그 다음 날은 5월 초아흐렛날이었다. 바로 사례태감이 효릉을 참배하기 가장 좋은 날인, 이른바 황도길일黃道吉日이라고 점찍어 준 날이었다. 우성룽은 진시辰時 정각이 되자 명령에 따라 출발 지점에 도착했다. 예상대로 효릉으로 향하는 길 양 옆에는 백성들로 인산인해를 이루고 있었다. 하기야 수십 년 만에 처음으로 황제를 가까이에서 볼 수 있는 기회였다. 그 기회를 놓치지 않으려고 저마다 일찌감치 나와 목을 빼들고 기다리고 있었다. 황제의 행차를 맞는 효릉 입구 역시 시끌벅적한 분위기를 물씬 풍기고 있었다. 우선 동문으로 향하는 길에는 향초가 줄줄이 이어져 향기를 뿜어내고 있었다. 또 폭죽이 터진 후의 화약 냄새도 공기 중에 가득 흩어져 있었다. 남경은 원래 명나라 초창기의 수도였다. 그러나 영락永樂황제가 정변으로 황위를 찬탈하고 북경으로 천도를 한 이후에는 배도陪都(제2의 수도)의 역할만 할 수밖에 없었다. 그럼에도 영락황제의 뒤를 이은 12명의 황제들은 북경에서 등극한 다음에는 하나

같이 효릉에 묻혀 있는 조상을 참배하고는 했다. 마지막에 참배한 황제는 당연히 숭정황제였다. 연도의 백성들 중 60세 이상 나이를 먹은 이들의 상당수는 젊은 시절 숭정황제를 이 길목에서 직접 봤던 기억을 간직하고 있었다. 하지만 청나라가 산해관을 넘고부터는 40년이 넘도록 효릉으로 가는 성대한 행렬은 목격할 수가 없었다. 우성룡이 복잡한 생각을 품은 채 명나라 때의 고궁이 있는 금수교金水橋 부근까지 왔을 때였다. 의장 행렬은 거의 끝나가고 있었다. 용기龍旗와 은창銀槍, 노란 우산 행렬이 마지막을 장식하고 있었다. 그러나 우성룡은 그것들에는 전혀 관심이 없었다. 오로지 어떻게 하면 빨리 강희를 단독으로 만날 수 있을까 하는 생각만 하고 있을 뿐이었다. 바로 그때 등 뒤에서 흥분해서 외치는 소리가 들려왔다.

"만세!"

우성룡은 머리를 들었다. 아니나 다를까, 저 멀리서 강희가 탄 수레가 햇빛을 받아 더욱 눈부신 빛을 발하면서 다가오고 있었다.

높이가 다섯 장丈은 더 될 거대한 난여鸞輿였다. 금빛 가마는 36명의 황문黃門 태감들이 떠받치고 있었다. 강희는 휘장이 걷힌 그 가마의 한 가운데에 위엄스레 앉아 있었다. 명주가 앞에 서고 색액도와 고사기가 그 뒤를 따르고 있었다. 곧 어디나 할 것 없이 북과 음악 소리가 진동했다. 하늘과 땅을 뒤흔드는 환호성도 메아리쳤다.

강희는 난여에 앉아 자신을 향해 열광하는 백성들을 흐뭇한 표정으로 바라봤다. 그러다 웃으면서 손을 흔들어 화답하고 싶은 생각을 했으나 곧 반쯤 들었던 손을 내렸다. 효릉으로 참배를 가는 길인 만큼 숙연한 자세를 보여야 한다는 생각을 했던 것이다.

난여 행렬은 얼마 후 성을 완전히 벗어났다. 이때부터는 그 누구의 접근도 허용치 않는 것이 원칙이었다. 백성들은 그 자리에서 강희의 행렬을 바라보고 있을 수밖에 없었다. 강희의 행렬은 곧 효릉으로 통하는 황제 전용 도로로 향하고 있었다. 고즈넉함 속에 위엄이 서려 있는 길이었다. 그 주위의 우중충한 산봉우리 아래로는 돌사자와 돌코끼리 등의 조각품이 수풀 사이에서 모습을 드러내고 있었다. 어디나 할 것 없이 석류와 동백나무들도 불꽃처럼 타오르고 있었다. 순간 강희는 불현듯 오차우가 했던 말이 떠올랐다.

"시작이 좋은 사람은 그 끝에 신중해야 한다. 가까운 것을 얻으려면 먼 곳을 챙겨야 한다."

강희는 당시에만 해도 오차우의 말이 뭘 뜻하는지를 잘 몰랐다. 그러나 지금 생각하니 정말 정확하기 이를 데 없는 명언이었다. 자연스럽게 파란만장했던 과거가 떠올랐다.

'열다섯 살에 친정親政을 한 이후 열아홉 살에 철번을 결정했지. 다행히 수 년 동안에 걸친 노력으로 '삼번'은 순조롭게 평정했어. 곧이어 대만을 수복하는 데도 성공했지. 이만하면 '시작이 좋다'고 할 수도 있어. 하지만 '끝에 신중'해야 해. 그렇게 해서 서북쪽까지 평정해야 대륙통일이라는 과업을 완수했다고 할 수 있을 거야. 증조부께서는 우리 대청의 깃발을 높이 들 때 '칠대한'七大恨(1618년 누르하치가 명나라와의 전쟁을 선포하며 발표한 일곱 가지 큰 원한)이라는 글을 발표했었어. 명나라 유민들에게 잘해줄 필요가 없었지. 그러나 한족들의 마음을 돌려 민심을 사는 이 '가까운' 것을 얻으려면 그들의 마음속에 별처럼 자리 잡고 있는 주원장의 망령을 위로하는 수밖에 없어. 설사 그가 이백 년 전에 저 세상 사람이 됐다고 해도 그래. 정말 하늘의 조화란 이토록 불가사의한 것이야.'

강희는 잠시 생각을 멈추고 주위를 두리번거렸다. 미리 한자리에 모이게 한 명나라의 원로 유신遺臣들이 효릉 앞에서 대기하고 있는지를 물어보기 위해서였다. 그때 갑자기 대지가 떠나갈 듯한 대포소리가 세 번 울렸다. 그러자 산중의 온갖 이름 모를 새들이 혼비백산한 듯 푸드득거리면서 날아갔다. 그 사이로 내무부에서 방출한 8백 마리의 학이 우아한 자태를 뽐내면서 창공을 향해 날아올랐다. 사례태감 진창애陳倉愛가 강희의 수레 앞으로 와 머리를 조아리면서 아뢰었다.

"폐하, 바로 앞이 효릉이옵니다. 옆의 전각에 드시어 잠시 휴식을 취하시옵소서!"

48장

명明 효릉孝陵을 참배하는 강희

효릉을 눈앞에 두고 있다는 말을 들은 강희는 난여를 세우도록 했다. 36명의 금의태감들이 "워!" 하고 시원하게 소리를 지르면서 가마를 조용히 땅에 내려놓았다. 강희는 가마에서 나오자마자 주단이 깔려 있는 계단을 내려왔다. 과연 신도神道 옆에는 새로 만든, 잠시 쉬어갈 수 있는 작은 전각이 있었다. 안에는 침대와 탁자 등도 준비돼 있었다. 남쪽으로 난 창은 커다란 유리로 돼 있는 것이 아담하고 밝은 느낌을 줬다. 강희는 전각 입구에 자리를 잡고 앉았다. 그는 순간 살갗을 간질이는 훈풍의 느낌이 더할 수 없이 좋았다. 갑자기 멀리서 종소리가 은은하게 들려왔다. 강희가 물었다.

"여기 사찰이 있나? 깊은 산속에서 선방禪房의 수업을 들으면 마음이 한결 맑아지겠는걸?"

"이곳에는 영곡사靈谷寺가 있사옵니다. 남경에서는 유명한 사찰이옵니다."

위동정이 계단 아래에서 허리를 굽히면서 대답했다. 그러자 명주가 위동정의 말을 받아 나지막이 물었다.

"그러면 여기가 오차우 형님이 입적入寂한 곳이라는 말이야, 동정 형?"

위동정이 깜짝 놀라는 표정을 짓고는 재빨리 명주를 째려봤다. 그랬다. 사실 오차우는 이미 이곳 영곡사에서 좌화坐化, 즉 세상을 떠났다. 이 소식은 1년 전 태황태후에게 전해졌다. 하지만 당시 그녀는 곧바로 특별지시를 내려 황제와 소마라고에게는 비밀로 하라는 엄명을 내렸다. 당시 명주도 그 자리에 있었던 터라 모든 전모를 알고 있었다. 그런데 하필 이 자리에서 명주가 갑자기 그 사실을 까밝히는 의도는 과연 무엇이라는 말인가?

위동정은 속이 뜨끔했다. 명주에게 원망어린 시선을 보낸 것은 너무 당연했다. 문제는 강희가 이미 눈치를 챈 것처럼 보인다는 사실이었다. 아니나 다를까 강희가 자리를 고쳐 앉으면서 물었다.

"방금 누가 입적했다고 했나?"

위동정이 황급히 아뢰었다.

"명주는 숲이 우거진 저 곳이 스님들이 입적하는 장소라고 말했사옵니다."

그러자 강희가 냉소를 흘렸다.

"이제는 자네마저 짐을 속이려고 드는가? 명주, 자네 조금 전에 뭐라고 했는가?"

위동정은 강희가 낌새를 챈 듯 한사코 물고 늘어지자 더 이상 두루뭉술하게 넘어갈 수 없다는 판단을 내렸다. 바로 황급히 무릎을 꿇으면서 울먹이며 대답했다.

"소인이 감히 거짓말을 할 수가 없게 됐사옵니다. 오차우 선생님은 재작년 십이월에 여기 영곡사에서 게偈(승려가 읊는 글)를 남겨 놓고 입적하셨사옵니다……. 그러나 폐하께서 상심하실 것 같다고 태황태후마마께서 비밀에 부치라는 명을 내리셨사옵니다…….”

강희는 설마 했던 소식을 직접 귀로 듣자 두 손을 바르르 떨었다. 정신이 반쯤 나간 듯 황황한 표정으로 먼 산을 바라보았다. 그는 마치 높이 솟은 우중충한 산봉우리들을 꿰뚫어 구멍이라도 내려는 듯 오래오래 넋을 잃고 지켜봤다. 위동정을 비롯한 대신들은 걱정스런 눈으로 강희를 바라볼 수밖에 없었다. 그때 강희가 땅이 꺼지도록 긴 한숨을 내쉬면서 물었다.

“게는 어떻게 남겼는가?”

위동정은 잠시 기억을 더듬었다. 그러더니 조용히 오차우가 남긴 글을 읊었다.

철 문지방이 닳도록 드나드니, 이제야 세상이 속속들이 보이는구나.
미련 없이 서방극락으로 가려하니, 만두소가 타서 재가 된들 아쉬울 것
이 있으랴!

오차우가 일생을 정리하면서 남긴 글은 달랑 두 줄뿐이었다. 강희는 그 글을 한 글자 한 글자씩 음미하면서 한편에 넋 나간 듯 서 있는 고사기에게 물었다.

“고사기, 자네 생각에는 이게 무슨 뜻인 것 같은가?”

“폐하께 아뢰옵니다.”

오차우는 강희가 영원한 스승으로 모시는 사람이라는 것을 아는 고사기인지라 자못 진지한 태도였다.

“남송 시대의 시인 범성대范成大도 이런 비슷한 글을 쓴 적이 있사옵

니다. 소인 생각에는 '철 문지방'은 생사의 경계를 말하는 것 같사옵니다. '만두소'는 오 선생님이 성불하시면서 육체를 수시로 벗어버릴 수 있는 한낱 껍데기 정도로 생각하시고 읊으신 것이 아닌가 하옵니다. 인간 세상을 간파하고 아무런 미련 없이 웃으면서 이승의 끈을 놓는 것이 가능한 사람만이 이런 말을 할 수 있다고 생각하옵니다!"

"그렇지…….. 오 선생님은 속세를 등진 사람이니 자신의 삶에 초연할 수 있었을 거야. 또 모든 이승의 인연을 싹둑 잘라버리는 것이 어렵지 않았겠지. 그러나 짐은 이제부터 훌륭한 스승이자 절친한 친구를 동시에 잃은 것이나 다름없게 됐어……."

강희의 두 눈에 눈물이 고였다.

"……오 선생님 가문에 아직 누가 살아 있는지 한번 알아보도록 하게. 더불어 형편이 어떤지도 살펴봐. 또 오 선생님 문중의 누군가가 관직에 있고 싶어 하는 사람이 있다면 천거하게."

강희가 말을 마치고는 혼자서 효릉 쪽으로 발길을 옮겼다. 당황한 위동정이 재빨리 소리높여 외쳤다.

"성가가 가신다! 북과 음악을 울려라!"

위동정은 이어 고개를 명주에게 돌리더니 불만을 터트렸다.

"명상, 어떻게 된 거야? 이럴 때 갑자기 그 얘기를 꺼내서 뭘 어떻게 하겠다는 거야!"

그러나 명주는 사촌 형이기도 한 위동정의 노골적인 비난에도 아랑곳하지 않았다. 그저 빙긋 웃기만 했다. 그러자 고사기가 말했다.

"효릉을 참배하려면 눈물을 보여야 하니까 그렇죠! 내가 보기에는 명상이 치밀한 생각을 한 것 같은데요?"

색액도는 강희와 위동정, 그리고 명주 사이에서 오가는 말을 들으면서 속으로 명주의 남다른 지혜에 탄복했다. 황제의 마음을 정확하게 읽은 다음 관련된 일을 앞장서서 처리하는 데는 그를 따를 사람이 없다는 생각도 뇌리를 스쳤다.

강희 일행은 자갈이 깔린 신도神道를 향해 걸어갔다. 지세가 갈수록 높아지고 있었다. 얼마 후 효릉이 있는 성곽이 눈앞에 모습을 드러냈다. 잿빛 성루가 하늘을 찌를 듯 높이 솟아 있었다. 견고한 성벽으로 둘러싸인 담장은 삼백여 년에 이르는 세월의 무게를 느끼게 했다. 길옆의 백양나무들이 순간 비풍悲風에 우수수 몸을 떨었다. 끊길 듯 이어지는 흐느낌 같은 북소리도 잔잔히 흐르고 있었다. 미리 대기 중이던 수백 명의 시봉侍奉들은 그 소리에 맞춰 나지막하게 추모곡을 불렀다. 그렇지 않아도 오차우의 죽음에 대한 슬픔으로 가슴 가득한 비애를 떨쳐버리지 못했던 강희는 주위의 분위기에 쉽사리 젖어들었다. 우성룡과 근보는 그런 강희를 맞이하기 위해 남경 각 부서의 아문 당관들과 몇백 명에 이르는 명나라 원로유신들을 거느리고 대배전大拜殿 옆에 무릎을 꿇고 있었다.

"대청의 천자 강희황제께서 성가하셨다. 대명의 홍무황제를 향한 참배를 시작한다!"

사례관이 강희가 들어서는 모습을 보고는 목소리를 한껏 높여 외쳤다.

"신황臣皇 애신각라愛新覺羅 현엽玄燁은 변변치 못한 예의나마 미력을 다해 갖춰 대명의 태조 영전에 삼가 절을 올립니다!"

강희가 평온한 표정으로 한 발 앞으로 나아갔다. 그런 다음 사례태감의 손에서 향을 받아 촛불로 불을 붙였다. 동시에 조심스럽게 주원장의 영전에 올리고는 뒤로 두 발자국 물러서더니 팔소매를 두어 번 쓸어내렸다. 마지막에는 노란 방석 위에 무릎을 꿇었다. 그리고는 가볍게 세 번 머리를 조아렸다. 강희는 그 절차를 무려 세 번이나 반복했다. 최고의 예의를 갖춘 삼궤구고三跪九叩의 대례였다.

이번 대례에 참석하기 위해 몰려든 남경의 명나라 유신들은 모두 환갑이 넘은 고령이었다. 그들은 저마다 만주족들이 '명나라를 위해 복수'를 해준다고 해놓고는 자신들이 그대로 둥지를 틀어버린 사실에 대해 이를 갈고 있었다. 그러나 현재의 황제가 수천리 길도 마다하지 않고 태조의 능을 참배하러 왔다는 사실에 깜짝 놀랐다. 더구나 태평성대를 일궈낸 일대 영명한 군주가 전 왕조의 건국황제에게 신하의 신분으로 삼궤구고의 대례를 올리지 않는가. 그 사실은 가히 충격적이었다.

그들은 천명의 변화무쌍함을 피부로 느끼면서 청나라에 온몸으로 반항하고 살아온, 험난했던 반평생의 세월을 떠올리는 듯했다. 눈물을 흘리는 이도 많았다. 아마도 구천九泉(죽은 뒤에 넋이 돌아간다는 곳)에서 뒤늦게나마 거국적인 위로를 받고 마음이 편해질 옛 주인 생각을 하는 것 같았다.

강희는 떨리는 목소리로 제문을 읽은 후 청주 한 잔을 들어 주원장의 영전에 골고루 뿌렸다. 이어 머리를 들어 그가 묻혀 있을 고독해 보이는 산봉우리와 그를 에워싼 묘성廟城을 바라봤다. 순간 갑작스럽게 이름 모를 비애와 적막감이 엄습해왔다. 전에는 이해하지 못했던 일들이 순간적으로 전부 매듭이 풀리는 것 같았다.

원래 주원장은 황각사皇覺寺의 스님이었다. 잡초처럼 살아왔다고 해도 좋았다. 그러나 주원장은 황제가 된 다음 불과 몇 년 사이에 자신을 따르던 대신들을 깡그리 죽여버렸다. 강희는 그런 주원장의 행태를 늘 궁금하게 생각했다. 아무리 자신과 뜻이 다르다고는 해도 단 한 명도 남기지 않고 깡그리 죽여버렸다는 사실이 쉽게 이해가 가지 않았던 것이다. 하지만 주원장의 영전에서 강희는 황제가 그토록 악랄하고 잔인할 수 있었던 것은 인간적인 친구가 없었기 때문이라는 생각을 했다.

'사람은 믿고 의지하고 상의할 수 있는 친구가 없으면 황제가 됐든 범부가 됐든 누구나 괴팍하고 파괴적인 성격이 독초처럼 자랄 수 있어. 나 자신도 오차우 선생을 주위에 남겨두고 싶어 했으면서도 관직에 앉히지는 않았어. 그리고 그에게서 '용공자'로 불리기를 좋아했지. 즉위 때부터 지금까지 그가 스스럼없이 용공자로 부르던 시절이 나에게는 커다란 재산이고 값진 추억이었다. 목마를 때는 한줌의 시냇물, 갑갑할 때는 한 줄기 청량한 산바람처럼 떨어져 있으면서도 늘 같이 있는 것 같았던 스승이었지. 그런 존재였던 그가 온다 간다 말도 없이 영영 떠나가 버리다니. 이제 하나는 하늘나라, 하나는 지상에서 아득하게 바라만 봐야 하겠지? 아아, 슬프다. 이 슬픔을 어찌 떨쳐버릴 수가 있을까. 이 가슴 절절한 아픔을……'

강희는 순간 뜨거운 그 무엇이 우격다짐으로 용솟음쳐 올라오는 것을 달리 주체할 길이 없었다. 끝내 눈물을 왈칵 쏟고 말았다. 강희는 수문을 밀고 나온 것처럼 하염없이 쏟아지는 눈물을 애써 참지 않았다. 강희의 일거수일투족을 뚫어지게 바라보고 있던 명나라의 유신들은 강희의 속마음을 읽을 수 없었던 터라 그의 눈물을 순수함 그 자체로 받아들였다. 동시에 저마다 따라서 눈물을 흘리기 시작했다. 주위는 순식간에 훌쩍거리는 소리로 가득했다.

대배전에서 나왔을 때는 점심시간이 지난 뒤였다. 햇빛이 눈부셨다. 강희는 한바탕 질펀하게 눈물을 쏟고 나자 한결 마음이 편해진 모양이었다. 효릉의 계단을 내려오면서 색액도에게 말했다.

"아무리 대단한 사람이라도 오늘 같은 날은 면하기 어렵다는 것이 슬프군! 짐이 죽은 후에도 후세 사람들 중 누군가가 찾아와 맑은 눈물 한 방울만 흘려준다면 짐은 그것으로 만족하겠네!"

"폐하께서는 중천에 뜬 태양이시옵니다. 어찌 그리 좋지 않은 말씀을 하시옵니까? 소인은 폐하께서 실언을 하셨다고 생각하옵니다!"

고사기가 먼저 나서면서 정색을 했다. 강희가 고사기의 말에 머리를 끄덕이더니 억지로 웃음을 지었다.

"자네 말이 맞기는 하네. 하지만 짐의 말은 실언實言이기도 해. 짐의 능은 준화遵化 쪽에 잡기로 했어. 시간이 나면 가서 풍수지리 같은 것을 자세히 알아보도록 하게. 짐이 미리 준비를 해놓게."

위동정은 오차우의 죽음으로 인해 강희가 실의에 빠져 불길한 말만 한다고 생각했다. 그래서 더욱 적극적으로 나서서 화제를 돌려 버렸다.

"오늘 일은 참 잘 된 것 같사옵니다. 폐하께서도 몇 년 동안 가슴속에 담고 계시던 일을 성공적으로 마무리 지으셨으니 마음이 편하시리라 믿사옵니다. 오늘 전 왕조의 원로유신들은 폐하와 더불어 울면서 속으로 폐하의 기품과 아량에 탄복해마지 않는 눈치였사옵니다! 날씨가 곧 변덕을 부릴 것 같사옵니다. 오늘은 이만 성 안으로 돌아가시는 게 좋겠사옵니다."

강희가 하늘을 쳐다봤다. 과연 서쪽에서 검은 구름이 몰려오고 있었다. 곧이어 습기를 잔뜩 머금은 바람이 서서히 불어왔다. 동시에 주위의 나무들이 어둠 속에서 덜덜 떨기 시작했다. 강희가 뭔가를 잠시 생각하다가 입을 열었다.

"짐은 오늘 저녁 영곡사에 머무를 거야. 고사기와 위동정만 남고 나머지 인원들은 수레와 함께 모두 성으로 돌아가게. 짐은 여기 조용한 곳에서 조금 더 있고 싶군."

영곡사는 남경의 4대 고찰 중 하나였다. 성 밖의 종산鍾山 계곡에 위치하고 있었다. 불공을 드리러 찾아오는 신도들도 비로원 못지않게 많았다. 하지만 강희가 효릉을 참배하러 옴에 따라 전날 그곳에 머물고 있던 신도들과 유람객들은 전부 성으로 소개됐다. 강희 일행이 당도했을 때는 대단히 한적했다. 날도 저물어가는 데다 하늘마저 잔뜩 흐려 쓸쓸한 기운마저 감돌았다.

위동정은 영곡사의 방장스님을 잘 알고 있었다. 그럼에도 잠깐 쉬어가겠다면서 은 50냥을 보시했다. 고승인 공상空相 스님은 위동정 일행을 절 뒤에 있는 한적한 선방으로 안내하고는 최대한 편안하게 쉬도록 배려했다.

강희는 저녁을 잿밥으로 해결한 다음 울부짖는 바람소리와 단조로운 목탁木鐸 소리를 들으면서 만물이 잠든 공허한 산 속에 앉은 채 생각에 잠겼다. 위동정 등도 선당禪堂에서 나왔으나 처마 밑에서 빗줄기를 하염없이 바라보는 강희에게 감히 말을 붙일 엄두를 내지 못했다. 비의 장막 속으로 보이는 어둠 속의 우중충한 묘들은 모두 역대 고승들의 묘일 것이었다. 그렇다면 오차우도 여기에 묻혀 있을까?

강희는 20년 전 열봉점에서 그를 처음 만났던 일, 사제 간으로 인연을 이어갔던 나날들을 떠올렸다. 모두 마치 어제 일처럼 생생하게 떠올랐다. 백운관에서 시를 읊고 산고재에서 차를 마시면서 독서하던 지난 일도 마치 주마등처럼 스쳐 지나가고 있었다. 강희는 또다시 눈물을 흘리지 않을 수 없었다.

"폐하! 오 선생님이 유골을 장강에 뿌려줄 것을 원하셔서 여기에는 무덤이 없사옵니다……."

위동정이 바람을 마주한 채 눈물을 흩뿌리는 강희에게 겉옷 하나를 더 걸쳐줬다. 그런 다음 조심스럽게 아뢰었다. 강희가 담담하게 그의 말을 받았다.

"자네가 미리 알고 있었으면서 짐한테 비밀로 한 게 짐을 위해서라는 것은 잘 아네. 하지만 오 선생님을 잃은 짐의 슬픔이 어느 정도인지 자네는 헤아릴 수 없을 거야. 단순히 아끼는 인재를 잃었다면 다시 선발해 키우고 정을 쌓으면 돼. 그러나 이제 이 세상에서 짐을 '용공자'라고 부를 수 있는 사람이 또 누가 있겠는가!"

위동정은 눈가의 눈물을 재빨리 닦아냈다.

"이미 고인이 된 분 때문에 너무 상심하지는 마시옵소서, 폐하. 먼저 동남쪽을 정리하고 그 다음 서북을 평정하라던 오 선생님의 말씀대로 이제는 모든 것이 다 돼가고 있사옵니다. 폐하께서 이룩하신 위업에 하늘에 계신 오 선생님께서도 흐뭇해하실 것이옵니다."

군신 두 사람이 대화를 주고받고 있을 때였다. 멀리서 경호를 서고 있던 무단의 무서운 고함소리가 들려왔다.

"누구야? 뭐하는 자들이야?"

두 사람이 깜짝 놀라 소리 나는 쪽을 바라봤다. 목자후가 강소 순무인 우성룡을 데리고 걸어오고 있는 것으로 보아 큰일이 벌어지지는 않은 듯했다. 우성룡이 계단 위에 서 있는 강희를 발견하고는 황급히 빗속에서 대례를 올렸다.

"들어오게."

강희가 빗물에 흠뻑 젖은 우성룡을 안으로 불러들였다. 그리고는 의자에 앉으면서 물었다.

"무슨 급한 일이라도 있는 것인가? 여봐라! 따끈한 차 한 잔 가져 오너라!"

우성룡이 강희의 말에 머리를 조아리고는 장화 속에서 종이 한 장을 꺼내 두 손으로 바쳤다. 어제 그가 받아 본 관보였다. 북경과 직예 일대에 한 달 동안 비가 내리지 않아 가뭄이 심각하다는 내용이었다. 강희는 관보를 대충 훑어보았다.

"짐도 알고 있었네. 이 관보를 가져다주려고 비까지 맞으면서 달려온 것인가?"

우성룡이 대답 대신 주위를 둘러봤다. 마침 고사기가 자리에 없었다. 그러자 그가 허리를 굽히면서 큰 소리로 아뢰었다.

"경사京師(북경)에 가뭄이 든 것은 하늘의 경고라고 생각하옵니다. 소인배들이 폐하를 기만하고 나쁜 행각을 일삼고 있사옵니다! 폐하께서는 천자의 위엄을 세워 나라를 말아먹으려고 작정하는 간신 명주를 없애버리시옵소서. 그러면 그날부터 단비가 내릴 줄로 믿사옵니다!"

강희 옆에 있던 위동정과 목자후는 우성룡의 거침없는 말에 깜짝 놀랐다. 너무 놀란 나머지 숨을 크게 들이마시는 소리까지 생생하게 들렸다. 강희 12년에 철번이 결정된 이후부터 지금까지 10년 넘는 기간 동안 명주는 그야말로 조정의 절대적인 존재였다. 강희 앞에서 어느 누구도 감히 그를 비난하는 말을 꺼내지 못했다. 그런데 우성룡이 그 불문율을 과감히 깨고 있었다.

강희는 표정의 변화가 없었다. 그러다 한참 후 차가운 음성으로 물었다.

"어찌 그렇게 단언할 수 있는가?"

"명주는 서건학, 여국주 등과 사악한 무리를 이뤄 군주를 기만하고 있사옵니다. 힘없는 자를 억압해 조정을 온통 자기 손아귀에 넣고 마음대로 주무르고 있사옵니다. 각 부의 형벌을 책임진 관리들도 전부 명주의 입김에 불려 다니면서 죄질의 경중과는 상관없이 무조건 명주가 시키는 대로만 하옵니다. 억울한 사연이 수도 없이 많으나 이를 보고 있는 대신들은 눈만 부릅뜰 뿐 감히 따지지도 못하는 실정이옵니다. 폐하께서 질책을 하실 때는 충분히 회개하는 것처럼 보이나 돌아앉으면 언제 그랬던가 싶은 모습을 보이는 사람이 명주이옵니다……"

우성룡이 마치 외워두기라도 한 듯 숨도 쉬지 않은 채 말을 이어 나갔다.

"올해 각 성에서 임기가 만료되는 하급 관리들이 명주에게 많게는 삼천, 적게는 일천 냥씩 주고 관직을 샀다는 사실을 폐하께서는 알고 계시옵니까? 이제는 공공연히 드러내놓고 관직을 사고파는 실정이옵니다. 그것을 정상적인 것으로 착각하는 사람들까지 생겨날 정도이옵니다. 이 얼마나 심각한 상황이옵니까……. 어사 이승겸李承謙, 오진방吳震方이 탄핵안을 올렸다가 오히려 혼이 난 적도 있사옵니다……."

강희는 우성룡이 하는 얘기를 전에도 들은 적이 있었다. 그러나 그때는 명주를 질시하는 일부 세력들의 비방이라고 생각하고는 그저 대수롭지 않게 들어 넘겼다. 그러나 정직하기로 둘째가라면 서러워할 우성룡의 입에서 나온 말은 그렇게 들어서는 안 될 듯했다. 강희는 우성룡이 충분한 검토를 했을 것이라는 생각을 하고는 다소 긴장한 표정을 보였다.

"이승겸과 오진방이 탄핵안에 뭐라고 했던가?"

"폐하께서 그것을 보셨다면 명주가 어떻게 군주를 계속 기만할 수 있었겠사옵니까? 탄핵안을 올린 뒤로 두 사람은 생사조차 묘연한 실정이옵니다!"

우성룡이 흥분했는지 목소리가 커졌다. 순간 강희의 표정도 심각해졌다. 그가 한참 침묵을 지키다 다시 입을 열었다.

"더, 더 없는가? 있는 것들을 다 말해봐!"

우성룡은 강희의 말에 더욱 용기를 얻었다.

"황태자는 나라의 맥을 이을 미래의 주인이시옵니다. 명주는 주배공 때문에 둘째 황자가 태자 자리에 올랐다고 탐탁지 않게 생각했사옵니다. 그러더니 주배공에게 앙심을 품고 급기야 그를 해치기에 이르렀사옵니다. 주배공과 환난을 겪으면서 장래를 언약한 여인을 온갖 수단과 방법으로 꼬드겨 하계주에게 물건처럼 넘겨줬사옵니다. 그리고는 주배공이 기관지가 좋지 않아 고생하는 것을 뻔히 알면서도 변방으로 내몰았사옵니다……. 오늘 관보에 주배공이 사망했다는 소식이 실렸사옵니다. 나라에서는 훌륭한 인재를 아깝게 잃었사옵니다. 이 얼마나 애석한 일이옵니까? 대학사인 이광지 얘기도 말씀드리겠사옵니다. 그가 자신에게 아부하지 않을 뿐만 아니라 떠받들지도 않는다는 이유로 갖은 수단을 다 동원해 죄를 뒤집어 씌웠사옵니다. 명주는 사람을 해치는 재주가 너무나도 비상하옵니다. 그에게 군주를 기만하는 것은 손바닥을 뒤집는 것보다 더 쉽사옵니다. 그런 쪽으로는 지혜가 너무나도 뛰어나옵니다. 죄악을 덮어 감추고도 남음이 있사옵니다. 명주는 그런 자이옵니다. 조정의 문무백관들은 명주의 이름만 들어도 꿀 먹은 벙어리처럼 입을 다물어 버리옵니다. 소인은 봉강대리의 지위에 있는 대신이옵니다. 그런 신분을 가지고서 사실을 은폐하는 것은 능사가 아니라고 생각했사옵니다. 게다가 베풀어주신 성은에 조금이나마 보답해야 한다는 마음도 가지고 있사옵니다. 바로 그 때문에 진실을 말씀드리는 바이옵니다!"

우성룡이 말을 마치고는 거칠고 무거운 숨을 내쉬었다. 그러면서 강희를 뚫어지게 쳐다보았다. 강희는 주배공의 여인에 관한 얘기를 듣는 순간 전에 색액도가 했던 말을 자연스럽게 떠올렸다. 더구나 그때 색액도에게 소마라고를 후처로 들이라고 바람을 넣은 사람도 사실은 명주였다. 강희는 여러 정황을 살펴볼 때 우성룡이 거짓말을 하는 것이 아니라는 사실을 바로 파악할 수 있었다. 그는 명주가 그토록 덜 돼 먹은 인간이었다는 사실을 전혀 모르고 있었다.

강희는 오랫동안 말문을 열지 못했다. 명주가 정국에 개입한 지는 이미 16년이 넘었다. 그는 그동안 나라의 대사를 결정함에 있어서는 강희와 항상 보조를 맞춰 왔다. 또 정견도 일치했다. 게다가 조정의 문무백관들 중 절반은 명주가 발탁하고 키워왔다. 한마디로 조정의 인맥은 그와 거미줄처럼 연결돼 있는 상태였다.

그런 만큼 당장 대옥大獄을 실행하는 날에는 피비린내가 진동할 것이 뻔했다. 쫓겨나거나 목숨을 잃을 관원이 서너 명 정도가 아니라 부지기수가 될 것이 확실했다. 문제는 그렇게 될 경우 이제 겨우 원기를 회복하고 안정을 찾아가는 조정이 다시 표류하고 위태로워질 것은 불을 보듯 뻔할 일이었다. 게다가 명주를 쫓아낼 경우 색액도의 독주를 막는 것도 쉬운 일이 아니었다. 웅사리와 고사기 두 명의 한족 신하들이 감당하기에는 무리였다. 더구나 강희는 그렇지 않아도 이번 강남에서 일어난 역모가 색액도와 관련이 있지 않을까 하는 의심을 하고 있는 중이었다…….

강희가 무거운 생각에 짓눌려 있을 때였다. 고사기가 우비를 입은 채 들어오더니 잔뜩 웃음을 머금은 채 입을 열었다.

"소인이 방금 너무 무료해서 큰스님이 염불하시는 곳으로 가만히 기어 들어갔사옵니다. 잘은 못 알아들었사오나 '무안이비설신'無眼耳鼻舌身 같은 말을 하면서 어쩌고저쩌고 하는 것 같아 소인이 한마디 끼어들었사옵니다. '스님께서는 머리도 반들반들 미셨는데 눈, 입, 귀, 코, 혀 다 없으면 어찌 되는 겁니까?'라고 말이옵니다. 그랬더니 스님께서 눈을 뜨시고 선禪에 대해 한참 설명해주셨사옵니다……."

그간 무슨 일이 있었는지 알 턱이 없었던 고사기는 분위기 파악을 하지 못했다. 완전 천방지축이었다. 강희와 우성룡은 너무 어이가 없어 그만 웃고 말았다.

"그렇지 않아도 짐이 자네를 부르려던 참이었네. 우성룡이 명주가 사사롭게 무리를 만들고 현명한 신하들을 질시해 죽음에 이르게 하고 탐욕을 일삼았다고 탄핵을 했네. 자네는 명주가 그런 사람인 줄 알고 있었나?"

강희가 웃음을 싹 거두고 차갑게 물었다. 고사기는 강희의 우울한 기분을 달래주려고 별로 웃기지도 않는 얘기나마 했다가 느닷없는 강희의 질문에 선뜻 대답을 못했다. 당장 할 말도 떠오르지 않았다. 그로서는 우성룡이 이 기회를 틈타 명주의 죄상을 폭로했다는 것이 놀라웠다. 그는 한참 후 강희에게 뭔가 답변을 해야 한다는 생각에 입을 열었다.

"우성룡이 구체적으로 어떤 일을 지적했는지 모르겠사옵니다. 가벼운 일이 아니어서 소인이 조금 더 생각을 해봐야 할 것 같사옵니다."

그러자 우성룡이 조금 전 강희에게 했던 말을 다시 되풀이했다. 고사기는 그 말을 듣고 한참 후 마침내 생각을 정리했는지 머리를 조아리면서 큰 소리로 대답했다.

"전부 사실이옵니다."

"그렇다면……, 왜 진작 상주문을 올리지 않았는가?"

말끝을 흐리던 강희가 갑자기 큰 소리로 엄하게 꾸짖었다. 천하의 익살꾼 고사기도 강희가 독기에 찬 눈빛을 한 채 예사롭지 않게 나오자 당황했다. 황급히 머리를 조아렸다.

"명주의 사악함은 조정에서 모르는 사람이 없사옵니다. 하지만 누구나 다 죽음 앞에서 초연하지 못했다고 할 수 있사옵니다! 우선 색액도와 웅사리가 명주와 수 년 동안 같이 일해 왔으면서도 입을 다물었사옵니다. 그런데 조서 초안을 작성하는 서리書吏 신분에 불과한 소인이 어찌 감히 나서겠사옵니까?"

강희가 고사기의 말이 끝나자마자 거칠게 침을 내뱉었다. 그러면서 욕설까지 퍼부었다.

"개 같은 소리 하지 마! 말로만 충성한다고 했군. 진짜 충성을 다하는 사람은 누구의 눈치도 보지 않아! 그렇게 죽는 것이 겁나면 짐한테 불어 있을 자격도 없어!"

고사기는 강희가 자신을 무섭게 질책하자 혼비백산했다. 순식간에 등골이 오싹해졌다. 강희를 따른 시간이 길지는 않아도 그동안 치하와 격려만 받아온 그로서는 처음 당하는 일이었다. 그는 너무 당황한 나머지 식은땀을 흘리면서 연신 머리를 조아렸다. 머릿속이 온통 백지장이 되고 있었다. 그러자 위동정이 명주 때문에 일어난 불꽃이 고사기에게 옮겨 붙었다고 생각하고는 상황을 무마하기 위해 황급히 나섰다.

"명주는 제 사촌동생이옵니다. 그러나 이제 보니 음험하고 간사하기 이를 데 없는 인물이옵니다. 군주도 기만했사옵니다. 완전히 근본이 비뚤어진 자이옵니다. 그러나 칼잡이를 잡고 있기 때문에 자신에게 맞서는 현량賢良한 사람들을 해치고도 남을 위력을 가지고 있는 것도 사실이옵니다. 근거가 충분하지 않다면 소인도 감히 이런 말씀을 드릴 수가 없었을 것이옵니다. 폐하께서 현명한 판단을 내리시기를 바랄 뿐이옵니다!"

같은 말을 하더라도 누가 어떤 식으로 상대방의 기분을 헤아려 가면서 하느냐에 따라 대답은 하늘과 땅만큼 달라질 수 있었다. 위동정은 학문의 수준은 그다지 자랑할 바가 못 되나 일처리에 있어서만큼은 뛰어난 인물이라는 말을 평소에 듣고는 했다. 과연 그랬다. 고사기는 그런 위동정에게 자신의 무능력함을 보인 것이 민망했다.

강희는 계속해서 이 사람 저 사람의 표정을 살피고 있었다. 그러다 갑자기 너털웃음을 터트렸다.

"명주, 이 몰락한 가문의 거지 같은 자식! 아무리 날고 긴다고 해도 오배만큼 제거하기 힘들까!"

순간 체면치레할 기회만 찾던 고사기가 끼어들 틈을 발견한 듯 재빨리 나섰다.

"오배는 대놓고 폐하께 도전장을 내밀었으나 명주는 폐하의 은총을 등에 업고 충신인 척하면서 나쁜 짓을 일삼았사옵니다. 그 점이 차이가 있사옵니다. 때문에 명주를 제거하는 것은 폐하께서는 손바닥 뒤집는 것보다 쉬운 일이옵니다. 반면 소인들은 잠자리가 나뭇가지를 흔드는 정도의 미력밖에는 없사옵니다!"

고사기의 말은 아부하는 냄새를 물씬 풍겼다. 하지만 분명한 사실이기도 했다. 우성룡은 일이 생각보다 순조롭게 풀리는 것 같다는 생각을 했다. 괜히 겁부터 먹고 한동안 우유부단했던 자신이 우습기도 했다. 사실 그가 가장 걱정했던 것은 고사기가 명주를 싸고돌면서 비호하는 상황이었다. 하지만 의외로 고사기 역시 명주에 대한 질타를 서슴지 않았다. 그는 그 사실에 적지 않게 안심을 하면서 고사기마저 탄핵하려던 생각을 바로 접었다. 이어 천천히 입을 열었다.

"고사기가 한 말이 이해가 되옵니다. 사실 소인 역시 몇 년 동안 고민을 하던 중 겨우 용기를 낸 것이옵니다."

"하지만 짐은 당장은 자네의 요구를 수락할 수가 없네!"

강희가 돌연 부정적인 말을 뱉었다. 곰곰이 침착하게 생각할수록 사건이 함부로 다뤄서는 안 될 만큼 무겁다는 생각이 든 것이다. 그가 굳은 얼굴을 한 채 자리에서 일어나 실내를 서성이다 말을 이었다.

"재상을 자주 바꾸는 것은 안정된 나라가 아니야. 남송南宋의 상흥祥 興황제 때는 일 년에 재상을 수도 없이 바꿨어. 또 명나라 숭정황제 때는 십칠 년 동안 무려 오십사 명이나 갈아치웠어. 그 결과가 어떻게 됐는가? 짐은 국가와 개인이 별 차이가 없다고 생각해. 큰일은 작게 만들고, 작은 일은 조용히 끝내는 것이 흥하는 길이라고 생각한다네. 명주의 죄질은 확실히 무거워. 그러나 지금까지 그가 이뤄놓은 공로에 비하면 한 번은 더 봐 줄 수 있어. 앞으로 한 번만 더 나쁜 짓을 하면 자네들보다 내가 먼저 달려들어 제거해버리겠네!!"

강희가 말을 마치고는 위엄이 가득한 눈빛으로 좌중을 둘러봤다. 그런 다음 덧붙였다.

"오늘 일은 전부 비밀이야. 조금이라도 새어나가는 날에는 우성룡의 머리가 온전하지 못할 거라는 것을 명심해! 우성룡은 오늘 상주한 내용을 밀주密奏로 만들어 노란 상자에 넣어. 그런 다음 고사기에게 전달해서 보관하도록 해. 그것은 짐이 아닌 어느 누구도 열어볼 수 없어. 그만 돌아가 봐!"

"예, 폐하!"

강희의 위엄에 짓눌린 좌중의 신하들이 일제히 무릎을 꿇었다. 이어 줄을 지어 선당 밖으로 나왔다.

49장

소마라고의 입적

강희는 효릉 참배를 마친 후 며칠 동안 남경에서 더 쉬어가기로 결정을 내렸다. 때문에 남경에서 가 볼만한 곳은 거의 다 다닐 수 있었다. 막수호莫愁湖와 현무호玄武湖, 계명사鷄鳴寺, 반산당半山堂, 연자기燕子磯, 백로주白鷺洲, 석두성石頭城, 청량산淸涼山 등등 거의 수십 곳은 더 들렀다. 등극 이후 처음으로 마음놓고 해보는 유람이었다. 그동안의 거처는 위동정의 집이었다. 이로 인해 그의 집안은 강희를 정성껏 대접하느라 거의 가산을 탕진하다시피 했다. 그렇게 남경에 머무른 지 8일째 되는 날이었다. 강희는 이날 뜻하지 않게 웅사리가 전해온 비양고의 긴급 상주문을 받았다. 그것은 그의 마음에 딱 드는 내용이었다. 바로 갈이단이 객이객에서 30만 명 정도 되는 병력을 긁어모아 동몽고쪽 침입을 서두른다는 전언이었다. 비양고의 상주문과 같이 도착한 과이심 왕의 그것도 내용이 거의 비슷했다. 갈이단이 내년 봄 오란포통烏蘭布通(지금의 내몽고 극십

극등기克什克騰旗 경내)에서 과이심 왕과 병력을 합쳐 남하하자는 제안을 해왔다는 것이었다. 또 자신은 그 제안을 즉각 받아들였다는 내용이었다. 이밖에도 호부와 병부에서 식량과 병력을 움직이는 데 따른 상주문을 올려오기도 했다. 전부 황태자의 보새寶璽가 찍혀 있었다. "중대한 사안인 만큼 폐하께서 결정하십시오"라는 글도 적혀 있었다.

강희는 긴장과 흥분에 사로잡혔다. 서북의 갈이단이 드디어 자신이 원하는 방향대로 움직이기 시작했으니 그럴 수밖에 없었다. 한마디로 적을 유인해 동으로 끌어오려는 계획이 현실이 되는 순간이라고 할 수 있었다. 만약 뜻대로 몽고에서 갈이단의 주력을 일망타진한다면 그 다음은 쉽게 풀릴 가능성이 높았다. 강희는 바로 행궁에 머물고 있는 상서방 대신들을 위동정의 집으로 불렀다.

"폐하, 이번 남순을 통해 폐하께서 보여주신 행동에 천하는 들끓고 있사옵니다. 폐하를 칭송하고 대청을 따르려는 움직임이 들불처럼 이는 것이 보이옵니다!"

명주가 들어서자마자 흥분하면서 아뢰었다. 수염을 가지런하게 면도한 것이 유난히 티가 났다. 혈색도 좋아보였다.

"서장西藏(티벳)의 달라이 라마를 비롯해 청해青海의 탁목회부卓木回部와 태길台吉 등 칠팔 년 동안 전혀 신하의 예를 지키지 않던 외번外藩들 역시 긴급 축하문을 보내왔사옵니다!"

"음, 좋아! 잘 됐군! 자네 일처리 솜씨가 깔끔하군. 글도 그만 하면 잘 썼네!"

강희가 희색이 만면한 얼굴을 한 채 명주가 직접 베껴 온 축하문의 요약본을 보면서 말했다. 명주가 강희의 칭찬에 황급히 감사를 표했다.

"주홍색에 가까이 하면 빨갛게 된다고 하지 않사옵니까! 폐하께서 매일 서예에 공을 들이시니, 어깨 너머로 조금씩 배웠던 것일 뿐이옵니다."

명주의 말에 강희 역시 웃으면서 화답했다.

"서예는 올바른 마음가짐이 참 중요해. 글을 보면 그 사람을 알 수 있다는 말이 있는 것도 다 그 때문인 거야. 그런데 자네는 짐이 하는 것이라면 모두 따라 배울 수 있다는 말인가? 천문, 지리, 음악, 수학…… 다 할 수 있는가? 자네는 짐이 그냥 제자리에 멈춰 있다고 해도 몇 년은 신발 벗어들고 한참 더 뛰어야 할 걸? 그래도 쫓아올까말까 하겠지만!"

강희가 농담처럼 말하고는 크게 웃었다. 엄중한 경고를 농담처럼 했다고 볼 수 있었다. 고사기는 순간 등골이 서늘해졌다. 그러나 명주는 아무런 눈치를 채지 못한 듯 아부 기운이 그득한 웃음을 지었다.

"당연한 말씀이옵니다! 소인은 폐하께서 하시는 모든 것을 따라 배울 생각은 언감생심 해본 적이 없사옵니다. 소인이 어디 그런 재주가 있겠사옵니까!"

강희와 명주는 각자 나름대로의 생각을 품고 있으면서 대화를 나누기는 했으나 최소한 겉으로는 분위기가 나쁘지 않았다. 강희 역시 그렇게 느낀 듯 다시 입을 열었다.

"짐이 오늘은 기분이 참 좋군. 천하에 명성이 자자한 명나라의 원로유신들이 짐의 효릉 참배에 대해 긍정적인 반응을 보였다니 말이야. 이 사람들은 진심에서 우러나오지 않는 일은 억지로 코를 꿰어도 안 할 정도로 고집센 사람들이거든. 그런데 보니까 고염무는 없지 않았나?"

명주가 서둘러 대답했다.

"고염무와 황종희 두 사람은 이번 행사에 오지도 않았사옵니다. 때문에 축하의 표表나 시사詩詞도 짓지 않았사옵니다."

명주에 이어 이번에는 색액도가 깔끔하게 면도한 얼굴을 들고 강경하게 나왔다.

"숲이 크면 별의별 새가 다 있는 법이옵니다. 그들은 잘해줘도 잘해주는 것을 몰라요! 도대체 자기들이 잘나면 얼마나 잘났다고! 소인이 곧 강서, 절강 순무들에게 서한을 보내 이 둘을 불러오도록 하겠사옵니다!"

명주 역시 맞장구를 쳤다.

"맞는 말이기는 합니다. 하지만 폐하께서는 억지로 머리를 눌러 소에게 물을 마시게 하고 싶어 하시지는 않을 겁니다."

강희가 머리를 끄덕였다. 이어 자신의 생각을 총정리했다.

"다들 일리가 있는 말이야. 사람은 덕행으로 감화시키는 것이야. 결코 강압적으로 해서는 안 되지. 사실 그 두 사람이 곤욕을 치르지 않도록 하고 싶은 이유가 또 하나 있네. 솔직히 고염무와 황종희는 시종일관 명나라에 충성하는 보기 드문 충절의 의사義士라고 볼 수 있어. 이번 효릉 참배를 계기로 많은 유신들이 우리 쪽으로 기우는 추세이기는 하나 두 사람은 자기의 의지를 끝까지 고수했어. 그 절개와 변함없는 충심이 가상하고 존경스럽기까지 해! 주위에 이런 사람들이 있다는 것이 오히려 선비들에게는 모범이 되기도 하지. 세풍世風을 유지하는 데는 더욱 도움이 된다고. 그러니 구태여 천 길 낭떠러지로 몰고 갈 것까지는 없지 않겠나?"

강희의 말은 심사숙고 끝에 나온 것이 분명해 보였다. 사람들은 그 말을 마치 맛있는 음식을 음미라도 하듯 천천히 씹어 넘겼다. 그러나 고사기는 강희의 말을 충분히 이해하면서도 무척이나 혼란스러웠다. 강희의 속마음이 갈수록 예측불허였기 때문이었다. 강희는 속으로는 명주를 혐오스런 동물 대하듯 하는 것이 분명한데도 겉으로는 전혀 내색하지 않았다. 아무런 조사도 하지 않았다. 그렇다면 명주의 부정을 자료로 만들어 비밀상자에 넣어둔 것은 어떤 이유에서였을까? 더불어 전겸익錢謙益, 홍승주 등 청나라에 무릎을 꿇은 명나라의 대신들을 사람 취급도 하지 않기로 널리 알려진 강희가 유독 홍승주의 외손녀에게 보인 관심은 또 어떻게 풀이해야 하나! 이제 서른 살을 훌쩍 넘긴 천자는 도대체 무슨 생각을 하고 있는 것일까? 고사기는 고민에 빠지지 않을 수 없었다. 그때 강희가 얼굴에 알 듯 말 듯한 미소를 띤 채 입을 열었다.

"명주, 방금 짐이 했던 말 때문에 홍약지를 푸대접해서는 안 되네. 모든 사람들의 화복禍福, 생사生死, 영욕榮辱은 짐의 찰나의 생각에 달려 있네. 짐이 어떤 식으로 일처리를 하든지 전부 나름대로의 생각이 따로 있기 때문이야. 알겠는가?"

명주가 황급히 대답했다.

"알겠사옵니다, 폐하! 극진히 보살피겠사옵니다."

"군사에 대한 현안을 얘기해 보게. 짐이 즉각 북경으로 돌아가 준비에 착수해야 할 것 같지 않나? 자네들 생각은 어떤가?"

색액도가 먼저 대답했다.

"너무 서두르실 것은 없다고 생각하옵니다. 갈이단은 빨라야 내년 봄 추위가 풀리고 풀이 무성할 때에야 움직일 엄두를 낼 것이 아니겠사옵니까? 폐하께서 황급히 북경으로 돌아가신다면 오히려 사태의 엄중함이 크게 비춰질 것 같사옵니다. 그러면 아랫사람들이 괜히 불안해 할 우려가 있사옵니다."

명주도 한마디 거들었다.

"그렇기는 합니다. 그러나 폐하께서는 이제 더 이상 유람을 즐기실 심적인 여유가 없으실 것 같네요. 남경에 더 머물러 봤자 이제는 구경거리도 별로 없고요. 여기에 풀어나가야 할 대사가 산적해 있으니, 가무를 즐긴다 한들 즐거울 리가 있겠습니까……."

좌중의 사람들은 지나치다 싶게 빤한 얘기를 진지하게 하는 명주를 보며 억지로 웃음을 참았다. 그러나 강희는 웃음기 없는 얼굴로 정색을 했다.

"짐이 처지가 처지인 만큼 그 당시는 갈이단의 행패를 이 악물고 참아줬지. 대국의 지존이라는 사람이 외번의 약한 여자 하나 보호해 줄 힘이 없었으니, 얼마나 비참했겠어. 짐은 십몇 년 동안 칼을 갈면서 오늘을 기다려 왔어. 이제 그자가 자기 발로 찾아온다는군! 하늘이 내려준 절호의 기회로 생각하고 짐은 최선을 다할 것이네!"

강희의 눈매는 서슬이 퍼렸다. 칼날처럼 매서웠다.

고사기는 그야말로 죽을 맛이었다. 강희가 내친 김에 북경으로 줄달음치지 않을까 걱정이 됐던 것이다. 황제가 갑작스럽게 떠난다는 인상을 주면 남경의 백성들이 불안에 떨 수도 있을 테니 말이다. 그는 한참 자신의 생각을 정리한 다음 조리 있게 아뢰었다.

"색액도의 말대로 천천히 여유만만하게 움직이시는 것이 좋을 듯하옵니다. 원래 일정대로 남경에서 사흘 더 머무르면서 사람들도 만나시옵소서. 또 계획대로 산동의 공자묘도 배알하시는 것이 좋겠사옵니다. 겉으로는 충분한 여유를 가지시고, 내적으로는 치밀한 준비를 해나가면서 전쟁 발발에 대한 불안감을 최소화해야 하옵니다. 그러면서도 모름지기 대사를 무난하게 치르는 것은 더 말할 나위가 없사옵니다. 그것이야말로 만전지책이 아닐까 하옵니다."

강희가 남순에 나선 목적은 다른 데 있지 않았다. 세상이 태평성대로 접어들었다는 사실을 만천하에 보여주고 강남의 민심을 다독거려 잠재우기 위해서였다. 한마디로 모든 것을 하나로 융합시키기 위한 의지를 보여주는 데 있었다. 강희는 오차우의 죽음으로 인해 받은 충격으로 남순의 목적을 잠시 잊고 있다가 고사기의 말을 듣고는 생각을 달리 하기로 했다. 일단 남순 임무를 제대로 완수하는 데 초점을 맞추기로 한 것이다. 그는 북경으로 줄달음치는 마음을 다잡으면서 마음의 결정을 내린 듯 소탈한 표정으로 말했다.

"그래, 여러분의 의견에 따르지! 공상임이라는 재주꾼이《도화선》극본을 썼다고 하지 않았는가? 이번에 공자묘에 가는 김에 한번 보고 싶군."

고사기가 강희의 말에 머리를 갸웃거렸다.

"폐하께서 공자묘를 참배하시는 것은 효릉을 배알하시는 것과 마찬가지로 심원한 의미를 가지고 있는 큰일이옵니다. 웅사리가 없어 이번에는 어떤 배례拜禮를 해야 할지 잘 모르겠사옵니다. 그러나 폐하께서 지시하시는 대로 소인이 산동 순무에게 준비하라고 하겠사옵니다."

강희가 잠시 생각을 하더니 단호한 어조로 말했다.

"공자는 소왕素王의 칭호를 지닌 백대에 이은 제왕의 스승이야. 짐은 당연히 학생이 스승을 배알하는 식으로……. 아니, 신례臣禮를 올리겠네. 효릉에서처럼 삼궤구고의 대례를 올려야겠어!"

고사기는 강희의 말에 놀라움을 금치 못했다. 이어 조금 곤란하다는 표정을 지었다.

"소인이 알고 있기로는 역대 제왕들이 공자묘를 배알할 때 신례를 올린 적은 없사옵니다. 고작해야 이궤육고二跪六叩였사옵니다. 폐하께서 다시 생각을……."

"짐은 다른 제왕들과 같은 사람이 아니잖아! 이 역시 나라를 위해서야! 맹자가 이르기를, 나라는 무겁고 군주는 가볍다고 했네. 과거……."

강희가 몸을 뒤로 젖히더니 갑자기 말문을 닫았다. 과거 원나라의 세조 쿠빌라이가 병사들을 거느리고 공자묘로 쳐들어가 공자를 향해 화살을 당긴 사실이 떠오른 것이다. 물론 쿠빌라이가 그랬던 것은 이유가 있었다. "나라에 오랑캐 군주가 있는 것은 중국에 임금이 없는 것보다 못하다"라고 했던 공자의 말에 앙심을 품은 탓이었다. 그러나 그는 그렇게 함으로써 당시 천하의 문인들이 내뱉은 침에 빠져죽을 뻔했다. 강희는 바로 그 사실을 상기했다. 자신은 결코 그런 사람을 본받지 않을 것이라는 말을 하고 싶었다. 하지만 공자의 말을 차마 자기 입으로 꺼내기가 난감했다. 그 역시 오랑캐인 만주족이었으니까. 결과적으로 입을 다물어버린 것은 최선의 선택이었다. 한참 후 그가 간단하게 앞으로 사흘 동안의 일정에 대해 말했다.

"장강을 따라 천천히 육로로 동쪽을 향해 움직이자고. 과주도瓜州渡까지 가서 배를 타는 것이 좋겠어."

강희는 말을 마치자마자 몸을 일으켜 밖으로 나갔다. 곧 좌중의 사람들은 강희의 말에 따라 부리나케 그동안 준비해야 할 경호 문제 등에 대해 의논하기 시작했다. 고사기도 강희의 행차에 대한 조서를 작성해 바로 산동과 안휘 순무에게 발송했다.

갈이단이 동몽고 침략을 결정했다는 소문을 접한 아수는 강희가 빨리 돌아오기만을 매일 손꼽아 기다렸다. 실성한 사람이 아닐까 싶을 정도였다. 그녀는 넓디넓은 초원에서 거침없이 말을 달렸던 몽고여인이었다. 그러나 강희를 따라 궁중에 들어오면서부터는 구중궁궐에서 계율에 얽매인 채 갇혀 살아야 했다. 물론 숨이 막혀 곧 죽을 것만 같았던 구중궁궐에서의 생활도 이제 어느 정도는 견뎌낼 수 있었다. 진황에 대한 그리움 역시 강물에 씻기듯 점차 퇴색해갔다. 그러나 피로 맺힌 원한은 구중궁궐의 적막감 속에서 날로 커져가기만 갔다. 한마디로 그녀는 오로지 복수만을 생각할 뿐 다른 것에는 전혀 관심이 없었다. 혜비惠妃 납란納蘭씨가 강남의 비싼 자수품을 선물로 받았다고 했을 때도 별로 관심을 보이지 않았다. 영비인 마가씨가 생일잔치를 치른다고 했을 때 역시 크게 다르지 않았다. 귀비 유호록씨가 《금강경》을 손수 베껴 태황태후의 극찬을 받았다는 말을 들었을 때는 더했다. 그 사실조차 알지 못했다. 이처럼 그녀는 황비들의 움직임에 대해서는 아예 관심을 가지려고조차 하지 않았다. 그러나 그러는 그녀를 곱지 않은 시선으로 바라보는 황비들도 없지 않았다. 그 와중에도 유독 같은 몽고족인 덕비 오아씨만은 그녀를 자주 찾아와 위로해주었다.

그녀는 하루가 마치 3년 같은 기다림 속에서 6월 7일, 드디어 강희가 돌아왔다는 소식을 접했다. 그와 동시에 긴장으로 인해 심장이 멎을 것만 같았다. 과연 어떻게 강희를 설득해야 이번 출정 길에 같이 오를 수 있을 것인가? 그녀의 생각은 오로지 그 일에만 매달려 있었다. 그녀는 눈을 감았다. 갈이단의 험악한 얼굴과 부왕, 또 삼촌의 얼굴이 차례로 눈앞에 떠올랐다. 순간 강희가 자신을 따라오지 못하게 하면 어떻게 하나 하는 생각까지 들었다. 곧이어 수많은 생각들이 그녀의 마음을 순간순간 뒤흔들었다.

그러나 강희는 그녀의 그런 마음을 아는지 모르는지 북경에 도착하고도 며칠이 지나도록 모습을 나타내지 않았다. 아수는 가슴속이 타서 재가 되는 것만 같았다. 급기야 시중을 드는 유모를 시켜 몰래 소식을 캐묻기까지 했다. 유모가 전하는 소식은 특별한 것이 없었다. 그저 돌아오자마자 대신들을 만나느라 여념이 없다는 것이었다. 또 공자를 기리는 뜻에서 '만세사표'萬世師表라는 글자를 써서 천하의 학당과 학자들에게 소장하라고 명령했으나 군사에 대해서는 일언반구도 언급이 없었다는 소식도 전했다.

"그러면 한류씨는? 어머니도 바빠서 나를 만나러 오지 못한다는 것인가?"

아수가 유모에게 물었다. 그러자 유모가 아수의 기분을 다독여줬다.

"귀비께서는 지금 출산을 앞두고 있습니다. 폐하께서 일부러 찾지 않으실 리가 있겠습니까? 불철주야 너무 바쁘셔서 그러시니, 참는 김에 조금만 더 참으십시오. 한류씨는 이번 남순 때 큰 공을 세워 폐하께서 휴가를 주셨습니다. 지금은 집에 있다고 합니다. 고명誥命을 받을지도 모른다고 하더군요. 그래서 집에서 며칠은 더 지내다 올 겁니다."

유모의 말이 끝나자마자 새장에 갇혀 있던 앵무새가 갑자기 종알거렸다.

"폐하께서 오셨다! 폐하께서 오셨다! 황제폐하 맞을 준비를 하세요, 귀비마마!"

아수가 앵무새의 말에 깜짝 놀라서 궁전 입구 쪽을 바라봤다. 아닌 게 아니라 성큼성큼 들어서고 있는 강희의 모습이 보였다. 아수는 그리움이 지나쳐 어느새 눈에 눈물이 가랑가랑 맺혀 있었다. 곧이어 머리를 숙이고 무릎을 꿇으면서 나지막한 목소리로 아뢰었다.

"노비 아수가 삼가 폐하의 안녕을 비옵니다!"

"어서 일어나게!"

강희가 황급히 아수를 일으켜 주었다.

"자네, 이 몸을 해 가지고……. 앞으로 이런 격식은 차리지 않아도 돼. 그런데 방이 너무 덥군. 부채바람도 안 좋을 테니, 대야에 얼음을 좀 많이 담아다 놓게. 습기가 차도 안 되니까 적당히 알아서 잘하게!"

강희가 유모에게 명령을 내렸다. 유모가 바로 대답을 하고는 뒷걸음질쳐서 밖으로 나갔다.

그제야 강희는 아직도 수줍음을 많이 타는 아수의 불그레한 볼을 매만졌다. 이어 타는 듯한 눈매로 곱게 단장한 아수를 쳐다봤다. 동시에 눈에 눈물이 그렁그렁한 아수를 살포시 껴안아 주었다.

"당신 향기가 그리웠어! 당신은 짐이 보고 싶지 않았나?"

강희는 아수의 눈빛만 봐도 답을 쉽게 얻을 수 있을 것 같았다. 그래서인지 더 이상 묻지도 않은 채 바로 동그랗게 부풀어 오른 아수의 배를 매만진 다음 볼에 살짝 입을 맞췄다. 이어 두 손으로 아수의 얼굴을 감쌌다.

"이 아이는 곧 열세 번째 황자가 되는 거야! 짐이 이미 좋은 이름까지 생각해 뒀어. 길상吉祥의 상祥자를 따서 윤상胤祥이라고 지었어. 마음에 들어?"

아수는 강희의 따뜻한 품에 안겨 머리를 끄덕였다. 행복해서인지 가슴이 아려서인지 눈물이 자꾸만 흘러내리고 있었다. 그러자 강희가 다정하게 등을 쓰다듬어 주면서 위로했다.

"짐이 늘 곁에 있으니 속상해 하지 마. 당신이 궁중에서 얼마나 갑갑하고 힘이 들까 하는 점은 짐이 잘 알고 있어. 하지만 어쩌겠어? 그게 운명이라 생각하고 천천히 적응하도록 해. 지금 열하熱河에 행궁을 짓고 있는 중이야. 완성되면 짐이 여름마다 데리고 가서 피서를 시켜줄게. 몽고와 가까워 자네가 말 타고 화살을 쏘고 싶다면 그렇게 하게 해줄 거야. 뭐든지 가능한 것은 다 해줄 거야!"

강희는 위로의 말을 한다고 했다. 그러나 오히려 그 말이 아수로 하여금 몽고의 고향땅을 더욱 떠올리게 만들었다. 그녀는 그예 소리 내어 흐느끼고 말았다. 강희가 눈물로 얼룩진 아수의 얼굴을 천천히 들어 올리더니 부드러운 어조로 물었다.

"왜 그래? 몸이 안 좋아서 그래?"

"아니옵니다. 폐하께서는 이번 서정西征에 저를 데려가실 것이옵니까?"

아수가 가볍게 강희의 손을 뿌리치면서 말했다.

"이제 보니 슬퍼한 이유가 따로 있었군! 간다고 하면 어찌 당신을 데리고 가지 않겠나? 하지만 당장은 갈 수가 없잖아!"

강희가 길게 한숨을 내쉬었다. 이어 실망한 빛이 역력한 아수의 눈매를 쳐다보면서 천천히 덧붙였다.

"이 일은 자네가 조급해 한다고 될 일이 아니야. 짐은 나름대로 계획을 짜고 있어. 그러니 기다리게. 갈이단이 결코 호락호락한 상대가 아니라는 것을 당신도 알고 있잖아. 그건 그렇고 태황태후마마께서 그러시는데, 소마라고가 마지막 길을 갈 것 같다고 하시는군. 짐에게 한번 가보라고 하셨어. 당신도 소마라고와 가깝게 지냈으니 한번 찾아봐. 후유! 북경에 돌아와도 급히 처리해야 할 일이 한두 가지가 아니야. 짐도 속이 편치는 않아⋯⋯."

강희가 아수에게 관심 어린 어조로 몇 마디 부탁을 더 건넸다. 그런 다음 조용히 자리를 떴다.

아수는 소마라고가 병석에 누워 있다는 소식을 이미 들어서 알고 있었다. 그런데 태황태후가 아직 위험하지는 않은 만큼 태아에게 나쁜 기운을 옮기지 않도록 오지 말라고 했다. 그러나 그녀는 조금 전 강희의 말을 통해 이러고 있다가는 소마라고의 마지막 가는 길도 못 보게 될지 모른다는 불길한 생각을 했다. 이내 가마를 불러 소마라고에게 달려갔다. 그녀가 저수궁의 수화문 앞을 지날 때였다. 저편에서 고사기가 마주 걸어오고 있었다. 그녀는 황급히 가마를 세우고 물었다.

"고 선생, 대사님을 뵙고 오는 길입니까? 대사님은 어떠십니까?"

"귀비마마시군요! 맥을 봐드리라는 태황태후마마의 명을 받고 들어갔었습니다. 그런데 혜진 대사님의 병세가 그 정도로 악화된 줄은 정말 몰랐습니다. 아마도⋯⋯."

고사기가 인사를 하고는 바로 안타까운 표정을 지었다. 그러다 순간 말끝을 흐렸다. 누군가 오차우의 입적 소식을 소마라고에게 흘렸을 것이라는 말을 하려고 했으나 증거가 없기 때문에 도로 삼켜버린 듯했다.

그가 잠시 후 다시 입을 열었다.

"전에도 제가 대사님은 기름이 말라가는 등불과 같다고 한 적이 있습니다. 과연 그런 것 같습니다. 인력으로는 한계에 이른 것 같습니다."

아수가 알겠다는 듯 머리를 끄덕이면서 다시 물었다.

"태황태후마마는 뵈었나요?"

"아직 못 뵈었습니다. 명령을 받고 재계궁으로 가기는 했습니다. 그러나 태황태후마마께서 자녕궁에 계신다고 해서 다시 돌아오는 중입니다."

아수가 고사기의 대답을 듣고는 주위를 둘러봤다. 그런 다음 다른 사람이 아무도 없다는 사실을 확인하고는 머뭇거리면서 말했다.

"이번에 남순을 하면서 수로로 갔나요, 아니면 육로로 갔나요? 치수 공사에 대한 평가는 괜찮던가요?"

아수가 진황의 소식이 궁금해서 그러는 줄 고사기가 모를 턱이 없었다. 그러나 민감한 화제를 길게 끌고 가서는 안 될 일이었다.

"들으신 대로입니다. 근보가 사람을 잘 기용한 덕분이 아닐까 합니다. 이번에 벼슬을 할 사람이 많을 겁니다! 귀비께서도 대사님한테 가 보셔야 하지 않습니까? 혜비마마, 의비마마, 양비마마 다 계십니다!"

아수는 고사기와 헤어져 종수궁의 작은 불당으로 들어갔다. 때마침 혜비 납란씨, 의비 곽락라씨, 양비 위씨 등이 문병을 마치고 나오고 있었다. 셋 중 양비인 위씨는 죄노罪奴 출신이었다. 사람을 만나도 말을 좀처럼 잘 하지 않는 편이었다. 아수와 맞닥뜨렸을 때도 그랬다. 그저 묵묵히 머리를 숙여 인사를 하고는 한편으로 물러섰다. 반면 정황기 기주旗主의 공주 출신으로 신분이 고귀한 의비 곽락라씨는 기세가 오만하기 이를 데 없었다. 입궁 이래 6년 동안 연이어 세 명의 황자를 출산한 것도 큰 이유였다. 아니나 다를까, 아수를 보더니 마른 웃음을 지어 보이고는 실버들 같은 허리를 요란하게 흔들면서 그냥 나가버렸다. 그나마 혜비 납란씨는 달랐다. 사촌오빠인 명주처럼 싹싹하고 인정이 있었다. 미소를 머금고 아수에게 다가오더니 손을 잡고 한참 다정하게 대화를 나누다 양비와 함께 떠나갔다. 의비와 혜비는 원래 친한 사이였다. 물론 아수를 대할 때 보이는 태도는 판이했다. 하지만 둘 모두 속으로는 친정이 없는 아수를 우습게 여겼다. 아수는 그 사실을 모르지 않았다. 불행히도 두 사람 중 어느 하나도 아수에게는 쉬운 상대가 아니었다.

소마라고는 병석에 누워 있었다. 희끗희끗하고 드문드문한 머리를 대충 틀어 올린 채였다. 기운이 통 없어 보였을 뿐만 아니라 푹푹 찌는 날씨임에도 솜이불을 덮고 있었다. 몸을 오슬오슬 떨고 있었다. 그나마 다행인 것은 아직 정신이 흐리멍덩하지는 않다는 사실이었다. 그래서인지 핏기 하나 없는 얼굴로 애써 웃음을 지어 보였다. 아수는 그게 더욱 안쓰러웠다. 소마라고는 아수를 보고는 두 눈을 반짝이면서 반가이 맞아주었다. 그녀가 미약한 목소리로 말했다.

"여기 가까이 와서 앉아요."

아수가 듣기에 소마라고의 목소리는 저 하늘 먼 곳에서 아득하게 들려오는 것 같았다. 그녀는 소름이 끼치는 듯했다. 하지만 그에 개의치 않고 앞으로 다가가 부드러운 목소리로 물었다.

아수의 눈이 금세 붉게 변했다.

"대사님, 좀 어떠세요? 곧 괜찮아지실 거예요……."

소마라고가 손을 내밀었다. 그러더니 아수의 등을 어루만지면서 불당 천장을 바라보며 말했다.

"착한 내 동생……! 난 며칠 안 남은 것 같아요. 마지막 가는 길에 찾아와줘서 고마워요……."

아수가 눈물을 닦으면서 소마라고가 덮고 있는 이불깃을 여며주었다.

"그런 말씀 마세요. 이러다 다시 좋아질 거예요. 고사기가 그러는데, 큰 병은 아니라고 하네요. 어서 나으셔서 저에게 불경 공부를 시켜주셔야죠. 제가 얼마나 좋아하는데요!"

소마라고는 길게 한숨을 내쉬었다.

"나는 평생 죄를 많이 지은 사람이에요. 그러니 이렇게 가도 여한은 없어요. 나는 십몇 년 동안 반성하는 시간을 가졌어요. 그 결과 나는 애초에 이 세상에 태어나지도 말았어야 했다는 결론을 얻었어요. 애초에 입궁을 하지 말았어야 했는데. 그러나 이제는 자연으로 돌아가게 돼서 기분이 좋아요. 이런 얘기는 그대와 넷째 공주에게만 할 수 있어요!"

아수는 기어이 울먹이고 말았다.

"그런 말씀 마시라니까요. 진짜 괜찮을 거예요."

그러나 소마라고는 머리를 저었다.

"그대에게 한 가지 귀띔해 주고픈 말이 있어요. 그대가 처음 궁으로 들어왔을 때 나는 그대를 보내주라고 폐하께 권유했었어요. 그러나 지금은 황자도 가졌고 하니……, 그런 얘기는 없었던 걸로 해도 되겠네요. 아무려나 그대가 조심해야 할 것이 하나 있어요. 궁중의 열몇 명의 황비들 중에는 좋은 사람이 별로 없다는 사실이에요. 겉으로는 좋아 보이는 사람, 겉부터 쌀쌀맞은 사람, 멀리서 조용히 관망하는 사람 등이 있을 거예요. 그 사람들은 모두가 자신의 아들들을 위해 다 계산을 하고 있을 수밖에 없어요. 알겠어요? 입궁했다는 것 자체가 감옥에 갇혔다는 표현이 어울려요. 더구나 아들을 낳고 복잡다단한 암투에 휘말릴 경우 그대 같은 혈혈단신은 위험해요. 자칫하면 쥐도 새도 모르게 먹혀버릴지도 몰라요……. 죽는 마당에 내가 겁날 것이 뭐 있겠어요! 그대 같은 착한 사람이 살기에는 너무 험악한 환경이니 조심해야 해요. 나 죽었다 생각하고 조용히 숨어 있는 것이 상책이에요……."

소마라고가 갑자기 기침을 심하게 했다. 그러더니 곧 손수건이 흥건하도록 피를 왈칵 쏟았다. 더럭 겁이 난 아수가 울먹였다.

"대사님……, 말씀하시지 않으셔도 대사님의 따뜻한 마음은 다 알아요!"

"나는 여섯 살에 입궁해 이날 이때까지 궁중에서 살아왔어요. 그런 만큼 다시 보고 싶은 것이 별로 없어요. 다음 생은 생각하지도 않고 있어요. 절대로 이 세상으로 다시 돌아오지 않을 거예요."

힘겹게 말을 마친 소마라고는 바로 눈을 감았다. 한동안 말이 없었다. 그러다 갑자기 번쩍 눈을 뜨더니 덧붙였다.

"언제 들어보니까 그대의 공후 소리가 너무 좋더군요. 그 소리를 듣고 있으니까 마치 고향집 문 앞에 앉아 있는 느낌이 들었어요. 내 고향은 만주 어디인지 잘 모르겠어요. 아무튼 초원과 가까운 곳이에요. 아, 떠나는 마당에 그대의 공후 소리를 한 번만 더 듣고 싶군요. 하지만 아쉽게도 여기에는 공후가 없으니……."

아수는 소마라고가 틀림없이 마지막 가는 길이라는 생각이 들었다. 가슴이 찢어졌다. 그녀는 주위를 둘러봤다. 웬일로 구석에 공후 대신 거문고가 놓여 있었다. 줄이 하나 끊어진 거문고였다. 아수는 그 위의 먼지를 털어내고 울면서 줄을 튕겼다. 수 년 전 총총진에서 그녀 자신이 연주한 〈내하교〉奈何橋라는 곡이었다. 심심계곡의 물방울 같은 청아한 거문고 소리가 울려 퍼지는 가운데 소마라고는 아스라이 멀어져갔다.

50장
태황태후의 와병

소마라고는 그렇게 조용히 자금성 안에서 숨을 거뒀다. 강희는 그녀의
유언에 따라 태감을 호북성 양양襄陽으로 보내 그곳의 한수漢水에 유골
을 뿌려줬다. 그 이후 몇 년 동안 강희는 가끔씩 어렸을 때의 좋은 친구
였던 '소마라고 큰누나'를 떠올리고는 했다. 그럴 때마다 허전한 마음을
금하지 못했다. 그런데 불행은 짝을 지어 온다고, 몇 년 지나지 않은 강
희 26년 9월에는 75세 고령의 태황태후도 시름시름 노환을 앓기 시작했
다. 강희는 그때 승덕承德에서 피서산장避暑山莊을 짓는 현장을 시찰하고
고북구로 가서 비양고의 팔기 녹영병들을 둘러보고 있었다. 곧 태황태
후의 병세가 악화돼 병석에서 일어나지도 못한다는 몇몇 상서방 대신들
의 상주문이 도착했다. 그는 부랴부랴 북경으로 돌아올 수밖에 없었다.
　강희 일행이 동화문에 들어섰을 때는 황혼 무렵이었다. 그는 우선 동
화문으로 마중 나온 색액도, 명주, 고사기 등 대신들에게 돌아가서 일

을 보라고 명령을 내렸다. 그리고는 옷을 갈아입을 새도 없이 곧바로 자녕궁으로 향했다. 백발이 성성한 장만강이 엉거주춤 자녕궁 앞에 서서 대기하고 있었다.

"장만강! 태황태후마마의 병명이 뭔가? 비빈妃嬪들은 다 모였나?"

강희가 걸어가면서 물었다. 장만강은 성큼성큼 걸어가는 강희를 따라가지 못하겠는지 거친 숨을 몰아쉬었다.

"구월 삼일까지만 해도 태황태후마마께서는 옥체가 건강하셨사옵니다. 황태후, 황태비, 귀비 마마들을 불러 폐하께서 돌아오시는 대로 옥천산玉泉山에 올라가 중양절을 보내는 것이 어떻겠느냐는 제안까지 하셨사옵니다. 그런데 그날 저녁부터 열이 심하게 났사옵니다. 식음도 전폐하셨사옵니다. 한 끼에 고작 죽 한 숟가락 정도 드셨을 뿐이옵니다……. 심지어 사람이 옆에 얼쩡거리는 것도 귀찮으시다면서 각 궁의 비빈들에게 하루에 한 번씩만 다녀가도록 하셨사옵니다……."

강희가 머리를 끄덕였다. 이어 바로 안으로 들어가서는 태황태후의 병상 앞에 무릎을 꿇었다.

"손자 강희가 태황태후마마께 인사를 올립니다!"

촛불이 어른거리는 가운데 태황태후가 눈을 감고 있었다. 발열로 인해 얼굴이 몹시 붉었다. 가래가 심하게 끓는 듯 숨소리도 고르지 못했다. 강희가 왔다는 말을 들은 그녀는 눈을 최대한 크게 떠보려고 안간힘을 쓰는 것 같았다. 그러더니 손을 내밀었다.

"황제가 왔군요. 가까이 와서 앉아요. 할 말이 있어서 그래요. 정말 잘 왔어요. 나는 또 못 보고 가는 줄……."

태황태후가 목이 메는 듯 말을 잇지 못했다. 대신 강희를 바라보는 부드러운 눈매에서는 손자에 대한 애틋한 사랑이 고스란히 묻어나고 있었다. 강희는 가슴이 뭉클해져 두 눈 가득 고인 눈물을 떨어뜨리지 않으려고 억지로 참았다. 그런 다음 '할머니'의 차가운 손을 잡고 위로의 말을 건넸다.

"할머님, 무슨 그런 말씀을 하십니까? 할머님은 줄곧 잔병치레 한 번 안 하셨습니다. 또 평생 너그러운 마음으로 사셨습니다. 별일 없을 겁니다. 지난해 맹인 점쟁이가 할머님이 백이십 살까지 장수하실 거라고 하지 않았습니까……."

강희는 어느새 흐느끼고 있었다.

"오, 그랬지! 백이십 살이라고……."

태황태후가 강희가 한 말을 되뇌면서 반쯤 일으켰던 몸을 다시 뉘었다. 그러나 강희의 손은 놓치기라도 할세라 꼭 잡고 있었다.

"…… 그거 다 거짓말이에요. 나는 알아요! 인간은 칠십 셋, 팔십 넷이 돼 염라대왕이 부르지 않으면 자신이 스스로 찾아간다고 했어요. 태조 폐하 때 범範 아무개 학사라는 사람이 한족들의 속담이라면서 말해 줬죠. 나는 더도 말고 팔십 넷까지만 살다 가려고 했어요. 그런데 부처님께서 부르시니 가야죠."

태황태후가 끊임없이 눈물을 훔치는 강희의 모습을 보면서 힘없이 웃었다. 그런 다음 다시 말을 이었다.

"누구나 태어나는 날부터 죽음을 안고 사는 거예요. 내가 하늘로 돌아가는 것은 성불成佛하러 가는 거예요. 그러니 황제께서도 나를 즐거운 마음으로 보내줘야 해요. 다만 정신이 흐리멍덩해지기 전에 한 가지 해둘 말이 있어요. 잘 듣고 있죠?"

"예……. 하실 말씀 있으시면 다 하십시오. 손자가 할머님의 말씀에 전부 따르겠습니다."

강희가 울음 섞인 목소리로 대답했다. 태황태후가 강희의 손을 놓고는 혼신의 힘을 모으는 듯 눈을 감고 거친 숨을 몰아쉬었다. 이어 자애

롭게 강희의 머리를 쓰다듬으면서 말했다.

"내가 천명天命 십 년(서기 1625년, 천명天命은 청 태조 누르하치의 연호)에 입궁한 이후 황제의 애신각라 가문에 들어온 지도 벌써 육십 년이라는 세월이 흘렀어요. 황제 할아버지(태종 홍타이지)와 아버지(세조 순치제)하고 그야말로 험난한 가시밭길을 헤쳐 왔죠. 이 강산을 얼마나 힘들게 얻었는지 황제는 알아야 해요. 그런데 내가 반세기 넘도록 지켜본 바로는 그분들 중 어느 누구도 황제보다는 못했던 것 같아요. 지혜나 복을 타고난 면에서나 모두 말이에요! 황제가 등극한 이후 이십육 년 동안 할머니와 손자, 우리 두 사람은 위험한 적이 많았어요. 하마터면 오배의 손에 죽을 뻔하기도 했었죠. 오삼계도 위협적인 존재였고요. 우리 대청이 오늘날 오기까지 정말 뼈를 깎는 아픔이 있었어요. 죽음보다 더한 고통이 있었다고 해도 좋아요. 황제도 우리가 같이 헤쳐 온 험난한 풍랑을 잊지는 못할 거예요. 여태 잘해온 것처럼 계속 우리 대청을 잘 이끌어가기를 바라는 마음뿐이에요!"

태황태후의 말은 바로 유언이었다. 강희는 지나온 세월이 한꺼번에 가슴속에서 소용돌이치는 것 같았다. 그는 하늘이 무너지는 듯한 고통을 애써 참으면서 대답했다.

"명심하겠습니다, 할머님. 대청의 오늘이 있는 것은 할머님의 간절한 기도가 같이 했기 때문입니다!"

"원칙대로라면 나는 태종 폐하 옆에 묻혀야 해요. 그러나 태종 폐하는 세상을 떠나신 지 몇십 년이나 흘렀어요. 굳이 찾아가서 귀찮게 해드릴 수는 없을 것 같네요. 그러니 황제의 능을 조성하고 있는 준화에 나도 같이 묻히게 해줘요. 언제인가는 땅속에서나마 우리 손자를 매일매일 만날 수 있게 말이에요. 그렇게만 해준다면 나는 여한이 없겠어요!"

태황태후가 담담하게 말했다. 강희는 더 이상 감정을 주체할 수 없는

지 그녀의 품에 와락 안기면서 울음을 터뜨렸다.

"할머님……, 그렇게 해드리겠습니다. 저도…… 이대로 할머님을 영영 보내기는 싫습니다……."

"울지 마세요, 울지 말아요. 황제가 우는 걸 보니 이 할미 마음은 칼로 도려내는 것 같아요."

태황태후가 강희의 머리채를 매만지면서 한참 침묵했다. 그러더니 큰소리로 시중을 들던 모든 태감과 궁녀들을 향해 말했다.

"전부 다 나가 있으라. 한 명도 남아 있을 필요가 없다!"

태황태후의 말이 떨어지기 무섭게 궁전 입구와 구석 자리에서 눈물을 흘리며 서 있던 태감과 시녀들이 일제히 퇴장했다. 장만강이 궁전 밖의 붉은 돌계단 위에 서서 그런 그들을 감시했다. 강희는 태황태후가 마지막으로 무슨 밀유密諭를 남길 것인지 궁금해 눈물 얼룩진 얼굴을 들어 태황태후를 처연하게 바라봤다. 태황태후가 물었다.

"색액도는 어떤 것 같아요?"

"색니의 아들로, 선제 때부터 데리고 있던 사람입니다. 강희 십칠 년에 아랫사람들을 좀 괴롭히는 것 같더니, 요즘 들어서는 악습을 고친 것 같습니다."

강희는 가슴이 덜컥 내려앉는 기분을 느꼈다. 태황태후는 그런 것은 아랑곳하지 않은 채 계속 질문을 던졌다.

"명주는 어떤가요?"

강희가 잠시 생각하더니 대답했다.

"명주는 색액도와 마찬가지로 공로가 있는 대신입니다. 요즘 들어 조금 불미스러운 일을 저지르고 다닌다는 상주문이 올라오기는 했습니다. 그러나 제가 다 눌러버렸습니다. 일벌백계를 생각했었으나 다른 신하들이 괜히 겁을 집어먹을 것 같아 잠시 관망하고 있는 중입니다. 손

자는 지금 서역 정벌을 준비하는 중요한 시기에 있다는 것을 할머님은
알고 계실 겁니다. 이럴 때 조정 내부가 흔들리면 안 됩니다. 그것은 흑
심을 품은 자들에게 틈새를 파고드는 기회를 마련해주는 것과 다를 바
없습니다……."

강희는 한참 동안 말하다 갑자기 말끝을 흐렸다.

"황제 나름대로 생각이 있는 것 같아 안심이네요."

태황태후는 강희의 말뜻을 충분히 이해한 것 같았다. 그리고는 한숨
을 내쉬면서 단호한 어조로 덧붙였다.

"세상 어느 누구라도 명예와 이익에서 완전히 자유로울 수 없어요. 어
떤 사람은 처음에는 잘 나가다가 끝을 못 맺는 경우가 있어요! 황제는
영리하고 지혜로운 반면 사람을 대함에 있어 너무 관대한 것 같아요. 작
년에 내가 자녕궁의 백채白彩에게 독주毒酒를 먹여 죽이라고 내무부 심
형사審形司에 명령을 내린 것은 알고 있죠? 왜 그랬는지 알아요?"

강희는 태황태후가 화제에 올린 그 일에 대해서는 알고 있었다. 백채
는 원래 창음각의 청의靑衣(여자 배우를 일컬음)였다. 영특하고 사람을 기
쁘게 하는 재주가 뛰어나 자녕궁 태황태후에게 보내졌다. 그러나 얼마
지나지 않아 죽임을 당했다는 소문이 돌았다. 강희는 그때는 아무렇지
않게 생각했으나 태황태후가 갑자기 그 일을 거론하자 약간 어리둥
절한 표정을 지었다.

"이덕전이 그러더군요. 할머님께서 목욕재계를 하시는데 〈무덤 위에
올라간 젊은 과부〉라는 엉뚱한 노래를 불렀다고 하더군요. 결국 그 일
로 죽임을 당했다고 들었습니다."

태황태후가 머리를 저었다.

"내가 그렇게 말하라고 시켰어요. 사실은 그년이 황제의 생신팔자生辰
八字를 얻어 그것을 청면오귀靑面五鬼 그림 위에 바늘로 꿰매놓았다고 해

요. 그런 다음 요상한 방법을 써서 황제를 해치려고 했다는 겁니다. 황제는 몰랐을 거예요."

순간 강희의 얼굴이 파랗게 질렸다. 자신을 암해暗害하고 모반謀叛을 시도하려고 한 심각한 사건을 전혀 모르고 있던 것이다.

"뒤에서 지시한 자가 누구랍니까?"

"뼈가 보이도록 인두로 지져대도 끝내 말하지 않았어요. 죽음을 각오한 것들이기 때문에 자백을 받아내기는 어려웠어요. 작년 가을에는 황태자의 방에서도 비슷한 것을 발견했었어요. 그러나 범인이 누구인지는 밝혀내지 못했어요. 어쩔 수가 없어서 그쪽 태감들을 다 바꿔버렸죠. 이런 것을 말하면 황제 성격에 전부 뒤집어엎을 것 같아서 참았어요. 내가 그동안은 각별히 신경을 써 왔는데, 이제는 이런 것을 챙겨줄 수 있는 사람이 없어서 큰 걱정이에요. 할 일이 많은 황제께서 본인의 신변까지 걱정해서는 안 되는데 말이에요. 만에 하나 사고라도 나면 나는 죽어서도 선조들을 뵐 면목이 없어요……."

태황태후가 사건과 관련한 설명을 한참이나 했다. 태황태후의 눈에서는 어느덧 눈물이 주르륵 흘러내렸다.

강희는 심장이 세차게 뛰었다. 그럼에도 분노를 폭발시키지 않은 채 이를 악물고 오래도록 생각에 잠겼다. 그러다 드디어 뭔가를 결심한 듯 자리에서 일어나 태황태후의 이불을 여며주면서 위로의 말을 건넸다.

"할머님, 건강도 좋지 않으신데 말씀을 너무 많이 하시지 마십시오. 손자가 이런 사실을 알고 있는 이상 알아서 잘 처리할 겁니다. 저의 명은 하늘에 달려 있습니다. 소인배들이 어떻게 할 수는 없습니다! 몸조리 잘하시고 어떻게든 병마와 싸워 이기셔야 합니다. 그때 손자가 결과를 보여드리겠습니다!"

강희가 말을 마치고는 다시 무릎을 꿇었다. 동시에 장만강을 불러 당부했다.

"태황태후께서는 풍한風寒에 걸리신 거니까 조용히 치료받으셔야 해. 또릿또릿한 궁녀 몇 명을 불러 시중들도록 하게. 외관外官들이 병문안을 오면 직접 뵙게 하지 말고 궁 밖에서 태황태후께서 계시는 방향으로 머리를 조아리면 되겠어!"

강희는 자녕궁을 나와 양심전으로 돌아오자마자 인삼탕 한 그릇을 마셨다. 그리고는 옥여의를 손에 쥐고 만지작거리면서 깊은 생각에 잠겼다. 이덕전이 노란 상자를 조심스레 안고 들어서는 것을 보고는 강희가 물었다.

"상서방 사람들은 다 들어갔는가? 별일 없지?"

이덕전은 한때 교만하기 이를 데 없었으나 삼하현에서 호되게 된통 혼이 난 다음부터는 많이 고분고분해졌다. 황급히 노란 상자를 내려놓고는 두 손을 공손히 앞으로 모은 채 대답했다.

"아뢰옵니다. 폐하! 상서방은 당직을 서는 웅사리만 빼고 다른 사람들은 다 집에 돌아갔사옵니다. 소인은 다른 얘기는 듣지 못했사옵니다. 그저 태황태후마마께서 옥체가 좀 불편하시니 명주의 쉰 살 생일잔치를 간소하게 치러야 한다고 웅사리가 말했사옵니다. 황제가 심기가 불편하면 신하의 수치라고 하면서 말이옵니다……"

"쉰 살 생일잔치라……. 오, 그렇군! 이제 생각났어! 태황태후마마의 건강은 그다지 걱정할 바가 아니야. 태황태후마마 때문에 생일잔치를 못해서야 되겠는가! 짐이 그의 생일날에 붓글씨를 선물하기로 했었어."

강희가 짐짓 밝은 표정으로 말했다. 그러더니 곧 책상 앞으로 다가가서 붓을 들었다. 이어 잠시 뭔가를 생각하더니 네 글자를 적어 이덕전에게 건네주었다.

"이걸 명주에게 전하게. 짐이 그날 갈 수는 없고, 사흘 동안 휴가를 준다고 말이야!"

강희는 이덕전이 나가기를 기다렸다가 궁전 밖으로 나왔다. 밖에서
는 무단이 지키고 서 있었다. 그가 무단의 어깨를 두드리면서 지시했다.
"상서방에 가서 웅사리를 불러오게. 짐이 밀유를 내릴 거라고 전하
게!"

명주의 50세 생일잔치는 성대하게 치러졌다. 그는 속된 말로 미꾸라
지가 용이 된 경우였다. 24세 때 거지 행색으로 밥을 빌어먹으면서 북
경으로 굴러들어 왔으니 그렇게 말해도 지나친 것은 아니었다. 더구나
그는 열붕점 문 앞에서 얼어 죽을 뻔했다가 운 좋게 궁중에 발을 들여
놓았다. 그가 30세가 되던 해는 오배를 제거하기 위해 긴박하게 움직이
던 시기였다. 때문에 그로서는 성대하게 생일잔치를 치를 수가 없었다.
그저 오차우와 위동정만 불러다 조촐하게 치러야 했다. 그의 40세 생일
때는 조정이 오삼계와의 목숨을 건 혈투를 한창 벌이던 시기였다. 강희
와 함께 밤을 새면서 전투상황에 대한 보고를 받느라 그만 깜빡 지나
쳐버렸다. 다행히 50세 생일 때는 천하에 별다른 일이 없었다. 성대하게
치러도 무방하다고 할 수 있었다.

그는 관직생활을 한 기간이 총 20여 년에 이르렀다. 그 기간 중에 재
상을 지낸 시기도 있었다. 무려 12년이었다. 그 사이 위로는 황제의 총
애를 받으면서, 밑으로는 수많은 문생門生들을 키워냈다. 그러한 그의 생
일잔치에 얼굴을 내밀고 싶어 하지 않는 사람은 없다고 해야 했다. 실제
로 청첩장을 수천 장이나 만들었으나 터무니없이 부족했다. 또 선물꾸
러미는 창고를 가득 메우고도 남아돌아 처지가 곤란할 지경이었다. 커
다란 정원도 예외는 아니었다. 사람들로 인산인해를 이뤘다. 가마 행렬
은 집 앞 골목에서부터 저만치 큰길까지 이어질 정도였다.

점심시간이 되자 잔치 분위기는 최고조에 달했다. 명주는 부인과 며느리, 수많은 하녀들과 함께 관원들과 그 가족들을 챙기느라 땀이 범벅이 된 채 돌아다녔다. 그러다 겨우 엉덩이를 붙이려고 할 때였다. 하인이 달려와 아뢰었다.

"색 중당, 웅 중당과 고상께서 도착하셨습니다. 어르신께서 영접하셔야겠습니다!"

명주는 너무나도 기쁜 나머지 벌떡 일어나 달려 나갔다. 생일잔치 같은 곳에는 아무리 잡아끌어도 나타나지 않는 웅사리가 왔다는 말을 들었으니 그럴 만했다. 편안한 복장을 한 세 사람은 벌써 명주 집의 두 번째 문을 들어서고 있었다. 명주가 공수를 하면서 반색했다.

"바쁜 와중에도 이렇게 와 주니 정말 고맙습니다. 곧 연회가 시작될 테니 잠시 윗방에 올라가 차라도 한잔 하고 계시죠!"

"원님 덕에 나팔을 분다더니, 명주 대인 덕분에 반나절은 쉴 수 있게 됐네요."

색액도가 허허 웃으면서 주위의 관원들과 아는 체를 했다. 이어 명주에게 말했다.

"그대는 사흘씩이나 쉬고 복이 터졌어요!"

웅사리도 동조하고 나섰다.

"쉰 살은 천명天命을 아는 나이라고 했어요!"

고사기도 지지 않았다. 부채를 부치면서 한마디 끼어들었다.

"우리는 달리 선물할 것이 마땅치 않아 입만 가지고 왔습니다. 저녁 때 폐하께서 부르실 텐데 빨리 먹고 가야죠. 그런데 폐하께서 하사하셨다는 서예 작품은 어디 있습니까?"

명주가 세 사람을 정당으로 안내하면서 대답했다.

"선물을 안 가져왔다고 누가 뭐라고 합니까? 나중에 나도 가서 한턱

배터지게 얻어먹으면 되는 거죠! 사실 이번에 폐하께서 이렇게 소중한 선물을 보내오시니, 나는 그저 성은에 깊이 감사할 따름이랍니다. 저기 정당 중앙에 걸어 놓지 않았습니까. 편액을 만들 시간이 없어 우선 그냥 걸어놓았어요."

세 사람은 명주의 말에 고개를 들어 앞으로 시선을 가져갔다. 강희 특유의 멋진 예서체가 눈에 확 들어왔다.

亮輔良弼
사리에 밝고 훌륭하게 보좌를 하는 사람

색액도와 웅사리는 강희의 힘이 넘치면서도 절제된 아름다움이 돋보이는 필체를 볼 때마다 늘 거의 환성에 가까운 소리를 지르고는 했다. 이번에도 예외가 아니었다. 찬탄을 금치 못하는 표정들이었다. 명주는 그러거나 말거나 와야 할 사람은 다 왔다고 생각했는지 집사를 향해 손뼉을 쳤다.

"시작하지!"

명주의 말이 떨어지기 무섭게 백여 개의 술상에서 천여 명의 관원들이 술잔을 부딪치면서 시끌벅적하게 음식을 먹기 시작했다. 배가 고팠는지 죽어라 요리를 집어먹는 사람이 있는가 하면, 처음부터 술을 단번에 털어 넣으면서 한바탕 술독에 빠질 작정을 하는 사람도 있었다. 또어떤 이들은 몇 사람씩 한데 모여 귀엣말을 하면서 낄낄대기도 했다. 술이 서너 순배 돌아가자 분위기는 더욱 무르익어 갔다. 명주는 결코 순탄하지 않았던 자신의 50세 생일을 축하해주기 위해 몰려든 천여 명의 관원들이 저마다 얼굴이 불그스레해진 채 웃고 떠드는 모습을 보자 절로 어깨가 으쓱해졌다. 술 주전자를 들고 다니면서 일일이 인사를 하고 술을 따라줬다. 앞으로도 계속 손잡고 잘해보자는 등등의 말을 건네는 것도 잊지 않았다.

명주가 분위기를 한껏 돋워보려는 심산에서 노래하는 기생들을 부르려고 할 때였다. 예상과 달리 색액도가 나서서 말렸다.

"그 사람들은 불러봤자 똑같은 장단에 식상한 노래밖에 더 하겠어요? 이 자리에 고사기, 이광지, 사신행, 서건학 등이 다 있잖아요. 하나같이 기분파들인데, 뭐가 부족해서 그런 사람들을 부르겠어요."

좌중의 사람들은 색액도의 말에 박수를 치면서 환호했다. 명주 역시 슬그머니 웃었다. 수긍한다는 얘기였다.

이광지가 우선 분위기에 떠밀리듯 나와서는 노래를 하는 건지 잠꼬대를 하는 건지 모를 노래를 겨우 한 곡조 불렀다. 그러자 고사기가 이광지의 목소리를 비웃는 내용으로 즉석 노랫말을 만들었다. 당연히 이광지가 발끈했다. 그 역시 고사기의 인간성을 비난하는 글을 만들어 읽었다. 명주는 노래하면서 즐긴다는 것이 두 사람의 비방전으로 격화될 것을 우려했는지 황급히 두 사람을 뜯어 말렸다. 이후로 좌중의 사람들은 노래보다는 글 실력을 겨루는 데 더 열중했다. 그때 밖에서 집사가 달려 들어오면서 아뢰었다.

"명상, 도찰원 어사이신 곽수 대인께서 오셨습니다!"

"어서 모셔라!"

명주가 반색을 하면서 자리에서 뛰쳐나가다시피 했다. 곧이어 신양神羊 무늬의 보자補子를 단 관복을 차려 입은 곽수가 모습을 나타냈다. 머리에는 보석이 반짝이는 정자頂子가 달린 모자를 쓰고 있었다. 그 모습이 꽤나 당당했다.

좌중의 사람들은 연회석에 잘 나타나지 않기로 소문난 곽수의 출현에 일순 동작을 멈추었다. 천여 명 관원들의 시선이 일제히 그에게 집중

되었다. 색액도와 고사기마저도 놀라운 광경을 목격했다는 듯 자신들도 모르게 자리에서 벌떡 일어났다.

"명상, 쉰 살 생일을 축하드립니다! 곽 아무개가 인사가 늦어 죄송합니다!"

곽수가 늠름하게 공수를 했다. 순간 명주의 뇌리에서는 그가 축하를 하기 위해서 온 것만은 아닐 것이라는 불길한 느낌이 스쳐 지나갔다. 지나치게 딱딱한 인사말과 당당하고 위엄 있는 표정 모두가 예사롭지 않았던 것이다. 그러나 명주는 황급히 허리를 굽히면서 맞절을 했다. 찜찜하기는 했으나 예의는 갖춰야 했다.

"무슨 그런 말씀을 다 하십니까! 어서 자리에 오르십시오. 지금 다들 하라는 노래는 안 하고 엉뚱하게 글 실력을 겨루느라고 열을 올리고 있습니다."

"그러면 더 잘 됐네요. 나도 끼워줬으면 합니다. 자신만만하게 쓴 글인데, 빛을 못 보지 않을까 걱정이니 내가 먼저 읽어보겠습니다. 군자는 덕으로 사람을 사랑하라고 했습니다. 명상을 높이 받들어 칭송한 내용이 아니더라도 원망하지는 말았으면 합니다!"

곽수가 좌중을 죽 한번 훑어보더니 소매 속에서 종이 몇 장을 꺼냈다. 이어 가벼운 기침을 하고는 목청을 가다듬은 채 읽어 내려가기 시작했다.

곽수가 파벌을 지어 정쟁을 일삼은 탐관오리, 좀벌레인 명주를 탄핵하기 위해 바치는 상주문:
소인 곽수는 무릎 꿇어 폐하께 이 상주문을 올립니다. 조정의 상서방 대신이자 영시위내대신, 태자태보인 명주는 강희 14년부터 조정의 정무에 관여해 온 이래 지속된 성은을 입었습니다. 조정의 중임을 떠맡고 조정 안팎의 기대를 한 몸에 모았다고 해도 과언이 아닙니다. 눈에 띄는 요직에 몸담고 있으면 특별히 근신하고 모범이 돼야 합니다. 그러나 그래야 할 사람이 검소함을 덕으로 민중을 자식처럼 사랑하기는커녕 오히려⋯⋯.

곽수가 명주의 50세 지천명 생일잔치에 찾아와 선물한 것은 그를 뒤집어엎겠다는 탄핵안이었다. 마른하늘에 날벼락도 유분수였다. 사람들은 저마다 넋이 나가 그 자리에 굳어진 채 아무 말도 하지 못했다.

51장
명주의 몰락

  곽수의 탄핵안은 명주를 혼비백산하게 만들기에 충분했다. 명주는 얼굴이 잿빛이 된 채 식은땀을 비 오듯 흘렸다. 두 다리에 힘이 쭉 빠져 당장이라도 주저앉고 싶었다. 그러나 명주는 무려 천여 명의 관원들이 바라보는 앞에서 이대로 망가지고 싶지는 않았다. 입을 앙다물며 탁자 모서리를 잡은 채 한참 진정을 취했다. 그러자 곧 터져버릴 것만 같던 가슴이 차츰 평정을 되찾아가고 있었다.

  색액도는 방금 곽수를 맞이하며 지었던 미소를 그대로 얼굴에 응고시킨 채 어쩔 줄 몰라 하고 있었다. 표정마저 놀라 얼어붙은 것이다. 물론 그에게도 명주를 탄핵하는 것은 꿈에서도 바라마지 않은 일이었다. 과거에는 곽수에게 넌지시 미끼를 던져보기도 했다. 하지만 그때 곽수는 웬일인지 딴청만 피웠다. 그런데 이런 자리에서 폭탄선언을 하다니! 그는 이럴 때는 어떻게 나서야 할지 판단할 수가 없었다. 그저 망연자실한 표정만 짓고 있을 뿐이었다.

하지만 고사기는 색액도와는 완전히 달랐다. 놀라지 않은 것은 아니었으나 그 와중에도 분명히 누군가가 곽수의 뒤를 봐주고 있다는 생각을 했다. 그렇지 않고서는 곽수가 결코 만만치 않은 상대인 명주를 이렇게 막무가내로 건드리지는 못할 것이라는 것이 그의 판단이었다. 그런데 자신은 이미 우성룡의 비밀 상주문을 보관하고 있지 않은가. 그렇다면 곽수가 이같은 행동을 보인 것을 어떻게 해석해야 하는가. 고사기로서는 두 사람이 보조를 맞췄다고 확신할 수밖에 없었다. 순간 그는 이 괴짜 어사가 자신마저 한 가마솥에 넣고 튀기려고 하는 게 아닐까 하는 걱정을 했다. 그때 곽수가 계속 탄핵안을 읽어 내려갔다.

……명주뿐만이 아니다. 그 일당인 고사기, 여국주, 왕홍서 등도 암암리에 결탁해 앞잡이 노릇을 톡톡히 해왔다. 이중 고사기는 출신이 비천해 걸식을 하면서 북경에 와서 암울한 나날을 보냈다. 그러던 중 그 재주를 높이 산 폐하의 성은에 힘입어 오늘날까지 왔다. 그러나 그는 배은망덕한 짓을 서슴지 않았다. 조정에 들어온 지 얼마 되지 않았는데도 독독督, 무무撫, 번번藩, 도道, 부附, 주州, 현縣의 지방관들과 조정의 힘없는 관원들로부터 천만 냥 단위의 뇌물을 받아 챙겼다. 고작 수십 냥의 녹봉이 전부인 가난한 유생이 어떻게 해서 불과 몇 년 만에 금은보화를 몇 수레씩이나 마련할 수 있었겠는가? 그것들이 전부 어디에서 나왔을까? 이 역시 명주의 일곱 번째 죄에 해당한다……. 명주와 고사기 등의 악당들은 승냥이 심보에 사갈蛇蝎의 마음을 가진 사악한 이들이다. 더 이상 용납할 수 없다. 그럼에도 권력을 무서워하는 자들은 겁이 나서 관망만 하고 있다. 또 아부하는 자들은 사실을 뻔히 알면서도 까밝히려 하지 않는다. 신하된 자로서 이럴 때 가만히 있는 것은 성은을 배반하는 것이다. 그러기에 나 곽수는 간 큰 도둑무리

를 잡아 나라에 기여하고 폐하의 성은에 미력이나마 보답하려고 한다. 그렇다면 정말 다행이라고 하겠다.

역시 드디어 걱정하던 일이 터져버렸다. 고사기는 가슴이 오그라드는 긴장감에 휩싸였다. 안색도 보기 흉할 정도로 창백해졌다. 그러나 그는 먼저 당한 '선배' 명주의 당당한 재상의 기량을 본받아 눈앞의 위기를 모면하기로 작정했다. 천여 명이 지켜보는 앞에서 무너지면 그런 탄핵안은 설사 이번에는 그냥 넘어간다고 해도 계속 빗발칠 것이 뻔했다. 그때가 되면 탄핵안에 깔려 죽을 수도 있었다. 고사기는 그 절박한 분위기 속에서 재빨리 웅사리를 쳐다봤다.

웅사리는 멍한 표정을 짓고 있었다. 긴장감에 두 손을 꼭 움켜잡고 있었다. 그는 속으로 가만히 생각을 정리해 보았다. 과연 곽수는 태황태후의 건강이 악화된 이 마당에 단순히 명주가 생일을 차려 먹는다는 것에 반감을 가지고 이러는 것일까?

사실 계획대로라면 이 자리에서는 웅사리가 먼저 나서야 했다. 모처럼 조정의 관원들이 거의 다 모인 자리에서 웅사리는 명주의 죄상을 낱낱이 까밝히려고 모의했던 것이다. 물론 자신이 직접 나서지 않고 제자인 어사 백명경白明經에게 모든 일을 시키려고 했다. 그런데 백명경은 찍소리도 하지 않고 앉아 있기만 했다. 결국 곽수가 선수를 쳤다. 그는 머리가 복잡했다. 그 와중에 '고사기까지 연루된 이번 사건을 폐하께서는 어떻게 생각하실까?' 하는 생각도 스쳐 지나갔다. 좌중의 사람들이 각자 저마다의 주판알을 계속 튕기고 있을 때, 곽수가 깨알같이 적은 몇 장 분량의 탄핵안을 다 읽은 다음 웃음을 지어 보였다.

"이 곽 아무개가 방금 말했습니다. 군자는 덕으로 사람을 사랑해야 한다고 말입니다. 그래, 명상은 이런 나의 행동에 대해 어떻게 생각하십니까?"

"그대의 용기에 탄복할 따름입니다."

명주는 이미 충격에서 헤어나 평상심을 많이 회복한 것처럼 보였다. 말을 마치고 돌아서서는 바로 술 한 잔을 따르면서 미소 짓는 얼굴로 덧붙였다.

"술 한 잔 건배하고 싶은데요?"

그러자 고사기도 빈 잔에 술을 따른 다음 자리에서 일어섰다.

"훌륭한 문장가의 문장을 안주로 한잔 하죠!"

"나는 원래 간이 배 밖에 나와 있는 사람이에요!"

곽수가 실눈을 뜬 채 아리송한 웃음을 지었다. 그러면서 술잔을 들어 냄새를 맡는가 싶더니 고사기와 술잔을 크게 부딪쳤다. 이어 바로 술잔을 바닥에 내동댕이쳐 박살을 내버렸다.

"백성들의 피비린내가 나서 마실 수가 없군!"

곽수가 야유를 보내면서 공수를 하고는 획 돌아섰다. 그리고는 눈이 등잔처럼 커진 사람들 틈을 헤치고 나갔다.

이렇게 해서 명주의 생일 술은 더 이상 마실 수 없게 됐다. 천여 명의 손님들은 곽수가 불러온 충격에서 한동안 헤어나지 못했다.

사람들은 곽수가 떠나간 지 한참 후에야 명주에게 위로의 말을 건넸다. 또 자기들끼리 모여 수군수군하다 서둘러 자리를 떴다. 웅사리가 억지로 웃음을 지어 보이면서 말했다.

"여기 앉아 이럴 것이 아니라 우리 어서 폐하의 성의聖意를 들으러 가자고요. 동생, 부디 고정하고 정신을 바짝 차리게. 나중에 정말 무슨 일이 있으면 우리가 도울 수 있는 데까지는 도울 테니까"

"고정하라고요? 이런 수치와 굴욕을 당하고도요? 더구나 앞으로는 목숨까지 내걸어야 할지 몰라요. 이런 마당에 어떻게 고정하라는 말입니까? 같이 가요. 나도 폐하를 뵈어야겠어요. 불려가기 전에 찾아가 벌을 달게 받는 것이 낫겠죠!"

명주가 갑자기 실성한 사람처럼 미친 듯 웃어댔다. 얼마 후 네 사람은 서화문에 이르렀다. 곧바로 당직을 서고 있던 소륜에게 황제를 만나 뵙기를 신청했다. 명령은 곧 내려졌다.

"명주는 아직 생일 휴가 중이니 가서 쉬도록 하라. 우선 나머지 세 사람만 들어오라."

명주는 서화문 밖에 서서 안으로 들어가는 세 사람의 뒷모습을 바라봤다. 갑자기 눈앞에 높디높은 장벽을 마주하고 있는 것 같은, 일종의 배신당한 느낌이 그를 사로잡았다. 이곳은 평소에 아무런 제한 없이 드나들었을 뿐 아니라 많을 때는 하루에도 서너 번씩이나 강희를 만나러 들어가던 곳이 아닌가. 그런데 이제는 영영 다시 들어가지 못할지도 모르는 곳이 되었다.

명주는 두려움에 온몸을 사시나무처럼 떨었다. 차가운 가을바람이 불어왔다. 그 바람은 낙엽을 휘감아 실성한 듯 서 있는 명주의 머리에 떨어뜨렸다. 그는 축 처진 후줄근한 모습으로 서 있는 자신의 긴 그림자를 멍하니 바라보다 그제야 자신이 관복과 모자도 쓰지 않은 채 집에서 입고 있던 복장 그대로 뛰쳐나왔다는 사실을 깨달았다.

'밀려 나오기를 잘했지, 이대로 들어갔더라면 아마 가관이었을 거야!'

명주는 그렇게 위안을 하면서 울퉁불퉁한 길을 터털터털 걸어 집으로 향했다. 마치 두터운 솜을 밟는 듯 걸음걸이가 그다지 온전치 못해 보였다. 가마를 타고 오는 것마저 까마득히 잊고 있었던 것이다.

그렇게 한참을 걸어 돌아온 집은 완전히 초상집을 방불케 했다. 수십 명의 하인들이 울상을 한 채 술상을 치우고 있었다. 한 무리의 희첩姬妾들을 거느리고 후당에서 넋이 나가 있던 명주의 처 역시 남편이 들어서는 모습을 보고는 황급히 자리에서 일어났다. 그러자 희첩들도 뒤따라 일제히 일어났다. 하지만 그들은 그에게 전할 마땅한 위로의 말을 찾지 못했다. 명주는 집안으로 들어서는 순간 이대로 주저앉을 수만은 없다는 생각을 했다. 가장으로서의 책임을 실감한 듯 어깨를 펴고 한결 힘이 느껴지는 목소리로 말했다.

"세상이 다 끝난 것처럼 다들 그런 표정 짓지 마. 내가 반드시 곽수에게 먹히라는 법이 어디 있냐고! 맥을 놓고 앉아 먹히기만을 기다릴 것이 아니라 방법을 강구해 봐야겠어. 우선 부인은 궁으로 들어가 우리 가문의 혜비마마를 만나라고! 태황태후마마를 만날 수 있다면 더 좋겠지만 말이야. 규서와 성덕 너희들도 친구들을 만나봐. 서건학과 함께 말이야. 단 하나 명심할 것은 누구를 만나든지 곽수를 욕하거나 인신공격을 해서는 절대로 안 돼. 오랫동안 일을 하다 보니 본의 아니게 실수해 누군가의 심기를 건드렸을 것이라고 말을 해. 또 지금 생각하니 후회막급이라고, 이제 그만 물러나겠다고 하더라는 식으로 말을 전하라고. 알겠느냐?"

"서건학은 찾아가지 않는 게 나아요."

여덟 번째 첩인 소일素日이 말했다. 평소에도 일처리가 똑 부러지는 그녀다운 말이었다. 그녀가 명주의 의아해하는 표정을 읽었다는 듯 덧붙였다.

"사람이 되다 만 자식이에요! 천여 명의 손님들이 다 가만히 있는데, 혼자 빠져 나와서는 하객 명단에서 자기 이름을 지워달라는 것 아니겠어요? 무슨 개수작을 부리는지 누가 모를까 봐요? 대인이 나중에 무슨 변을 당하게 되면 자기는 선을 긋겠다는 얘기밖에 더 돼요?"

명주는 소일의 말에 이마의 혈관이 푸들푸들 뛰는 것을 느꼈다. 그러나 바로 흥분과 화를 가라앉히고는 의자에 허물어지듯 주저앉았다. 이어 손짓으로 홍약지를 불렀다.

"전에 내가 홍승주에 대해 어쩌고저쩌고 했어. 그러나 나도 별로 잘 난 것은 없는 것 같아! 너만 불쌍하구나. 아직 폐하께서 부르시지 않는 것을 보니 혹시 무사히 지나갈지도 몰라. 하지만 정말 누구도 원치 않는 일이 발생한다고 해도 내가 너만은 우리 가문으로 인한 피해를 입지 않게 해줄 거야……."

명주는 말을 하다 말고 눈물을 주르륵 흘렸다.

"무슨 그런 말씀을 하십니까! 관직에 있는 사람이라면 이런 경우가 비일비재하지 않을까 합니다. 최악의 경우 모든 것을 다 버리고 툭툭 털고 일어나면 되지 않겠습니까? 저 역시 또다시 이 빠진 밥그릇을 들고 동냥을 한다고 해도 상관없습니다. 하지만 저는 살아서는 명씨 가문의 일원이 되고 죽어서도 역시 명씨 가문의 귀신이 되고 싶습니다!"

약지는 그다지 괴로워하는 것 같지는 않았다. 그녀의 당찬 그 한마디에 명주의 처첩들은 저마다 훌쩍거리면서 울음을 터뜨렸다.

"그만두지 못해? 내가 빨리 나가 뒈지라는 거야, 뭐야? 꺼져! 빨리 내가 말한 대로 각각 움직여!"

명주가 그예 침을 튕기면서 소리를 질렀다. 큰아들 규서는 아버지가 소식을 기다리다 못해 뜨거운 가마솥에 올라간 개미처럼 안절부절못하면서 방 안을 서성이고 있을 신시申時 무렵에 집으로 돌아왔다. 그리고는 황급히 말했다.

"아버지, 웅사리 대인이 황궁의 대내에서 나왔습니다. 제가 웅 대인 댁에서 오는 길입니다!"

"무슨 소식이 없느냐?"

명주에게 규서는 매일 글공부만 하는 책상물림인 성덕과는 많이 다른 아들이었다. 친구 사귀기를 좋아하고 인맥이 두터웠을 뿐만 아니라

발도 넓었다. 그는 색액도가 명주의 정적이라는 것을 모르지 않았다. 또 고사기도 제 코가 석자라는 사실을 알았다. 때문에 두 사람을 제치고 바로 웅사리를 찾아간 것이다. 정말 현명한 판단이 아닐 수 없었다.

"웅 대인이 그러더군요. 폐하께서 곽수의 탄핵안을 보시더니 웃으면서 한쪽으로 밀어놓으셨다고요. 그리고는 고사기를 주인 발뒤축을 문 개새 끼 욕하듯 했답니다……."

명주는 눈알을 굴리면서 규서가 한 말을 분석해 봤다. 이게 웬일이냐고 좋아서 팔짝 뛸 일이 아니었다. 그는 강희를 너무나 잘 알고 있었다. 욕을 했다는 것을 그 자체로 받아들이면 큰 오산이었다. 욕을 먹었다는 것은 꼭 나쁜 일만은 아니었다. 명주가 다시 물었다.

"고사기에게 어떤 벌이 내려졌다고 웅상이 말하지는 않았느냐?"

"벌은 없었다고 합니다. 오히려 끝에 가서는 고상을 칭찬하셨답니다. '짐은 고사기를 황궁으로 받아들이고부터 진정한 학문에 눈을 뜨기 시작했어. 비록 전장에서 이룬 공훈은 없으나 학문에 능한 것도 어찌 보면 공로라고 할 수 있어. 그러니 한 번의 실수로 모든 것을 무시해 버릴 수는 없어……' 뭐 이런 식으로 말씀하셨답니다."

명주는 그제야 조금은 마음이 놓이는 것 같았다. 고사기가 일단 무사하다면 자신의 결백함을 주장하기 위해서라도 앞장서서 명주를 잡아당겨줄 수도 있다고 생각한 것이다. 그가 다시 다그치듯 물었다.

"웅상이 이 애비에 대해서는 뭐라고 했느냐?"

"이번 생일잔치를 미루든지 당기든지 했어야 했답니다. 지금 태황태후마마께서 식음을 전폐하고 있기 때문에 폐하께서 밤낮으로 병상을 지키고 계시지 않습니까. 아마 이때 잔치를 벌인다고 하니, 곽수가 열을 받았을 것이 틀림없다고 했습니다. 모든 것이 며칠 안으로 결판이 날 테니, 너무 걱정하시지 말고 도움 되지 않는 일은 하지 말라고 했습니다."

명주는 웅사리의 말뜻이 너무 모호하다고 느꼈다. 오늘 대내로 들어가려다 쫓겨난 것은 어떻게 보면 최악의 징조라고 해야 했다. 그런데 어찌 걱정하지 않을 수 있겠는가! 또 '도움 안 되는 일'이라는 것은 도대체 무엇인가? 그러나 현재로서는 방법이 없었다. 속이 타서 재가 되더라도 기다리는 것만이 유일하게 할 일이었다. 그는 에라 모르겠다는 심산으로 벌렁 드러누워 팔베개를 하고 누웠다.

집안 식구들이 하나둘씩 돌아온 것은 주위가 어둑어둑해질 무렵이었다. 예상대로 그들은 별의별 얘기를 다 주워듣고 왔다. 그러나 실제 도움이 되는 것은 하나도 없었다. 부인도 입궁해 사촌 여동생인 혜비 납란씨를 만나보기는 했다. 그러나 그녀는 자신의 친정에 이런 일이 있다는 것조차도 모르고 있었다. 기가 막히고 환장할 노릇이었다. 그는 가족들에게서조차 일말의 도움이 될 만한 것을 건져내지 못했다고 느꼈는지 잠시 후에 이를 악문 채 명령을 내렸다.

"가마를 대라! 고사기의 집으로 가겠다!"

고사기는 강희로부터 욕을 바가지로 얻어먹고 나온 터였다. 그러나 그로서는 그게 오히려 속이 더 편했다. 그는 이 밤중에 명주가 찾아왔다는 말을 듣자마자 바로 손을 내저으면서 지시했다.

"잔다고 해! 일이 있으면 내일 찾아간다고 하고!"

그때 부인 방란이 황급히 나섰다.

"방금 당신이 말한 대로 명주 대인이 큰코다치게 생겼다면 강 건너 불구경 하듯 해서야 되겠어요? 사람들이 뒤에서 당신의 인간성을 비난한다고요!"

그러자 고사기가 웃으면서 대답했다.

"듣고 보니 그것도 그렇네. 명주는 그지없이 똑똑하다가도 이럴 때는 꼭 바보 같아. 한창 시끄러운 마당에 나를 찾아오면 어떻게 하라는 얘기야?"

방란은 고사기의 분통어린 말을 듣고서야 비로소 확실한 것을 깨달았다. 자기 남편도 이번 사건에 연루돼 있다는 사실을 말이다. 그런데 명주를 만나준다면 완전히 한통속이라는 것을 광고하는 것이나 다름이 없지 않겠는가? 그녀는 그런 생각이 들자 망설였다. 그러나 이미 생각을 정리한 고사기는 명주를 들여보내라고 지시했다. 고사기가 허리에 띠를 두르면서 응접실로 나가 보니, 명주는 앉은 채로 차를 마시고 있었다. 그가 고사기를 보고는 황급히 일어서서 공수를 했다.

"피곤해서 잠이 들었는데, 깨워서 황송하군요. 죄가 이만저만이 아닙니다!"

명주는 고사기가 여느 때와는 달리 '명상'이라는 호칭을 전혀 입에 올리지 않는다는 사실을 바로 간파했다. 그로서는 민감하게 반응할 수밖에 없었다. 그것은 일이 심상치 않게 전개되고 있음을 뜻했다. 그러나 그렇게 되자 명주는 오히려 용기가 났다. 애써 소탈하게 웃으면서 입을 열었다.

"이렇게 찾아왔기 때문에 자칫 고상에게 불이익을 가져다 줄 수도 있겠습니다. 그러나 나는 어디까지나 하늘이 무너지면 머리에 이는 시늉이라도 하는 사나이대장부입니다. 내가 저지른 것은 내가 끝까지 책임질 거예요. 그러니 고상도 너무 두려워할 것은 없어요!"

고사기는 명주의 말을 듣자 갑자기 창피한 마음이 들었다. 자신의 속이 좁았다는 사실에 고개가 절로 숙여졌다. 그는 평소 명주를 우습게 봐 온 감이 없지 않았다. 그러나 이제 다시 보니 참으로 남자다운 면이 있었다. 확실히 그리 무지막지한 인간은 아닌 것 같았다. 고사기가 거기까지 생각하고는 입을 열었다.

"대인이 두려울 것이 없다고 하는데, 내가 왜 무서워하겠습니까? 그러나……."

"뭡니까? 할 말이 있으면 내 기분 같은 것은 배려하지 않아도 좋아요!"

명주가 눈꺼풀을 치켜뜨면서 말했다.

"작은 문제가 아닌지라……, 만반의 준비를 하고 있는 것이 좋을 듯하네요."

고사기가 잠시 머뭇거리더니 짧게 본론을 말했다. 명주는 최악의 경우를 대비하지 않은 것은 아니었다. 그러나 고사기의 입에서 진짜 그런 말이 나오자 가슴이 철렁하지 않을 수 없었다. 그가 불안에 떠는 표정을 짓더니 자리를 고쳐 앉았다.

"그게…… 폐하의 뜻입니까?"

고사기가 말없이 머리를 끄덕였다. 그런 다음 구체적으로 설명을 해주었다.

"폐하께서 명상에 대해 일언반구도 없으시다는 것은 대단히 불길한 징조입니다. 아직 확실한 것은 모르겠으나 우성룡도 이미 이런 내용의 탄핵안을 낸 것으로 알고 있어요. 또 이광지, 서건학, 진원룡陳元龍, 하해何楷 등도 지금쯤이면 상주문을 다 만들었을 거예요. 한림원과 도찰원, 그리고 육부에서도 움직임이 일고 있는 실정이에요. 우성룡은 명상뿐만 아니라 근보와 진황마저도 가만히 놔두지 않았어요. 여러모로 볼 때…… 명공, 각오해야겠습니다!"

명주는 갈수록 긴장이 되었다. 손바닥은 온통 땀으로 젖어 있었다. 얼마 후 그가 엄습해오는 두려움을 억지로 누르면서 물었다.

"아무튼 고맙습니다. 그런데 만회해볼 여지가 전혀 없을까요? 내가 죄를 인정하고 물러나는 것은 어떨까요?"

"글쎄요……. 모든 것을 하늘에 맡기는 수밖에는 없겠죠……."

고사기가 머리를 저으면서 한숨을 내쉬었다. 명주는 더욱 절망감에 휩싸였다. 그야말로 온몸의 피가 거꾸로 솟는 것 같았다. 그가 곧 자리에서 일어나면서 말했다.

"예나 지금이나 토사구팽은 여전한 것 같습니다. 그래봤자 두 번이야 죽겠소이까? 실례가 많았소!"

"잠깐만! 내 말을 마저 듣고 가세요!"

고사기가 명주를 불러 세웠다. 그의 오기에 깊이 감동을 받았던 것이다. 명주가 멈춰 섰다.

"명상은 《진서》晉書를 읽어봤습니까?"

고사기가 물었다.

"아니오."

"서진西晉 때 석숭石崇이라는 백만장자가 살았었습니다."

"석숭에 대해서는 들은 바가 있어요."

"하지만 자세히는 모를 걸요? 그가 사형장에 끌려가면서 하늘을 향해 긴 한숨을 토해내면서 이렇게 말했어요. '소인배들이 내 재산을 빼앗으려고 한다!'고 말입니다. 그러자 집행관이 '그것을 알고 있는 사람이 왜 진작 재산을 분산시키지 않았소?'라고 말하더래요."

고사기가 냉정하게 말했다. 명주가 그 말을 듣고 나더니 바로 깊은 생각에 잠겼다. 그러다 천천히 입을 열었다.

"일리가 있는 말입니다. 하지만 이번에는 이 문제만 있는 것이 아닙니다. 색액도가 나를 함정에 빠트리려고 작정을 했기 때문이에요!"

고사기가 바로 맞장구를 쳤다.

"명상, 귀신이 다 됐군요. 내가 그 얘기를 하려던 참이었습니다. 그러나 이번 일은 색액도가 계략을 꾸민 것이 아닙니다. 폐하께서 직접 미끼를 던진 거예요! 오히려 색액도는 명상을 도울 수 있을지도 몰라요!"

명주가 의아스럽다는 표정을 지은 채 고사기를 바라봤다. 결코 농담 같지는 않았다. 그러나 명주는 다른 사람도 아닌 색액도가 자신을 도울 수 있다는 얘기가 아무래도 믿기지 않는지 정색을 했다.

"설마 그런 기상천외한 일이 있겠어요?"

그러자 고사기가 물었다.

"명상의 친구들 중에 겉으로는 색액도와 죽이 맞아 돌아가나 뒤로는 대인 편인 사람이 없습니까?"

"있어요!"

명주가 추호의 주저함도 없이 대답했다. 그러나 이름은 대지 않았다.

"그러면 됐어요! 누군지는 모르겠으나 그 친구에게 이참에 두 팔을 걷어붙이고 명상을 탄핵하도록 작전을 짜요. 중요한 것은 뇌물을 받은 대목은 빼고 사악한 무리들과 어울려 태자를 해치려 들었다는 내용을 골자로 하는 탄핵안을 만들어 제출하도록 하세요. 나라의 기반을 뿌리째 흔들려고 시도했다는 등의 얘기도 넣고요. 그것이 곧 명상을 살리는 길이 될 겁니다!"

말을 마친 고사기는 껄껄 웃었다. 명주는 크게 놀랐다. 그렇지 않아도 주위의 반응이 살벌한 판에 스스로 자기 눈을 찌르라는 얘기였으니 말이다.

"설마 나에게 섶을 지고 불구덩이로 뛰어들라는 얘기는 아니겠죠?"

고사기가 흥분한 명주의 말에는 개의치 않고 느릿느릿 차를 한 모금 마셨다. 그러더니 그윽한 눈빛으로 명주를 바라보았다.

"명상이 책을 읽기 싫어한다더니, 거짓말은 아닌 것 같군요. 그러니 사태 파악을 전혀 못하죠. 폐하께서는 영명하시고 모략에 능합니다. 결단을 내리실 때는 과감하신 것도 사실입니다. 하지만 너무 앞서가는 부분이 있어요. 그런 나머지 넘겨 짚는 경우가 많고 의심이 지나칠 때도 있어요. 지금은 사람들이 하나같이 비슷한 내용의 탄핵안을 우려먹는 것에 불과해요. 뇌물 받은 것, 자기 사람 많이 끌어들인 것, 뭐 이런 것 아니겠어요? 이럴 때 명상의 친구가 나서서 초점을 파벌을 조성했다는 쪽으로 맞춰버리는 거예요. 그러면 이 사건은 곧 색액도 당과 명주 당의 당파싸움 성격을 띠게 됩니다. 색액도 당이 명주 당을 삼켜버리려고 들고 일어난 것밖에는 안 될 것이라는 말이죠. 생각해 보세요. 폐하께서 조정에 당파가 생겼다는 사실을 용납할 수 있겠어요? 더군다나 자기네들끼리 물고 뜯고 하면서 기강을 무너뜨린다는 것은 상상도 할 수 없는 일이죠."

고사기가 의미심장한 표정을 지었다. 명주는 마치 저 하늘 어딘가에서 들려오는 복음의 소리를 듣는 것만 같았다. 분명히 가능성이 있었다. 자신이 살아남을 수 있는 방법이기도 한 것 같았다. 그가 한참이나 얼떨떨한 표정으로 고사기를 쳐다보다 흥분한 어조로 목소리를 높였다.

"야, 역시 고상입니다! 나 명주, 대인한테 두 손 두 발 다 들었어요! 이번 고비만 무사히 넘기면 나는 어디 은둔하면서 영원히 정치와는 인연을 끊을 거예요!"

명주가 말을 마치자마자 황급히 자리를 떴다. 어서 빨리 이 기가 막힌 묘안을 실행에 옮기기 위해 서둘러야 했던 것이다.

하지만 한발 늦어버렸다. 고사기가 권유한 행동을 명주가 실행에 옮기기도 전에 비극은 찾아왔다. 다음 날, 명주가 재산명세서를 적당하게 짜느라 머리를 싸매고 있을 때였다. 하인이 들어와 아뢰었다.

"어르신, 밖에 손님이 와 계십니다."

"누군가?"

명주가 엉거주춤 일어서면서 물었다.

"웅 대인과 내무부의 하계주 대인입니다. 또 나머지 두 명은 잘 모르 겠습니다."

"어서 안으로 모셔라!"

명주가 황급히 마중을 나갔다. 태자를 필두로 넷째 황자 윤진과 웅사 리가 양 옆에 서서 걸어 들어오는 모습이 보였다. 안내는 하계주가 맡 고 있었다. 명주가 황급히 몇 발자국 옮기고는 무릎을 꿇으며 머리를 조아렸다.

"소인 명주가 삼가 태자 전하의 안녕을 비옵니다. 넷째 황자마마께도 인사 올립니다!"

넷째 황자 윤진에게 눈앞의 장면은 사실 처음 경험하는 광경이었다. 아무래도 쑥스러워 할 수밖에 없었다. 발밑에 누군가가 엎드려 머리를 조아린다는 사실이 어색한 듯 태자를 쳐다보았다. 그러나 태자는 몇 년 동안 강희가 북경을 비울 때마다 조정의 업무를 봐 온 경험이 있었다. 때문에 이제는 눈앞의 장면 같은 것에는 익숙해져 있었다. 그는 명주의 인사가 끝나자 웅사리를 힐끗 쳐다보고는 미소를 지었다.

"스승님의 일이시고, 우리 둘은 들러리로 왔습니다. 어떻게 할지 스승 님께서 결정하십시오!"

명주는 인사가 끝났는데도 일어나라는 소리를 듣지 못했다. 그렇다고 다른 명령이 있는 것도 아니었다. 그저 자신을 한쪽에 방치해두고 있다 는 생각이 들었다. 황당했으나 어쩔 수는 없었다. 웅사리는 명주와 그 다지 깊게 사귄 사이는 아니었다. 그러나 강산이 두 번 바뀌는 세월 동 안 같이 일해 왔다. 명주의 남다른 비상함은 외모에서 잘 나타났다. 그 런데, 그런 그가 하루 이틀 사이에 10년은 더 나이가 들어 보일 정도로 초췌해져 있었다. 웅사리는 모든 것을 떠나서 그 사실에 인간적인 연민을 느꼈다. 그러나 일은 일이었다. 그가 한 발 앞으로 나서면서 명령을 받은 대로 천천히 말했다.

"명령이다! 태자 윤잉, 패륵 윤진, 상서방 대신 웅사리는 명주의 재산을 조사하라!"

명주는 웅사리의 큰 소리에 마치 다리의 힘줄이 빠진 것처럼 휘청거렸다. 금방이라도 허물어질 것 같았다. 그러나 그는 겨우 몸을 추스른 채 머리를 조아렸다. 곧이어 떨리는 목소리로 입을 열었다.

"소인, 명을 달게 받겠사옵니다. 천은天恩에…… 머리 숙여 감사드리옵니다!"

사실 명주가 명을 받아 행동에 옮길 필요도 없었다. 이미 이때 내무부의 선박영에서 따라온 병사들이 그의 집 대문을 철저하게 봉한 뒤였으니까. 형부와 신형사慎刑司에서 나온 사람들은 모두 하계주의 입만 쳐다보고 있었다.

하계주는 당장 수색명령을 내려야 한다는 사실을 모르지 않았다. 하지만 그의 마음 역시 얽힌 실타래처럼 복잡했다. 26년 동안 같이 일을 해오면서 이를 갈면서 미워한 적도 많으나 열붕점 문 앞에서 죽어가는 명주의 목숨을 살려줬던 그가 아니던가. 한마디로 미운 정 고운 정 떠나 씁쓸한 마음을 주체할 수가 없었던 것이다. 그는 물론 음험하고 간사하기로는 여우 빰치는 명주가 오차우, 주배공, 이광지 등 여러 사람에게 병 주고 약 주고 하면서 진을 빼는 모습을 먼발치에서 지켜보고는 안타까움에 이를 갈기도 했다. 그러나 그는 명주에게 오늘 같은 날이 올 줄은 정말 몰랐다. 하늘의 조화가 무섭기는 무서웠다.

하계주는 어색한 웃음을 지으면서 명주에게 다가갔다. 이어 한쪽 무릎을 꿇었다.

"명상, 용서하십시오! 명령을 받들고 집행하기 위해 온 몸이라 어쩔 수 없이 실례를 해야겠습니다!"

말을 마친 하계주가 곧 머리를 들어 큰 소리로 외쳤다.

"여봐라!"

"예!"

대기 중이던 사람들이 일제히 대답했다.

"먼저 장부가 있는 방부터 봉하라!"

하계주가 잠시 머뭇거리다 다시 말을 이었다.

"방 몇 개를 비워 가족들을 모두 그쪽에 모이게 하라. 그런 다음 재산을 꼼꼼히 점검하라. 일을 잘하면 태자마마께서 나중에 상을 내리실 것이다. 하지만 혹시라도 뭐 하나 안주머니에 집어넣었다가 들통이 나는 날에는 국물도 없을 줄 알아라. 신형사에서 나온 사람들이 두 눈을 부릅뜨고 지키고 있다. 알겠는가?"

"예!"

"잠깐만!"

그 순간 넷째 황자 윤진이 손을 들어 잠깐 기다리라는 시늉을 했다. 그리고는 명주를 일으켜 세웠다.

"명상, 그만 일어나시오. 재산을 점검하는 외에 다른 것은 없으니까 그리 놀랄 것은 없소. 단, 한 가지 묻고 싶은 것이 있소. 명상이 아들들과 같이 사는지의 여부요. 같이 사시오, 아니면 분가했소?"

명주가 기진맥진한 듯 겨우 땅바닥에서 일어섰다. 이어 바싹 마른 입술을 실룩이면서 대답했다.

"넷째 황자마마께 아뢰옵니다. 소인의 큰아들 규서는 이 년 전 분가했습니다. 둘째 성덕은 작년에 막 결혼식을 올려 아직은 분가하지 않고 있습니다."

웅사리가 두 명의 황자와 시선을 교환한 다음 끼어들었다.

"규서와 성덕은 모두 시위로서 신분이 있는 사람들입니다. 폐하께서는 명주의 재산만을 조사하라고 하셨기에 다소 구분을 지어야겠습니다."

넷째 황자는 평소 성덕과 친한 사이였다. 반면 후덕한 멋이 없는 규서에게는 좋은 인상을 가지고 있지 않았다. 윤진은 웅사리가 그렇게 말하자 새카만 눈동자를 깜빡이면서 한참 생각하다 태자에게 말했다.

"아우인 저의 생각에는 스승님의 말씀에 일리가 있는 것 같습니다. 태자 형님께서 이들 부자간의 재산을 구분해 성덕의 재산에 대해서는 조사를 면해주는 것이 어떨까 합니다."

태자는 평소 명주 일가를 탐탁지 않게 여겨왔던 터였다. 때문에 추호의 양보도 하고 싶지 않았다. 하지만 동생과 스승의 체면을 배려하지 않을 수가 없었다. 그가 넷째 황자와 웅사리를 향해 머리를 끄덕였다.

그와 동시에 수백 명의 사람들이 일제히 움직이기 시작했다. 그들은 명주의 가족들을 한쪽으로 모이게 하느라 소리소리 질러대는가 하면 방마다 딱지를 붙이고는 궤짝을 전부 열어젖히기 시작했다. 삽시간에 궁궐 같던 명주의 집은 아수라장이 됐다. 여기저기에서 아우성과 울음소리가 진동했다.

52장

토사구팽 兎死狗烹

근보에 대한 체포령은 열흘 후에 청강에 도착했다. 때는 낙마호의 중하中河(황하 중류) 물길이 개통되어 물을 끌어들이기 시작한 날이었다. 청강 하독부는 텅텅 비어 있었다. 전부 축하행사가 벌어지는 현장으로 달려간 것이다. 중하의 물길 공사는 운하가 탄생한 이후 역사상 가장 큰 공정이었다. 무엇보다 황하를 따라 180리나 되는 하안河岸에 10만 명에 이르는 민공民工들이 동원됐다. 또 장장 5년여에 걸쳐 헤아릴 수도 없을 만큼의 거금이 투입됐다. 근보가 목숨을 걸고 이룩한 공정이었다. 그동안 그와 참모들인 진황, 봉지인, 팽학인 등은 수많은 날을 밤낮 없이 헤매고 다녔던 터였다. 때문에 저마다 가슴속을 지그시 누르고 있던 바위를 깨버린 듯 홀가분한 기분이었다. 실제로도 모두들 희색이 만면했다. 청강 일대 백성들 역시 유례없는 관심을 기울였다. 늘 따라 다니며 현장으로 따스한 차 한 잔씩을 가져다 주면서 힘을 실어주던 황 노인과 그의 아들도 함께 준공 현장에 모습을 드러냈다. 진황이 사람들을 비집고 두 사람에게 다가가 반가움을 표했다.

"노인장, 오래간만이네요. 어떡하죠? 이제부터 그 맛있는 차를 못 마시게 됐으니 말입니다!"

"진 어른이시군요! 우리 부자는 몇 년 동안 치수 사업에 참여해 번 돈으로 장사나 해볼까 합니다. 낙마호에서 도자기를 가져와서 남경에서 팔려고요. 중하의 물길이 열리니 굳이 황하로 갈 필요도 없어요. 참 편리하게 됐어요. 이 모든 것이 근 어른과 진 어른의 공로 덕분이 아니겠어요?"

황 노인이 반색을 했다. 진황은 원래 공사로 확보한 둔전을 떠올리면서 왜 농사짓기를 포기했느냐고 물으려고 했다. 그러다 하려던 말을 황급히 도로 삼켜버렸다.

"도자기 장사도 벌이는 그럭저럭 괜찮을 거예요."

그러자 옆에 있던 노인의 아들이 냉소를 흘리면서 한마디 던졌다.

"과거 물속에 잠겨 있던 땅을 돌려준다면 농사꾼이 농사나 짓지 그 짓을 왜 하겠어요!"

진황은 순간 말문이 막혔다. 틀린 말이 아니었으니 창피하기도 했다. 다행히 저편 상류에서 폭죽소리가 진동하는 바람에 난감한 장면은 이어지지 않았다. 그는 일부러 황하의 수면으로 시선을 던졌다. 얼마 후 그 중하의 물길이 개통됐다. 동시에 황하의 수문이 열렸다. 싯누런 황하의 물은 파죽지세로 중하로 흘러들기 시작했다. 언덕 위에 서서 이 가슴 떨리는 역사적인 순간을 지켜보던 민공들과 백성들은 저마다 모자와 흙을 지고 나르던 소쿠리를 공중으로 던졌다. 상기된 얼굴을 한 채 마치 어린아이처럼 기뻐했다. '황제 폐하 만세! 아미타불!' 외치는 소리가 여기저기에서 터져 나왔다. 한바탕 격앙된 분위기는 지속됐다.

근보와 진황의 감동은 뭐라 형언할 수 없을 정도였다. 근보는 서서히 물이 차오르는 중하의 물길을 눈 한 번 깜빡이지 않은 채 주시했다. 가슴이 세차게 뛰고 있었다. 그가 감개무량한 표정으로 중하를 바라보면서 눈시울이 붉어져 있는 진황의 손을 으스러지게 잡았다.

"모두 그대 덕분이오! 또 봉지인, 팽학인 등이 같이 노력해 줬기 때문에 오늘날이 온 거라고! 십 년 동안 고생한 보람이 있어. 내가 폐하께 상주문을 올려 반드시 그대들의 몫을 챙겨줄 것이오!"

"저는 관직이 싫습니다!"

진황은 근보의 기대와는 전혀 다른 말을 단호하게 토해냈다. 강바람에 두루마기 자락을 높이 날리면서 그렇게 의지를 다진 것이다. 그는 황하에서 자신의 청춘과 정열을 불살랐다. 피와 땀을 흘려 거대한 성과도 이룩했다. 그러나 이상하게도 별반 기쁨을 느끼지 못했다. 그보다는 오히려 일말의 허망함이 가슴을 스치고 지나갔다. 또 웬일인지 가슴 벅찬 그 순간에 느닷없이 아수의 얼굴이 떠올랐다. 이젠 나이 먹은 홀아비로 돌아가야 할 자신의 처지가 새삼 쓸쓸했던 것이다. 진황이 감동과 안타까움이 교차하는 마음을 뒤로 한 채 한숨을 내쉬면서 입을 열었다.

"그동안 쓰다 만 《하방술요》河防述要가 먼지 속에 파묻혀 있습니다. 이제 돌아가서 다시 집어 들어야 할 것 같습니다. 그렇지 않으면 나중에라도 후회할 것 같아요!"

진황은 갑자기 한 줄기 눈물이 두 뺨을 타고 흘러내리는 것을 주체하지 못했다. 황하의 물줄기가 중하로 흘러드는 순간부터, 아수의 얼굴이 그 위로 겹쳐지는 순간부터 말 못할 감정의 소용돌이 속에 빠져 기어코 마음을 다스리지 못한 것이다. 그는 황급히 돌아서서 소맷자락으로 눈물을 쓱 문지르고는 아무렇지도 않은 듯 사람들이 환호작약하는 현장으로 달려가 함께 어울렸다.

마침 그때 아역 한 사람이 말을 몰고 달려왔다. 이어 거친 숨을 몰아쉬면서 아뢰었다.

"근 대인, 북경에서 이상아 상서께서 도착하셨습니다. 급하시다면서 이쪽으로 오고 계십니다."

"무슨 일이라고 말은 하지 않던가?"

근보가 흠칫 놀라서 물었다.

"폐하의 지의旨意가 있다고 했을 뿐입니다."

아역이 상투적인 어조로 대답했다. 근보는 아역의 말에 따라 언덕길에 눈길을 줬다. 아나나 다를까, 노란 덮개를 펄럭이면서 8인 가마가 가까이 다가오고 있었다. 그는 옷매무새를 단정히 하고는 흠차를 맞을 준비를 했다. 그러면서 고개를 돌려 진황에게 말했다.

"중하의 개통을 축하해 주라는 폐하의 지의가 계신 것이 틀림없소. 그대는 관직이 싫다고 했으나 그것도 마음대로는 되지 않는다오!"

그 사이 가마가 도착했다. 이상아가 허리를 굽히면서 가마에서 내렸다. 근처에 있던 백성들이 한쪽으로 물러섰다. 그 사이로 이상아가 엄숙한 표정으로 다가왔다.

"근보는 명을 받으라!"

이상아가 잠시 후 큰 소리로 외쳤다.

"소인 근보가 성유를 경청하옵니다."

근보가 아문의 관원들을 거느리고 무릎을 꿇었다. 그런데 분위기가 영 이상했다. 아무래도 이상아의 얼굴이 은조恩詔를 내리러 온 얼굴이 아닌 것 같았다. 근보가 어리둥절한 표정을 한 채 예를 갖추었다.

"삼가 폐하의 안녕을 비옵니다!"

"폐하께서는 옥체가 만강하시다!"

이상아가 귀찮다는 듯 대답했다. 이어 큰 소리로 덧붙였다.

"근보에게 묻는다. 치수 사업으로 얻은 사만 경頃의 둔전 가운데에는 주인 있는 땅이 얼마나 되는가? 그대가 하하下河(황하 하류)의 제방 폭을 좁히면 바닷물이 역류하는 것을 막을 수 있다고 했음에도 그 현상은 여전하니 어찌 된 일인가? 근보는 지의에 확실히 대답하라!"

이상아는 축하하기는커녕 느닷없이 찬물을 끼얹는 말을 하고 있었다. 근보는 그 바람에 잠시 어리둥절한 표정을 짓다가 분위기가 예사롭지 않다는 사실을 바로 느꼈다. 그는 이상아를 한참 뚫어지게 쳐다보았다. 그럼에도 침을 꿀꺽 삼키고 무릎을 꿇은 채 대답해야 했다.

"둔전 중 약 삼분의 일 가량은 원래 주인이 있사옵니다. 잠시 둔전으로 사용해 치수에 필요한 자금을 확보하는 중이옵니다. 곧 원래 주인에게 돌려줄 예정으로 있사옵니다. 바닷물이 역류하는 것은 아직 그 공정이 마무리가 다 안 됐기 때문이옵니다. 그러나 크게 개선된 것은 사실이옵니다. 소인이 완벽하게 마무리를 지어 내년에는 이런 일이 없도록 하겠사옵니다……."

이상아가 가볍게 머리를 끄덕였다.

"성지가 계셨다. 근보는 강희 십구 년 여름 명주에게 빙경冰敬(여름철에 지방관들이 북경의 관리들에게 바치는 은. 떡값에 해당) 이만 냥을 줬다고 하는데, 사실인가? 그 많은 돈이 도대체 어디에서 난 것인가? 솔직히 실토하지 않으면 그 죄를 감당하기 어려울 것이다!"

처음 질문은 그렇다 칠 수 있었다. 하지만 두 번째 질문은 완전히 마른하늘에 날벼락이라고 해도 좋았다. 근보는 순간적으로 얼굴이 노랗게 변했다. 당시 명주의 문생 한 명이 국고에 손을 댄 사실 때문에 곤욕을 치를 뻔한 적이 있었다. 그때 근보는 딱한 사정을 호소하는 명주의 편지를 받고 팽학인 등과 상의한 끝에 치수 예산에서 2만 냥을 빌려줬다. 당연히 오해를 살 것 같아 부담스럽기는 했다. 그런데 강희가 어떻게 알았는지 그에 대해 물어온 것이다. 근보는 꽝, 꽝 울리는 천둥소리에 놀란 사람처럼 당황하면서 머리를 조아리며 사실의 자초지종을 들려줬다.

"음, 근 공! 그대는 밖에 있으니까 조정에 무슨 일이 있었는지 잘 모를 수도 있어요. 지난 구월 팔일 명주의 집이 수색을 당했어요. 사건에 연루된 사람이 한둘이 아니에요. 그 중에는 그대도 포함돼 있어요. 그러니 폐하께서 관심을 가지실 수밖에요. 여기 도착해서 보니까 치수 공사는 이미 성황리에 마친 것 같네요. 공로는 공로대로 인정하더라도 실수는 지적해야 되지 않겠어요? 폐하께서는 현명하신 분이시니까 그대의 공로를 말살하시는 일은 없을 거예요. 방금 그대가 한 답변들은 나를 따라 북경으로 가서 폐하를 만나 뵙고 다시 말씀을 올리도록 하세요. 하지만 둔전 문제나 바닷물이 역류하는 문제 모두 그대가 도둑을 인재로 알고 기용했기 때문이에요. 근 공은 즉각 그 도둑을 쫓아내야겠어요. 본 흠차가 북경으로 돌아가 적절하게 보고를 올릴 테니까 걱정하지 말고 일처리를 깨끗하게 하도록 하세요."

이상아가 알겠다는 듯 의자에 앉더니 한결 부드러워진 표정에 웃음기까지 지어 보였다. 순간 근보는 화가 치민 나머지 멍해지고 말았다. 한참 후에야 그가 떨떠름한 표정으로 물었다.

"누가 도둑이라는 말입니까?"

"진황!"

이상아가 거침없이 말을 이었다.

"둔전 이용을 제안한 사람이 바로 이자가 아닙니까? 백성들을 병들게 하고 나라를 갉아먹는 좀벌레, 소인배 같으니라고! 유식한 소인배는 무식한 군자보다 못해!"

근보는 순식간에 얼굴이 하얗게 변했다. 이마의 혈관이 무섭게 불거졌다. 그가 입술을 터지도록 깨물더니 어처구니없다는 식으로 냉소를 흘렸다.

"흠차께서는 잘못 알고 계십니다. 모든 것은 제가 계획하고 이끌어 왔습니다. 저에게 죄를 물어주십시오!"

그러자 옆에 있던 팽학인이 가슴을 쭉 펴고 나섰다.

"흠차 대인, 이 일은 근 대인과 진황에게는 책임이 없습니다. 모든 것은 제가 주장한 것입니다!"

이번에는 봉지인마저 거들고 나섰다.

"진황은 추호의 과실도 없습니다. 저희는 결코 흠차 대인의 주장에 수긍할 수가 없습니다!"

팽학인은 관직에 오래 몸 담은 노련한 관리였다. 때문에 누구에게 큰소리를 치면서 항변하는 것이 크게 이상할 것이 없었다. 그러나 봉지인은 달랐다. 큰소리는커녕 누구에게 반대 의견을 말하는 것조차 두려워했다. 근보는 그런 그조차 선뜻 나서서 진실을 말해주고 있다는 사실에 신선한 충격을 받았다. 그때 한 발 뒤에서 묵묵히 지켜보고 있던 진황이 담담한 웃음을 지으면서 천천히 입을 열었다.

"근 대인과 두 분의 마음 씀씀이가 눈물겹도록 고맙습니다. 하지만 저는 치수를 성공리에 마쳤다는 것만으로도 충분히 행복한 사람입니다. 게다가 타고 나길 관직에 몸 담을 체질이 아니기도 합니다. 또 미관말직에라도 오르지 않으면 몸이 가볍다는 말을 믿는 사람입니다. 그러니 제 걱정은 하지 말아 주십시오. 저는 집에 돌아가서 책이나 쓰면서 좋아하는 일에 매달리려고 합니다!"

"소인배들이 파벌을 만들면 뿌리가 깊고 곁가지가 많은 법이라고 폐하께서 늘 말씀하시더니, 과연 그렇구먼! 아무려나 의리 한번 끝내주는 사람들이로군요! 어디 폐하의 면전에서도 그렇게 당당할 수 있나 보겠소이다. 근보 대인은 아문으로 돌아가서 일을 마무리 짓고 뒤따라오도록 하세요. 나는 지금 이 세 사람을 데리고 먼저 떠나겠습니다!"

이상아가 냉소를 터트렸다. 이어 가볍게 손짓을 해서 명령을 내렸다. 세 사람의 손에는 무거운 족쇄가 채워졌다. 곧이어 그들은 배 위로 거칠게 떠밀려 올려졌다. 이상아는 배가 떠날 무렵 근보를 향해 읍을 하면서 말했다.

"근보 대인, 잘 지내세요. 북경에서 만나면 한잔 시원하게 내겠소이다. 곧 새로운 하독이 올 겁니다. 우성룡이 될 가능성이 커요!"

근보는 순간 귀가 멍해지면서 정신이 아찔했다. 결국은 이렇게 하독 자리에서도 밀려난다는 말인가?

배가 서서히 움직이기 시작했다. 수만 명의 백성들은 방금 전까지만 해도 치수의 성공을 축하했다. 그러나 지금은 바로 그런 자리에서 자신들이 영웅으로 받드는 세 명의 치수 인재들을 족쇄 채운 채로 떠나보내지 않으면 안 됐다. 그들은 가슴이 찢어지는 아픔에 저마다 눈물을 흘리면서 손을 흔들었다. 누군가가 "진 하백, 반드시 돌아와야 합니다"라고 비통한 어조로 말하고 있었다.

근보는 며칠 후 북경에 도착했다. 그러나 '죄인'의 신분인 탓에 어느 누구도 찾아가지 않았다. 오로지 혼자 초라한 여관을 찾아 행낭을 풀었다. 괜히 다른 사람들에게 피해를 줄까봐 우려했던 것이다. 그럼에도 그가 북경에 왔다는 소식은 널리 퍼져나갔다. 소문을 들은 옛 친구 몇 명이 그날 저녁 눈길에도 불구하고 그를 찾아왔다. 그리고는 밤늦도록 술잔을 기울이면서 얘기를 나눴다. 그는 이튿날 강희가 양심전에서 자신을 접견할 것이라는 소식도 그들을 통해 들었다.

근보는 밤새도록 뒤척이면서 잠을 이루지 못했다. 그럼에도 새벽에 눈을 떴다. 북경성 안은 밤새 내린 눈으로 온통 하얗게 단장을 하고 있었다. 눈을 유난히 좋아하는 그였으나 이날만은 아무런 감흥도 느낄 수 없었다. 그는 아침을 대충 뜨는 둥 마는 둥 하고는 관교官轎를 마다했다. 대신 삯을 얼마간 내고 노새를 빌려 타고서는 서화문으로 향했다. 찬바람을 맞으며 뜨끈뜨끈한 머리를 식히고 싶었던 것이다.

근보가 큰황자인 윤제를 만난 것은 막 서화문에 도착했을 무렵이었다. 몇 년 만에 본 윤제는 어느덧 어엿한 청년이 돼 있었다. 근보는 문득 그의 어머니가 명주의 사촌 여동생이라는 사실을 떠올렸다. 황급히 한쪽 무릎을 꿇으며 인사를 올렸다.

"패륵께 인사 올립니다!"

"오, 근보 아니오? 폐하를 뵈려고? 지금 양심전에 계시니 가보오!"

윤제가 웃으면서 말했다. 그리고는 근보가 뭔가 물어보려고 머리를 들기도 전에 벌써 저만치 멀어져가고 있었다. 그때 안에서 나오던 넷째 황자 윤진 역시 근보를 알아보았다. 갓 스무 살을 넘긴 그는 통통한 볼살이 무척이나 귀여웠다. 그가 생각에 잠겨 넋 나간 듯 서 있는 근보를 발견하고는 걸음을 멈추었다.

"추운데 여기 서서 뭘 하오, 근보!"

윤진이 새카만 눈동자를 깜빡거렸다.

"넷째 황자마마! 방금은 큰황자마마께서 나가셨습니다. 이렇게 일찍 무슨 일이 있으신 겁니까?"

근보가 황급히 격식을 갖춰 인사를 올렸다.

"그대는 모를 거요. 우리는 다섯 살 때부터 매일 새벽 세 시면 안에 들어가 공부를 해왔소. 이제 막 끝나서 나가는 중이오."

윤진은 말을 마치고는 발걸음을 옮겼다. 그러다 다시 멈춰서더니 질문을 던졌다.

"내 외당숙인 명주의 불똥이 그대한테까지 튀었다던데, 그게 사실이

오?"

근보는 윤진이 자신의 일에 관심을 가지고 물어오자 가슴이 뭉클해졌다. 황급히 머리를 숙이면서 바로 대답했다.

"모두 제가 일처리를 잘못한 탓에 폐하의 진노를 사는 죄를 범했습니다. 모든 잘못은 저에게 있습니다. 때문에 밑의 사람들은 여기까지 끌려와 옥신묘에 갇힐 이유가 없습니다. 그래서 폐하를 만나 뵙고 진실을 말씀 올리려고……."

"진황 말이오?"

윤진이 짐작이 간다는 듯 말했다. 이어 잠시 생각하다 덧붙였다.

"내가 스승 탕빈에게서 들으니, 그 사람이 인재이기는 하더이다. 그러나 불미스러운 일을 저질러 이번에 곤두박질치게 생겼다고 하오. 그대는 그런 일에 신경 쓰지 말고 그대와 명주 일이나 폐하께 소상히 말씀 올리는 것이 나을 것 같소."

근보가 머리를 저었다.

"넷째 황자마마께서 소인을 생각해 주시는 것은 깊이 감사를 드리는 바입니다. 그러나 저는 절대로 친구를 배신할 수 없습니다. 진황은 정말 억울합니다!"

윤진이 그 말을 받았다.

"그대의 마음이 갸륵하기는 하지만, 그게 그대가 나선다고 될 일인지는 모르겠소. 그 사람하고는……."

윤진은 뭔가 얘기를 할 것 같더니 갑자기 말문을 닫아버렸다. 근보는 흰 눈이 무겁게 뒤덮인 등 뒤의 내궁內宮을 바라보면서 윤진의 다음 말을 기다렸다. 무슨 말을 하려는지 알 것도 같았다. 누군가가 진황과 아수의 과거사를 들춰내 기름 치고 양념까지 해서 고자질한 것이 틀림없었다! 그때 윤진이 한 발 다가오더니 덧붙였다.

"누가 고자질 했는지 머리 아프게 생각할 것 없소. 세상에는 입이 시궁창인 사람들이 얼마나 많소! 먼저 폐하를 만나 뵙고 무슨 일이 있으면 옹화궁雍和宮으로 나를 찾아오시오! 나는 다른 사람 눈치를 많이 보는 편이 아니니까. 어제도 형부에서 전에 강남의 과거 시험에서 소동을 피웠던 오사도를 붙잡아 왔길래 내가 감싸줬소. 두 다리가 부러지도록 맞았으니 죗값은 충분히 치렀다고 생각하오! 아미타불!"

넷째 황자 윤진은 독실한 불교 신자답게 합장을 한 채 아미타불을 되뇌었다. 이어 가마에 올라탔다. 그제야 근보는 부랴부랴 양심전으로 향했다.

근보는 밖에서 맞은 눈을 제대로 털지도 못한 채 안으로 들어갔다. 그래서인지 머리에서 녹아내린 눈이 목덜미를 타고 몸 안으로 고스란히 흘러들어갔다. 그러나 근보는 머리를 숙인 채 꼼짝도 하지 않고 엎드려 있었다. 고사기와 색액도가 숙연한 표정으로 강희의 옆에 말없이 서 있었다.

"자네 왔는가? 일어나서 저쪽에 가서 앉게!"

강희가 보고 있던 상주문을 탁! 소리나게 내려 놓으면서 말했다. 근보는 그의 말투가 그다지 위압적이지 않다는 사실에 다소 안심을 했다. 그리고는 황급히 머리를 조아려 감사를 표하면서 조심스레 자리에 걸터앉았다. 다시 색액도를 향한 강희의 말소리가 들려왔다.

"명주 사건은 갈수록 갈피를 잡지 못하게 번지는군? 백명경白明經이 나중에 올린 탄핵안을 보니까 태자까지 운운했더군! 짐이 고북구에 갔을 때 태자가 조정의 업무를 보고 있었어. 그런데 명주가 조정에 들어와서는 태자한테 군신의 예도 올리지 않았다면서? 그게 사실인가?"

색액도가 황급히 대답했다.

"그것뿐만이 아니옵니다. 태자께서 건청문으로 청정聽政을 가신 적이 있었사옵니다. 그때 명주는 말을 타고 태자의 수레를 앞질러 가기도 했사옵니다. 그 당시 큰황자께서도 같이 있었던 줄로 아옵니다. 웅사리가 화를 발끈 내면서 명주를 혼내줬다고 하옵니다. 이 일은 웅사리가 잘 알고 있을 것이옵니다."

고사기는 자신의 계략에 말려드는 강희와 색액도를 바라보면서 속으로 미소를 지었다. 그러나 일부러 강경하게 주장을 폈다.

"이제 태자에 대한 불경죄까지 추가하면 명주는 그야말로 도저히 용서받지 못할 열 가지 죄를 지은 죄인이 되옵니다!"

강희가 뒷짐을 진 채 말없이 실내를 서성거렸다. 그러다 갑자기 냉소를 흘리면서 고사기를 노려봤다.

"명주의 죄가 그토록 커서 용서받을 수 없다면 자네는 자유로울 수 있는가? 명주의 집이 수색당하기 전이었다고 하더군. 명주가 밤에 자네를 찾아갔던 날 말이야. 무슨 얘기를 나눈 거야? 명주의 집을 수색한 결과 자네가 선물한 편액도 나왔다고 하더군. '목애'牧愛라는 두 글자였지! 그래도 명주와 같은 패거리가 아닌가?"

"폐하! 그날 저녁 명주가 찾아왔던 것은 사실이옵니다. 소인에게 폐하 앞에서 말을 좀 잘해 달라고 부탁했사옵니다. 그러나 소인은 무조건 죄를 인정하고 장물을 순순히 바치라고 일러줬을 뿐 다른 얘기는 하지 않았사옵니다……."

고사기가 무릎이 깨질 정도로 육중한 소리를 내면서 엎어졌다. 그리고는 연신 머리를 조아렸다. 강희가 복잡한 심경을 반영하기라도 하듯 길게 한숨을 내쉬었다.

"짐은 명주가 이렇게까지 짐을 배신하고 온갖 나쁜 짓을 일삼으면서 돌아다닐 줄은 몰랐네. 쉬파리를 삼킨다고 한들 이보다 더 역겹겠는가! 이번에 백명경이 태자와 관련해 탄핵안을 올린 것도 실은 명주의 절묘

한 속임수에 넘어간 것과 무관하지 않아. 자기 개인의 잘못을 당파싸움으로 교묘하게 위장하려는 수법일 테지. 짐이 그런것도 간파하지 못할 것 같은가? 짐의 눈을 피해가는 것이 어디 그리 쉬운 줄 아는가? 전에도 이런 일이 있었지. 흥! 깜찍한 것들!"

강희가 자리에서 벌떡 일어나 차 한 모금을 마셨다. 그러더니 다시 방 안을 왔다갔다 하면서 미간을 찌푸렸다. 이어 손으로 이마를 짚고 잠시 고민하는 모습을 보였다. 더불어 단호하게 머리를 번쩍 쳐들고는 궁전 밖을 향해 소리쳤다.

"즉각 명령을 전하라! 명주의 영시위내대신, 상서방 대신, 상서 직급을 전부 박탈한다. 지금 이 시각부터 명주는 일반 대신으로 남는다!"

조금 전 강희가 실내를 부지런히 서성이면서 고민한 것은 다른 것이 아니었다. 명주를 즉각 처형할 것인가의 여부였다. 그러나 그는 처형 쪽으로 기운 생각을 불과 몇 초 만에 바꿔버렸다.

근보는 명주에 대한 처벌이 의외로 지나치게 가볍다는 사실에 적지 않게 놀랐다. 왜 그럴까 하는 생각을 굴릴 수밖에 없었다. 그때 강희가 얼굴을 돌리며 물었다.

"근보, 명주가 이토록 추잡스런 인간이라는 것을 알고 있었나?"

근보는 가슴이 철렁했다. 황급히 무릎을 꿇었지만 마땅히 할 말을 찾지 못했다.

"몰랐다는 말인가? 자네만은 솔직한 사람인 줄 알았어. 그런데 믿는 도끼에 발등을 찍혀도 유분수지. 짐을 이다지도 비참하게 만들어?"

강희의 어조에는 분노가 가득 담겨 있었다. 이어 책상 위에 놓여 있던 두툼한 서류뭉치를 근보에게 내던졌다.

"명주의 집을 수색한 내용이야. 이런 자를 살려둬야 하는지 없애야 하는지 자네같이 똑똑한 사람이 더 잘 알 테지. 또 자네 자신은 어떤 죄명에 해당하는지 잘 생각해보라고."

근보가 거의 기절할 듯 눈을 감고 있다 부들부들 떨면서 서류를 들여다봤다. 서류에는 깨알 같은 글씨가 적혀 있었다.

명주의 집을 수색한 결과와 관련한 상세 내역서:
폐하께서 하사하신 저택, 정자 27개, 방 340칸, 화원 하나, 밭 2천 경, 점포 세 곳, 은 24만 냥, 금고에 순금 2만 1천냥, 은고에 은 2만 3천 냥, 10냥짜리 금덩어리 100만 개, 옥솥 10개, 옥여의 40개, 은사발 72개, 금수저 100개, 비단자수품 5천2백 필, 여우가죽 26장, 표범가죽 400장, 큰 자명종 5개, 작은 자명종 70개, 보석·금·은·조주 등 1만 11개…….

거의 끊임없이 이어지는 명주의 재산목록 옆에는 누가 언제 보낸 물건이라는 것까지 상세하게 적혀 있었다. 근보의 이름도 서너 곳에서 눈에 띄었다. 자신이 명주와 왕래가 깊었다는 사실을 보여주는 확실한 증거였다. 그는 너무나 생생한 증거 앞에서 땀범벅이 된 채 맥없이 머리를 떨구고 말았다.

"무섭기는 한가 보군. 하늘은 아무리 큰 죄를 지어도 망하는 법이 없어. 하지만 사람은 죄를 지었으면 죗값을 치러야 하는 거야! 자네같이 황하에 도전장을 내민 치수 인재가 어쩌다가 명주의 흙탕물 속에서 허우적댔나? 자네가 북경을 떠날 때 짐이 뭐라고 하면서 신신당부했나?"

강희는 이어 색액도와 고사기를 힐끗 쳐다보았다.

근보는 그 말에 강희가 여태 자신에게 베풀어준 은혜를 떠올렸다. 그리고는 어정쩡하게 색액도와 명주의 당파싸움에 말려들어 곤욕을 치러온 자신의 처지도 생각했다. 급기야 길게 한숨을 내쉬더니 눈물을 흘리고 말았다.

"폐하의 성은에 보답하기는커녕 실망을 안겨드리는 죽을죄를 지었사옵니다. 최고의 형벌을 내리시어 조정의 기강을 바로잡으시옵소서. 하지만 소인이 오늘 당장 죽더라도 폐하께 한 말씀만 올리겠사옵니다. 모든 잘못은 소인이 혼자 저질렀던 만큼 봉지인 등 세 명은 억울하다는 것을 꼭 아뢰고 싶사옵니다……."

"진황을 옹호하고 싶은 거겠지! 제 코가 석 자나 빠졌으면서도 남을 생각할 여유가 있는가? 명주 관련 사건은 짐이 잠시 접어뒀을 뿐이지 완전히 끝난 것은 아니야. 자네는 이미 하독 자리에서 잘렸어. 그러니 잠시 북경에 있으면서 잘 반성하고 있으라고! 누구라도 짐을 호락호락하게 봤다가는 결코 무사하지 못할 줄 알라고! 그만 나가 봐! 고사기, 자네가 장정옥張廷玉을 상서방에 천거하려 한다면서? 내일 불러들여. 짐이 한번 보게!"

강희는 이어 더 할 말이 없다는 듯 횡하니 내전으로 들어가 버렸다.

53장
태황태후의 임종

"교묘한 술책으로 국기를 뒤흔들고 태자까지 흔들려고 했다"면서 백명경이 올린 명주에 대한 탄핵안은 예상했던 대로 그 위력을 발휘했다. 대리시와 육부의 관원들이 뒤질세라 너도나도 탄핵안을 올린 것이다. 그야말로 개나 소나 다 탄핵안에 매달리는 실정이었다. 하지만 그런 탄핵안들은 위로 올라가면 한결같았다. 하나같이 아무런 반응도 이끌어내지 못했다. 색액도는 이참에 백명경에게 언관言官들과 짜고 한바탕 여론몰이를 해서 명주의 일당을 일망타진할 생각을 하고 있었다. 형부를 통해 명주한테 빌붙어 있던 관원들에게 형벌을 내릴 구체적인 방법까지 생각해놓은 상태였다.

하지만 그들의 기대가 산산조각나게 된 것도 바로 그 무렵이었다. 나라 전체를 시끌시끌하게 만들던 명주의 사건은 잡아봤자 약에 쓸 수도 없는 근보에 대한 직무해제와 진황을 옥신묘에 가두는 결과만 가져왔을 뿐이었다. 또 주범인 명주도 재산을 몰수당하고 요직을 내놓는 것으로 모든 책임에서 자유로워졌다. 완전히 용두사미가 따로 없었다.

명주는 최악의 경우 죽음까지 각오하고 있다가 뜻밖의 선처에 감지덕지하지 않을 수 없었다. 죽음의 문턱에서 겨우 살아났다고 생각했다. 그는 그런 생각이 들자 두 아들의 집에서 마음을 비운 채 요양에만 신경을 썼다. 그 결과 혈색은 오히려 과거보다 훨씬 좋아졌다. 그런 명주를 먼발치에서 지켜보는 색액도의 마음은 정말이지 착잡했다. 웅사리의 문생인 백명경이 스승의 기가 막힌 막후 조종에 따라 발 벗고 나서서는 자신을 완전히 물 먹였다고 생각하지 않을 수 없었다. 따라서 웅사리에 대해서도 이를 갈고 있었다.

그러나 웅사리는 실권을 잡고 있지 않고 지나칠 정도로 조심하기만 했다. 삽을 들이밀어 파버릴 기회 같은 것은 아예 제공할 생각조차 하지 않았다. 게다가 웅사리는 황태자의 관심을 한 몸에 받고 있었다. 색액도가 과거에도 몇 번 그에 대한 꼬투리를 잡으려 했다가 번번이 걸려 넘어졌던 것도 바로 그 때문이었다. 아무리 기웃거려 봐도 당장 분풀이를 할 수 있는 길은 보이지 않았다. 색액도는 시원하게 한번 울고 싶은 생각이 드는 것을 어쩌지 못했다.

음력 12월이 다가오자 태황태후의 병세는 갈수록 악화됐다. 의술의 한계를 느낄 정도로 병은 완전히 고황膏肓에 들어 있었다. 때문에 강희는 조정에 나가지 않았다. 그저 밤낮으로 태황태후의 병간호를 하느라고 자녕궁에 붙어살다시피 했다. 또 그는 하늘에 간절히 빌기 위해 천하에 대사면을 실시했다. 천단天壇으로 가서 간절한 염원을 담아 기도도 올렸다. 그때 그는 어불성설같기는 했으나 자신의 수명을 줄여 태황태후에게 이어주시기를 눈물로 간절하게 빌었다. 하지만 강희의 그런 애절한 호소에도 불구하고 음력 12월 25일 신시申時 정각에 반세기 넘도록 두 명의 군주를 끌어주고 밀어주고 수발하고 지켜왔던 풍운의 여류호걸인 태황태후는 끝내 세상을 떠나고 말았다. 인간세상의 부귀를 한몸에 안은 채 다사다난한 정쟁의 세월을 살았던 여인의 비감한 최후라고 할 수 있었다.

색액도는 집에서 태황태후의 사망 소식을 접하고는 부랴부랴 서화문으로 말을 달렸다. 웅사리와 고사기가 문 앞에서 대기하고 있는 것을 보고는 황급히 말에서 미끄러지듯 내리면서 물었다.

"왜 두 분 다 여기 있는 겁니까? 상서방은 어떻게 하고요!"

웅사리가 대답했다.

"폐하께서 지의를 내리셨습니다. 오늘부터는 장정옥이 혼자서 당직을 서라고 말입니다."

"아직 온 지 얼마 되지도 않은 사람이 혼자서 무리가 아닐까요?"

색액도는 강희의 결정에 잠시 놀랐다.

"잘 됐어요. 사흘에 한 번씩 당직을 서는 것도 쉬운 일은 아니었는데 말이에요. 그건 그렇고, 색 대인! 태황태후마마께서 돌아가셨는데, 그렇게 빡빡 깎은 머리에 홍영紅纓이 달린 모자까지 쓰고 나타나는 것은 예의가 아닐 텐데요!"

고사기가 색액도의 모자에 달린 붉은 술을 언짢은 표정으로 바라보면서 서화문으로 발을 들여놓다 차갑게 쏘아붙였다. 고사기의 말에 색액도는 깜짝 놀랐다. 그것은 그가 미처 생각하지 못한 부분이었다. 아니나 다를까, 고사기와 웅사리는 약속이나 한 듯 색액도와는 차림새가 달랐다. 모두 모자에서 붉은 술을 떼어버렸다. 또 머리채가 모자 뒤로 나와 있었다. 색액도는 머리 깎은 것을 후회하면서 모자의 붉은 술을 뜯어냈다.

"그대가 알려줬으니 망정이지, 하마터면 죽을죄를 지을 뻔했네요."

웅사리가 그럴 수도 있다는 듯 말했다.

"무심코 저지른 행동이기 때문에 죽을죄까지는 아니죠. 그러나 현직에서 쫓겨날 수는 있어요."

세 사람은 융종문으로 들어섰다. 장정옥이 팔에 검은 띠를 두르고 영항永巷 입구에서 그들을 맞이했다. 네 사람은 함께 자녕궁으로 향했다.

자녕궁의 문들은 이미 모두 흰 종이로 도배돼 있었다. 흰 깃발과 흰 장막, 흰 종이꽃들로 가득했다. 소복을 입은 몇몇 왕공王公들이 궁문 앞에 엎드려 있었다. 또 궁 안에는 여러 왕야王爺, 패륵貝勒, 패자貝子, 복진福晉, 공부인公夫人을 비롯해 1, 2품 고명誥命, 혜비 납란씨, 큰황자 윤제, 영비 마가씨, 셋째 황자 윤지, 덕비 오아씨, 넷째 황자 윤진, 여섯째 황자 윤조, 의비 곽락라씨, 다섯째 황자 윤기胤祺, 성비 대가씨, 일곱째 황자 윤우胤祐, 양비良妃 위씨와 여덟째 황자 윤사胤禩 등이 차례로 엎드려 있었다……. 무릇 6세 이상 되는 황자들은 모두 어머니와 함께 자리를 하고 있었던 것이다. 그 자리에는 그 외에 귀비貴妃인 유호록씨와 장가章佳씨로 성을 바꾼 아수, 그리고 정비定妃 만류합萬琉哈씨, 밀비密妃 왕王씨, 근비勤妃 진陳씨, 양빈襄嬪 고高씨, 희빈熙嬪 진陳씨, 근빈謹嬪 색혁도索赫圖씨, 정빈靜嬪 석石씨, 목빈穆嬪 진陳씨 등도 차례로 무릎을 꿇고 있었다. 그리고 시중을 들던 하녀들과 귀비貴妃 등 빈어嬪御 반열에 오르지 못한 사람들이 맨 마지막에 자리하고 있었다. 저마다 울어서 퉁퉁 부은 얼굴을 하고 있었다. 화장기도 전혀 없었다.

네 명의 대신들은 발끝을 들고 안으로 들어섰다. 강희와 태자가 삼베로 만든 모자를 쓴 채 흰옷을 입고 영상靈床 앞에 엎드려 흐느끼고 있었다. 색액도를 비롯한 네 명 역시 모자를 벗고 영상에 누워 있는 태황태후를 향해 큰절을 올린 다음 엉엉 목 놓아 울었다. 강희는 한참 통곡을 하다 주위 대신들이 말리는 바람에 겨우 오열을 멈췄다. 그러나 이내 또다시 가슴을 쥐어뜯고 땅을 치면서 통곡하기 시작했다. 밖에 있는 사람들은 사례사司禮司에서 거애擧哀(슬픔을 표시하는 절차)하는 줄 알고는 눈물과는 무관하게 곡을 해댔다. 색액도 역시 과거 오배를 제거할 때 태황태후가 비밀리에 근왕勤王의 부대를 북경으로 불러 사기를 북돋아줬던 때를 떠올리면서 눈물을 비 오듯 흘렸다. 그러나 옆에서 힐끔거리면서 흉물스럽게 빡빡 깎은 색액도의 머리를 쳐다보던 태감들과 궁인들은 저마다 기분이 나쁜 표정을 하고 있었다. 웅사리는 마냥 슬픔에 잠겨 있을 수만은 없는 일이었다. 할 일이 많은 탓이었다. 얼마 후 그가 자리에서 일어나 강희를 향해 허리를 굽히면서 아뢰었다.

"폐하, 태황태후마마께서 돌아가신 것은 거국적인 불행이옵니다. 폐하께서는 당연히 몹시 비통하실 줄 아옵니다. 그러나 부디 고정하시고 옥체 건강에 유의하셨으면 하옵니다. 태황태후마마의 장례식을 어떻게 치르실 것인지도 폐하께서 결정을 내려주셔야 하겠사옵니다……."

강희는 그제야 천근만근 되는 듯한 머리를 들었다. 혈색 하나 없이 창백한 얼굴이었다. 두 눈도 벌겋게 충혈되어 있었다. 그가 웅사리를 바라보다 한참 후에야 비로소 입을 열었다.

"삼 년 동안 제사상을 차려놓고 묘를 지켜드려야 하겠지. 그럼으로써 마지막 효도를 다하는 것이지. 손자 된 입장에서 당연한 것 아닌가? 묻기는 뭘 묻는가?"

강희는 웅사리를 힐난하면서도 계속 무릎을 꿇고 있었다. 당연히 대신들도 감히 자리에서 일어날 수 없었다. 계속 머리를 조아린 채 간청해야 했다.

"소인들이 상주 올릴 말씀이 있사옵니다. 폐하께서는 잠시 일어나 앉아주셨으면 하옵니다……."

색액도가 말을 마치고는 바로 손짓을 보냈다. 그러자 무단과 소륜이 황급히 다가가 두 다리가 마비돼 있을 법한 강희를 부축해 자리에 앉도록 했다. 네 명 역시 자리에서 일어난 다음 다시 강희에게 대례를 올렸다. 자리에 앉은 강희의 안색은 조금 회복이 된 것 같았다. 그러나 여전히 흐리멍덩한 상태에서 벗어나지 못한 듯했다.

"할 말이 있으면 간단하게 해봐. 짐은 극도로 지쳐 있어."

"천자가 상喪을 치르는 것은 일반인과 달라야 한다고 생각하옵니다. 삼三과 구九 두 숫자를 취해 곱하면 이십칠이옵니다. 그래서 이십칠 개월 동안 제祭를 모셔야 한다고 《주례》周禮에는 나와 있사옵니다. 폐하께서는 이 점을 염두에 두셨으면 하옵니다!"

웅사리가 충심에서 우러나는 진언을 올렸다. 그러자 강희가 머리를 저었다.

"상을 당하는 마음은 천자나 일반인이나 같은 거야. 짐은 효도를 적극 제창하는 황제로서 백성들의 사표師表가 돼야 해. 그런 만큼 절대로 예외가 될 수는 없어."

색액도는 그 순간에도 머리를 굴렸다. '강희가 긴 시간 동안 묘廟를 지키고 있으면 그 사이 조정의 업무는 태자가 봐야 한다. 그러면 나에게는 여러모로 유리하다'는 계산을 하고 있었던 것이다. 그는 순간 최장 3년이라는 시간을 강희가 끝까지 주장하기를 빌고 또 빌었다. 강희가 잠시 침묵하더니 고사기에게 물었다.

"자네는 어떻게 생각하는가?"

고사기가 잠시 머뭇거리다 바로 말을 이었다.

"《주례》에서는 천자가 상을 당했을 경우 '구'九자를 지켜야 한다고 했사옵니다. 그건 구 년이 될 수도 있고, 구 개월이 될 수도 있사옵니다. 구 일이라고도 할 수 있사옵니다. 그러니 꼭 이십칠 개월이 적당하다고 할 수는 없사옵니다. 폐하께서는 천하의 공주共主로서 만민들 삶의 주체이시옵니다. 그런 만큼 너무 오래 조정을 비워서는 곤란하다고 생각하옵니다. 북방의 군사 계획도 빠른 시일 내에 세워야 하옵니다. 이로 미뤄 볼 때 구 년은 너무 길고 구 일은 너무 짧사옵니다. 그런 바 소인 생각에는 구 개월이 적당할 듯하옵니다."

색액도가 고사기의 말에 기분 나쁜 어조로 받아쳤다.

"그래도 이십칠 개월은 지켜드려야 합니다. 웅사리가 경학의 대유大儒로서 충분하고 확실한 고증을 거친 후에 내린 결정일 테니 틀림없을 겁니다."

세 명의 대신들은 두 가지 생각을 가지고 있었다. 때문에 서로 생각이 다르다는 것을 강력하게 주장할 수 있었다. 사실 그러고도 남을 사람들이었다. 하지만 상황이 상황이니 만큼 그쯤에서 논쟁은 끝나고 말았다.

"폐하! 효심만 지극하다면 시간이 길고 짧은 것은 문제가 되지 않는다고 생각하옵니다. 소인 생각에는 천자는 역시 평범한 사람들과는 다르옵니다. 그러니 만큼 월月을 일日로 대체할 수도 있다고 봅니다. 이십칠자를 꼽을 경우 이십칠 개월을 이십칠 일로 바꿀 수 있사옵니다. 이십칠 일 동안만 묘를 지켜드려도 된다는 말씀이옵니다. 묘를 지켜드리는 것은 어디까지나 형식으로서의 예상禮喪이옵니다. 삼 년 동안 그 영혼을 진심으로 위로하고 업적을 기리면서 정성을 다해 가슴으로 모신다면 누가 왈가왈부하겠사옵니까. 즉 심상心喪만 제대로 지킨다면 된다고 생각하옵니다."

장정옥은 묵묵히 대화를 듣고만 있었으나 강희의 시선이 빈번하게 자신에게 향하고 있다는 것을 눈치채고는 황급히 입을 열어 아뢰었다. 강희는 처음에는 27일이 너무 짧다고 생각하다가 장정옥의 말을 듣는 순간 형식을 지나치게 의식할 필요는 없다는 것을 깨달았다. 태황태후가 설사 살아 있다고 해도 비통에 젖은 채 긴 시간을 무의미하게 허비하면서 국정이 표류하도록 허락하지는 않을 것이었다.

"그러면…… 자네 의견을 따르도록 하지."

강희가 머뭇거리면서 대답했다.

"무엇보다도 조정에는 군주가 하루도 없어서는 아니 되옵니다. 이십칠일 동안에도 군사적인 대사가 생기면 폐하께서는 평소와 다름없이 지시를 내려주셔야 하옵니다. 삼 년 동안 태황태후마마의 재궁梓宮에 매일 다녀오시는 것은 태황태후마마에 대한 성심聖心을 나타낼 뿐만 아니라 이 나라 백성들에게도 훌륭한 효의 본보기가 되실 줄로 믿사옵니다……."

장정옥이 단호한 어투로 말했다. 의견이 많이 엇갈릴 것 같았던 문제는 의외로 간단하게 매듭이 지어졌다. 그러자 이번에는 태황태후에게 어떤 시호諡號를 내릴지를 논의해야 했다. 이 부분에 대해서는 웅사리의 주장이 받아들여질 가능성이 높았다. 때문에 사람들은 저마다 웅사리의 입만 쳐다봤다. 웅사리는 기대에 어긋나지 않게 눈썹을 한데 모았다. 이어 사람들의 찬탄을 자아낼만한 글자를 구상하는 듯했다. 그러나 마땅히 떠오르는 것이 없는 것 같았다. 그가 한참 후에야 비로소입을 열었다.

"태황태후마마께서는 일생동안 수많은 공로를 세우셨사옵니다. 또 덕망도 높으신 분이니 '성'聖자를 달아드려야 할 것 같사옵니다."

강희가 웅사리의 제안에 한숨을 내쉬었다.

"태황태후께서는 평소에 늘 오갈 데 없는 노인들을 보면 안쓰럽게 여기셨어. 백성들의 삶이 하루 빨리 윤택해지지 못하는 것을 가슴 아파하셨지. 그렇게 때문에 '인'仁자를 반드시 넣어드려야 하네."

이번에는 고사기가 나섰다.

"그것도 아주 좋사옵니다. 또한 훌륭하신 일을 하셨다는 뜻을 가진

'선宣'자를 앞에 두는 것이 좋겠사옵니다. 그러면 나머지 글자들은 별로 어렵지 않게 나올 수 있사옵니다.'

시호를 결정함에 있어서도 큰 의견충돌은 없었다. 곧바로 시신을 봉안하는 봉안전奉安殿을 짓는 문제 등이 논의됐다. 결론적으로 전 왕조에서 했던 대로 예부에서 알아서 하기로 했다. 강희는 이어 자녕궁에서 태황태후의 시중을 들던 모든 태감과 시녀들을 그대로 창서산昌瑞山 효릉孝陵으로 보내도록 조치했다. 그곳에 잠봉안전暫奉安殿이라는 이름의 궁전을 지어 영구靈柩를 지키도록 하겠다는 것이었다. 한마디로 강희의 뜻은 분명했다. 나중에 그곳에 함께 묻혀 땅속에서나마 인간세상에서 못다 한 할머니와 손자의 끈끈한 정을 이어나가겠다는 얘기였다. 일이 어느 정도 마무리가 되자 고사기와 장정옥은 상서방으로 돌아갔다. 나머지는 뿔뿔이 흩어졌다. 때는 한밤중이었다.

상서방으로 돌아온 고사기는 상주문을 읽어보려고 노란 상자를 열었다. 그러나 전부 며칠 전의 상주문들이 그대로 있을 뿐이었다. 명주에 대한 탄핵안이 대부분이었던 것이다. 그는 그것들을 한쪽으로 밀어놓고 난롯불 가까이로 다가가 날름거리는 불꽃을 보면서 생각에 잠겼다. 반면 장정옥은 말없이 책상 앞에 앉았다. 그러더니 뭔가를 부지런히 써 내려갔다. 그는 벼루에 갈아놓았던 먹물에 살얼음이 얼자 잠깐 글쓰기를 멈추고 그것을 녹이려는 듯 벼루를 들고 난로 곁으로 다가왔다.

"형신衡臣! 새로 올라온 상주문은 색액도가 집에 가지고 가버렸다면서요? 이 일을 알고 있었어요?"

고사기가 장정옥의 자字를 부르면서 말했다. 장정옥이 머리를 끄덕였다.

"상서방을 책임지는 우두머리는 색액도라고 폐하께서 말씀하셨잖습니까."

고사기가 머리를 갸웃하고 생각하다 다시 입을 열었다.

"그렇다고 상주문까지 집에 가져가도 된다는 뜻은 아니지 않겠습니까? 혼자서 북 치고 장구 치는 것에서 더 나아가 춤추고 할 바에는 상서방에 당직이 왜 필요하겠습니까? 전에 오배도 노란 상자를 집에 가지고 가곤 했어요. 그건 명백한 월권행위가 아닙니까?"

장정옥은 고사기의 말에 아무런 대꾸도 하지 않았다. 그저 벼루의 먹물을 녹이고는 말없이 원래 자리로 돌아가 계속 글을 써내려갔다. 그러다 한참 후에야 입을 열었다.

"그것과는 다릅니다."

그러나 장정옥은 도대체 뭐가 다르다는 것인지에 대해서는 설명을 곁들이지 않았다. 고사기는 무뚝뚝한 장정옥이 우습기도 하고 재미없기도 했다. 사실 그에게 장정옥은 생판 남이 아니었다. 그는 장정옥의 아버지인 대학사 장영張英과 잘 알고 지내는 사이였다. 농담 주고받기를 좋아하고 가끔씩 흐트러지기도 하는 지극히 인간적인 바로 그 장영 말이다. 고사기는 그런 장영이 어쩌다 저런 아들을 뒀을까 하는 생각을 하지 않을 수 없었다. 그리고는 한참 후 다시 입을 열었다.

"도대체 이 밤에 뭘 그렇게 죽어라 쓰는 겁니까? 불이나 쬐면서 얘기나 나누면 좋겠구먼!"

장정옥이 손을 입김으로 녹이면서 대답했다.

"매일 일기를 쓰는 습관이 있어요. 몇 개월 동안 만 자도 넘게 썼어요."

고사기가 미소를 지었다.

"그렇게 고생을 사서 할 것까지야 뭐가 있습니까. 폐하와 관련된 모든 일은 전문적으로 책임지고 기록하는 기록관이 있지 않습니까. 혹시 그대는 스스로 한 일들을 꼭 그렇게 적어둬야 기억을 할 수 있다는 말입니까?"

"기억하는 것은 인증人證일 뿐입니다. 글로 남겨 둬야 물증物證이 되는 거죠."

장정옥이 단도직입적으로 말했다. 이어 자신의 생각에 대한 설명도 장황하게 덧붙였다.

"고상, 이 바닥은 무슨 일이 있을 경우 하늘에 대고 목이 터져라 불러 봤자 소용이 없는 곳입니다. 땅을 치면서 통곡해도 꿈쩍도 안 할 곳이고요. 한마디로 한번 고꾸라졌다 하면 재기라는 것은 꿈도 꾸지 말아야 할 무정한 곳이에요! 그러니 시시각각 만일의 경우를 대비하지 않을 수 없습니다. 그렇다고 내가 이 일기장을 가지고 뭘 어떻게 하겠다는 것은 아닙니다. 나는 쫓겨날 경우 나의 경험을 토대로 후세에 생생한 증거가 될 만한 책을 쓸 겁니다. 그것도 기가 막히게 재미있는 일이 아니겠어요?"

장정옥의 말은 놀라웠다. 상서방에 발을 들여 놓은 지 얼마 되지도 않은 사람이 그토록 치밀한 생각을 가지고 있다니……! 순간 고사기는 잠시 자신을 돌아봤다. '그러고 보면 나는 마구잡이로 밀고 들어갈 줄만 알았지, 지혜롭게 물러서는 방법을 전혀 모르고 있는 것이 아닌가?' 하는 생각이 들었다. 그는 의자를 끌어당겨 장정옥에게 다가가 한숨을 섞어 말했다.

"형신, 조용하면 멀리 내다볼 수 있다고 했습니다. 또 마음을 비우면 지혜가 생긴다고 했어요. 바로 그대를 두고 하는 말인 것 같소이다! 고향이 동성桐城이라고 했죠? 인재가 많이 배출되기로 유명한 곳이죠! 명성에 걸맞게 그대는 참 노련하고 묵직한 사람이네요. 부럽소."

고사기의 말은 진심에서 우러나온 것이었다. 장정옥이 겸손한 자세를 보이면서 그의 말에 답했다.

"성은은 말할 것도 없고 고상이 천거해 준 은혜를 나는 잊어본 적이 없습니다. 솔직히 나는 오늘 저녁 모처럼 우리 둘만이 있는 이곳에서 고상에게 속마음을 털어놓고 싶습니다. 고상의 심기를 불편하게 하지 않을까 두렵기는 하나……."

"신경 쓰지 말고 얘기해 보세요."

"이틀 전에 웅사리가 글쎄 부문部文을 작성하면서 오자誤字를 몇 개 썼더라고요. 그리고 자기 조카의 관품을 제멋대로 한 등급 높여 적기도 하고 말입니다."

장정옥이 이해가 가지 않는다는 듯 말했다. 이어 난롯불에 벌겋게 상기된 얼굴을 한 채 물었다.

"이 일을 알고 있었습니까?"

"나도 알고 있었어요. 그래서 이부에 입단속을 시켰어요. 별것 아닌 것 가지고 괜히 떠들고 다니지 말라고 말입니다."

고사기가 별일 아니라는 듯 대답했다.

"그것은 웅사리를 방해하는 것입니다!"

장정옥이 갑자기 목청을 높였다. 그러더니 한마디 더 했다.

"꼼꼼하기로 유명한 웅사리가 한 글자도 아니고 오자를 그렇게 많이 남겼다니, 말이나 됩니까? 또 지나치게 소심할 정도로 자기 관리에 철저한 이학의 명신이 그만한 일로 자신의 명예를 더럽히려고 하겠느냐 이 말입니다!"

"그러면……?"

"내가 보기에는 작은 잘못을 저지름으로써 큰 화를 비켜가겠다는 뜻으로밖에는 풀이할 수가 없습니다!"

장정옥이 숨을 고르며 말을 이었다.

"폐하께서는 곧 상서방 대신들을 물갈이할 겁니다. 명주는 그 첫 번째 대상이었을 뿐이에요. 그런데 색액도가 아직껏 눈치채지 못하고 있다는 것이 안타깝네요. 고상처럼 눈치 빠른 사람이 몰랐다는 것도 놀랍고!"

고사기는 마치 뒤통수를 한 방 얻어맞은 기분이었다. 그러나 가까스로 자신을 추스르면서 되물었다.

"가히 충격적인 얘기인데, 무슨 근거가 있습니까?"

"고상은 상서방 대신입니다. 그러니 묻겠습니다. 폐하께서 연갱요를 참장參將으로 내세운 다음 그에게 병력을 거느리고 고북구에서 준갈이를 격퇴하기 위해 출전하도록 지시한 내용을 알고 있습니까?"

"아니, 모릅니다."

"그러나 나는 알고 있었습니다. 웅사리도 알고 있더군요. 이제 보니 색액도와 고상만 몰랐던 거네요. 그렇다면 색액도를 니포초尼布楚(네르친스크)에 보내 러시아와 동북 변경에 관한 협상을 시키려고 한다는 사실도 고상은 모르겠군요!"

장정옥이 담담하게 말했다. 고사기는 오싹 소름이 끼쳤다. 그가 잠시 생각한 끝에 입을 열었다.

"지난 구월에 폐하께서 얼핏 지나가는 얘기 삼아 말씀하신 적은 있었어요. 그 뒤로는 못 들었어요."

"그러면 알고 있었다는 얘기와 별로 다를 게 없군요."

장정옥은 자신이 고사기에게 너무 많은 비밀을 털어놓고 있지 않은가 하는 후회가 들었다. 그러나 곧 이판사판이라는 쪽으로 생각을 고쳐먹었다.

"낭심과 비양고는 폐하께서 짜주신 각본대로 움직이기 시작했습니다. 이미 북경에 와서 명령을 대기 중인 것으로 알고 있습니다. 비양고는 폐하를 따라 서정西征 길에 오르고, 낭심은 색액도와 함께 동북으로 가게 됐어요. 이 부분에 대해서도 고상은 여전히 모르고 있었을 테죠……. 이래도 뭔가 감이 잡히지 않습니까?"

고사기의 머릿속은 갈수록 이리저리 얽힌 실타래처럼 헝클어졌다. 강희는 명주의 사건이 터졌을 때 자신을 일정 부분 보호해줬다고 할 수 있었다. 그러나 뭔가 꼬리를 남겨둔 부분이 있는 것도 같았다. 사실은 그래서 개운치가 않았다. 그런데 오늘 장정옥의 말을 들어보니 그 꼬리가 무엇인지 알 것도 같았다. 고사기는 새삼 장정옥을 주목하지 않을 수 없었다. 이 바닥에서는 까마득한 후배라 생각하고 서슴없이 천거한 그가 이제는 모름지기 황제의 은총을 가장 크게 받고 있었던 것이다. 결코 만만한 상대가 아니었다. 거기에까지 생각이 미치자 고사기는 자리에서 일어나 옷매무새를 바로 잡았다. 이어 숙연한 자세로 장정옥에게 정중하게 큰절을 올렸다.

"형신, 앞으로 많은 지도편달을 바랍니다!"

장정옥은 느닷없는 고사기의 행동에 당황하며 황급히 맞절을 했다.

"우리는 엄연한 선후배 사이입니다. 그런데 그게 무슨 말입니까. 그건 안 됩니다!"

그러자 고사기가 간절한 표정을 지으면서 장정옥의 손을 잡았다. 그는 그야말로 진지했다.

"살아가면서 선후배라는 것은 따로 없다고 생각합니다. 나이가 나보다 어리거나 늦게 입문했더라도 배울 점이 있는 사람이면 바로 선배인 겁니다. 따끔하게 정문일침을 놓아주고, 내가 모르는 부분도 가르쳐주세요!"

"그러면 고상이 나의 무례함을 봐주는 조건으로 한마디 묻고 싶네요! 고상은 폐하를 어떤 사람이라고 생각합니까?"

"당연히 명군明君이죠!"

"명군이고말고요! 오백 년에 한 번 나올까 말까 한 성군聖君이라고 해도 지나치지 않습니다. 다른 것은 다 제쳐두고라도 학문에 대한 전문가 뺨치는 독특한 견해는 실로 놀라울 따름입니다. 심지어 의학에 있어서도 고상에게 결코 뒤지지 않을 거예요. 내가 묻고 싶은 것은 폐하께서 황제가 아닌 일반인이라고 가정했을 때 책을 다섯 수레 이상 읽었다고 자부하는 고상이 필적할 수 있다고 생각합니까?"

장정옥의 말이 너무 비판적이고 자극적으로 들렸으나 전부 사실이기도 했다. 고사기는 할 말이 없었다. 장정옥이 다시 말을 이었다.

"학문이 깊고 박식한 분이시기 때문에 폐하께서는 그에 상응한 포용력을 보유하고 계십니다. 명주와 색액도는 그것을 모르고 폐하를 우습게 여기고 겁 없이 덤볐던 겁니다. 감히 폐하의 눈앞에서 권력쟁탈을 벌였을 뿐만 아니라 사리사욕에 눈이 어두워 암투를 벌였죠. 자기 주머니를 채우려고 나쁜 짓을 한 것은 인정人情을 범한 것이라고 할 수 있습니다. 폐하께서 그나마 봐주실 수가 있을 겁니다. 하지만 권력쟁탈에 대해서는 군주의 심기를 건드린 것이기 때문에 반드시 뽑아내 제거하지 않으면 안 되는 것입니다. 고상은 한족이기 때문에 그 둘 사이에 감히 끼어들지 못했죠. 만약 명주에게 붙었더라면 이번에 가장 불행하게 됐을 사람은 고상이었을 겁니다!"

장정옥이 갈수록 눈이 휘둥그레지는 고사기를 힐끗 쳐다보더니 계속 설명을 해나갔다.

"내가 너무 딱딱하고 농담 하나 제대로 못 받아넘기는 사람인 것 같죠? 나도 이 자리에 앉아 있지 않는다면 저게 사람인가 싶을 정도로 망가지기도 하는 사람이에요! 폐하께서 고상을 원했던 것은 고상의 끼와 재주에 반했기 때문입니다. 그러나 언제인가는 그게 더 이상 매혹적으로 다가오지 않을 수 있습니다. 그럴 때는 마치 나이 들어 쭈글쭈글해진 여자의 처지가 되지 말라는 법도 없지 않겠습니까?"

고사기가 정곡을 찌르는 장정옥의 말에 연신 한숨을 지으면서 머리를 끄덕였다. 그러자 장정옥이 마지막 결정타를 날렸다.

"나는 만 마디 맞는 말을 하는 것보다 적당한 침묵이 더 중요하다고 생각하는 사람입니다."

고사기는 기가 막힌 장정옥의 말을 천천히 음미하면서 오래도록 침묵에 빠졌다.

과연 장정옥이 추측한 대로 일은 전개되고 있었다. 27일 만에 조정에 돌아온 강희는 바로 상서방 대신들을 불러 웅사리의 은퇴 문제를 상의했다.

"웅사리! 그래, 꼭 떠나야겠는가? 짐이 잘해줬든 그렇지 않았든 이십 년 동안이나 고락을 같이 해왔는데, 짐에게 아무런 미련도 없다는 말인가? 자네가 그깟 실수로 떠나겠다니, 좀 그렇군! 언관들한테는 짐이 한마디만 하면 되니까 고쳐 생각해볼 여지는 없겠는가?"

강희는 안타까운 어조였다. 웅사리는 강희로부터 그만 두지 말라는 권유를 받는 것이 황송한지 상서방의 차가운 바닥에 무겁게 머리를 세 번 조아렸다. 이어 울먹이면서 아뢰었다.

"소인은 죽어서 흙이 되더라도 갚지 못할 성은을 입고 지금까지 살아온 사람이옵니다. 소인이 어찌 감히 폐하께 서운한 감정을 티끌만큼이라도 가질 수가 있겠사옵니까? 다만 이제는 젊고 패기 넘치는 이 강산의 멋진 국사國土들이 마음껏 기량을 발휘할 수 있도록 자리를 내주고 싶을 뿐이옵니다. 이것이 폐하와 나라, 그리고 백성 모두에게 바람직한 선택이라고 생각을 굳혔사옵니다."

강희가 가늘게 떨리는 웅사리의 흰 머리카락을 바라보다 한숨을 내쉬었다.

"맞는 말이기는 하네. 정 그렇다면 도저히 방법이 없구먼. 그렇다면 짐이 남경에 집을 하나 마련해줄 테니, 그쪽에 가서 살도록 하게. 남순 때

보니까 그곳이 괜찮더라고. 위동정과 목자후도 그곳에 있으니까 자식처럼 생각하고 노년을 그들에게 맡기게. 짐의 다음 남순 때 우리 군신이 다시 만날 그날을 기약하면서 마음껏 여생을 즐기고 있게……."

강희의 두 눈에서는 어느덧 눈물이 맺혔다. 그 모습에 감화됐는지 옆에 엎드려 있던 고사기, 색액도, 장정옥 역시 자신들도 모르게 눈물을 훔쳤다. 웅사리는 아예 울먹이고 말았다.

"폐하, 부디 만수무강 하시옵소서! 소인은 남경에서 조석으로 폐하께서 영원히 현명한 군주로 남으시기를 기원하겠사옵니다!"

웅사리가 말을 마치자마자 바로 퇴장하려고 했다. 그러자 강희가 바로 눈물을 닦고는 웃는 얼굴로 그를 제지했다.

"뭘 그렇게 서두르나! 짐이 부탁이 하나 있네. 짐 걱정은 하지 말고 자네야말로 건강을 잘 챙겨야 하네. 지방관들의 일에는 웬만하면 관여하지 말고 여생을 편히 보낼 궁리나 하게. 그들과 사이가 벌어지면 자네만 불편해져. 그러니까 그들이 잘못하는 부분이 있으면 짐에게만 살짝 알려주면 되겠네. 짐이 벌써 동국유佟國維에게 상서방에 들라고 지시했네. 이제 몇 명만 더 물색하면 상서방도 제대로 돌아갈 테니까 여기 일은 걱정하지 말게. 자네는 이대二代에 걸친 공신이라 은퇴를 해도 조정에 있는 현직 관원들에게 버팀목이 되어 줄 것이라고 믿네!"

말을 마친 강희가 바로 명령을 내렸다.

"하주아!"

"예, 폐하!"

태감 하주아가 황급히 들어서면서 대답했다.

"웅사리를 문화전으로 데리고 가서 연회를 베풀어줘라! 짐이 시 한 수 적어 놓을 테니 조금 있다 가지러 오도록 하고. 또 어선방御膳房에 부탁해 노인장 구미에 맞는 음식을 정성 들여 몇 가지 만들어 웅사리가 가져갈 수 있도록 하라고 전해! 알겠는가?"

"예!"

하주아가 웅사리를 부축하고 천천히 밖으로 나갔다. 강희 역시 곧이어 자리를 털고 일어났다. 북경으로 업무 보고를 하기 위해 달려온 낭심과 파해가 건청궁에서 기다리고 있었기 때문에 몇 사람을 데리고 뒤따라 나선 것이다. 그가 월화문으로 들어가려 할 때였다. 태자 윤잉이 윤제, 윤진을 데리고 북쪽에서 오는 광경이 보였다. 그가 걸음을 멈추고 물었다.

"어디 갔다가 오는 길인가?"

"아바마마께 아뢰옵니다."

태자가 상체를 숙이며 대답했다.

"열셋째 아우가 오늘 태어난 지 한 달째 되는 날이라 저희들이 보러 갔었사옵니다. 그러다 어화원에서 무술 연습 좀 하다 오는 길이옵니다……."

"황태자가 꼴 좋구나! 너의 증조할머니께서 돌아가신 지 며칠이나 됐다고 벌써 비단옷으로 갈아입고 희희낙락인 것이냐! 그리고 큰 아이, 너는 어떻게 감히 태자와 똑같은 노란 전대를 할 수가 있어? 셋째 좀 봐, 어떻게 하는가! 진몽뢰가 만들어 준 책을 열심히 읽고 있는 것을 배우란 말이야! 넷째, 너는 쥐방울만한 것이 별의별 인간 다 만나고 다닌다면서? 그 오사도라는 자식은 길들여지지 않는 잡종이라고! 개나 소나 다 끌어들여 스스로 자기 품위나 떨어뜨리고 뭐 하는 짓이야? 짐이 지금은 바쁘고 경황이 없어서 그냥 간다만 조금 지나서 한번 보자고!"

강희가 눈을 부라리면서 준엄하게 자식들을 꾸짖었다. 그런 다음 휑하니 월화문 안으로 들어가 버렸다. 기겁한 세 명의 황자는 길게 엎드려 죽을상을 한 채 서로를 쳐다봤다.

54장

강희, 친정親征을 결심하다

한때 세상을 어지럽게 했던 명주의 사건은 차츰 사람들의 기억 저편으로 멀어져 갔다. 색액도도 일상으로 돌아갔다. 강희 28년에는 강희의 명령을 받고 네르친스크로 가서 러시아와 국경선을 분명히 정하기 위한 협상을 벌였다.

그 사이 강희는 생모 동가씨의 동생인 동국유를 상서방으로 불러들였다. 동국유는 이처럼 족보로는 강희의 외삼촌이었다. 하지만 황가皇家의 규정상 황제가 외삼촌이라고 부르지 않는 한은 한낱 별 볼 일 없는 대신 동국유로 남아 있어야 했다. 물론 동국유도 한때는 대단했다. 설사 껍데기에 지나지 않았다 해도 순치황제 때 이미 일등 시위라는 지위를 가지고 있었다. 그러나 그는 명주와 함께 철번을 강력히 주장했다는 이유로 색액도에게 미움을 산 이후 한동안 기를 펴지 못하고 살았다. 그러다 이제야 비로소 수면 위로 떠오르게 된 것이다.

그는 황실의 인척이어서 그런지 조심스레 정국을 관망하면서 앞뒤를 재고 움직이는 장정옥과는 뭔가 달라도 달랐다. 부임 초기부터 존재를 확실히 심어주려는 듯 연신 상주문을 올려 자신의 주장을 인정받았다. 또 육부의 시랑 직급 이상의 관원들을 전부 물갈이하다시피 하기도 했다. 유능한 관리를 선발해 등용했을 뿐 아니라 이치吏治의 강도를 높여 상서방으로 하여금 새로 태어난 느낌을 주게 하였다. 단시일 내에 많은 인심을 얻었고, 상도 후했다. 예컨대 몇몇 정치적 업적이 뛰어난 관리들인 우성룡, 마제馬齊, 왕섬王掞, 범성훈範成勳, 요체우姚締虞, 곽수郭琇 등에게는 공작새 화령을 상으로 주면서 궁보宮保 직급까지 추가했다. 모두 일품의 관원으로 벼슬을 높여준 것이다. 그러면서도 자신의 조카인 융과다隆科多의 직급은 원래의 종이품에서 종삼품으로 낮췄다. 색액도가 네르친스크에서 돌아왔을 때 조정은 이미 그의 주도하에 새로운 국면을 맞은 뒤였다.

색액도가 동북에서 돌아온 것은 강희 29년 정월 초열흘이었다. 황태자는 색액도를 맞이하여 성대한 환영식을 열었다. 색액도는 기대를 저버리지 않고 강희에게 네르친스크에서 협상을 벌인 과정부터 시작해 협정을 맺기까지의 상황을 소상하게 보고했다.

자연스럽게 그를 보는 주변의 시선도 달라졌다. 여러 왕들과 패륵, 패자, 각 부서의 책임자들이 모두 옥황묘가에 있는 그의 집으로 찾아갔을 정도였다. 어떤 사람은 색액도를 집으로 초대하기도 했다. 또 어떤 이는 색액도를 찾아와 동국유에 의해 밀려난 억울함을 하소연하기도 했다. 그러나 색액도는 의외로 그다지 흥분하지 않았다. 그저 가벼운 웃음으로 일관할 뿐이었다.

정월 15일, 색액도는 명을 받고 강희를 대신해 천궁전天穹殿으로 참배를 갔다 돌아와서는 즉시 보고를 올렸다. 그런 다음 다시 강희를 따라 순정문順貞門을 나와 대고전大高殿, 수황전壽皇殿, 흠안전欽安殿, 두단斗壇 등 곳곳을 두루 다니면서 경건하게 향을 피웠다. 육부의 관원들을 소집해 강희와 함께 태황태후의 영전을 찾는 것 역시 잊지 않았다. 하루 종일 눈코 뜰 새 없이 바삐 돌아다닌 색액도가 대내로 돌아왔을 때는 이미 어둠이 깔리기 시작할 무렵이었다. 하늘에서는 눈꽃이 가늘게 휘날렸다.

여느 때 같았으면 여러 가지 민속놀이로 세상이 떠들썩할 정월 대보름일 터였다. 그러나 이번만큼은 분위기가 착 가라앉아 있었다. 태황태후의 국상 때문이었다. 북경의 집집마다에도 떠들썩한 분위기는 사라지고 흰 천을 씌운 초롱불만이 걸려 있을 뿐이었다. 가끔 어린이들이 깔깔 웃으면서 술래잡기를 하는 것이 고작이었다. 색액도가 서화문 앞의 흰 천으로 씌운 커다란 궁등宮燈 앞에서 잠시 생각에 잠겨 있다가 긴 한숨을 내쉬면서 가마에 올라탔다. 동시에 명령을 내렸다.

"동국유의 집으로 가자!"

동국유가 새로 하사받은 저택은 서하연西河沿에 위치하고 있었다. 누구에게나 평소 익숙한 위치인 탓에 곧 도착할 수 있었다. 그는 가마에서 내리자마자 안에서 나오는 근보와 마주쳤다. 그러나 근보는 일부러 얼굴을 돌리고 색액도를 못 본 척하며 지나가려고 했다. 색액도가 허허 웃으면서 근보를 불러 세웠다.

"근 공, 이렇게 그냥 지나칠 정도로 우리가 모르는 사이는 아니잖아요? 왜요, 그 사이 나 색 셋째를 잊은 겁니까?"

색액도가 농담처럼 말하며 근보를 슬쩍 잡아당겼다. 그리고는 덧붙였다.

"한참 못 봤더니 아주 비쩍 말라 버렸군요! 머리카락도 온통 흰 서리가 내리고 말입니다! 그래 동상佟相은 만나 봤습니까?"

근보는 색액도가 말한 대로 정말 뼈만 앙상한 모습이었다. 거무스레하게 건강해 보이던 안색 역시 창백하고 푸르스름한 기운을 띠고 있었다. 그야말로 초췌하기 이를 데 없었다. 직급을 해제당한 채 북경에 기거하고 있는 그는 촌로들이 주로 입는 양가죽 저고리를 입고 있었다. 듬성듬성한 머리카락은 하얀 갈대꽃을 방불케 했다. 그래서인지 걸음걸이조차 엉거주춤했다. 하지만 강바람과 햇볕에 단련된 눈빛만은 예전 그대로였다. 근보가 색액도의 간사한 표정을 읽으면서 마른 웃음을 지었다.

"나 근보는 이제 죄인입니다. 그런데 어떻게 색상 같은 귀인하고 어깨를 나란히 할 수 있겠습니까?"

그러자 색액도가 껄껄 웃으면서 근보의 손을 덥석 잡았다.

"그대는 불과 얼마 전까지만 해도 성격이 이렇게 모나지 않았습니다. 둥글둥글한 것이 참 좋았죠. 그런데 나이가 들더니 무섭게 변하네요! 누구라도 관직에 있다 보면 하루아침에 하늘을 나는 수도 있고, 멀쩡하던 밧줄이 끊어져 엉덩방아를 찧는 수도 있지 않겠어요? 엉덩이가 부서져 가루가 되지 않는 한 다시 일어날 수도 있고요! 또 이 바닥이 누구도 장담할 수 없다는 사실을 감안하면 언젠가는 내가 그대 밑에서 일하지 말라는 법도 없는 겁니다. 인정이 아무리 야박해졌다고는 하나 이 지경에까지 와서야 되겠어요? 또 나보고 귀인이라고 했는데, 내가 무슨 귀인입니까? 동국유와 장정옥이야말로 새로운 귀인이죠!"

색액도는 부드럽게 말하고 있었다. 그러나 말속의 뼈는 숨기지 못했다. 근보 역시 그걸 발견할 수 있었다.

"새로운 귀인이니 옛 귀인이니 하는 것에는 전혀 관심이 없어요. 성은에 힘입어 껍데기를 벗어버리고 나니 오히려 온몸이 홀가분한 것이 좋네요! 진황의 일 때문에 왔어요. 죄 없는 사람을 몇 년씩이나 옥신묘에 가둬놓고 뭘 어떻게 하겠다는 것인지! 폐하께서 나를 귀주 순무로 보낼

지도 모른다는 소문이 돌기에 일찌감치 거절하려고 동상을 찾아온 것이기도 하고요. 늙은 것이 힘도 못 쓸 것이 뻔한데, 그냥 몇 년 동안 맘편히 살다 가게 해달라고 폐하께 말씀 좀 잘 드려주십사 하는 부탁을 하고 나오는 길입니다."

색액도는 근보의 말에 잠시 혼란을 겪었다. 남들은 침을 질질 흘리면서 달려들 고깃덩어리를 마다하는 이 늙다리의 속셈을 알 수가 없는 때문이었다. 도대체 이 사람의 진의는 무엇일까? 색액도가 잠시 생각을 굴린 끝에 입을 열었다.

"그걸 왜 마다해요? 폐하께서는 솔직히 그대한테는 큰 불만이 없으신 것 같던데요. 전에 일각에서 그대를 없애버리자고 떠들고 일어난 적이 있었어요. 그때도 '죽이더라도 치수가 제대로 된 뒤에 보자'고 말씀하셨다고요. 입을 막아버리느라 그렇게 얘기하셨던 건데 치수가 이뤄진 지금에 와서 정말 그대를 죽인다면 멍청한 군주라는 오명을 쓰게 되지 않겠어요?"

색액도가 말을 마친 다음 조용히 웃었다. 근보의 두 눈은 치수에 대한 말이 나오자 순간적으로 밝은 빛을 발했으나 곧 다시 암울하게 변했다. 그리고는 한숨을 길게 내쉬었다.

"사실 이 모습을 하고서는 내 입으로는 할 말이 없어요. 하지만 치수에 대해서는 말하지 않을 수 없습니다. 우성룡은 치수 책임을 맡자마자 감수둑은 사용하지 않고 멀쩡한 소가도의 둑을 허물어 하도를 넓혔어요. 그 결과 이 년 사이에 흙모래가 또 엄청 쌓였다고 하는군요. 다시 터지지 않으면 내가 손바닥에 장을 지질 겁니다!"

색액도가 웃으면서 근보의 말을 받았다.

"이틀 전 진황이 옥중에서 보낸 서신을 형부를 통해 전해받았어요. 역시 그런 내용이더군요. 그런데 그대는 쫓겨나와 북경에 압송돼 있는 사실상의 죄수가 아닙니까. 무슨 걱정을 그렇게 해요? 더구나 지금은 과거와는 달라요. 조정에 돈과 쌀이 넘친다고요. 둑이 몇 번이든 더 터져나가도 뭐가 문제가 되겠어요? 터지면 막고 다시 터지면 또 막으면 되는 것을. 둑이 터지면 그대한테는 오히려 더 유리하잖소. 강이 그대를 위해 변호해 주는 거라고 생각해요. 그렇게 생각하지 않나요? 그대 말대로 하지 않아서 그런 거니까요."

이른바 나라의 으뜸가는 보정대신輔政大臣이라는 사람의 입에서 그야말로 무책임하기 이를 데 없는 극단적인 말이 스스럼없이 튀어나왔다. 근보는 그 사실에 가슴이 내려앉고 말았다. 그러나 처지가 처지이니 만큼 공공연히 반박을 할 수도 없었다. 그때 색액도가 근보의 두 손을 잡았다.

"동부修府에서 사람이 나오는 것 같네요. 나중에 얘기하죠. 바보처럼 그러지 말고 귀주로 보내준다면 가도록 하세요! 또 북경에 있는 동안 아쉬운 것이 있으면 주저하지 말고 우리 집으로 사람을 보내세요. 진황에 대해서는 마음을 쓰지 않는 것이 나을 겁니다. 그대가 아니라 상서방 모든 인원이 총출동해 탄원해도 소용없어요. 폐하께서 죽여 버리지 않는 것만으로도 고마워해야 할 겁니다!"

근보가 색액도의 말에 냉소를 터트렸다.

"나는 끝까지 해볼 참입니다. 죄인은 나 아닙니까. 그런데 어찌 열심히 일한 죄밖에 없는 진황, 봉지인, 팽학인을 생고생시키겠습니까!"

근보는 말을 마치기 무섭게 색액도를 향해 읍을 하더니 휙 돌아섰다. 이어 눈길 위를 저벅저벅 걸어갔다. 색액도는 한 방 얻어맞은 듯 멀어져 가는 근보의 뒷모습을 바라보았다. 그때 동국유 집의 중문이 활짝 열렸다. 그가 몇 명의 식객들을 거느리고 마중을 나오는 모습이 보였다. 색액도와 동국유는 간단한 인사를 주고받은 다음 웃으면서 후당에 있는 서화청으로 향했다. 그곳은 바깥의 쓸쓸한 분위기와는 완전히 달랐다. 수십 개의 촛불이 뜰을 환하게 비추고 있었을 뿐 아니라 술상도 마련돼 있었다. 동국유가 자신의 참모들을 집으로 초대해 마련한 자리인 듯했다.

색액도는 그를 맞이하느라 서 있는 동국유와 그의 식객들에게 손을 들어 앉으라는 시늉을 했다. 본인 역시 자리에 앉았다.

"오늘은 정월 대보름입니다. 우리 집에는 찾아오는 사람이 몇 명 없어 한적하더라고요. 동북에서 돌아오자마자 진작 동 대인 그대를 찾았어야 했으나 너무 바쁜 바람에 이제야 왔습니다. 뭐라고 탓하지는 말아주세요! 여기 오니까 사람들도 많고 꽤 흥청거리네요. 술안주도 기가 막히고. 황궁에서 먹는 어선이라고 해봤자 기껏 이정도일 텐데 말입니다!"

동국유는 40세를 훌쩍 넘긴 인물이었다. 불그스레한 얼굴에 구레나룻을 깔끔하게 면도한 모습이 인상적이었다. 또 검은 먹을 들이부은 것 같은 까만 눈동자 역시 예사롭지 않아 보였다. 뭐라 표현하기는 쉽지 않았으나 나름 위엄이 있었다. 동국유가 색액도에게 술을 부어주고는 두루마기 자락을 다시 여몄다.

"방금 근보가 왔다갔습니다. 불쌍하더라고요. 고생만 죽어라 하고 쪽박 차고 나앉았으니 말입니다. 그런데 제 코가 석 자나 빠졌으면서도 남 걱정만 하고 있더군요. 다행히 이부에서 근보를 귀주 순무로 보내기로 잠정 합의해 폐하께 상주를 올렸다고 합니다. 색상께서도 폐하께 말씀 좀 잘해 주세요. 근보를 보내도록 말이에요."

"바로 그거예요. 나도 공감입니다. 그런데 근보가 원하지 않을 수도 있어요. 정 그렇다면 우리도 억지로 밀어붙이지는 말아야 해요. 지금 호부의 한상서漢尚書 자리가 비었다고 하더군요. 일단 그 자리를 만들어 주는 것도 좋겠어요. 그쪽 업무에 생소한 사람도 아니잖아요. 오, 이 얘기를 하니까 생각이 나는 게 있네요. 경색도耿索圖가 병부상서 자리를 맡아서 잘 하고 있는 걸로 알고 있었는데, 왜 갑자기 사창의謝倡義로 바꿔치기를 했죠? 최근 내가 북경에 없는 사이에 사람이 너무 많이 바뀌었어요. 하나도 모르겠더군요."

색액도가 음식을 질겅질겅 씹으면서 말했다. 동국유는 그런 색액도를 말없이 바라보면서 아무 대답도 하지 않았다. 갑자기 분위기가 썰렁해졌다. 식객 몇 명이 그 상황을 만회해보려는 듯 황급히 음식을 집어 색액도의 접시에 담아줬다. 술을 따라주는 사람도 있었다. 동국유가 잠시 침묵하더니 드디어 입을 열었다.

"사창의는 도해와 주배공의 군영에 있었기 때문에 군사에 대해 아는 것이 많아요. 경색도를 내보낸 것은 폐하의 뜻이었습니다. 폐하께서는 경색도와 저의 형 국강國綱을 비양고에게 보내셨어요."

동국유가 다시 잠시 말을 멈추었다. 그러자 이번에는 색액도가 동국유에게 술을 따라주었다.

"무작정 여기에서 빼가지고 저쪽에 집어넣는다고 되는 것은 아니죠. 경색도는 병부상서로 아무런 실수도 없이 잘하고 있었어요. 그런데 갑자기 한참 낮은 자리로 보내버린다는 것은 곤란하지 않나요? 이런 선례가 없었잖아요. 오늘 흠안전欽安殿에서 폐하께 생각을 고쳐 주십사 하고 말씀드렸어요. 거의 받아들여질 것 같아요. 내가 여기에 온 목적은 다른 것이 아닙니다. 그대들에게 일러두고 싶은 말이 있어서입니다. 우리는 너나 할 것 없이 나라의 핵심 부서에서 일하는 사람들이에요. 그런 만큼 서로가 투명하게 일을 해야 합니다. 네가 한 일을 내가 모르고, 내가 한 일을 네가 모르면 곤란하지 않겠어요?"

동국유는 그제야 색액도가 찾아온 진정한 이유를 알 것 같았다. 순간 코웃음을 치고 싶은 생각이 들었다. 그러나 겉으로는 아무렇지도 않은 듯 입을 열었다.

"육부에서 물갈이를 대대적으로 한 것은 사실입니다. 그러나 오해는 하지 말아주세요. 모두 언관들이 탄핵안을 올리고 폐하께서 받아들이셨기 때문입니다. 저는 다만 명을 받고 움직였을 뿐이에요. 그러나 서건학 같은 경우에는 반드시 쫓아내야 했어요. 그동안 명주의 뒤를 강아지처럼 졸졸 쫓아다니더니, 갑자기 미친개로 돌변해 발뒤꿈치를 물어버리는 것을 좀 보세요. 그런 자식에게 따끈한 밥을 먹여줄 필요가 있겠습니까?"

"언관들은 권세와 명예를 귀신처럼 알고 쫓아다니는 갈대들입니다. 그 자식들이 뭘 알겠어요!"

색액도가 갑자기 언성을 높였다. 그러나 화를 낼 자리는 아니라고 생각했는지 이내 웃음을 지어보이면서 덧붙였다.

"사신행만 해도 그래요. 국상 기간에 생각 없이 술김에 노래 몇 마디 불렀다고 감옥에 처넣으면 어떡합니까? 후세들이 인재를 너그럽게 대하지 못한 우리를 뭐라고 평가할지 모르겠네요! 사신행은 내가 폐하께 말씀을 올려 풀어줬어요. 노자까지 마련해 남경에 보냈죠. 요즘처럼 나라가 태평스러운 때에 물정에 어두운 어리숙한 선비들을 조금 너그럽게 봐주면 안 되나요?"

색액도는 은근히 흥분하고 있었다. 동국유는 색액도의 말을 묵묵히 듣다 갑자기 푸우! 하고 웃음을 터뜨렸다.

"색상께서는 꼭 어디에서 열을 잔뜩 받으시고 화풀이하러 여기 오신 분 같네요. 그만하시죠. 색상께서 막 네르친스크에서 돌아오셨다고 다들 협상이 어떻게 됐는지 궁금해서 난리들이에요. 괜찮으시면 조금 들려주세요."

색액도는 자신이 지나치게 흥분해 대신으로서의 체면을 구겼다는 생각이 들었다.

"그런 오해를 받을 법도 하네요. 오늘처럼 좋은 자리에서 괜히 마음에도 없었던 화를 내고. 내가 왜 이러는지 모르겠네요! 자, 자! 재미있게 술이나 마시고 대보름을 즐겁게 지내보자고요!"

좌중의 여러 식객들은 색액도와 동국유 두 사람이 은근히 보이지 않는 화살을 서로 쏘아대고 있다는 사실을 모르지 않았다. 묘한 그 모습에 은근히 긴장을 하기도 했다. 배짱 없는 이들은 손에 땀을 쥐기도 했다.

순간 어색한 분위기가 감돌았다. 그러나 빈객들은 역시 입만 가지고 먹고 사는 사람들다웠다. 금세 적극적으로 나서더니 분위기를 띄우기 위해 열심히 부채질을 하기 시작했다. 그 바람에 꺼져가던 불꽃은 다시 살아났다.

"협상 장소에 나타난 그 자식들이 뭘 숨기고 왔는지 알아요? 지뢰를 품고 들어온 거 있죠!"

색액도가 술이 서너 순배 돌자 울긋불긋한 얼굴에 득의양양한 표정을 지으면서 말했다. 사실 네르친스크 행은 그가 일생동안 가장 큰 자랑거리로 우려먹을 만한 일이기는 했다. 그가 입에 힘을 잔뜩 주어가면서 네르친스크에서 있었던 일을 얘기하려고 작심한 것은 당연했다. 그런데 마침 그때 양심전 태감인 하주아가 들어왔다. 색액도가 고개를 갸웃하면서 물었다.

"자네가 여기는 왜 왔는가?"

색액도는 내무대신과 영시위내대신을 겸하고 있었다. 보통 지위가 아니었다. 하주아도 색액도가 좌중에 있는 것을 알아봤다. 그가 황급히 인사를 올리고는 정색하면서 대답했다.

"색 어른께서도 여기 계셨네요! 소인이 다리품을 팔고 옥황묘까지 갈 필요가 없게 됐습니다. 폐하께서 색 어른과 동 어른에게 대내로 들어오라는 명령을 내리셨습니다!"

강희는 대신들을 불러들인 다음 바로 익곤궁翊坤宮으로 향했다. 한류씨, 즉 한류 어멈이 강희를 발견하고는 황급히 초롱불을 밝히고 큰 소리로 외쳤다.

"귀비마마, 폐하께서 도착하셨습니다!"

아수는 이 무렵 아들 윤상胤祥과 노는 재미에 푹 빠져 있었다. 그럴 만한 이유가 있었다. 강희 28년 10월 초하루부터 다섯 살이 된 윤상은 내무부의 관할하에 들어가 육경궁에서 황태자와 함께 거의 매일 탕빈의 강의를 들어야 했던 것이다. 따라서 명절 때만 빼고는 모자가 만날 기회가 없었다. 그러나 올해 정월에는 강희가 웬일로 선심을 썼다. 황자들에게 보름동안 어머니와 만날 수 있는 기회를 준 것이다. 궁중에서는 정말로 보기 드문 황은이었다. 아수는 진황과 그렇게 헤어지고 난 이후 남녀 간의 사랑에 대해서는 별로 관심이 없었다. 오로지 아들을 키우는 재미와 언젠가는 고향 땅을 밟을 것이라는 기대감으로 하루하루를 버텨내고 있었다. 그나마 다행인 것은 사촌오빠인 명주 때문에 궁중에서 위신이 땅바닥에 떨어진 혜비 납란씨가 그녀를 대하는 태도가 많이 부드러워졌다는 사실이었다.

강희가 도착했을 때는 납란씨가 아수를 보러 왔다가 막 떠나간 뒤였다. 아수는 급히 윤상을 데리고 문 입구까지 나와 무릎을 꿇은 채 나지막한 목소리로 아뢰었다.

"노비 장가씨, 폐하를 고견叩見하옵니다!"

"어서 일어나게!"

강희가 환한 얼굴로 귀엽게 땋아 내린 윤상의 머리채를 매만졌다. 그리고는 궁전 안으로 들어섰다.

"몇 개월 동안 자네한테 오지 못했네. 자네가 몸이 안 좋아서 귀찮아 할 것 같아서이기도 했으나 사실은 짐이 너무 바빴어. 오늘 저녁에도 대신들을 불러놓고 잠시 틈을 내 부랴부랴 달려온 거야. 이번에는 강희 이십삼 년 때와 달라. 정말 갈이단과 붙게 된다면 짐은 식언을 할 수가 없다고. 오란포통으로 직접 정벌을 나갈 거야! 자네의 한도 풀어줄 겸 말이야!"

아수는 차를 준비하다 갈이단과의 결전이 가시화되고 있다는 사실에 화들짝 놀랐다. 차를 탁자 위에 조금 쏟기도 했다. 하지만 그에 아랑곳하지 않고 눈을 크게 뜨면서 물었다.

"그게 정말이옵니까?"

"당연히 정말이지! 탁색도 왕이 정말 괜찮은 인간이야. 끝내는 큰 고기를 낚았어. 갈이단 이 자식, 배 터지는 줄 모르고 먹으려다가 이번에 된통 한번 당하게 생겼어!"

강희가 웃으면서 윤상을 품에 껴안았다. 아수는 곧 원수를 갚을 수 있다는 생각에 흥분했는지 바로 눈물이 그렁그렁 맺혔다. 그러나 곧 흘러내리려는 눈물을 손수건으로 찍어내고는 말했다.

"오란포통이라면 고북구와 몇백 리밖에 떨어지지 않은 곳이옵니다. 어떻게 이처럼 큰일을 노비는 전혀 모르고 있었을까요!"

"자네는 당연히 모르지. 자네뿐만이 아니야. 북경에서 동국유 외에는 이 일을 아는 사람은 없어! 쓸데없는 사람들이 알아봤자 별 도움도 안 될 뿐더러 시끄럽기만 하지."

그 말에 아수는 단호하게 자신의 의견을 밝혔다.

"노비도 따라가겠사옵니다! 전에 폐하께서 허락을 하셨사옵니다!"

"그건 안 돼. 총놀이하러 가는 것이 아니야. 적들과 싸우러 가는데, 어찌 여자를 데리고 가겠나! 말도 안 돼. 말 타고 죽기 살기로 적을 무찔러야 하는데, 자네가 따라가서 얼쩡거리면 어떻게 되겠어?"

강희 역시 단박에 그녀의 말을 잘라 버렸다. 그러자 아수가 잠시 머뭇거리더니 덧붙였다.

"폐하께서는 잘 모르시겠지만 노비도 말 위에서 칼을 곧잘 휘두른답니다."

강희는 그녀의 고집을 모르지 않았다. 그래도 출정하는 것은 곤란했다. 그가 더 이상 거론할 여지가 없다는 얼굴을 한 채 바로 자리에서 일어나 그녀에게 다가가서는 어깨를 껴안았다.

"싸운다는 것은 먹느냐 먹히느냐의 문제야. 장난이 아니라고! 알겠어?"

그러자 아수는 손으로 얼굴을 감싸 쥐더니 울음을 터트렸다.

"군주의 말에는 농담이 없다고 했사옵니다. 전에 폐하께서 허락을 하시지 않았사옵니까? 노비의 부왕, 오빠, 언니, 동생, 일가 모두…… 너무 비참하게 비명에 갔사옵니다. 그들의 한을 풀어주기 위해 중원까지 굴러 들어온 노비이옵니다. 폐하…… 제발 노비의 한을…… 풀어주시옵소서……."

강희는 아수의 눈물어린 호소를 듣는 순간 느닷없이 아수와 진황에 관한 소문이 뇌리에 떠올랐다. 안색이 바로 어두워졌다. 그는 자리에서 일어나 실내를 몇 번씩이나 왔다 갔다 하면서 뭐라고 입을 열려고 했으나 다시 멈칫했다. 그러다 천천히 입을 열었다.

"자네는 여전히 그…… 초원을 못 잊는 모양이군! 입궁한 이래로 짐이 자네에게 얼마나 잘 해줬어? 다른 비빈들을 좀 봐! 자네처럼 빨리 귀비 자리에 오른 사람이 있는가! 좋아, 정 그게 소원이라면 데리고 가주지. 알아서 해!"

강희가 말을 마치더니 횡하니 자리를 떴다. 뒤도 돌아보지 않았다.

강희는 착잡한 기분을 억누르면서 양심전으로 돌아왔다. 물론 그가 가문의 불행을 떠올리면서 원수를 갚고 싶어 하는 아수의 심정을 이해하지 못하는 것은 아니었다. 문제는 그가 진황을 질투하고 있다는 사실이었다. 그러니 더욱 화가 날 수밖에 없었다. 사실 그는 아수의 과거를 캐물을 생각은 전혀 없었다. 그러나 곽락라씨를 비롯한 태감 몇몇이 마치 약속이나 한 듯 아수가 입궁한 후에도 수도 없이 외신外臣들에게 진황에 대해 캐물었다며 고자질을 하자 자신도 모르게 생각이 달라졌다. 그는 여자와 소인배들은 다루기 힘들다고 강조했던 성인의 말이 하나도 틀린 데가 없다고 생각하는 것으로 자신의 화를 달랬다.

"폐하! 소인 고사기, 삼가 폐하의 안녕을 비옵니다!"

강희는 느닷없는 고사기의 목소리에 깜짝 놀라 얼굴을 번쩍 들었다. 그제야 그는 자신이 이미 양심전 수화문 앞에까지 이르렀다는 사실을 깨달았다. 고사기는 명령을 받고 궁으로 들어가려다 강희를 만난 듯했다.

"들어오게!"

강희가 퉁명스럽게 말하고는 앞장서서 걸었다. 곧 밝은 불빛이 시야에 들어왔다. 붉은 돌계단 아래 색액도, 동국유, 장정옥, 비양고와 이광지 등이 차례로 무릎을 꿇고 있는 광경이 들어왔다. 강희는 그들의 인사를 받는 둥 마는 둥 하면서 곧장 궁전 안으로 들어갔다. 그러자 그들도 부랴부랴 뒤를 따랐다. 강희는 자리에 앉자마자 고개를 돌려 이광지에게 물었다.

"이광지, 지금은 자네가 호부를 관리하고 있으니, 그대에게 묻겠네. 황하 북쪽의 여러 성들에 비축해둔 식량은 얼마나 되나?"

"폐하께 아뢰옵니다. 소인은 지금 문연각에 있사옵니다. 전에 호부 일을 겸한 적은 있었사옵니다. 그래서 식량이 얼마나 되는지는 잘 모르고 있사옵니다. 약 천오백만 섬이 직예, 산동, 산서, 섬서 등지에 분산돼 있지 않나 하고 짐작하옵니다."

이광지가 황급히 아뢰었다. 하지만 그는 식량 비축량에 대해 모르는 것이 아니었다. 오히려 너무나 잘 알고 있었다. 그러나 조정 내 과반수의 대신들과 마찬가지로 그는 이제는 총칼을 겨누고 싸우는 전쟁을 일으켜서는 안 된다는 입장이었다. 그런데 비양고가 바로 이 자리에 참석하고 있지 않은가. 바보가 아닌 한 서부 출정이 가시화됐다는 사실을 받아들이지 않을 수 없었다. 그래서 일부러라도 모르쇠를 놓아야 했다. 하지만 1500만 섬도 결코 적은 숫자는 아니었다. 불과 10년 전만 해도 꿈도 못 꾸던 숫자였다. 강희는 적이 안심하는 듯 웃음을 지었다.

"자네 같은 이학의 명신도 짐과 술래잡기를 하겠다는 것인가? 숨기는 것이 있지?"

"모르는 것을 모른다고 했을 뿐이옵니다. 소인이 어찌 감히 폐하를 기만하겠사옵니까!"

이광지가 얼굴을 붉히면서 대답했다. 강희는 달리 방법이 없다고 생각했는지 좌중을 오래도록 지켜봤다. 그러다 갑자기 입을 열었다.

"짐이 보기에는 천만 섬만 가지고 있어도 대체로 맞아떨어질 것 같아. 전에 오삼계가 난을 일으켰을 때는 북경에 있는 칠백만 섬 가지고도 알뜰하게 사용했잖아. 용케 버틸 수도 있었고! 그때는 강남 지역의 도움을 바랄 수도 없는 입장이었는데 말이야. 짐은 우성룡에게 약속했네. 이번에 군량미만 마련되면 영원히 조세를 올리지 않겠다고 말이네."

대신들은 "영원히 조세를 올리지 않는다"는 강희의 폭탄선언에 하나같이 크게 놀랐다. 역사상 그 어느 왕조의 조정에서도 그러한 결정을 내린 적은 없었으니까 말이다! 고사기가 가장 먼저 앞으로 한 발 나섰다.

"천추에 길이 빛날 선정이 틀림없사옵니다! 다만 이번에는 거리가 너무 먼 탓에 식량이 바로바로 공급되지 못하지 않을까 그게 걱정스럽사옵니다."

"전에 그쪽 백성들에게 너무 과중한 세금을 부과했었네. 아무리 생각해 봐도 손을 내밀 곳은 이번에도 강남밖에는 없어. 그러나 민심이 동요하는 틈을 타 일부 불순세력들이 부채질을 하고 나설 가능성은 있지. 그러니 미리 가슴을 진정시킬 정심환定心丸을 먹이는 것이 필요해! 알겠는가?"

"폐하께서는 또 군사를 일으키려고 그러시옵니까? 철번에 이어 대만 출정까지 이뤄지다 보니 나라 전체가 완전히 빈혈 증세를 보이고 있사옵니다. 이제 겨우 원기를 회복하고 있는 중인데, 무슨 이유로 또다시 출병하시려는 것이옵니까?"

이광지가 풀썩 무릎을 꿇으며 여쭈었다. 강희가 단호하게 대답했다.

"중화中華의 대통일을 위해서야! 짐은 천하의 공주共主네. 열 손가락 깨물어 안 아픈 손가락이 어디 있겠나! 듣자하니 자네가 동국유 앞에서 점괘를 봤다고 하더군. 그런데, 짐의 이번 출병이 불리할 것으로 나왔다면서?"

이광지가 재빨리 머리를 조아리면서 대답했다.

"일명 '사'師 괘라는 것을 봤사옵니다. 정말로 좋지 않게 나왔사옵니다. 그러나 감히 폐하께 직접 말씀드릴 수는 없었사옵니다. 그래서 동국유에게 보여줬던 것이옵니다!"

"하나는 알고 둘은 모르는군요! '사' 괘에는 그렇게 나왔을지라도 총강總綱에는 지혜롭고 심모원려가 있는 통수가 이끌면 대길하다는 괘가 나왔어요!"

고사기가 갑자기 강희와 이광지의 대화에 끼어들었다. 조금 전까지만 해도 표정이 굳어져 있던 강희는 고사기의 말에 바로 얼굴이 펴졌다. 그리고는 자신감 넘치는 어조로 의지를 밝혔다.

"사실 짐은 이번에 길흉 같은 것은 염두에 두지 않아! 하늘이 굽어보고 있어. 불길과 대흉은 오직 갈이단에게만 해당되는 단어야! 이광지, 자네는 생각 없이 아무 말이나 막 하는 것 아닌가? 안 그런가?"

그때 비양고가 느릿느릿 입을 열었다.

"폐하께서 오랜 기간 그물을 치시고 기다리느라 고심하셨는데, 이번의 절호의 기회를 절대 놓칠 수는 없다고 생각하옵니다! 이제 더 이상 세금을 올리지 않겠다고 한 약속도 정말 현명한 판단이라고 생각하옵니다. 다만 지금 있는 천오백만 섬 가운데 사백만 섬은 북경에 남겨둬야하옵니다. 또 칠백만 섬은 몽고에서 피난 온 난민들을 구제해야 하옵니다. 그러므로 화급할 때 군량미로 요긴하게 쓸 수 있는 식량은 사백만섬밖에 되지 않사옵니다. 하지만 소인이 알고 있기로는 낙양洛陽과 섬주陜州의 창고에 이백만 섬이 있사옵니다. 또 우성룡이 강남에서 만들어 보낸 징량徵糧(징벌한 식량) 오백십만 섬도 북으로 운송 중에 있는 점을 감안해야 하옵니다. 그러면 이번 전투를 치르기에는 부족하지 않다고 생각하옵니다."

강희는 겉보기와는 달리 꼼꼼한 비양고를 기특한 표정으로 바라봤다. 비양고는 강희가 직접 네 개의 군량미 전문 담당기관을 만들었다는 사실을 몰랐다. 몰래 사백만 섬을 비상용으로 숨겨두고 있다는 사실은 더말할 필요조차 없었다.

강희는 난감한 표정으로 무릎을 꿇고 있는 이광지를 힐끗 쳐다보고는 자리에서 일어나며 하품을 했다.

"반대하든 지지하든 짐은 생각을 굳혔으니까 굳이 죄를 묻지는 않겠어. 그러니 그만하고 다들 돌아가게. 장정옥과 고사기는 색액도와 상의해 출정할 사람들과 북경에 남아 있어야 할 사람들의 명단을 작성하게. 닷새 후, 짐이 오봉루에서 열병을 할 테니까 예부에 일러 준비를 잘 하라고 하게. 짐이 직접 출병하는 것에 대해서는 더 이상 논하지 말게!"

55장
삼군을 직접 통솔하는 강희

그로부터 5일 후 갈이단을 직접 토벌하기 위해 장도에 오를 강희 휘하 병사들의 출병식이 오문 밖의 오봉루에서 열렸다. 강희는 전의를 다지기 위해 사흘 전부터는 미리 예부에서 정한 순서에 따라 천단天壇, 태묘太廟와 태세신太歲神을 참배했다. 이어 마지막으로 태황태후의 영전을 찾아 눈물을 흘리면서 묵도를 했다. 국운을 건 이번 출병에 태황태후께서 굽어 살펴주십사 하고 간절히 기도한 것이다. 모든 준비는 끝났다. 비양고는 고북구에서 3만 철기군을 인솔하고 북경으로 와서 강희의 검열을 받았다.

정월 20일 점심나절이었다. 오문에 걸려 있는 종고鐘鼓가 긴 여운을 남기면서 울려 퍼졌다. 그와 때를 같이해 정양문 동쪽과 서쪽에 있는 고루鼓樓와 종루鐘樓도 멀리서나마 호응을 해왔다. 이날 북경의 하늘에는 눈발이 휘날렸다. 곧 주위는 온통 새하얗게 변해버렸다. 날씨도 무척이나 추웠다. 그럼에도 병사들은 질서정연했다. 오문 밖의 넓은 광장의 동, 서, 남 삼면에는 진을 친 병사들로 빽빽했다. 그들은 그린 듯 꼼짝하지 않은 채 그 자리에 서 있었다. 북경에 남기로 한 상서방 대신은 장정옥과 동국유였다. 둘은 북경에 있는 여러 왕공들과 패륵, 패자, 그리고 육부구경의 대신, 북경에 머무르고 있는 외관 등 3백여 명을 거느리고 우액문右掖門 앞에서 황태자 윤잉을 가운데 둘러싼 채 황제를 환송할 준비를 하고 있었다. 당연히 전날 천하에 내린 대사면령과 조세를 영원히 동결시킨다는 은조恩詔를 받은 북경의 백성들은 저마다 흥분에 들떠 있었다. 날씨가 만만치 않았음에도 정양문 밖에 마련돼 있는 천막으로 나와 감동의 순간을 기다리고 있었다. 또 약속이나 한 듯 집집마다 술과 고기를 장만해 올림으로써 황제가 이끄는 병사들의 개선을 기원했다.

이윽고 하늘과 땅을 뒤흔드는 대포소리가 오봉루쪽에서 두 번 울려 퍼졌다. 동시에 정양문, 천안문, 지안문과 오문의 중문에 있는 빗장이 열렸다. 그리고는 모든 중문이 일제히 열렸다. 좌액문 앞에 있는 창음각에서는 북소리가 진동했다. 곧 용의 깃발을 든 태감들이 끊임없이 오문 밖으로 밀물처럼 밀려나오고 있었다. 비양고는 정신을 바짝 차린 채 긴장된 분위기 속에서 자기 차례를 기다리고 있었다. 21개 부대의 우림군羽林軍이 전부 빠져나가자 이번에는 색액도와 고사기가 완전무장한 40여 명의 시위들을 지휘하면서 어마御馬를 타고 오문으로 나와 그 뒤를 따랐다. 그제야 비양고는 등 뒤에 위풍당당하게 서 있는 동국강佟國綱과 연갱요 두 명의 장군을 힐끗 뒤돌아볼 수 있는 여유를 찾았다. 그리고는 강희로부터 하사받은 보검을 가슴에 받쳐들었다.

곧이어 등 뒤에서 수백 개의 호각이 좌액문 아래에 있는 악대와 더불어 울려 퍼졌다. 자리에 함께 한 수백 명이 〈우평장〉佑平章이라는 노래를 우렁차게 합창했다. 그런 가운데 황태자가 가장 먼저 땅에 엎드렸다. 그러자 문무백관들이 삼궤구고의 대례를 올리고 만세를 연호했다. 3만 명에 이르는 병사들도 연갱요가 노란 영기令旗를 흔들자 다시 천지를 뒤흔드는 소리로 경쟁적으로 외쳤다.

"황제폐하 만세, 만세, 만만세!"

금 투구를 쓴 채 갑옷을 입고 있는 강희의 까만 물을 들인 것 같은 팔자 모양의 눈썹 아래에는 마치 세상을 불태워버릴 것 같은 눈빛이 반짝이고 있었다. 그는 상기된 얼굴로 주위를 둘러보았다. 자신도 모르게 장검에 얹은 손이 가늘게 떨리고 있었다. 너무나도 감개무량했다. 강희가 이곳에서 열병식을 가지기는 이번이 두 번째였다. 맨 처음은 강희 12년 음력 12월, 남방에서 오삼계를 비롯한 '삼번'이 반란을 일으켰을 때였다. 당시 북방에서는 찰합이 왕자가 보란 듯 변절했다. 또 북경에서는 양기륭과 오응웅이 안팎으로 난을 일으키고 있었다. 그는 그때 도해, 주배공 등과 함께 이곳에서 5천 명밖에 안 되는 군사를 거느리고 열병식을 한 바 있었다. 모든 것이 어렵고 힘들었던 그때와 비교하면 지금은 솔직히 비교조차 되지 않을 정도였다. 무엇보다 병사들의 수가 압도적으로 많았다. 병사들의 사기는 상대도 되지 않을 만큼 높았다. 강희는 산이 쩌렁쩌렁 울리는 만세 소리에 숙연한 표정을 한 채 손을 들어 삼군의 병사들에게 화답했다. 그러자 장내는 곧 물 뿌린 듯 조용해졌다. 눈발이 흩날리는 소리만 사락사락 들려올 뿐이었다.

"장사壯士 여러분!"

강희가 큰 소리로 불렀다.

"만세!"

아래에서는 성난 바다가 포효하는 것 같은 소리가 우렁차게 들려왔다.

"갈이단 이 도둑놈이 야심을 저버리지 못하고 십여 년 동안 러시아와 결탁해 중원을 침략해 왔다. 또 몽고까지 삼켜 버렸다. 우리 백성들을 마구 유린하고 우리 대청의 강산을 무자비하게 짓밟기도 했다. 대청의 통일 위업에 걸림돌이 됐던 것은 더 말할 나위가 없다. 이제 우리는 더 이상 참을 수가 없다! 짐은 오늘 직접 삼군을 통솔해 만한滿漢(만주족과 한족) 삼십만 철기병들과 함께 이 나라의 도적을 토벌하러 떠날 것이다. 목적을 달성하지 못하면 살아 돌아오지 않을 각오를 다지는 바이다!"

강희의 목소리는 한껏 격앙돼 있었다. 비장한 감도 없지 않았다. 그는 말을 마치자마자 바로 화살주머니에서 승냥이 이빨로 만든 화살 하나를 꺼냈다. 이어 그대로 분질러버렸다.

"전장에 나가 적들을 보고 비실비실 게걸음을 치는 자, 명령에 따르지 않고 따로 노는 자는 모두 이 화살과 같은 운명을 면치 못할 것이다!"

짤막하지만 힘과 위력이 느껴지는 한마디였다. 혹독한 훈련을 받아온 수만 명의 군사들은 강희의 말이 떨어짐과 동시에 일제히 한쪽 무릎을 꿇고 큰 소리로 강희의 말을 받아 외쳤다.

"목적을 달성하지 못하면 살아 돌아오지 않을 각오를 다지겠사옵니다!"

"깃발을 올려라!"

비양고가 전마戰馬를 몇 발자국 앞으로 몰더니 검을 뽑아들었다. 이어 큰 소리로 외쳤다. 곧 열병장 한가운데에 노란색 용기龍旗가 서서히 솟아올랐다. 그러더니 북풍을 맞받아 표표히 나부끼기 시작했다. 호부가 예건영銳健營에서 불러온 천이백여 명의 병사들은 커다란 술항아리를 옮겨와서는 대접에 한가득씩 따라 출정 대기 중인 병사들에게 나눠줬다. 황태자 윤잉도 직접 강희에게 술을 따르려 했다. 장정옥과 동국유가 그 모습을 보고는 황급히 다른 술항아리를 가져와 술을 철철 넘치게 따랐다. 그런 다음 무릎을 꿇고 황태자에게 두 손 높이 받쳐 올렸다. 그러자 이번에는 윤잉이 무릎을 꿇은 채 술잔을 받아 머리 위까지 높이 들어

공손히 강희에게 바쳤다.

"아바마마, 아신兒臣(아들이자 신하라는 의미) 윤잉이 아바마마께서 승전고를 울리시기를 기대하면서 이 술을 삼가 바치옵니다! 아신은 황명에 충실할 것을 약속드리옵니다. 군량미 조달을 위해 최선을 다할 것 역시 약속드리겠사옵니다. 아바마마의 회소식을 기대하겠사옵니다!"

"좋아, 짐이 이 술을 마시지."

강희는 술잔을 든 채 윤잉의 눈동자가 붉어진 것을 몰래 훔쳐봤다. 애틋한 감정이 잔잔히 가슴을 적시고 있었다. 이어 당분간 자리를 비울 아버지답게 당부하는 것을 잊지 않았다.

"책 읽는 것을 게을리 하지 말거라. 일이 있으면 그게 무엇이든 두 명의 대신들과 상의하여 결정하도록 해라. 그래도 혼자서 용단을 내릴 수 없는 큰일이라면 짐에게 급사를 파견하여라. 또 황자들은 모두 너와 피를 나눈 형제들이니 일을 못한다고 너무 윽박지르지 말거라. 살살 다독거려가면서 모든 문제를 풀어가도록 해라. 알겠느냐?"

윤잉이 연신 머리를 끄덕였다. 강희가 흐뭇한 표정을 지었다. 그러더니 또 갑자기 뭔가 떠오른 듯 덧붙였다.

"명주는 죄인이기 때문에 대전大典에는 참석할 수 없게 돼 있어. 그러니 네가 짐의 명령을 대신 전하도록 해. 이번에 짐을 따라 출정하라고 말이야!"

옆에 있던 대신 몇몇은 하나같이 강희의 말을 정확하게 들었다. 색액도는 얼굴을 돌려 동국유를 쳐다봤다. 동국유 역시 그에게 시선을 돌렸다. 하지만 눈길이 마주친 두 사람은 이내 못 볼 것을 본 것처럼 황급히 서로의 시선을 피했다. 고사기는 처음에는 강희의 결정에 의아해했다. 하지만 바로 강희의 속마음을 알아차렸다. 자신이 황궁을 비운 사이에 명주가 동국유와 결탁해 태자를 해치지 않을까 하는 생각에 그를 떼어놓으려고 한 것이다. 고사기는 이번 출정에서 명주의 운명은 길보다는 흉의 방향으로 기울어질 것이라고 판단하였다. 순간 말 못할 두려움이 그의 뇌리를 스쳤다. 명주의 처지가 결코 남의 일 같지가 않았던 것이다. 강희는 아들 윤잉이 따라준 술을 한꺼번에 깡그리 들이마신 다음 술잔을 한편에 내던졌다. 이어서 큰 소리로 외쳤다.

"삼군 출발!"

병사들은 저마다 술잔을 들어 건배를 했다. 그리고는 모두 힘껏 내던져 깨뜨려 버렸다. 쨍그랑 소리가 고막을 찢듯 요란한 가운데 강희의 삼군은 곧 천안문을 향해 움직이기 시작했다.

갈이단은 강희 28년 가을, 총 병력 10만 명에 이르는 준갈이 부대를 거느리고 오란포통에 도착했다. 당연히 막남몽고로 오기 전 치밀한 준비를 했다. 우선 최악의 경우 원조를 받을 수 있도록 미리 서장의 달라이 라마에게 선을 대어 놓았다. 또 러시아의 그레고리예프 대좌^{大佐}를 만나 오란포통에 도착하자마자 흑룡강에 주둔하고 있는 러시아 부대로부터 화승총 3천 자루를 빌리는 협의도 마친 상태였다. 그 결과 전의가 한층 더 북돋아질 수밖에 없었다. 이뿐만이 아니었다. 탁색도는 편지를 보내와 '위대한 갈이단'이 막남에 도착하는 순간부터 광활한 과이심 초원의 소와 양떼들은 모두 대칸의 것이고, 과이심의 용맹한 몽고 기병들은 하나같이 갈이단의 부하라는 아부까지 해서 그의 출정 야욕을 더욱 불태웠다……. 그야말로 사방으로부터 온통 희소식만 눈꽃처럼 날아들었다.

갈이단은 손만 뻗으면 하늘의 별이라도 딸 수 있을 것 같은 자신감에 들떴다. 하기야 그럴 만도 했다. 무엇보다 그의 2만 철기병은 수 년 동안 준갈이의 네 개 부족을 평정한 용사들이었다. 또 객이객몽고의 세 개 부족도 삼켜버린 업적을 쌓기도 했다. 전투 경험이 풍부하고 혈기왕성한 나이의 용맹한 전사들이 주축이었다. 때문에 갈이단은 오란포통에서만 계획대로 터를 잡으면 전체 몽고를 장악하는 것은 식은 죽 먹기라고 판단했다. 그렇게만 되면 관내關內에 있는 강희의 강산은 천길 제방이 개미새끼 몇 마리 때문에 터지는 격이 될 수도 있었다. 갈이단은 그렇게 생각하면서 칭기즈칸의 광활한 대제국까지 떠올렸다. 그의 가슴은 더욱 세차게 뛰었다.

그러나 오란포통에 도착한 갈이단은 자신이 상상했던 것과는 너무도 거리가 먼 현실에 서서히 불안감을 느끼기 시작했다. 흑룡강의 러시아 부대로 무기를 가지러 간 특사가 3개월이 지나도록 감감무소식이었던 것이다. 정말 불길한 조짐이었다. 설상가상으로 크게 반기면서 마중 나올 줄 알았던 탁색도는 병으로 몸져누웠다면서 자신의 왕부에서 대집사로 일하는 찰공扎貢만 보내 대충 갈이단을 대접하는 구색만 갖췄을 뿐이었다. 찰공은 올 때 뼈만 앙상하게 남아 비실비실한 양 2백 마리를 몰고 와서는 갈이단의 병사들에게 몸보신이나 하라면서 건넸다. 비단 천여 필 역시 처음 만나는 인사치레로 가져왔다. 색깔이 알록달록하기는 했으나 창고에 수십 년 동안 쌓아뒀는지 손이 닿으면 구멍이 뻥 뚫리는 비단이었다. 사실 그가 본토와 멀리 떨어져 있을 뿐만 아니라 양도糧道역시 한참이나 먼 오란포통으로 겁도 없이 올 수 있었던 것은 오로지 탁색도를 믿었기 때문이라고 할 수 있었다. 확실하게 지원을 해줄 것으로 완전히 믿은 것이다. 그러나 탁색도가 보인 행태는 너무나도 불성실했다. 기가 막혔다. 갈이단으로서는 화가 머리끝까지 치밀 수밖에 없었다.

그날 천막을 치고 잠자리에 든 갈이단은 걱정과 두려움, 분노 등으로 인해 도저히 잠을 이루지 못했다. 이튿날에는 일찍 일어나 부하 장군들을 불러 모았다. 원래 몽고 사람들은 성격이 호탕하고 용맹했다. 신의를 생명처럼 여겼다. 반면 예의범절은 한족들처럼 복잡다단하지 않았다. 그래서일까, 대영大營으로 꾸역꾸역 몰려들기 시작한 장군들은 갈이단을 보자마자 과이심 왕에 대해 거친 욕설부터 퍼붓기 시작했다.

"칠푼이 자식 같으니라고! 자기가 못 나오면 자식새끼라도 하나 보내면 누가 뭐래? 어디서 거지 같은 놈을 보내놓고……."

"쥐새끼같이 생긴 것이! 대집사라는 놈 말이야. 보기만 해도 구역질이 나!"

"이러다가 수만 필에 달하는 우리의 말과 낙타를 다 굶겨 죽이는 건 아닌지 모르겠네!"

"늙다리 잡종새끼 같은 것이 우리를 완전히 걸레 취급하는구먼……."

갈이단은 붉으락푸르락한 표정을 지으면서 말없이 듣고만 있었다. 그러다 손을 들어 장군들의 욕설을 제지시킨 후 물었다.

"소진과 목살이穆薩爾는 왜 오지 않았는가?"

그러자 소진을 시중드는 하인인 호씨가 나서면서 대답했다.

"공주님과 부마께서는 일이 있어 나중에 오신다고 소인에게 말씀 올리라고 하셨습니다."

갈이단은 바로 머리를 끄덕였다. 딸의 고집에는 무조건 항복하는 그다웠다. 그가 사위인 목살이를 찾은 것은 이유가 있었다. 전투를 잘하기로 유명한 사위가 있어야 든든할 것이라는 생각이 든 것이다. 목살이가 이끄는 3천 군마는 갈이단의 병사들 중에서 단연 제일가는 뛰어난 전투병들이었다. 갈이단은 몇 번의 전투에서 위기에 처한 적이 있었다. 그러나 그때마다 사위 덕분에 기적적으로 위기를 벗어나고는 했다. 그러나 이번에는 조금 달랐다. 딸 종소진鍾小珍이 웬일로 죽어도 아버지를 따라 종군하지 않을 것이라고 못을 박으면서 앙탈을 부린 것이다. 다급해진 갈이단은 목살이를 청나라 병사들과의 정면 전투에 기용하지 않고 최악의 경우에만 도움을 받겠다는 약속을 하지 않을 수 없었다. 각서도 썼다. 그제야 그의 딸과 사위는 함께 갈이단을 따라 나섰다. 때문에 갈이단으로서는 자기들 마음대로 움직이는 딸 내외를 묶어둘 수가 없었다. 그가 한참을 생각하더니 입을 열어 휘하에 지시를 내렸다.

"떠들지 말고 그 찰공인가 하는 자식을 불러와. 궁금한 것이 있어!"

찰공이 들어왔다. 마흔 살 안팎의 몽고족으로, 자줏빛 얼굴에 예사로워 보이지 않는 작은 눈을 하고 있었다. 그가 갈이단을 향해 두 손을 펴보이고는 허리를 깊숙이 숙여 인사를 했다.

"존귀하신 대칸, 나의 주인님. 모든 것이 잘 되시기를 빌겠습니다! 무슨 분부가 계실지는 모르나 최선을 다해 뛰겠습니다!"

"용수철처럼 잘 돌아가는 혀를 가졌구먼. 목소리 역시 지저귀는 초원의 새소리 같이 말이야. 나는 산전수전 다 겪어온 사람이야. 아무렇게나 대해도 되는 사람이 아니라는 뜻이지. 나는 자네의 주인도 아니고, 지금 상황에서는 모든 것이 잘 되고 있다는 얘기를 할 수가 없네. 자네의 주인은 탁색도지. 처첩들을 껴안고 좋은 술에 양고기를 포식하고 있을 그자야말로 진정으로 복을 받고 있는 거지!"

갈이단이 억지로 화를 누르면서 차갑게 말했다. 찰공은 갈이단이 비아냥거리듯 불만을 토하자 머리를 들어 사정을 설명했다.

"아미타불! 우리 주인님은 정말 병들어 누워 계십니다. 진심으로 대칸을 환영한다고 말씀하셨습니다. 제가 주인님을 대신해드린 하다哈達 (몽고족들이 귀한 손님을 맞을 때 두 손으로 받쳐주는 흰 수건)는 부처님을 공경할 때만 사용하는 특별한 것입니다. 또 드린 선물로는 오백 명의 노예를 사고도 남을 겁니다. 이 정도로 끝나는 것이 아닙니다. 앞으로도 지속적으로 필요한 물건을 보내드릴 것입니다. 이것은 몽고 최고의 예우입니다!"

"내가 탁색도에게 얼마나 줬는지 아는가? 세 번에 걸쳐…… 황금만 십사만 냥을 줬어! 그렇다면 나는 십사만 냥의 황금으로 고작해야 바람 불면 날아갈 것 같은 병든 양 새끼와 입김 한 번 스치면 가루가 될 것 같은 비단조각을 바꿨다는 말이 되겠군! 이게……."

갈이단이 더 이상 참을 수 없다는 듯 준엄하게 찰공을 꾸짖었다. 말을 마치고는 화가 난 듯 연신 헛기침을 했다.

"하지만 이것은 장사가 아니잖습니까? 그냥 그렇다는 말씀이겠죠. 존 귀하신 대칸께서 품위를 해치는 장사야 하시겠습니까? 대칸께서 저의 말을 못 믿으시겠다면 제가 우리 대왕께 모셔다 드리겠습니다."

찰공은 열을 받기는커녕 오히려 살살 약을 올렸다. 실실 웃으면서 여유있는 모습이었다.

갈이단은 과이심이 조정과 비밀리에 연락을 주고받는다는 소문을 들은 바가 있었다. 그래서 오자마자 탁색도를 연회에 불러 체포해 감금하는 계획을 세워 놓았었다. 하지만 그가 오지 않은 탓에 음모는 자연스럽게 수포로 돌아가고 말았다. 그렇다고 과이심으로 직접 찾아가는 것도 너무 위험했다. 그는 기분 같아서는 모두 다 뒤집어엎고 싶었다. 그러나 참아야 했다. 아직은 시기상조였다. 그가 그런 생각에서 막 벗어났을 때 밖에서 부하가 들어와 보고를 올렸다.

"대칸, 러시아의 그레고리예프 대좌가 도착했습니다!"

순간 갈이단이 눈빛을 반짝이면서 황급히 말했다.

"어서 들여보내!"

갈이단이 명령을 내리고는 바로 시선을 찰공에게 돌렸다.

"자네는 잠시 여기에서 기다리고 있게. 아직 물어볼 것이 남아 있으니 말이야!"

"명령에 따르겠습니다!"

찰공이 대수롭지 않다는 듯 대답했다. 그리고는 두 손을 공손히 앞으로 모으고 한편으로 물러섰다.

화승총을 원조해주기로 했던 러시아의 그레고리예프 대좌는 얼굴에 아주 낙심한 표정을 짓고 있었다. 마치 납덩이를 매단 듯 다리를 무겁게 질질 끌면서 들어왔다. 그는 갈이단을 향해 기계적으로 허리를 굽혀 보였다.

"대칸, 좋은 소식을 가져다 드리지 못해 대단히 유감스럽군요. 우리 국내 형세로 볼 때 대칸의 상황은 좋지 않다고 해야 합니다. 우리 제정 러시아는 얼마 전 대청 제국과 네르친스크 조약을 체결했습니다. 예의상 지켜줘야 할 것은 철저하게 지켜줘야 합니다. 때문에 우리 지고무상하신 차르 폐하를 대신해 유감스럽게 됐다는 말씀을 올립니다. 약속했던 화승총과 탄약은 제공할 수 없게 됐습니다. 개인적으로 나는 존귀한 나의 친구인 대칸께 동정과 미안한 감정을 표하는 바입니다……."

순간 갈이단은 사색이 되고 말았다. 두 눈을 크게 뜬 채 망연자실한 모습이었다. 이어 천막 밖의 짙어가는 추색秋色을 멍하니 바라봤다. 한참 후 그가 갑자기 미친 듯 웃어대기 시작했다.

"배신자 같으니라고! 또 다른 배신자가 나타났구먼! 불과 며칠 사이에 이런 기막힌 일을 연거푸 당해보기는 내 일생일대에 처음이자 마지막일 것이다! 하하하하……."

"나는 개인적으로 대칸께 미안하다고 말했습니다. 우리 위대하신 차르 폐하께서는 지금 혼신의 힘을 다해 러시아의 서부와 남부 변경에 대한 문제를 정치적으로 해결하기 위해 매진하고 있는 중입니다. 그래서 더 이상 흑룡강 유역의 소모적인 분쟁에 매달릴 여력이 없습니다. 이것은 분명한 사실입니다. 불행 중 다행인 것은 색액도 대신이 우리 사이의 내막을 몰랐다는 겁니다. 알았더라면 이번 네르친스크 조약을 맺는 것과 같은 양보를 절대 하지 않았을 겁니다. 대칸은 머리가 비상하신 분이니 내가 굳이 말하지 않아도 이해하실 것이라고 믿습니다. 우리 러시아도 나름대로 어려운 결정을 할 수밖에 없었다는 것을 말입니다. 지금은 다른 나라의 내정에 무리하게 간섭할 명분이 없습니다. 그래서 대칸의 처지를 동정하는 마음에서 화승총 열 자루와 그에 필요한 탄약을 개인적으로 선물할까 합니다만……."

그레고리예프 대좌가 무표정하게 말했다. 그의 말이 끝나자 대기하고 있던 두 명의 러시아 병사가 큰 상자를 들어다 바닥에 내려놓았다. 그는 갈이단이 아무런 반응도 보이지 않자 어깨를 으쓱하면서 두 손을 가슴께까지 들어 손바닥을 위로 펴 보였다. 이어 "또 만납시다. 모든 것이 잘되기를 빕니다!"라는 말 한마디만 남기고 휑하니 밖으로 나가버렸다. 갈이단은 황급히 입을 움찔거려 침을 한입 가득 만들어서 그의 등 뒤에 퉤! 하고 내뱉으면서 욕을 퍼부었다.

"개망나니 같은 새끼! 기생오라비 같은 놈!"

바로 그때였다. 몽고 병사 한 명이 칼에 손을 얹고 부랴부랴 들어왔다. 그리고는 갈이단에게 편지 한 통을 내밀었다. 과이심 왕 탁색도의 친필이었다.

존경하는 준갈이 부족의 갈이단 대칸께: 만리 길도 마다하지 않고 고생스럽게 도착했으리라 생각합니다. 직접 영접하지 못한 것은 대단히 유감스럽게 생각합니다. 비록 와병 중에 있기는 하나 솔직히 마중 나가지 못할 정도가 아닌 것은 사실입니다. 부친과 형이 전하의 칼을 맞아 돌아가셨다는 비밀을 알게 된 후로는 대칸을 진심으로 대할 수가 없어서 그랬습니다. 평소에 형제처럼 지내왔던 정분을 생각해 총칼을 맞대고 싸우고 싶지 않아 피한 것입니다. 나중에라도 만날 경우 나를 욕하는 것은 괜찮습니다. 그러나 부디 애꿎은 우리 과이심 초원의 백성들과 소와 양떼들은 가엽게 여겨 주시기 바랍니다. 그렇지 않을 경우에는 피를 보게 될 겁니다.

－탁색도가 병중에서

갈이단의 눈이 금세 벌겋게 달아올랐다. 곧 그가 포탄이 터지는 것과 같은 괴성을 지르더니 편지를 갈가리 찢어 날려버렸다. 이어 징그러운 웃음을 지은 채 말했다.

"찰공, 이리로 가까이 와보게. 물어볼 것이 있어."

"다른 것은 시원찮아도 귀는 밝은 편입니다. 대칸께서 궁금하신 것이 있으시면 말씀하십시오."

찰공은 여전히 실실 웃고 있었다.

"자네, 탁색도 휘하에서 몇 년이나 있었어? 내가 보기에 일을 하는 것이 예사롭지가 않아."

갈이단이 이를 악물고 음험하게 웃으면서 물었다.

"저요? 저는 원래 초원에서 노래를 부르며 얻어 먹고 살았습니다. 그러다 어느 날부터 어머니가 시름시름 아프셨습니다. 그래서 눈물을 머금고 딸을 탁색도 왕의 왕부에 팔았습니다. 그런데 대칸께서 이번에 오실 때 대왕께서 저의 딸에게 고생했다면서 양 백 마리를 줘서 집으로 돌려보내주셨습니다. 또 저도 집사로 승진시켜주셨지 뭡니까……."

찰공이 쑥스럽다는 듯 뒷머리를 긁적이면서 대답했다. 알고 보니 찰공은 이번 일에 투입하기 위해 받아들인 신참 집사였던 것이다. 갈이단은 화가 머리끝까지 치밀어 바로 무서운 금속 소리를 내며 칼을 뽑아들었다. 이어 을씨년스럽게 웃으면서 찰공에게 다가갔다. 그러나 무서워 설설 길 줄 알았던 찰공은 만만찮은 배짱을 보였다. 갈이단은 할 수 없이 서슬 퍼런 장검을 내려놓고는 찰공의 어깨를 툭툭 치면서 말했다.

"딸을 구해준 은혜를 갚기 위해 한 목숨 걸고 호랑이 이빨을 빼겠다고 나선 그 용기가 가상해서 죽이지는 않겠어. 돌아가! 그리고 탁색도에게 전해. 약속을 이행하지 않는 날에는 우리가 무슨 짓을 저지를지 알 수 없다고 말이야. 이대로 뺨을 맞고 가지는 않을 거야! 여기를 객이객몽고의 세 개 부족과 비교할 수는 없을 거야. 그러나 나는 객이객몽고의 세 개 부족을 눈 깜짝할 사이에 삼켜버린 사람이라는 것을 명심하라고 말이야."

그러나 찰공은 처음부터 살아서 돌아갈 생각은 포기한 듯했다. 모처럼 정색을 하고 어깨를 편 채 한발 앞으로 나섰다.

"나는 여기에서 죽을 것이라고 우리 대왕님께 약속을 했습니다. 우리 과이심 사나이들은 약속을 목숨보다 귀하게 생각합니다. 어찌 약속을 지키지 않을 수가 있겠습니까. 저는 그만 가겠습니다!"

말을 마친 찰공은 갈이단이 제정신을 차리기도 전에 비수를 꺼내들더니 눈 깜짝할 사이에 자신의 가슴팍을 힘껏 찔렀다. 순간 검붉은 피가 사방으로 튀었다. 찰공이 잠시 고통스런 표정을 짓더니 바로 땅에 쓰러졌다.

갈이단은 잇따른 충격으로 머릿속이 온통 벌집을 쑤셔놓은 것처럼 윙윙대는 기분을 맛보았다. 탁색도 집사의 목숨을 건 배짱에 완전히 얼어붙고 말았다. 몽고족들은 원래 용사를 대함에 있어서만큼은 적군이든 아군이든 가리지 않았다. 아니나 다를까, 그들은 찰공의 시신을 둘러싸고 조용히 애도를 올렸다. 그리고는 들것을 가져와 그의 시신을 들어냈다.

그 사이 갈이단은 차츰 이성을 되찾을 수 있었다. 그러나 갑자기 이름 모를 공포가 또다시 엄습해 왔다. 철석같이 믿었던 러시아와 탁색도의 지원을 못 받게 됐으니, 이제 자신의 2만 병사는 허공에 붕 뜬 상태였다. 게다가 1만여 필에 이르는 낙타의 등에 실어온 식량으로는 솔직히 반 년 이상을 버티기 어려웠다. 어디 그뿐인가. 식량 운송로가 너무 멀어 그 사이 무슨 수를 쓴다 해도 군량 조달은 쉽지 않아 보였다. 실로 두려운 일이 아닐 수 없었다. 군막 밖에서는 귀신이 울부짖는 듯한 바람소리가 쌩쌩 들려왔다. 갈이단은 몸을 부르르 떨면서 억지로 정신을 가다듬고 명령을 내렸다.

"전군은 즉각 경봉景峰으로 진군하라. 가능한 한 배산임수 지역으로 들어가 주둔하라! 황강산黃崗山과 임서林西 일대에서 산과 물을 낀 곳이 있나 잘 찾아보라. 탁색도가 우리의 퇴로를 차단하지 못하게 각별히 신경을 써야 한다. 또 고북구의 청나라 군의 동향도 면밀히 주시하고 말이야. 강희가 무슨 움직임이 없나 신경을 곤두세워야 해!"

그는 잠시 생각을 굴리는 듯하더니 덧붙였다.

"즉각 청해靑海성의 달라이 라마에게 연락해서 무슨 일이 있더라도 식량 십만 섬을 내년 봄까지 보내달라고 해. 또 가능하면 서장 병사들을 지원병으로 보내줬으면 한다고 해. 누가 뒤에서 밀어주는 사람이 있거나 우리의 퇴로가 막혀버리지만 않는다면 우리는 반드시 오란포통을 먹어버릴 수가 있어. 기반을 잡기만 하면 우리는 승리하는 거야!"

갈이단의 조치는 그야말로 고육책이었다. 그러나 그 외에는 달리 방법이 없었다. 아무려나 수만 명에 이르는 갈이단의 용맹한 몽고 기병들은 신속하게 극십극등기克什克腾旗 경내의 요지들인 오란포통봉, 경봉, 황강산 등을 점령했다. 그 지역은 동으로는 열수당熱水塘, 남으로는 서랍목륜西拉木倫(시라무룬) 강이 자리한 천혜의 요새였다. 이렇게 해서 탁색도가 득의양양한 미소를 짓고 있을 무렵 쌍방은 확실하게 대치상태에 들어갔다. 막북의 몽고왕들 역시 힘을 합쳐 갈이단을 독 안에 몰아넣으려고 했다. 그러나 엄동설한인 탓에 병사들을 멀리 오란포통까지 보낼 수가 없었다. 탁색도로서는 당분간 홀로 갈이단과 싸워야 했다. 그러나 둘이 일대일로 맞붙을 경우에는 먹힐 위험이 훨씬 큰 쪽은 탁색도 쪽이 아니었을까? 물론 그 이후 작은 전투가 몇 차례 벌어졌으나 갈이단은 별 소득이 없었다. 소와 양떼들만 제법 노획했을 뿐이었다.

56장
오란포통의 격전

　강희의 행영行營은 3월 중순에 융화隆化에 도착했다. 그날 저녁 강희는 갈이단의 2만 7000명의 병사들이 전부 서랍목륜 강 유역에 단단히 진을 치고 있다는 군보를 받았다.

　강희가 앉아 있는 군영 안에는 팔뚝만한 촛대가 수십 개나 타오르고 있었다. 밖에서도 군데군데 모닥불을 지피고 있었기 때문에 군영 주변은 대낮처럼 밝았다. 군영 안에는 또 색액도, 비양고, 고사기, 동국강 등 몇 사람이 장검을 옆에 세운 채 시립하고 있었다. 그들의 눈길은 한참 동안이나 눈 한 번 깜빡하지 않고 나무판에 새긴 지도를 보고 있는 강희를 향하고 있었다. 유일한 여자인 아수는 인삼탕을 받쳐들고 강희 옆에서 시중을 들고 있었다.

　"비양고, 자네 파림巴林에 군사를 얼마나 배치했는가?"

　한참 후에 강희가 물었다. 그리고는 이내 덧붙였다.

"이곳은 적들과 정면으로 마주 하고 있는 곳이어서 만에 하나 잘못 되면 대본영까지 위험하게 되네. 절대 실수가 있어서는 안 되겠네!"

"소인이 어찌 감히 군정을 소홀히 하겠사옵니까! 파림에는 원래 주둔 군이 일만 오천 명 있었사옵니다. 소인이 북경에 가서 군정을 폐하게 말씀올리고 나서 돌아와 이만 칠천 명으로 늘였사옵니다. 갈이단이 군사 전부를 투입한다고 해도 겁날 것은 없사옵니다."

비양고가 허리를 굽히면서 대답했다. 그러자 강희가 머리를 저었다.

"우리 군은 모두 십사만 명이네. 그런데 전선에 이만 칠천 명만 배치하는 것은 너무 적은 것 같지 않은가! 색액도의 우익군右翼軍 중에서 이만을 빼내 파림으로 보내게. 모두 자네의 지휘를 받도록 하게!"

강희가 언급한 우익군을 책임지고 있는 색액도는 원래 대본영을 엄호하는 임무만 맡고 있었다. 때문에 전장에 나가 직접 싸울 기회는 많지 않았다. 그저 탁색도의 부대와 연락해 갈이단이 대본영을 습격하는 것만 막게 돼 있었다. 그는 명색이 상서방 수석대신인 자신이 왠지 푸대접받는다는 생각이 들자 무척이나 억울했다. 그런 판에 강희의 말을 듣게 됐으니, 더욱 기분이 언짢아질 수밖에 없었다. 급기야 그가 한 발 앞으로 나섰다.

"소인은 이제 늙어서 더 이상 전쟁터에 나올 기회가 없을 듯하옵니다. 경정충의 난을 평정할 때 싸워본 이후로는 지금껏 전쟁에 투입된 적이 없사옵니다. 소인이 마지막으로 다시 한 번 전공을 세울 수 있도록 폐하께서 윤허해주셨으면 하는 마음이옵니다!"

강희는 말없이 색액도를 곁눈질했다. 별로 살가운 눈길이 아니었다. 그는 솔직히 남순 이전까지만 해도 색액도에 대한 감정이 크게 나쁘지 않았다. 그러나 남순 이후로는 달라졌다. 자신을 황위에 올려놓기 위해 발 벗고 뛰었던 과거의 그 색액도가 더 이상 아니라는 사실을 실감한 탓이었다. 물론 그런 생각을 뒷받침할 이렇다 할 물증은 아직 없었다. 때문에 조정에서 축출할 명분이 모자랐다. 또 색액도와 황태자 사이의 연줄 때문에라도 참아야 했다. 그런데 자신이 국운을 건 싸움터에 와서 어떻게 군권을 이런 사람에게 줄 수 있다는 말인가? 강희가 한참이나 생각을 하다 입을 열었다.

"그대의 충심이 가상한 것 같군. 그러나 이번 전투의 통수統帥는 여전히 비양고가 맡아야겠어. 자네는 절대 비양고와 의견 대립을 해서는 안 되겠네. 정 그렇다면 자네가 직접 이만 명을 거느리고 파림으로 가게. 다시 말하지만 자네와 동국강 모두 비양고의 지시에 따라 움직여야 하네!"

"예, 폐하!"

색액도와 동국강이 동시에 대답했다. 비양고는 옆에서 그 광경을 묵묵히 지켜보고 있었다. 사실 그로서는 전투를 앞두고 두 사람이 옆에 따라다닌다는 것이 무척 부담스러웠다. 한 명은 상서방 수석대신, 다른 한 명은 상서방 대신 동국유의 친형이었으니 말이다. 뿐만 아니었다. 색액도와 동국유 사이에는 명주의 그림자도 어른거리고 있었다. 자칫 잘못하다가는 자신도 칼을 맞을 수 있었던 것이다.

사실 자고로 장군이 군사를 이끌고 출병할 때 황제가 감시할 사람을 함께 보내 무언의 압력을 행사하는 것만큼 피곤한 일은 없다. 비양고는 솔직히 자신이 두 사람에게 명령할 수 있는 권한을 부여받기는 했으나 마음이 편하지가 않았다. 감시받는다는 생각이 든 것이다. 더구나 둘은 어마어마한 존재가 아닌가. 그가 잠시 뭔가를 생각하더니 가볍게 한숨을 내쉬었다.

"색상, 조금 억울하시겠지만 잘 부탁드립니다."

"그건 그렇고……."

강희가 다시 입을 열었다. 사소한 개인감정 따위는 전혀 생각하지 않겠다는 자세였다. 하기야 군사 방면에만 신경을 곤두세우고 있으니 그럴 겨를이 없을 수도 있었다. 그가 지도에서 시선을 떼지 못한 채 말했다.

"지형도만 봐서는 어쩐지 마음을 놓을 수가 없네. 내일 아침 일찍 짐이 자네들과 함께 오란포통 강에 진을 치고 있는 적들의 움직임을 직접 살펴보고 와야겠네."

강희가 직접 전선 최일선에 나타나면 병사들의 사기가 백배 고무될 것은 분명했다. 또 황제가 옆에 있으면 색액도와 동국강 사이에 끼인 채 괜히 부담스러울 필요도 없을 것 같았다. 하지만 쌍방이 접전에 들어가 칼날이 난무하는 위험천만한 살육의 현장이 벌어지면 얘기는 달라질 수 있다. 만에 하나 불행한 일이 생기면 황제를 보호하지 못한 자신은 당장 목이 달아날 수 있으니까. 거기에까지 생각이 미치자 비양고가 용기를 내서 단호하게 아뢰었다.

"우리 군은 혹독한 훈련을 거친 정예병들로 구성돼 있사옵니다. 병력도 적들과는 비교가 안 될 만큼 많기 때문에 갈이단 같은 족속들을 물리치는 것은 식은 죽 먹기라고 생각하옵니다. 폐하께서는 대영에서 편히 승전보를 기다려 주시옵소서. 만약 소인이 저 국적들을 한꺼번에 소탕하지 못하면 폐하께서 소인의 일가를 멸하셔도 좋사옵니다!"

"한꺼번에 소탕하는 것이 문제가 아니야! 뿌리째 뽑아버리는 것이 더 중요해! 적을 동쪽으로 유인하기 위해 짐이 쏟아 부은 심혈은 이루 말할 수가 없네. 만에 하나 실패하면 짐 역시 백성들을 대할 면목이 없을 거야! 방금 비양고가 했던 말은 못 들은 것으로 하지. 내일 아침 계획대로 출발하도록 하게!"

강희의 고집은 대단했다. 끝내 자신의 출정을 고집했다. 눈에서는 불꽃이 튀었다.

곧 사람들이 모두 흩어졌다. 군막에는 정적만이 감돌았다. 남아 있는 사람은 오로지 강희와 아수, 둘뿐이었다. 강희가 겉옷을 벗겨줄 것을 아수에게 부탁하면서 덧붙였다.

"짐이 자네를 처음 만난 것은 북순北巡 때였지?"

"예, 폐하! 그때도 저녁이었사옵니다. 다만 한겨울이었다는 점이 지금과 다를 뿐……."

아수가 얼굴을 붉히면서 대답했다. 수줍어하는 모습이 무척이나 아름다웠다. 강희가 그녀를 끌어당겨 가슴에 안았다. 이어 머리를 쓰다듬으면서 말했다.

"당신 몸에서 나는 향이 참 좋군! 전에는 이런 향을 자주 맡을 수 있었는데, 자네가 입궁한 이후부터는 왠지 잘 맡을 수가 없었어. 왜 그랬지?"

그러자 아수가 새까맣고 맑은 눈동자로 강희를 정겹게 바라보았다.

"비빈들의 연지곤지 향 때문일 것이옵니다. 난의 향기가 가득한 방안에 오래 있으면 그 향에 둔감하게 된다는 말도 있지 않사옵니까……."

강희가 달콤한 미소를 지으면서 그녀의 얼굴을 두 손으로 감쌌다. 그리고는 그녀의 붉은 입술에 자신의 입을 맞추었다.

"벌써 제법 멋있는 말도 할 줄 아네. 몽고 여자치고 당신처럼 한어漢語를 잘하고 한학漢學에 능한 사람은 흔치 않아!"

"그렇지 않사옵니다! 갈이단의 딸 종소진은 소인보다 훨씬 한학에 능하옵니다. 아버지는 사람의 가죽을 쓴 승냥이라고 할 수 있으나 그 딸은 의리 있는 좋은 사람이옵니다. 그녀가 부럽사옵니다."

얼굴이 봉숭아처럼 물든 상큼한 아수가 강희의 품에서 녹아 흐를 듯한 몸짓을 하면서 말했다.

"뭐가 부럽다는 거야?"

강희가 갑자기 흥분하면서 물었다. 자기 품속에서 도취돼 있는 이 여자가 아직도 다른 남자를 못 잊고 있다는 생각이 순간적으로 또다시 떠올랐던 것이다. 강희는 조금 전의 부드러운 솜사탕 같은 표정은 온데간데없는 얼굴로 버럭 화를 냈다.

"그 여자는 원하는 상대에게 시집을 가서 부러운 거야?"

아수는 느닷없는 강희의 지나친 반응에 깜짝 놀랐다. 이내 강희의 품에서 빠져 나와서는 털썩 무릎을 꿇었다.

"폐하! 저희 몽고족들은 절대 허튼소리를 하지 않사옵니다. 폐하께서 노비를 의심하고 계신 줄은 전부터 느껴왔사옵니다! 솔직히 말씀 올리겠사옵니다. 그래도 노비를 용납하실 수 없으시다면 죽여주시옵소서. 북경으로 도망쳐 와 걸식하면서 진황의 도움으로 한동안 버티었사옵니다. 진황에게 주제넘게 사모하는 감정이 생긴 것은 사실이옵니다. 그러나 진황은…… 노비를 사랑하지 않았사옵니다. 노비 역시 입궁하는 순간부터 그 사람을 기억 속에서 지웠사옵니다. 폐하께서 이토록 정을 베풀어 주시고 잘해주시는데, 노비가 어찌 감히 딴마음을 품을 수 있겠사옵니까?"

아수의 눈물 그렁그렁한 두 눈에는 아련한 원망이 서려 있었다. 그녀가 슬픈 눈으로 잠자코 듣고 있는 강희를 뚫어지게 쳐다보면서 다시 말을 이었다.

"하지만 폐하께서는 진황을 수 년 동안 감옥에 가둬두고 계시옵니다. 천자로서 사해四海를 품을 수 있는 아량을 가지신 분이 평생 물과 씨름할 줄밖에 몰랐던 바보 같은 선비를 봐주시지 못하는 이유가 무엇이옵니까?"

아수의 커다란 두 눈에서는 어느덧 눈물이 방울져 흘러내렸다. 강희는 뭐라고 설명하기 힘든 강한 충격을 받았다. 사실 미천한 귀비가 감히 천자 앞에서 자신의 주장을 당당하게 편다는 것은 큰 죄를 범한 것이라고 할 수 있었다.

그러나 아수의 마지막 말은 강희를 감동시켰다. 사해를 품어야 할 황제가 가난한 선비에게 질투의 감정을 품다니! 만약 후세에 전해진다면 숱한 업적을 쌓은 선황先皇을 어떻게 평가할 것인가? 강희는 생각을 하면 할수록 자신이 옹졸했다는 생각을 하지 않을 수 없었다. 자신의 결정이 수치스럽게 느껴졌다. 그는 한없이 난감해 하더니 한참 후에야 한숨을 내쉬었다.

"자네 말이 맞기는 하네. 하지만 수감돼 있는 사람은 그뿐만이 아니야. 두 사람 더 있잖아. 근보의 사건은 명주와 갈라놓을 수 없기 때문에 아직은 조사 중이고. 새로 들어온 동국유가 명주 일에 발 벗고 나설 기미가 보여. 명주는 명주 그 한 사람만이 아니라 커다란 집단인 만큼 잘못 건드리면 큰일이 나! 짐이 이번 친정에 색액도와 명주를 모두 데리고 나온 것도 그 때문이야. 이건 자네 같은 여자들이 간섭할 일이 아니네."

그로부터 이틀 후 강희의 행영은 오란포통의 전선에 도착했다. 강희는 그날 저녁은 숙면을 취하며 푹 쉬었다. 그리고 다음날 아침에는 바로 어마를 타고 오란포통 강으로 적들의 동향을 살피러 나갔다. 그때 파림에서 그곳 전선으로 이동한 팔기병八旗兵과 녹영綠營, 한군기영漢軍旗營의 병사들은 용의 깃발이 하늘을 뒤덮고 있는 모습을 목격했다. 병사들이 어가가 도착했다는 것을 안 것이다. 순간 30리 정도 이어진 군영에서는 하늘땅을 뒤흔드는 "만세!" 소리가 들끓었다.

강희는 한 손에는 장검, 한 손에는 망원경을 들었다. 그런 다음 말 위에 탄 채로 멀리 전방을 면밀히 주시했다. 맞은편에는 물과 산을 낀 은밀한 곳에 참호가 다닥다닥 구축돼 있었다. 한눈에 보기에도 철과 구리처럼 단단하게 장벽을 쌓아둔 것 같았다. 강희가 이맛살을 찌푸린 채 한참 망원경을 들여다보다 뒤를 돌아보면서 말했다.

"저쪽에서 친 진을 보니가 갈이단이 명장임에는 틀림없네. 저 머리로 좋은 일을 했더라면 하늘이 도와줄 텐데, 정말 아쉽구먼! 비양고, 우리 군의 홍의대포는 설치됐는가?"

"폐하께 아뢰옵니다! 사정거리가 칠 리 이상인 홍의대포가 모두 사십삼 문이 설치됐사옵니다. 저까짓 토담 같은 것은 한순간에 날려버릴 수 있사옵니다!"

비양고가 말 위에서 몸을 앞으로 숙이면서 대답했다. 강희가 머리를 끄덕였다. 이어 뭐라 입을 열려고 하는 순간 맞은편에서 대포 소리가 연이어 세 번이나 울렸다. 산 전체가 진동하는 듯 요란했다. 소륜 등 시위들 수십 명이 쏜살같이 강희를 에워쌌다. 그러자 강희가 가벼운 미소를 지었다.

"싸움을 거는 것이 아니라 갈이단이 할 얘기가 있나 보군!"

과연 강희의 말대로였다. 갈이단은 청나라 병사들의 고함소리에 강희가 친정한 사실을 알게 된 모양이었다. 바로 친병 수십 명을 거느리고 말을 달려 북쪽 강 언덕으로 달려 나왔다. 그의 시야에 저 멀리 풍채가 늠름한 중년의 사내가 청나라 조정의 문무백관들에게 둘러싸여 있는 모습이 보였다. 갈이단은 그가 틀림없이 강희라고 생각했는지 멀리에서 허리를 굽히면서 큰 소리로 말했다.

"신 박석극도博碩克圖 칸 갈이단이 보거다 칸 폐하께 인사 올립니다!"

때는 강수량이 적은 계절이었다. 때문에 두 사람이 마주하고 서 있는 강의 폭은 실제 7, 8장丈 정도밖에 되지 않았다. 게다가 맑고 투명한 오란포통 강의 수심은 제일 깊은 곳이라야 고작 4척尺밖에 되지 않을 뿐만 아니라 자갈이 훤히 들여다보일 정도로 깨끗했다. 강희가 숙적을 그토록 가까이에서 마주하고 있다는 사실에 조정의 문무백관들은 저마다 가슴을 졸였다. 그때 강희가 차갑게 말했다.

"듣고 보니 자네도 칸이고, 짐도 칸이군. 두 사람이 동격인데 뭘 그리 황송해 하는가? 만리 길도 더 되는 서북 변경 준갈이에서 자네가 병사들을 거느리고 이곳 과이심으로 온 이유가 뭔가? 짐은 그게 몹시도 궁금하군!"

"폐하께서는 천자 대칸이시나 저는 고작 일개 부족의 칸입니다."

갈이단이 강희의 부드러운 위엄에 잠시 머뭇거렸다. 그러다 곧 간사한 웃음을 지으면서 덧붙였다.

"저 갈이단은 중화의 황제를 남으로 생각해 본 적이 없습니다. 저희 부족 신민民들은 늘 대황제 폐하의 통치술에 박수를 보내왔습니다. 감히 경거망동할 수가 없습니다!"

"감히? 세상에 별일도 다 많구먼! 겉으로는 대청의 신하임을 도처에 표방하고 다니면서 사사로이 준갈이 네 개 부족과 객이객 세 개 부족을 삼킨 사람이 누군데! 그것이 경거망동이 아니면 어떤 것이 경거망동인가? 자고로 간신이 많았다고 해도 어떻게 자네의 무례함에 비할 수 있을까!"

강희가 갑자기 머리를 뒤로 젖히면서 크게 웃었다. 그러자 갈이단이 웃음을 거두고 강희의 말허리를 잘랐다.

"대칸! 어찌해서 다 지나간 일을 들추고 그러십니까? 토사도 칸이 먼저 막북의 몽고 왕들과 합세해 수차례 우리 준갈이에 쳐들어와 난동을 부렸습니다. 무기도 빼앗아 갔을 뿐만 아니라 심지어는 저의 조카마저 죽였습니다. 토사도 칸은 그야말로 나에게는 철천지원수입니다! 그런데 폐하께서는 어찌하여 토사도 칸을 비호하고 그의 손을 들어주려 하시는 것입니까? 군주가 더 이상 군주답지 못하다면 신하 역시 신하이기를 거부할 자유가 있지 않겠습니까?"

강희가 갈이단의 망언을 듣고 있다 정말 같잖다는 듯 반박했다.

"구실 한번 구질구질하구먼! 자네가 짐에게 토사도 칸을 비호했다고 하는데, 그래 증거는 있는가?"

그러자 갈이단이 손가락으로 강희 뒤에 있는 아수를 가리켰다.

"저 여자! 저 여자는 바로 토사도 칸의 공주 보일용매가 아닙니까? 이것보다 더 확실한 증거가 어디 있겠습니까?"

"개자식!"

아수가 더 이상 참지를 못하고 거칠게 내뱉었다. 원수를 외나무다리에서 만났다고 할 수 있었다. 그녀의 눈에서는 이날을 손꼽아 기다려 온 듯 시뻘건 불꽃이 튀었다.

"초원의 승냥이! 부엉이 같은 놈! 우리 아버지를 살려내! 우리 부족을 돌려줘……!"

아수는 갈이단에게 온갖 욕설을 다 퍼붓고 싶었다. 죽여서 갈기갈기 찢어버리고도 싶었다. 그러나 지나친 분노 탓에 목구멍이 꽉 막히는 바람에 더 이상 말을 잇지 못했다. 그때 갈이단이 손짓을 했다. 순간 20여 명에 이르는 갈이단의 수행 병사들이 화살을 쏘아대기 시작했다. 소륜이 언제나 만일의 사태에 철저히 대비하는 그답게 즉각 시위들을 거느리고 재빨리 칼을 휘둘러 화살을 막아냈다. 칼에 맞은 화살은 부러진 채 뱅글뱅글 허공에서 돌다가 여기저기 날아가 떨어졌다. 대로한 강희가 채찍을 들어 갈이단을 가리키면서 물었다.

"어느 장군이 짐을 위해 출전하겠는가?"

"소인이 해치우고 오겠습니다!"

강희의 말이 떨어지기 바쁘게 시위 하나가 달려 나왔다.

지난 북순 때 호랑이를 보고 겁에 질려 뒤로 벌렁 넘어갔던 시위 장옥상이었다. 그는 얼마나 출전하고 싶은 생각이 간절한지 거의 간구하는 듯한 시선으로 강희를 바라봤다. 강희는 고개를 끄덕여 허락했다. 장옥상은 눈시울을 붉히더니 감사하다는 인사와 함께 자신의 장포를 좍 찢었다. 그러자 윗몸에 용도 아니고 호랑이도 아닌 구불구불한 '치恥'라는 글자가 드러났다! 장옥상은 오장육부가 튀어나오지 않을까 하는 생각이 들 정도로 괴성을 질렀다. 그러더니 바로 강물에 뛰어들어 건너편을 향해 달리듯 나아갔다. 완전히 목숨을 건 사투를 벌이겠다는 의지였다. 그런 장옥상의 행동에 강 양옆의 사람들은 저마다 숨을 들이마시면서 긴장했다. 강희가 황급히 무단에게 명령을 내렸다.

"화살을 날려 엄호하라! 몇 사람 더 건너가 저쪽의 기를 꺾어버려!"

강희의 말이 끝나기 바쁘게 40여 명의 중군 병사들이 웃통을 벗어던진 채 풍덩풍덩 물속으로 뛰어들었다. 갈이단 역시 백여 명의 후위後衛들을 불러 그들에게 맞서도록 했다. 삽시간에 오란포통 강에는 살기등등한 고함소리와 함께 서로 아군의 사기를 북돋우느라 울려대는 북소리로 한바탕 소란이 빚어졌다.

장옥상은 과거 호랑이를 보고 뒤로 벌렁 넘어진 직후 화령을 빼앗겼을 때의 치욕을 잊지 못했다. 때문에 그후 무려 7년 동안이나 피나는 노력을 기울였다. 그 결과 무예실력이 괄목할 만한 수준으로 발전했다. 그는 그때의 치욕을 갚을 날만 손꼽아 기다려왔던 사람답게 다리에 꽂힌 화살이 극심한 통증을 불러왔으나 이를 악물고 단번에 화살을 뽑아버렸다. 그러자 적들 중의 기병 한 명이 칼을 휘두르면서 물속에 뛰어들었다. 장옥상도 잽싸게 달려들어 기병의 칼을 쳐서 물에 떨어뜨리고, 그 기병이 잠시 멈칫하는 사이 목덜미를 향해 힘껏 칼을 내리쳤다. 순식간에 강한 빗줄기 같은 피가 뿜어져 나왔다. 머리가 떨어져 나가는 순간이었다. 장옥상은 바로 기병의 머리를 물에서 건져내더니 왼손에 들고 적진을 향해 다시 나아갔다……. 웃통을 벗은 40여 명의 병사들 역시 백여 명의 갈이단 병사들과 뒤섞여 물속에서 치열한 칼싸움을 벌이기 시작했다. 강희가 혈투를 지켜보다 긴장한 듯 비양고의 팔을 움켜쥐었다. 비양고가 별일 아니라는 듯 말했다.

"걱정하실 것 없사옵니다, 폐하! 너무 성급히 붙기는 했으나 갈이단으로 하여금 다른 데 신경 쓸 여지가 없도록 만들었사옵니다. 소인이 연갱요에게 기병 사천 명을 거느리고 상류에서 돌진하라고 명령을 내린 상태이옵니다. 이판사판이옵니다. 오늘 우리 군의 호된 맛을 좀 보여주겠사옵니다!"

강을 건너 적진에 상륙한 청나라 병사들은 연이어 사납기 이를 데 없는 몽고 무사들과 베고 베이는 치열한 칼싸움을 벌이고 있었다. 섬광이 번뜩이는 칼날에 목이 그대로 날아가는가 하면 허리가 두 동강이 나서 푸줏간의 고깃덩어리를 연상케 하는 참혹한 장면이 이어졌다. 저 멀리서나마 봄이 찾아오는 느낌을 주던 초원에는 여기저기 널브러진 시신과 피로 인해 지옥으로 변해갔다. 장옥상은 여기저기 심한 부상을 당했으나 죽이지 않으면 죽음을 당한다는 처절한 현실 앞에서 눈동자를 이글거리면서 칼을 마구 휘둘러댔다. 양안의 병사들은 사람을 갈대 베어내듯 하는 장옥상의 이성을 잃은 모습에 저마다 넋을 잃고 말았다. 목숨을 건 싸움에서 인간이 어느 정도로 야만성을 드러내는가를 절절하게 보여주고 있었다.

그때 갑자기 갈이단의 군영에서 흐느끼는 듯한 호각소리와 긴급한 상황을 알리는 북소리가 진동했다. 중군에서 말을 달려 소식을 전해 온 것이다.

"박석극도 칸, 청병이 서쪽에서 덮쳐오고 있습니다!"

"얼마나 되는가? 누구의 부대야?"

갈이단이 자기들의 코앞에까지 쳐들어와 겁 없이 칼을 휘둘러대는 장옥상을 바라보다 크게 놀라면서 물었다.

"어림잡아 사천 명 정도 되는 것 같습니다. 연 아무개의 청병이라고 합니다. 상류 쪽에서……."

다급해진 갈이단이 비명에 가까운 소리를 질러댔다.

"그쪽에서 지키고 있던 자식들은 다 뒈진 거야, 뭐야?"

갈이단은 장옥상 등과 엉켜 붙어 있는 기병들을 향해 고함을 질렀다.

"나의 용사들! 안 되겠어, 그만하고 군영으로 돌아가도록 하라!"

연갱요는 그 사이 이미 갈이단의 진영에 발을 들여놓고 있었다. 이어 눈에 보이는 움직이는 것들은 모두 닥치는 대로 베어 버렸다. 불이 붙을 수 있는 물건에는 모조리 불을 질렀다. 삽시간에 시커먼 연기가 피어오르면서 불기둥이 하늘을 향해 치솟았다. 갈이단의 병영은 삽시간에 완전히 아수라장으로 변했다.

망원경을 통해 근거리에서 벌어지는 대격돌의 장면을 생생하게 들여다본 강희가 길게 숨을 내쉬었다.

"갈이단이 아무리 싸움 잘하는 병사들을 보유하고 있으면 뭘 해. 하늘이 외면하는데! 인심이 일치하지 않으니 지휘가 전혀 먹혀들지 않잖아."

비양고는 갈이단에 대한 인간적 동정을 표하는 강희와는 달리 중군의 기패관旗牌官에게 바로 명령을 내렸다.

"동국강에게 병력 오천 명을 거느리고 갈이단의 중영으로 쳐들어가라고 하라! 그러면 그자들은 어쩔 수 없이 경봉 쪽으로 후퇴할 것이다. 그러면 오란포통 강의 북쪽지역까지 우리가 점령하게 되는 거야!"

강희는 군사적인 면에서는 비양고를 믿어 의심치 않는다는 표정을 한 채 말에서 내렸다. 그런 다음 천천히 강을 건너 돌아온 장옥상에게 다가갔다. 같이 간 40여 명 중에 살아서 돌아온 용사들은 13명밖에 되지 않았다. 물속에 오랜 시간 있으면서 피가 많이 씻겨 나갔을 법도 했으나 장옥상의 몸 여기저기에 난 상처에서는 선지피가 끊임없이 흘러나오고 있었다. 뿐만이 아니었다. 왼팔은 완전히 잘려나가 천이 둘둘 감겨 있었다. 장옥상은 오른손에 떨어져나간 왼팔과 반 토막 남은 장검을 들고 억지로 버티며 강희 앞에 섰다. 곧 만감이 교차하는 듯한 강희의 입에서 삼안三眼화령을 돌려준다는 말이 바로 터져 나왔다. 동시에 장옥상은 그 자리에 푹 고꾸라지고 말았다.

그날 저녁 전보가 날아들었다. 오란포통 강 북쪽의 갈이단 병사들을 완전히 격퇴했다는 소식이었다. 비양고가 예견했던 대로 경봉 일대로 철수했다는 소식도 있었다. 강희는 곧 융화에 있는 대본영을 파림으로 옮기라는 명령을 내렸다. 그리고 흑룡강 장군인 낭심에게 동쪽으로 가 탁색도를 도우라는 긴급서찰을 보냈다. 혹시나 침범해 올지 모를 갈이단의 세력을 일망타진하라는 뜻이었다. 감숙성 장군인 장용張勇에게도 긴급서찰을 보내 갈이단의 서쪽 퇴로를 차단하라는 명령을 내렸다. 강희는 모든 준비가 끝나자 숨이 간신히 붙어 있는 장옥상을 자신의 수레에 태워 봉천으로 후송시켰다.

일단 첫 번째 교전에서 승리를 거둔 청나라 병사들은 저마다 흥분에 들떠 있었다. 승전 선물도 도착했다. 직예 순무가 보낸 돼지 3천 마리였다. 비양고는 곧바로 돼지를 잡아 병사들을 몸보신시키도록 했다. 그러나 술은 절대 마시지 못하도록 했다. 아직은 술에 취해 있을 때가 아니라고 생각한 것이다.

여기저기에서 돼지 먹따는 소리가 들려오고 사기가 충천한 병사들이 다음 전투의 승리를 다지고 있을 때였다. 유독 혼자서 구석에 앉아 쓸쓸함을 마시는 사람이 있었으니, 다름 아닌 명주였다. 죄를 범해 아무런 권한이 없는 빛 좋은 개살구 신세가 돼버린 '몰락한 대신'인 그는 출정은 했으나 진두지휘는 꿈도 못 꾸고 있었다. 게다가 군영 내 실세들의 근처에는 얼씬도 못하고 있었다. 게다가 색액도가 내무부에서 엄선한 '호위'들은 한시도 떨어지지 않고 따라다녔다. 그 불편함과 비참함은 이루 다 말할 수 없었다. 명주는 고기가 익는 고소한 냄새가 입맛을 다시게 할 무렵 슬며시 자리에서 일어나 군막을 나섰다. 불빛이 대낮 같은 강희의 어영御營을 향해 천천히 발걸음을 옮겼다.

강희의 어영 주변 경계는 대단히 삼엄했다. 우선 반경 4리 밖으로 노란 천막이 빙 둘러쳐져 있었다. 동, 서, 남 삼면에는 세 개의 어문御門도 있었다. 사면에 모두 스물한 곳의 초소가 배치돼 있었다. 몇 발자국을 옮길 때마다 엄숙한 표정의 어림군들이 지키고 서 있었다. 황제의 명령이 떨어지기 전에는 어느 누구도 출입이 불가능해보였다. 근처에 다가가는 것도 허락되지 않을 듯했다.

명주는 먼발치에서 고요한 어영 안을 뚫어져라 쳐다본 다음 땅이 꺼져라 긴 한숨을 내쉬고는 오던 방향으로 발길을 돌렸다. 때마침 무단이 어영 안에서 나오는 모습이 보였다. 그는 무단이 알아볼세라 황급히 머리를 돌려 부랴부랴 발걸음을 재촉했다.

"명 대인이 아닙니까? 무슨 일이 있나요?"

그러나 무단은 명주보다 더 빨리 그를 알아보고 불러 세웠다. 더 이상 모르는 척하고 도망갈 수 없었던 명주가 씁쓸한 표정을 지으며 머리를 끄덕여 보였다.

"무 군문, 안녕하십니까……."

"군문은 무슨 얼어 죽을 군문! 전처럼 노새라고 불러도 돼요! 우리가 한솥밥을 먹은 지가 얼마입니까? 갑자기 그렇게 어색하게 굴 게 뭐 있습니까! 다른 사람들은 모르겠으나 나는 명 대인이 잘 나갈 때나 쪽박을 차고 나앉은 지금이나 예전 마음 그대로입니다. 혼자서 해결하기 어려운 일이 있으면 서슴지 말고 찾아오세요. 내가 도울 수 있는 데까지 최선을 다해 도울 테니까!"

사실 명주는 한창 잘 나갈 때 무단을 본데없이 자라고, 근본이 못돼 먹었다면서 몰아세우는 등 대놓고 괴롭혔다. 그럼에도 무단은 언제 그런 일이 있었는가 싶게 명주에게 일관된 우정을 보여줬다. 명주는 자신의 얼어붙은 마음에 조금이나마 훈기를 불어넣어 주려는 무단의 말에 코끝이 찡해졌다. 그가 눈물을 억지로 참으면서 무단에게 뭐라 말하려고 할 때였다. 연갱요와 한 무리의 무장들이 색액도를 에워싼 채 둘 쪽으로 오는 모습이 보였다. 명주는 바로 입을 다물어 버렸다. 색액도는 명주를 발견하자마자 잠시 발걸음을 멈추고 비웃는 듯한 말을 뱉었다.

"이게 누구신가요? 그런데 이 시간에 어영에 무슨 볼일이라도 있는 겁니까?"

"산책 나왔다가 발길 닿는 대로 오다보니 여기까지 왔네요. 무단을 만나 한담 몇 마디 주고받던 중입니다. 오랫동안 폐하를 뵙지 못해 옥체가 편안하신지 궁금하기도 하고……."

명주가 눈치껏 대응했다. 그러자 색액도가 이맛살을 찌푸리더니 갑자기 파안대소를 했다.

"폐하께서야 언제나 옥체가 편안하시죠! 나도 그대처럼 한가했으면 얼마나 좋겠습니까. 여기저기 발 닿는 곳으로 여유 있게 산책이나 즐기고 말입니다. 폐하께 상주 올릴 내용이 있으면 내가 대신 전할 수 있으니 염려하지 말고 말해봐요. 궂으나 좋으나 우리는 오랜 시간을 같이 한 사이 아닙니까. 도울 수 있는 것은 돕고 살아야죠."

말을 마친 색액도가 이상야릇한 웃음을 지으면서 돌아서 갔다. 명주에게 색액도의 한마디, 한마디는 날카로운 비수 그 자체였다. 그럼에도 명주는 그동안 그런 굴욕에 익숙해져서 그런지 무덤덤했다. 그러나 무단은 달랐다. 화를 내면서 씩씩대기 시작했다. 멀어져 가는 색액도의 등 뒤에 대고 퉤! 하고 침을 내뱉었다.

"명 대인이 폐하를 뵙고 싶어 하는 그 심정, 저는 십분 이해합니다. 하지만 지금은 시기상조예요. 나중에 기회를 봐서 내가 알아서 말씀드려 보겠습니다. 지금은 앉으라고 하면 앉고, 서라고 하면 서고, 죽으라고 하면 죽는 시늉까지 하면서 참고 있는 수밖에 없어요. 안 그렇습니까?"

"나는 복직 같은 것은 꿈도 꾸지 않아요."

명주가 가볍게 기침을 했다. 그러면서 굳은살이 두껍게 박인 무단의 손을 꼭 잡았다.

"전에 내가 그대한테 잘못했던 것 많이 반성하면서 삽니다. 내가 여유가 있을 때 잘해줬더라면 그대는 지금쯤 아마 지방 어딘가의 총독으로 발령을 받았을 겁니다. 후유! 지금에 와서 이런 얘기를 한들 뭐하겠습니까? 폐하를 만나 뵐 희망은 버렸어요. 하지만 한 가지 꼭 말씀 드리고 싶은 것이 있어요. 갈이단의 서북쪽 퇴로를 반드시 차단해야 한다는 겁니다. 여기에서 전멸을 시키지 못할 경우 갈이단은 서북쪽으로 도망갈 겁니다. 그러면 다시 붙잡기는 그리 수월하지 않을 겁니다."

명주가 말을 마치자마자 맥없이 머리를 숙였다. 그리고는 무단의 손을 다시 한 번 꼭 잡았다. 이어 긴 그림자를 끌면서 왔던 길로 저벅저벅 걸어갔다.

57장
함락되는 낙타성

무단은 명주의 중요한 전략적 제안이 나름 일리가 있다고 생각했다. 그러나 강희에게 보고를 올릴 기회를 찾지 못했다. 다음날 이른 새벽 색액도는 비양고에게 갔다가 부랴부랴 돌아온 다음 영시위내대신의 신분으로 시위 회의를 소집하고는 전날 저녁에 강희가 내놓은 인사명령을 하달했다. 무단이 바로 남경으로 가야 한다는 인사였다. 또 우성룡에게는 조운을 이용해 군량미 조달에 나서라는 임무가 주어졌다. 무단은 갈 길이 다급했기에 떠나기 전 색액도에게 명주의 뜻을 전달하고는 황급히 말에 올랐다.

강희는 물론 갈이단의 퇴로를 차단해야 한다는 생각을 하지 않은 것은 아니었다. 그러나 북경에 있을 때보다 열 배는 더 바삐 움직여야 한다는 판단에 따른 긴장 때문인지 경봉과 황강산 일대를 포위해 갈이단을 생포하는 데만 전력을 다하고 있었다. 한마디로 퇴로를 막는 것이 시급하다는 생각을 잠시 깜빡하고 있었다.

색액도로서는 무단에게서 전해들은 명주의 뜻을 강희에게 알릴 이유가 없었다. 일부러 못 들은 척하고 깔아뭉갰다. 하기야 그가 명주에게 공을 세울 기회를 줄 까닭이 없기는 했다. 더구나 그는 여러 곳의 군량미를 전선으로 적재적소에 조달하기 위한 독촉 업무를 새로이 겸했기 때문에 정적의 빛나는 제안을 강희에게 전달할 만큼 정신적 여유 없이 바쁘기도 했다. 밤낮 할 것 없이 남경의 우성룡, 하남의 탕인휘湯仁輝와 섬서의 갈례에게 하루라도 빨리 식량과 고기를 비롯한 먹거리를 보내라고 재촉을 하는 데 여념이 없었다.

청나라 병사들은 보름 남짓한 동안 비양고의 지휘하에 차례로 임서林西, 열수당, 소성자小城子, 상궁上宮 등의 도시를 점령했다. 또 낭심이 객라심喀喇沁 좌기左旗를 거느리고 황강산의 전략적 요새를 공략하는 데도 성공했다. 반면 갈이단의 2만 군마는 잔뜩 주눅이 든 채 경봉과 오란포통봉의 산골짜기에 숨어들었다. 갈이단은 백전백승을 장담할 전략적 요충지들을 선점했다면서 으스댔으나 그것들을 하나 둘씩 청군에게 내주면서 극도의 불안에 허덕여야 했다.

그러나 그들이 이처럼 지푸라기라도 잡으려는 절박한 위기에 놓여 있을 때 러시아가 3000명의 증원병을 파견할 것이라는 희소식이 날아들었다. 뒤이어 증원부대를 오란포통으로 파견한다는 달라이 라마의 편지도 도착했다. 그것도 수 일 후면 바로 도착할 것이라는 내용이었다. 이 두 가지 소식은 죽음의 천 길 낭떠러지에 손톱을 걸고 아등바등하던 갈이단에게는 완전히 가뭄 끝의 단비였다. 극적인 기사회생의 기회였다. 갈이단은 각성제를 먹은 듯 놀라운 원기를 회복했는지 바로 경봉에 임시로 '낙타성'駱駝城을 구축하라는 명령을 내렸다. 청병과 최후의 결전을 벌이고자 하는 의지였다.

'낙타성'이라는 것은 몽고족들의 자존심과 같은 전략이라고 할 수 있었다. 송나라를 멸망시킬 때 사용했던 전법이기도 했다. 말 그대로 낙타를 주위에 빙 둘러 세워 상대의 공격을 막을 수 있는 성을 만드는 전략이었다. 낙타는 '사막의 배'라고 불릴 만큼 사막의 바람과 모래의 공격에 강했다. 아무리 광풍이 휘몰아쳐도 고집스러울 만큼 자기 자리를 지켜내는 특성도 가지고 있었다. 낙타의 이런 특성을 이용해 큰 힘 들이지 않고 낙타성을 쌓는 것은 정말 묘안이 아닐 수 없었다.

갈이단의 명령이 내려지자 물건을 나르는데 동원됐던 1만 3천여 마리의 낙타가 경봉 밑에 끌려와 대영을 동그랗게 둘러싸고 길게 드러누웠다. 낙타의 등에는 물에 흠뻑 젖은 모포를 덮었다. 또 300여 명의 화승총 사수들은 낙타 뒤에 숨어 방아쇠에 손을 얹은 채 만반의 준비를 했다. 1만여 명의 궁수 역시 등 뒤의 높은 언덕에 서서 시위를 팽팽히 당기고 있었다. 멀리서 보면 그들은 새카맣게 모여서 견고한 철벽을 구축한 모습이었다.

비양고와 색액도가 말을 타고 적들의 낙타성을 순시하고 파림의 대영으로 돌아왔을 때는 진시가 다 된 시각이었다. 색액도는 비양고를 향해 갈이단이 야심차게 공들여 만든 낙타성에 대해 가소롭다는 듯 말했다.

"대포를 무서워하지 않는 짐승이 어디 있다고! 내가 이럴 줄 알고 사십삼 문의 홍의대포를 전부 저것들의 낙타성인가 뭔가 하는 곳의 정면에 설치해 놓았어요. 궁여지책으로 짐승까지 동원해 우리에게 겁을 주려는 모양인데, 대포를 발사한 후 불과 네 시간이면 낙타들은 전부 널브러지게 마련이야!"

그러나 비양고는 의자에 벌렁 드러누워 두 눈을 지그시 감은 채 말이 없었다. 답답해진 동국강이 다가갔다.

"통수, 칼자루는 우리가 쥐고 있는 거나 마찬가지입니다. 그런데 무슨 생각을 그리 합니까?"

"폐하께서는 단 한 명이라도 그물을 빠져나가지 못하게 하라고 지시 하셨습니다. 제가 보기에 갈이단은 낙타의 진을 쳐서 우리 군의 저격을 막고 자신들의 중군을 엄호하자는 생각인 것 같습니다. 말하자면 서북 쪽으로 도망가려는 준비를 슬슬 하고 있는 것 같습니다. 그렇지 않다면 그의 정예부대인 목살이의 대영이 어찌해서 정면에 투입되지 않고 경봉 서쪽에서 대기하고 있겠습니까? 목살이는 갈이단을 호위하기 위해 따라 왔다는 것을 염두에 두어야 합니다. 대포를 정면 공격에만 투입하지 말고 적어도 반 이상은 서북쪽으로 보내야 합니다!"

비양고가 눈을 번쩍 뜨고 자못 심각한 표정을 지었다. 그러자 이번에는 색액도가 얼굴을 일그러뜨렸다.

"그대는 무슨 그런 걱정까지 하고 그럽니까! 나도 그것을 생각해보지 않은 것은 아닙니다. 하지만 서북쪽에는 사막이 아니면 개펄이에요. 그 것도 아니면 끝없는 황량한 풀밭이죠. 도망간다고 해도 속도를 낼 수가 없어요. 또 그것들이 도망갈 때 우리 기병들은 뻔히 보고만 있겠소이까? 우리의 말이 더 느리기라도 하다는 말입니까? 그렇지 않아도 대포가 모자라는데, 우리가 정면 돌파를 하지 못하면 갈이단도 도망갈 필요가 뭐 있겠습니까. 우리하고 대치국면에 들어가겠죠. 그러면 우리 꼴이 뭐가 되겠어요? 폐하께는 뭐라고 말씀드리고요?"

비양고가 색액도의 질책성 제안에 잠시 생각하더니 천천히 입을 열었다.

"모두 제가 생각이 짧은 탓입니다. 요 며칠 낭심의 부대에서 일부 병력을 서북으로 보낼 충분한 여유가 있었는데 말입니다. 제가 보기에 이 시점에서 가장 중요한 것은 여기서 대치 국면에 들어가 싸움을 조금 더 길게 하는 한이 있더라도 절대로 호랑이를 산으로 되돌려 보내서는 안 된다는 겁니다."

그의 말에 색액도가 다시 냉소를 터트렸다.

"무슨 말을 하는 겁니까! 제정신으로 하는 소리예요? 밤이 길면 꿈이 많다고 했어요. 시간을 질질 끌면 러시아가 우리 실력을 의심하고 증원병을 보내줄 것이 틀림없어요. 저것들이 네르친스크 조약을 충실히 이행하는 것처럼 보이는 건 휘청대는 갈이단에게 기대는 것이 두렵기 때문이에요. 대치국면에 들어가면 러시아는 곧 네르친스크 조약을 무시하고 갈이단에게 붙을 거라고요. 그러면 우리는 우려하던 대로 곤경에 처할 거예요. 모든 계획이 수포로 돌아갈 위험에 놓이게 되죠. 이 책임은 그대가 질 겁니까?"

색액도는 상서방 대신의 무게로 비양고를 억눌렀다. 비양고는 처음 강희가 색액도를 파견했을 때 조금 무리를 해서라도 전군의 지휘권을 그에게 넘겨버리지 못한 것이 대단히 후회스러웠다. 색액도가 적극적으로 개입을 하고 입김을 불어넣으려 하는 것을 보면 잘 되면 자기 덕, 못 되면 비양고 탓으로 돌릴 것이 너무 뻔했기 때문이었다. 한참 고민에 빠져 있던 그가 아랫입술을 잘근잘근 씹었다.

"색 대인, 건방지다고 생각하실지 모르나 사십삼 문의 대포를 전부 정면 공격에 투입한다는 것은 타당하지 못하다고 주장하고 싶습니다. 갈이단 뒤에는 러시아와 달라이 라마가 있습니다. 때문에 그물에서 빠져나간다면 다시 추스르고 일어서는 데 시간이 얼마 걸리지 않을 겁니다. 그러면 우리로서는 오늘날의 전투가 무용지물이 되고 맙니다!"

"정 그렇다면 열 문만 빼가든지! 열 문만 있으면 충분할 걸요?"

색액도가 성의 없이 반응했다. 그는 자신과 비양고의 논쟁이 강희의 귀에 들어가지 말라는 법이 없다고 생각했다. 그 경우 만에 하나 상황이 잘못되면 자신이 호되게 당할 수도 있었다. 막판에 조금 양보한 것도 그래서였다.

비양고는 화가 치밀었다. 하지만 방법이 없었다. 급기야 색액도와 소모적인 논쟁을 계속하느니 먼저 홍의대포 10문이라도 서북쪽으로 보내는 것이 낫다는 생각을 하기에 이르렀다. 두 사람은 점심시간이 조금 지난 후에야 비로소 대충 의견일치를 보았다.

비양고가 진영으로 돌아오니 좌익군의 참장參將인 연갱요와 우익군을 책임지고 있는 동국강이 각각 보병 1만 명, 기병 5천 명씩을 거느리고 만반의 준비를 갖춘 채 명령이 떨어지기만을 기다리고 있었다. 그는 즉각 두 사람을 불러 지시를 내렸다.

"우선 낙타성에 대포 공격을 가해 틈만 생기면 쳐들어가시오. 갈이단의 세력을 산산이 흩어지도록 해야 하오. 동 대인, 갈이단을 생포하는 데 앞장서세요. 성공하면 내가 최고의 공훈을 신청해줄 것입니다. 반면 도망가게 내버려 뒀을 경우에는 상서방 대신의 형이라도 나는 달리 봐줄 수가 없어요!"

비양고는 살기가 번득이는 눈으로 연갱요, 동국강 두 사람을 노려봤다. 이어 바로 빨간색 대령기大令旗를 크게 한 번 휘둘렀다.

그러자 33문의 홍의대포가 일제히 포격을 시작했다. 동시에 1000여 명에 이르는 사수들이 경봉에 있는 적진을 향해 맹렬한 사격을 퍼붓기 시작했다. 건너편 갈이단 진영에서도 300여 명의 사수들이 반대쪽을 향해 미친 듯 총탄을 발사했다.

갈이단의 병사들에게 대포는 없었다. 그러나 러시아제 화승총은 사정거리가 멀었다. 정교하게 만들어져 명중률도 대단히 높았다. 그들은 집중적으로 포수들만을 공격목표로 삼았다. 급기야 얼마 지나지 않았는데도 청병의 포수들 중 40여 명이나 갈이단 병사들의 총탄에 맞아 전사했다. 다행히 비양고가 선견지명이 있어 대포 하나에 포수 여러 명을 붙였으니 망정이지 원래대로 한 명씩만 붙였더라면 적어도 10문의 대포는 아깝게 썩힐 뻔했을 상황이었다.

총격전은 갈수록 치열해졌다. 대지를 울리는 대포소리도 끊이지 않았다. 얼마 후 갈이단 진영이 위치한 경봉 아래의 몇 곳에 불길이 치솟았다. 짙은 연기가 하늘을 온통 시커멓게 뒤덮고, 피로 얼룩진 황토가 땅을 붉게 물들였다. 살기등등한 고함 소리와 서로 아군 병사들의 사기를 북돋우기 위한 북소리가 요란하게 울려퍼졌다.

갈이단의 낙타성은 청나라 병사들의 끊임없는 포격에도 불구하고 붕괴될 기미를 보이지 않았다. 그럴 수밖에 없었다. 갈이단 측에서 살아 있는 낙타를 만여 마리나 배치했기 때문에 포격에 몇 마리가 죽어나가더라도 그 빈자리에 다른 곳에 있는 낙타를 끌어다 보충할 수 있었으니 말이다.

비양고가 전황을 지켜보다 미시未時가 다 될 무렵 다시 명령을 내렸다. 화력을 집중해 갈이단의 서쪽 날개 부위를 맹공격하라는 지시였다. 화승총 사수들이 낙타를 조종하는 낙타수들을 집중 사격하라는 얘기였다. 그제야 청군 우익군의 맞은편과 정면에 돌파구가 뚫리기 시작했다. 비양고가 두 눈에 불꽃을 튕기면서 있는 힘껏 고함을 질렀다.

"칠척七尺 사내대장부의 영욕은 이 순간에 달렸다. 적들을 향해 돌격 개시!"

연갱요와 동국강이 흰 투구에 은색 전포를 입은 채 총알같이 말을 달려 선두에 나섰다. 수만 명의 청나라 병사들이 그 뒤를 따랐다. 대지를 뒤흔드는 함성이 쏟아졌다. 파죽지세로 베고 베이는 살육의 현장으로 뛰어들었다. 갈이단의 병영도 만만치 않았다. 호각소리와 북소리가 요란한 가운데 만여 명의 기병들이 밀물처럼 치고 나왔다. 마침내 서랍목륜강 둔덕에서는 치열한 육박전이 벌어졌다.

갈이단의 기병들은 수는 적지만 기마술에 능하고 칼싸움에 이골이 난 엄선된 몽고족 용사들이 주축인 부대였다. 한편 청군 역시 수 년 동안 훈련을 강화하고 오직 이날만을 위해 준비된 부대라고 할 수 있었다. 당연히 양군 사이의 승부는 가늠할 수 없을 만큼 치열하게 이어졌다. 한데 뒤엉켜 서로 어느 편인지조차 제대로 분간이 안 될 정도였다. 길게 땋아 내린 머리채가 있나 없나 하는 것으로 적군과 아군을 판단할 뿐이었다. 그랬으니 대포와 총은 무용지물이 될 수밖에 없었다.

시퍼런 장검들이 계속 어지럽게 교차됐다. 전마들의 긴 울부짖음은 귀청을 째는 칼날들이 부딪치는 소리와 병사들의 악에 받친 고함소리와 끊임없이 뒤섞였다. 지옥의 아수라장이 과연 이럴까 싶었다. 여기저기 떨어져나간 머리는 비참하게 나뒹굴면서 말발굽에 채여 마치 공처럼 이리저리 굴러다녔다. 팔뚝이 뭉텅 잘려 나가는가 하면 허리가 반 토막이 나는 경우도 비일비재했다. 빗줄기처럼 뿜어져 나온 피가 여기저기에서 역겨운 비린내를 풍기면서 살아 있는 병사들의 얼굴과 옷을 흠뻑 적셨다. 정확히 우열을 판가름하기가 쉽지 않은 육박전은 미시未時에 시작해 유시酉時 말이 다 되어도 끝날 줄 모르고 이어졌다.

비양고는 머리를 돌려 색액도를 바라봤다. 전쟁터에서 병산혈해兵山血海를 수도 없이 겪어온 색액도였다. 그러나 그런 그도 긴장한 듯 주먹을 움켜쥔 채 얼굴이 창백하게 질려 있었다. 그때 비양고가 갑자기 고함을 질렀다.

"성가聖駕가 오셨다! 폐하께서 우리 용사들을 지켜보신다! 만세! 만만세!"

비양고의 말에 청나라 병사들은 사기가 백배나 충천하여 연신 만세를 외치면서 더욱 맹렬하게 싸웠다. 반면 원래 숫자가 현저하게 적은 병사들을 지휘하느라 위축되어 있던 갈이단은 갈수록 기가 살아 펄펄 나는 청병들에게 서서히 겁을 집어먹기 시작했다. 나중에는 슬슬 뒷걸음을 치더니 후퇴하라는 명령을 내렸다. 그리고는 말을 달려 사위 목살이가 지켜주는 대영으로 도망치기 시작했다.

이제는 독 안에 든 쥐나 다름없는 3000명의 갈이단 병사들은 악에 받쳐 있는 청병들이 지칠 줄 모르고 휘둘러대는 칼에 맞아 수박 잘리듯 토막이 나고 말았다. 차 한 잔 마실 정도의 짧은 시간에 갈이단의 잔병들은 하나도 살아남지 못했다. 그럼에도 마구 치솟아 오르는 살의를 주체하지 못한 청병들은 숨 돌릴 새도 없이 갈이단의 대본영을 향해 돌진했다. 삽시간에 적들의 군영에서는 시뻘건 불기둥이 치솟았다.

"명령이다. 연갱요는 서쪽으로 가서 퇴로를 차단하고 동국강은 목살이의 군영을 향해 공격하라! 주저하는 자는 즉각 베어버리겠다!"

비양고가 엄명을 내렸다. 이글거리는 눈빛에는 살기가 등등했다. 말을 마친 그는 즉시 서쪽을 향해 말을 달렸다. 색액도와 중군의 호위들은 비양고가 직접 목살이의 진영으로 쳐들어갈 것이라는 사실을 알고는 이내 뒤를 따라갔다.

갈이단의 친병들은 겨우 600명만 살아남았으나 끝까지 용사들의 본분을 잊지 않았다. 목숨을 내걸고 갈이단을 엄호해 천신만고 끝에 목살이의 진영까지 호송했다. 딸 종소진은 다리에 중상을 입은 채 피를 흠뻑 뒤집어쓴 채 들어선 아버지를 보며 마음이 무척이나 아팠다. 그러나 슬퍼하고 있을 수만은 없었다. 바로 남편 목살이와 함께 아버지를 부축해 의자에 앉혔다. 갈이단은 극도의 공포와 긴장이 어느 정도 해소된 다음에야 비로소 정신을 추스를 수 있었다.

하루 동안의 손실을 대충 계산해 본 결과 상황은 너무나도 참담했다. 전군이 전멸에 가까운 엄청난 타격을 입은 것이다. 그는 순간 하늘이 무너지는 비애를 느꼈다. 천명을 안다는 나이 50에 10년 공들인 탑이 한순간에 와르르 무너지는 참패를 당하다니! 눈앞이 캄캄해졌다. 실성한 듯 머리를 한껏 뒤로 젖힌 채 짐승의 울부짖음을 연상케 하는 괴성을 질러댔다. 가슴을 치며 통곡도 했다. 그 모습에 옆에 있던 사람들도 모두 눈물을 흘렸다. 종소진이 눈물범벅이 된 얼굴을 한 채 말했다.

"이 딸의 간곡한 마음을 조금이나마 받아 주셨더라면 오늘 같은 날은 없었을 것 아니에요? 러시아 사람들이 지금껏 한 번이라도 신의를 지킨 적이 있나요? 그런데도 아버지는 죽어라 그 사람들을 믿었어요. 저는 그 이유를 모르겠어요! 막북과 동몽고의 여러 왕들처럼 보거다 칸을 위해 서부 변경이나 잘 지키며 오손도손 살았으면 얼마나 좋았겠어요……."

"지금 그런 말을 한들 무슨 소용이 있어!"

목살이가 아내의 말허리를 잘랐다. 이어 무릎까지 오는 동몽고식 긴 장화를 신은 발을 의자에 올려놓은 채 칼에 손을 얹고 아뢰었다.

"부왕, 아시다시피 저는 부왕께서 동몽고에 쳐들어가 집안싸움을 하는 것을 반대해 왔어요. 보거다 칸께서 우리를 해치지 않고 잘 대해주려고 노력하는데, 우리가 일방적으로 걸고 넘어질 것은 없었지 않습니까? 그래서 이번에도 저는 부왕의 안전만 책임질 것이라고 끝까지 버텼던 겁니다. 약속은 철저하게 지킬 겁니다. 제가 여기서 죽는 한이 있더라도 부왕을 엄호해 드릴 테니……, 소진이와 함께 여기를 떠나세요. 마지막이 될지 몰라 드리는 말씀인데요, 돌아가셔서는 제발 조정과 화해를 하고 편안한 여생을 보내도록 하세요. 계란으로 바위 치는 격인 전쟁은 더 이상…… 하지 마시고요!"

갈이단이 사위의 말에 머리를 번쩍 쳐들었다. 그러더니 사위를 한참이나 노려봤다. 그러나 결국에는 길게 한숨을 내쉬었다

"내가 최선을 다하지 않아서 그런 것이 아니라는 것은 알아줘. 이건 하늘이 나를 돕지 않았기 때문이야! 이젠 나도 알았어. 조정과는 상대

가 되지 않는다는 사실을. 이제 더 이상은 주책 떨지 않을게……."

갈이단은 어깨를 축 늘어뜨리고 머리를 숙였다. 그러나 뒤늦은 후회는 소용이 없었다. 갈이단 등에게 이제 남은 과제는 첩첩이 둘러싼 청군의 포위망을 뚫고 탈출하는 것이었다. 하지만 10만 명이 넘는 살기등등한 청병들이 경봉을 물샐틈없이 포위하고 있는 상태여서 별 뾰족한 방법이 없었다. 게다가 낭심의 병사들이 이미 서북쪽을 지키고 있기 때문에 대영을 나가자마자 10문의 대포로부터 포탄 세례를 받을 것이 뻔했다.

"달리 대안은 없어. 저들의 경각심을 늦추게 하는 수밖에는! 정면에 나서서 군영의 문을 열어젖히고 가짜 투항을 선언하는 거야. 그 사이 우리는 뒷문으로 포위망을 뚫고 도망가는 거지. 청군들이 정신을 차리고 쫓아올 때는 이미 늦었을 테지!"

원래 생강은 오래된 것이 맵다고 했다. 갈이단 역시 결정적인 순간에 살아남을 수 있는 방법을 제대로 찾았다고 할 수 있었다. 그러나 몽고 족을 대표한다는 호걸 목살이는 가짜로 백기를 든다는 사실이 너무나 수치스러웠다. 패한 것만 해도 수치스럽기 이를 데 없었으니 말이다. 그의 얼굴은 벌겋게 붉어진 채 한동안 원상태를 회복하지 못하고 있었다. 물론 그도 달리 방법은 없었다. 그가 마침내 깊은 한숨을 내쉬었다.

"그렇게 하죠. 먼저 떠나세요. 제가 뒤를 막아볼 테니까요!"

이윽고 자시가 가까운 시간이 되자 갈이단의 군영 곳곳에서 백기가 솟아올랐다. 반면 불빛이 대낮처럼 환한 청병의 대영에서는 바로 환호성이 우레처럼 터져 나왔다. 비양고는 기분이 나쁘지 않았다. 그러나 아무래도 갈이단의 행동이 수상쩍었다. 그럼에도 투항을 거절하기는 어려웠다. 그래서는 안 된다는 강희의 명령이 이미 있기도 했다. 그의 머릿속은 잠시 복잡해졌다. 쳐들어가지도 못하고 선뜻 항복을 받아들이기도 어째 그랬다. 게다가 아직은 포위망이 완전히 좁혀지지 않은 상태였기 때문에 추측대로 가짜 투항이 맞다면 자칫 조정의 중죄인들만 놓치게 되는 불행한 사태가 발생할 수도 있었다. 만약 그렇게 되면 그 막중한 책임을 어떻게 감당한다는 말인가?

비양고는 고민에 고민을 거듭하지 않을 수 없었다. 그때 마침 색액도의 말소리가 들려왔다.

"목살이가 나온 것 같아요! 틀림없어요!"

그러나 연갱요와 동국강은 말없이 비양고의 입만 뚫어져라 처다봤다.

"비양고 장군, 그쪽에 계십니까? 저희들의 투항을 받아주십시오! 사람을 보내주세요. 조건을 상의합시다!"

색액도의 말이 맞았다. 갈이단의 군영에서 목살이가 큰 소리로 외쳤다.

"나는 상서방 대신 색액도다! 목살이, 진정으로 투항할 의사가 있다면 당연히 그쪽에서 사람을 보내와야 하는 것이 상식 아닌가? 절대 해치지 않을 것을 약속할 테니, 그렇게 해!"

색액도가 비양고 대신 재빨리 외쳤다. 승리는 떼어 놓은 당상이라는 생각과 이제는 공로를 가로채는 일밖에 남지 않았다는 다급한 마음이 그를 그렇게 만들었다.

"그쪽에는 간사하고 음험한 한족 출신들이 많아서 안 되겠습니다! 더 이상 믿을 수 없으니, 그쪽에서 사람이 와 줘야겠습니다!"

목살이가 가능한 한 시간을 끌려는 전략을 구사하기 시작했다. 급기야는 명나라 말기부터 몽고족들이 한족들의 속임수에 넘어간 일들을 구구절절 늘어놓으면서 시간을 끌었다.

그러자 색액도가 비양고를 돌아보면서 물었다.

"어떻게 하죠?"

비양고는 색액도가 공로를 독차지하기 급급하다는 사실을 모르지 않았다. 아니 그런 속마음을 꿰뚫고 있었다. 그 순간 그렇다면 이 일도 내가 떠맡을 수는 없다는 생각이 그의 뇌리를 스치고 지나갔다. 그가 입을 열었다.

"이 일은 아무래도 색 대인께서 알아서 처리하시는 것이 나을 것 같습니다."

"그러죠!"

색액도가 기다렸다는 듯 대답하고는 한참이나 머리를 굴렸다. 그러다 마침내 입을 열었다.

"동 대인, 아무리 생각해봐도 그대가 갔다 오는 것이 제일 좋을 것 같습니다."

"예!"

동국강은 색액도의 제안을 거부하지 않았다. 곧바로 두 명의 부하를 거느리고 적진으로 향했다. 그때 갑자기 서쪽에서 대포소리가 들려오더니 기병 한 명이 황급히 말을 달려와 보고를 올렸다.

"통수! 수백 명쯤 되는 병력이 도망을 치고 있습니다!"

"가짜 투항이다!"

비양고가 황급히 외마디 비명 같은 소리를 질렀다. 이어 앞을 향해 소리를 질렀다.

"동 대인! 어서 돌아오세요, 어서!"

그러나 동국강이 미처 말을 돌리기도 전에 적진에서 화살이 빗발쳤다. 졸지에 화살세례를 무수히 받은 그는 마치 고슴도치 같은 몰골로 말 위에서 떨어져서 곧바로 숨지고 말았다.

색액도는 대로했다. 목살이를 생포해 동국강의 원수를 갚자는 명령을 병사들에게 내렸다. 사실 그들은 색액도가 명령을 내리기도 전에 이미 기세 사납게 목살이가 있는 대영으로 쳐들어가고 있었다. 잠시 후 연갱요가 짐짝처럼 꽁꽁 묶인 목살이를 압송해 왔다. 그때 강희가 다가와 목살이의 어깨를 툭툭 쳤다. 이어 그를 풀어주라고 명령했다. 그리고는 비양고에게 매섭게 따졌다.

"자네가 서쪽에 대포를 설치한 것을 보면 갈이단이 그쪽 방향으로 도망갈 것을 예견했다는 뜻이 아닌가. 그렇다면 왜 대포를 그것밖에 설치하지 않았는가?"

강희의 추궁에 색액도의 얼굴이 순식간에 하얗게 질렸다. 비양고가 당장 진상을 털어놓지 않을까 전전긍긍한 탓이었다. 실제로도 일의 책임을 추궁해야 할 경우는 그 자신이 가장 먼저 걸려들어야 하는 것이 당연하다고 할 수 있었다.

"모두 소인의 불찰로 악당 두목을 놓쳐 버렸사옵니다. 폐하께서 중벌을 내려 주시옵소서……."

그러나 비양고는 색액도의 우려와는 다르게 나왔다. 억울한 표정으로 색액도를 힐끗 쳐다보기는 했으나 떨리는 목소리로 자신에게 책임이 있다는 식으로 대답했다. 색액도에게 미운털이 박히면 나중에라도 득이될 것이 없다고 생각한 모양이었다.

강희는 비양고의 말에 한참을 뭔가 생각하는 듯했다. 그러다 목살이에게 다가가서는 몽고어로 말했다.

"누구나 저마다 섬기는 주인이 있기 마련이야. 짐은 자네가 몽고의 영웅이라는 점을 감안해 돌려보내 주겠네. 그만 가 보게!"

"뭐라고요?"

목살이가 강희의 말이 믿기지 않는지 도리어 반문을 했다. 입술도 실룩거렸다. 그러더니 한참 후에야 겨우 말을 이었다.

"……돌려보내 주신다는 말씀입니까?"

"그래, 풀어주겠네. 대신 돌아가서 자네 부족들을 잘 타일러 다시는 조정과 맞서지 말라고 하게. 갈이단의 농간에 놀아나지 말고 짐을 위해 서부 지역을 잘 지켜줘. 그러면 짐이 그 공로를 잊지 않을 걸세. 자네도 봤다시피 이번에 그쪽에서 이만 오천 명이 죽고 우리 역시 만여 명의 인명피해가 났네. 다 위로는 부모님이 계시고 밑으로는 딸린 식구가 한두 명이 아닐 텐데……, 이 얼마나 큰 비극인가!"

강희가 담담하게 말했다. 목살이는 강희의 말에 감동한 듯 갑자기 머리를 감싸 쥔 채 한바탕 통곡을 했다. 이어 몽고어로 뭐라고 말하고는 말을 타고 이내 어둠 속으로 사라졌다.

"비양고만을 탓할 수는 없지. 짐의 실수도 있었으니까."

강희가 저 멀리 사라지는 목살이에게서 시선을 거두면서 말했다. 그런 다음 어둠의 장막이 드리워진 초원을 슬쩍 한 번 바라보는가 싶더니 한숨을 내쉬면서 덧붙였다.

"지금으로서는 최대한 빨리 갈이단의 행적을 추적해 끝까지 쫓아가 붙잡아오는 것이 급선무야. 갈이단을 생포하기 전에는 짐은 북경으로 돌아갈 수 없어!"

그때 비양고가 앞으로 나서면서 머리를 조아렸다.

"갈이단을 놓친 것은 전적으로 소인의 책임이옵니다. 소인이 삼만 기병을 데리고 갈이단을 잡아올 수 있게 일 년만 시간을 주시옵소서. 만약 약속을 못 지킬 때는 소인의 머리를 베어 북경으로 보내겠사옵니다. 그러니 폐하께서는 더 이상 여기서 고생하시지 말고 북경으로 돌아가셨으면 하옵니다!"

강희가 색액도를 바라봤다. 비양고가 큰 공을 세울 기회를 눈앞에서 놓쳐버렸다면 색액도는 이번 일에 아무런 책임도 없다는 말인가? 강희의 눈빛은 마치 그렇게 생각하는 것 같았다. 그러나 색액도는 아무 말이 없었다. 강희가 한참 후에야 입을 열었다.

"짐이 친정을 한다고 왔으나 사실은 한 번도 싸움터에는 나가지 않았네. 그러니 이번에 갈이단을 추격하는 데는 짐이 중군 일만 사천 명을 거느리고 직접 나설 것이네. 비양고, 자네는 군사 삼만 오천 명을 데리고 북쪽 방향으로 강행군한 다음 예상되는 행로를 모두 차단하도록 하게!"

"폐하, 소인은 어떻게 움직여야 하는지 명령을 내려주시옵소서."

그새 색액도가 잽싸게 끼어들었다. 강희가 잠시 머뭇거리다 말했다.

"자네는……, 자네와 고사기는 대영에서 군량미 조달이나 차질 없이 하도록 각지에 독촉하게. 짐의 허락이 없이는 절대 사사롭게 현장을 이탈해서는 안 되네. 명주는 짐을 따라나서도록 하고!"

색액도는 강희가 한 말 중에서 "현장을 이탈해서는 안 된다"는 부분을 조용히 되새겼다. 바로 북경으로 가서는 안 된다는 뜻이라는 사실을 알 수 있었다. 더불어 강희가 자신을 의심하고 있다는 사실도 간파할 수 있었다. 그는 가슴이 세차게 뛰는 것을 겨우 억누른 채 바로 머리를 조아렸다.

"소인은 목숨을 걸고 어지에 따르겠사옵니다. 섬서, 감숙 지역의 군마를 동원해 갈이단에 대한 달라이 라마 측의 지원병력 파견을 차단시킬 것이옵니다. 또 한 가지 드릴 말씀이 있사옵니다. 여기는 전선과 너무 멀리 떨어져 있사옵니다. 때문에 어영御營을 집녕集寧으로 옮기는 것이 어떨까 하옵니다."

"그렇게 하게. 짐의 중군 행보를 시시각각 주시해 정확한 위치를 파악하고 북쪽의 군량미를 제때에 조달해줘야 하네. 이건 군기軍機이므로 차질이 생길 경우 짐에게 매정하다는 말은 하지 말게!"

강희의 얼굴은 무덤덤했다. 색액도는 다시 한 번 가슴이 콩알만 해졌으나 굳이 내색은 하지 않았다.

강희는 자신의 말대로 중군을 거느리고 본격적으로 갈이단 추적에 나섰다. 또 비양고는 서북쪽에서부터 바짝 추격해 들어갔다. 이렇게 해서 몇 개월 만에 청군은 아파합납이阿巴哈納爾 등과 같은 갈이단의 중요 거점을 모두 탈취할 수 있었다. 갈이단의 잔여세력 만여 명도 전멸시켰다. 8월에 이르러서는 소막다昭莫多에서 적을 다시 한 번 격퇴했다.

그때 강희는 갈이단이 러시아로부터 철저하게 버림을 받았다는 사실을 알게 됐다. 그러나 정작 갈이단의 그림자는 그 어디에도 없었다. 그러나 생포한 포로들을 통해 어느 정도 행로를 파악할 수 있었다. 러시아와 달라이 라마의 원조를 받는 데 실패한 갈이단이 열흘 전 딸과 함께 어디론가 도망을 갔다는 사실을.

강희는 바로 그때 북경에 남아 있는 장정옥과 동국유가 태자의 명을 받고 보내온 상주문을 받았다. 상주문에는 갈이단을 돕기로 했던 청해의 탁목회부와 달라이 라마, 합살극哈薩克 등의 부족이 조정에 갈이단과의 결별을 선언하는 글을 보내왔다는 내용이 들어 있었다. 또 신하를 자청하면서 공물까지 보내왔다는 내용도 적혀 있었다. 또 갈이단이 자신들의 경내로 도망 오는 즉시 붙잡아 북경으로 압송할 것도 약속했다고 써 보냈다.

강희는 상주문을 다 읽은 다음 비양고와 머리를 맞대고 전략을 짜기 시작했다. 그 결과 막다른 골목에 놓인 갈이단이 분명히 달라이 라마한테로 갔을 것이라는 판단을 내렸다.

"정말 그렇다면 문제가 심각해집니다."

비양고는 진짜 다 된 밥에 코를 빠뜨리게 한 색액도가 원망스럽기 그지없었다. 색액도에게 밉보이는 것이 두려워 끝까지 자신의 주장을 펼치지 못했던 스스로에 대한 원망도 새록새록 샘솟았다. 그가 무거운 입을 열었다.

"폐하께서는 북경으로 돌아가 계시기를 바라옵니다. 소인이 병력을 다시 정돈해 청해 남쪽으로 쳐들어갈 준비를 하는 수밖에는 없사옵니다!"

사실 북경에서는 강희에게 귀경하는 것이 좋을 것 같다는 상주문을 수십 건이나 보내온 터였다. 그러나 그는 완강했다. 급기야 이대로 북경으로 돌아간다는 것은 상상도 할 수 없다는 듯 고개를 번쩍 쳐들고는 비양고의 어깨를 툭 치면서 말했다.

"힘내! 청해의 회족 부족들이 우리에게 넘어온 이상 갈이단이 그곳을 통해 달라이 라마에게 가는 것는 그리 쉽지 않을 거야! 짐이 보기에 갈이단은 지금 멀리 못 갔어. 달라이 라마가 마중을 나오지 않는 이상 그는 잡히게 돼 있어. 정말 놓쳐 버린다면 악성 종기를 남겨둔 것 같은 결과가 초래되겠지만 말이야. 그러나 아직 두 손 놓고 포기하기에는 일러. 아직은 승부를 걸어 볼 만하다는 얘기야!"

비양고는 강희의 얼굴을 다시 한 번 쳐다봤다. 황제의 얼굴에 비장함이 묻어 있었다. 그로서는 찬탄과 함께 저절로 존경하는 마음이 우러났다. 그가 머리를 조아리면서 비장한 입장을 밝혔다.

"폐하께서 그러신다면 신이 어찌 거부할 수가 있겠사옵니까?"

강희는 비양고의 말에 바로 책상을 치며 일어났다. 이어 그에게 힘을 실어주기 위해 즉석에서 시 한 수를 지었다.

대원정에 나선 사나이의 호기, 얼어붙은 창과 푸른 검에 서리로 내리네.
천병이 개선하는 날을 기다려, 장군과 함께 전포戰袍를 벗으리!

"짐이 이걸 자네에게 주겠네! 이대로 계속 북쪽으로 포위공격을 해 나가게. 짐은 중군을 이끌고 독려를 할 테니! 짐이 오늘 삼군의 천총 이상 고급 군관들을 불러놓고 교시를 내렸네. 목적을 달성할 때까지 버텨야 한다고 말이네! 우리 같이 한번 끝까지 해보자고!"

비양고는 떨리는 손으로 강희의 시를 받았다. 강희의 독려에 대한 감사와 색액도 때문에 며칠 동안 가슴앓이를 해온 억울함이 어우러져 그의 눈에서는 눈물이 샘솟듯 흘러내렸다.

58장

천하통일

　강희의 대군은 또다시 출정에 올랐다. 그해의 가을은 유난히 추웠다. 어디나 할 것 없이 누렇게 마른 풀들과 앙상한 나무들만 찬바람에 진저리를 치듯 떨고 있었다. 낮에는 행군하기가 그런대로 괜찮았다. 그러나 저녁때만 되면 혹독한 추위가 엄습해왔다. 아직 겨울옷이 도착하지 않은 탓에 홑옷만 입은 병사들은 추위에 밤잠도 제대로 이루지 못했다. 게다가 군량미 운송로가 갈수록 멀어지면서 식량 조달이 전혀 이뤄지지 않고 있었다. 나중에는 부족한 군량미 대신 말을 잡아먹으면서 고난의 행군을 이어갔다. 강희는 물론 누차 색액도에게 사람을 보내 군량미를 빠른 시일 내에 보낼 것을 명령했다. 그러나 색액도는 최선을 다한다고 해놓고는 며칠이면 금방 동이 날 극히 적은 수량만 보내왔다. 비양고는 그 이유를 알고 있었다. 색액도가 오란포통 전투 때 군량을 전부 동쪽으로 빼돌린 탓이었다. 하지만 그는 통수로서 감히 진상을 강희에게 아뢰지 못했다. 그저 자신의 병사들에게 아껴 먹고 적게 먹고 허리띠를 졸라 매면서 고통을 이겨내자는 식으로 말하는 수밖에 없었다.

9월 초가 됐다. 강희의 중군에는 이제 군량미가 사흘치 분량밖에 남아 있지 않았다. 갈이단이 있는 곳까지 가려면 최소한 열흘은 걸리는데 식량이 바닥난 것이다. 더구나 동이 난 군량미를 당장 마련할 길도 없었다. 설상가상으로 자신들의 식량이 완전히 바닥을 드러냈다는 비양고의 군보까지 날아들었다. 무단과 소륜은 연이은 강행군으로 인한 피로와 군량미 부족에 따른 불안감에 날로 초췌해지는 강희를 바라보면서 안쓰러운 마음에 발을 동동 굴렀다. 기회를 엿보다가 군량미를 기다리는 동안 잠시 쉬어가자는 의견을 제시했다.

"오늘이 벌써 음력 구월 초아흐레구나! 북경에 있었더라면 오늘 같은 날은 따끈따끈하게 데운 술을 한 항아리 들고 산에 올라 국화꽃을 구경하면서 중양절을 보낼 텐데 말이야. 짐이 이역만리에서 이런 고생을 하고 있는 줄을 북경에서는 알기나 할까? 상주문마다 '안녕을 비옵니다'라고 하지만 어디까지가 진심인지 알 수가 있어야지!"

강희가 씁쓸한 웃음을 지으면서 우수에 젖었다. 아수와 소륜이 마주 보면서 황급히 머리를 숙였다. 강희의 기분을 이해한다는 표정이었다. 그때 무단이 한숨을 내쉬면서 입을 열었다.

"섬서성과 감숙성을 코앞에 두고 하필이면 멀리 과이심, 융화에서 군량미를 가져오느라고 낑낑거리다니요! 이런 소리가 귀에 들어가면 기분 나빠할 양반들이지만 도대체 무슨 생각들을 하는지 모르겠사옵니다!"

강희는 조급하고 당황스런 마음에 정신을 차리지 못하다 무단의 볼 부은 한마디에 불현듯 뭔가를 떠올렸다. 자신이 연안延安과 유림榆林, 이극소伊克昭 등지에 비밀리에 마련한 군량미 창고에 식량이 적지 않게 저장돼 있다는 사실이 그제야 생각난 것이다. 그런데 여기까지 와서 가까운 곳에 있는 식량을 썩히고 멀리 있는 것을 기다리느라 눈이 아홉 개가 돼 있었다니! 정말 기가 막혔다. 그가 길게 생각할 필요조차 없다는 듯 입을 열었다.

"당장 비양고의 북로군北路軍에게 사람을 보내 명령을 전하라! 유림, 연안, 이극소로 달려가 그곳의 식량을 전부 꺼내 북로군에게 공급하라고 말이야!"

"그러면 우리쪽은 어떡하옵니까?"

소륜이 물었다.

"비양고의 북로군은 갈이단이 부팔성富八城으로 접근하는 것을 철저히 막아야 하는 만큼 중요한 임무를 수행해야 해. 때문에 갈 길도 멀고 절대 식량이 떨어져서는 안 돼. 우리는……, 오늘부터 어느 누구를 막론하고 하루에 한 끼씩만 먹도록 하지. 색액도가 보내올 식량이 도착할 때까지 말이네. 물론 짐도 예외는 아니야!"

옆에 있던 무단이 황제까지 배를 곯아야 하는 현실에 코끝이 찡해진 듯 입을 실룩거리면서 뭐라고 말을 하려고 했다. 그러다 이내 주저하면서 머리를 조아렸다. 어조에 울음기가 가득했다.

"폐하의 명에…… 따르겠사옵니다. 하지만 폐하께서 어찌……."

"무슨 말을 하려는지 알겠네. 하지만 짐을 설득하려 들지는 말게."

강희의 눈에도 눈물이 그렁그렁했다. 좋으나 궂으나 한결같이 자신을 걱정하고 지켜주는 시위를 바라보면서 강희가 덧붙였다.

"짐이 이렇게 해야만 굶더라도 병사들의 사기가 덜 떨어질 수 있네. 솔선수범하는 모습을 보여주고 싶네."

곧 황제에서부터 마부에 이르기까지 전부 하루에 한 끼만 공급한다는 명령이 내려졌다. 병사들은 저마다 상심의 눈물을 펑펑 쏟았다. 그러나 강희는 대수롭지 않게 여겼다. 오히려 천총 이상의 군관들을 한자리에 불러놓고는 의미심장하게 말했다.

"머리에 털이 난 이후로 이토록 배고픈 고생은 이번에 처음 하네. 무척 힘이 드는구먼. 다행히 우리는 초원을 가로질러 가기 때문에 가끔씩 산양이나 사슴 같은 것도 운 좋게 사냥할 수 있기에 한결 그 고통이 덜할 것이라고 생각하네. 이번에 짐을 따라 움직인 모든 장사壯士들의 이름을 다 적어 놓으라고 했네. 돌아가면 짐은 결코 자네들을 몰라라 하지는 않을 거네. 고생을 한 만큼 짐이 보상을 해줄 거야. 오늘 자네들과 더불어 배를 쫄쫄 곯면서 짐이 가장 먼저 머릿속에 떠올린 생각은 바로 이거야."

강희가 깊고 맑은 두 눈으로 먼 곳을 바라보면서 말을 이었다.

"지금 우리 대청은 가장 번창한 시기에 접어들었네. 짐이 어제 관보를 보니 올해엔 전국 방방곡곡 어디나 할 것 없이 대풍년이 들었다고 하더군. 조금 있으면 십 년 동안 먹어도 다 못 먹을 정도의 식량이 국고에 쌓이게 될 거네! 우리 군이 식량부족을 겪는 것은 식량이 없어서가 아니야. 양도糧道가 멀어 적재적소에 운송을 못해오기 때문이라는 것을 여러분들에게 알려주고 싶네. 그러나 탑미이塔米爾 지역에 갇혀서 꼼짝달싹 못하는 갈이단은 우리보다 더 비참할 거야. 다행히 우리는 며칠만 더 버티면 곧 식량이 도착해. 그러나 갈이단은 빛도 희망도 없을 것이 아닌가! 그러니 당장 눈앞의 어려움은 극복할 수 있어야 하지 않겠는가! 서역과 중원 지역에 더 이상의 전쟁은 용납하지 않을 거라는 뜻을 가지고 중화 대통일의 야망을 품은 짐이 당당한 명분을 가지고 군사를 거느리고 나왔는데, 하루 이틀 굶는다고 창자가 뒤틀리겠나? 배가 고프면 천지에 널린 눈을 움켜 먹으면서라도 끝까지 그 자식을 쫓아갈거야. 어떻게 이룩한 대청의 강산인데, 좀벌레 한 마리라도 용납할 수 있겠나! 단지 짐은 자네들을 너무 혹사시키는 것 같아서……, 그것이 괴롭네……."

강희는 더 이상 말을 잇지 못했다. 장내의 이곳저곳에서는 크고 작게 훌쩍거리는 소리가 들렸다.

"자, 그러지 말고 힘을 내자고! 황하도 이제는 고분고분해졌다고 하남 순무가 전해왔네. 실로 상서로운 조짐이 아닐 수 없네. 황하를 다스리고 천하통일을 실현하는 것은 짐의 숙원이었네! 하늘의 뜻을 어기면 망하고, 따르면 흥한다고 했네. 하늘이 내려보내는 상서로운 기운을 한껏 들이마시고 끝까지 힘을 내보자고!"

갑자기 강희가 목청을 한껏 높여 외쳤다. 그러자 강희의 격앙된 연설을 들은 군관들이 일제히 무릎을 꿇고 우레와 같은 목소리로 화답했다.

"예, 폐하!"

······배를 곯아가면서 행군을 한 지 8일째 되는 날이었다. 선두에 선 부대가 드디어 갈이단의 병사들과 교전을 하기에 이르렀다. 갈이단의 병사들 역시 몇 날 며칠 동안 곯은 듯 영 기운을 차리지 못했다. 쌍방은 승부를 가리지 못한 채 각자 자기의 군영으로 돌아갈 수밖에 없었다. 그런데 아침 아홉 시 무렵 식량이 도착했다는 희소식이 전해졌다. 비록 400섬밖에 되지 않는 양이었으나 오랜 가뭄 끝의 단비와도 같았다. 병사들은 저마다 환호성을 질렀다. 쌀밥을 짓고 뜸을 들이는 구수한 냄새가 풍겨오는 가운데 그들은 오후에 갈이단의 마지막 소굴을 들이칠 준비를 서둘렀다.

그런데 점심을 먹고 나서 얼마 지나지 않았을 때였다. 갑자기 갈이단 측에서 방화放火로 공격을 가해왔다. 그 지역은 오랫동안 방목放牧을 하지 않은 곳이었다. 그래서 풀들의 키가 허리를 넘고 있었다. 게다가 강우량이 적은 가을이라 바싹 말라 있는 풀밭에서 불길이 옮겨붙는 속도는 대단했다. 때마침 서풍이 부는 탓에 화염은 그야말로 파죽지세로 청군의 대영을 향해 덮쳐왔다. 청군 진영은 눈 깜짝할 사이에 코앞까지 쳐들어와 혀를 날름거리는 난데없는 들불의 공세 앞에서 완전히 아수라장이 되고 말았다.

강희는 처음 마주해 보는 거대한 불길 앞에서 어쩔 줄 몰라 했다. 무단과 소륜은 그런 강희를 황급히 말 위로 밀어 올렸다. 그런 다음 무단이 땀범벅이 된 얼굴을 돌려 큰 소리로 아뢰었다.

"폐하, 어서 여기를 떠나시옵소서. 소인이 병사들을 데리고 불을 꺼 보겠사옵니다. 정 안 되면 몸으로라도 막아 폐하께 시간을 벌어드리겠사옵니다!"

"잠깐만!"

그때 아수가 갑자기 다가오더니 이상할 정도로 담담한 표정으로 말했다.

"여러분은 초원에서의 불의 위력을 몰라서 그래요. 비가 내리지 않는 한 천리마라 할지라도 단숨에 쫓아가는 것이 초원의 불이라고요!"

"더러운 계집!"

무단이 아수의 말에 발끈하면서 이성을 잃고 차마 입에 담지 못할 욕설을 퍼부었다. 그가 내친김이라는 듯 연이어 쏘아붙였다.

"그렇다면 안 도망가고 여기에서 타 죽으라는 말이오? 누구 때문에 재수 없이 불까지 달라붙어 이러는지는 모르겠지만!"

그러자 아수가 냉소를 터트렸다.

"원래 거칠게 생겨먹은 사람이니 아무 말이나 하는 것을 참아주는 거야. 하지만 내가 결코 틀린 말을 하는 것은 아니야!"

아수는 말을 마치자마자 성냥을 꺼내더니 마른 풀들을 모아 불을 붙였다. 이어 여기저기에 내던졌다. 그제야 아수의 의도를 알아차린 강희가 말 위에서 장검을 뽑아들고 명령을 내렸다.

"우리도 방화를 해서 풀을 태우고 공터를 만들어야 해. 군영도 그쪽으로 옮기는 거야!"

삽시간에 청군의 병영 곳곳에서도 불길이 번졌다. 갈이단이 지른 불이 다다랐을 때 강희의 대영은 이미 자리를 옮긴 뒤였다.

한바탕 소동을 겪고 나자 바로 밤의 장막이 드리워졌다. 그럼에도 대기 중에는 그을음 냄새가 진동하고 있었다. 반면 그 흔하디흔하던 들짐승의 울음소리는 완전히 사라졌다. 무서운 정적이 깃든 밤이었다. 병영을 둘러보고 돌아오던 강희가 군막 앞에서 서성거리는 무단을 발견하고는 물었다.

"새로 도착한 군량미를 잘 보관하라고 했더니, 여기에서 뭘 하고 있나?"

무단이 얼굴을 붉히면서 대답했다.

"……소인이 오늘 죽을죄를 지었사옵니다. 너무 다급한 나머지 그만 귀비마마께 차마 입에 담지 못할 욕을 하고 말았사옵니다……."

"바보 같으니라고! 누가 뭐라고 했나? 가서 일이나 봐!"

그런 다음 강희는 곧바로 군막으로 들어와 아수에게 말했다.

"자네를 데려왔으니 망정이지, 하마터면 오늘이 짐의 제삿날이 될 뻔했어! 방금 무단이 자네에게 죄스럽다면서 찾아왔는데, 짐이 그냥 돌려보냈네."

그러나 아수는 강희의 말에는 아랑곳하지 않았다. 그저 이맛살을 찌푸린 채 깊이 생각에 잠겼다. 그러더니 한참 후에야 입을 열었다.

"폐하, 생각해 보셨사옵니까? 이번에 우리가 방화를 함으로써 군량미 운송이 악영향을 받는 것은 아닐는지……."

강희가 잠시 놀라는 듯하더니 바로 웃음을 머금었다.

"좀 늦어지기는 하겠지. 그러나 군량미 운송 책임자들이 전부 몽고사람들이라 초원의 불에 대한 상식쯤은 알고 있을 거야. 그러니 큰 걱정은 안 해도 되네."

강희와 아수가 도란도란 얘기를 주고받고 있을 때였다. 소륜이 들어 오더니 아뢰었다.

"폐하, 북로군의 연갱요가 폐하를 만나 뵙고 싶다고 하옵니다!"

"연갱요라? 그 흰옷 입기 좋아하는 용맹한 싸움꾼 말이지? 어서 들 어오라고 하게!"

강희가 기억을 더듬더니 기분 좋은 어조로 지시했다. 그의 말이 떨어 지기 무섭게 연갱요가 성큼 안으로 들어섰다. 이어 땅에 엎드려 머리 를 조아렸다.

"죄인 연갱요, 삼가 폐하의 안녕을 비옵니다!"

강희가 흠칫 놀라면서 물었다.

"죄인이라니? 무슨 일인지 천천히 말해보게!"

"저희 북로군은 이미 청해의 회족 부족과 손을 잡음으로써 갈이단의 퇴로를 완전히 차단했사옵니다. 그 와중에 갈이단의 조카가 조정에 귀 순하겠다는 내용의 표를 보내 왔사옵니다! 궁지에 몰린 갈이단은 칼을 삼켜 자살했다고 하옵니다……."

"잠깐!"

강희가 자신의 귀를 의심하는 듯 연갱요의 말을 자르면서 다시 물었 다.

"지금 뭐라고 했나?"

"갈이단이 죽었사옵니다. 지금은 갈이단의 딸이 진두지휘를 하고 있 사옵니다. 저희 북로군을 막아 갈이단을 빼돌리려 했지만 우리가 이미 퇴로를 차단해버린 줄 몰랐던 것 같사옵니다……."

"죽어도 시체는 있겠지?"

강희가 여전히 연갱요의 말을 반신반의했다. 연갱요가 가늘게 떨리는 손으로 장화 속에서 종이 한 장을 꺼내 두 손으로 강희에게 바쳤다.

"여기 갈이단이 죽으면서 남긴 글이 있사옵니다. 비양고 군문께서 갈이단을 생포하지 못해 죄송하다는 뜻을 폐하께 전해드리라고 했사옵니다……."

강희가 낚아채듯 종이를 빼앗았다. 삐뚤삐뚤한 글자가 두 줄 적혀 있었다.

> 활은 부러지고 날개는 꺾였구나. 가족과 친구들은 돌아서고 병사들은 흩어졌다.
> 하늘이 나를 망하게 하는 것이지, 전투에서 진 것이 아니다.
>
> ─갈이단 절필

강희가 그제야 갈이단이 진짜 죽었다는 사실을 실감하는 듯 통쾌한 웃음을 터뜨렸다.

"갈이단이 자살한 것이 어찌 자네 잘못인가? 그런데 죄인이라니! 생포를 했더라도 어차피 죽었을 텐데, 이렇게 알아서 죽어주니 짐의 칼에 피를 묻히지 않아도 되었으니 되레 잘 됐지! 자, 술 있으면 한 잔 주게!"

"또……, 소인이 갈례 총독을 죽였사옵니다!"

순간 연갱요가 갑자기 폭탄 같은 한마디를 덧붙였다. 그리고는 죽어라 머리를 조아렸다.

좌중에 있던 사람들은 저마다 대경실색했다. 이내 자라처럼 목을 쏙 집어넣은 채 강희의 눈치만 살폈다. 미관말직의 '새우'에 지나지 않는 연갱요가 감히 '고래'라고 해도 과언이 아닌 갈례를 죽여버리다니! 갈이단이 죽었다는 소식에 기쁨의 눈물을 뿌리던 아수 역시 눈물이 그렁그렁한 두 눈을 크게 뜬 채 경악을 금치 못했다. 군막 안에는 죽음을 연상케 하는 적막감이 감돌았다.

"왜 그랬는가?"

강희가 한참 후에 나직이 물었다.

"섬서, 감숙의 군량미를 북로군에게 보내주지 않았사옵니다!"

연갱요는 누가 무장이 아니랄까봐 지극히 건조한 어투로 말을 이었다.

"통수께서 군량 독촉을 하니 식량을 전부 난민들에게 배급을 주는 바람에 한 톨도 남지 않았다고 했사옵니다. 그러나 소인이 직접 가서 확인해본 결과 창고에는 여전히 백만여 섬의 식량이 재고로 남아 있었사옵니다. 그래서 소인은 즉각 보내줄 것을 강력하게 요청했사옵니다. 그럼에도 숱한 구실을 만들어 소인의 인내가 한계에 달하도록 만들었사옵니다. 실어 나를 말이 없고 수레도 없다고 했사옵니다. 결국엔 소인이 다급한 김에 욕설을 퍼부었사옵니다. 그러자 총독께서는 상사에게 불경스럽게 대했다고, 소인에게 중벌을 내릴 것이라고 으름장을 놓았사옵니다. 소인은 그만 참다못해 한 칼에 베어 버리고 말았사옵니다!"

좌중의 사람들은 다시 한 번 놀랐다. 엄청난 사건에 놀란 것이 첫 번째였고, 두 번째는 젊고 직급도 낮은 사람이 그 정도의 용기와 배짱을 가지고 있을 줄은 그 누구도 생각하지 못한 터였기에 또다시 놀랐다. 강희 역시 그랬다.

"자네 어디 소속인가?"

"한군漢軍 양황기鑲黃旗 소속이옵니다. 지금은 넷째 황자의 관저에서 일을 보고 있사옵니다. 사사로이 대신을 죽인 죄를 달게 받겠사옵니다!"

연갱요는 기가 죽기는커녕 오히려 씩씩하게 대답했다.

"갈례는 새로 부임해온 섬감陝甘(섬서성과 감숙성) 총독이었어. 비호 세력들이 수풀 같았을 텐데, 혼자서 어떻게 죽였지?"

강희가 자리로 돌아가 앉으면서 물었다. 연갱요가 다시 한 번 머리를 조아리면서 대답했다.

"병사들은 하나둘씩 굶어죽어 가는데, 식량을 쌓아두고 보내줄 생각을 하지 않는 걸 보고 소인의 눈에 불꽃이 튀었던 것 같사옵니다. 돌아와서 통수에게 천자검을 빌려 다시 달려가 단칼에 베어버렸습니다. 죗값은 달게 받겠사옵니다!"

강희가 묵묵히 침묵에 잠겨 있다 천천히 말했다.

"그 일에 대한 논의는 잠시 중단하지! 그리고 자네, 당분간 부대로 돌아가지 말고 여기 어영에서 명을 대기하도록 하게!"

강희는 주변 사람을 모두 내보내고 혼자 생각에 잠겼다. 북경을 떠나오기 전 북방의 여러 성들에 비양고를 전력 지원하도록 엄명을 내려 보낸 바 있었다. 그런데 갈례는 공공연히 명을 어겼다. 어떻게 그럴 수가 있었을까? 과이심과 찰합이가 보내준 6000대의 식량운반 차량은 어떻게 하고, 말에 조금씩 실어 보냈다는 말인가? 더욱 심각한 것은 유림 등지에 비밀 군량미 창고를 만들어 식량을 비축해둔 사실은 자신과 고사기만 알고 있는데, 갈례가 무슨 수로 냄새를 맡았다는 말인가? 고사기가 비밀을 발설했다고 봐야 하나? ……꼬리에 꼬리를 물고 일어나는 의혹은 강희의 머리를 뜨겁게 달궜다. 강희는 복잡한 마음을 정리하기 위해 자리에서 일어나 실내를 서성였다.

그때 밖에서 끊어질 듯 이어지는 통소 소리가 들려왔다. 그는 조용히 귀를 기울였다. 어디서 많이 들어본 곡이었다. 강희는 곧 소륜을 불러 물었다.

"통소를 부는 사람이 누구인가?"

"명주이옵니다."

사실 강희를 따라온 사람들 중에서 누가 뭐라고 해도 하루가 가장 지겹게 느껴질 사람은 명주일 터였다. 더구나 식량 부족 사태로 하루에 한

끼를 먹게 되면서 명주는 더욱 더 개밥그릇처럼 이리 차이고 저리 차이는 신세가 됐다. 그로서는 자신의 신세를 한탄할 수밖에 없었다. 본인으로서도 다들 목숨 걸고 싸우는 판에 하루 종일 하는 일 없이 금싸라기 같은 밥을 축내는 것이 마음 편할 리가 없었다. 게다가 그를 감시하는 친병들마저 갈수록 그에 대해 인간 이하의 푸대접을 했다. 그러나 명주는 간사하고 야박한 그런 인간세태에 무덤덤해지지 못했다. 그날 저녁도 답답하고 썩어 문드러질 것 같은 가슴을 조금이나마 달래보려고 퉁소를 들고 나온 듯했다.

"명주, 자네 제법 즐길 줄 아는 사람이로구먼."

갑자기 명주의 등 뒤에서 말소리가 들려왔다.

"폐, 폐하! 밤중에 청승을 떨어 폐하를 불쾌하게 해드려 황송하옵니다!"

깜짝 놀란 명주가 그대로 엎드린 채 머리를 조아렸다.

"일어나게!"

강희가 달빛에 더욱 앙상하게 보이는 명주에게 손짓을 했다. 그는 몰락하기 전까지만 해도 누구 하나 감히 범접할 수 없었던 상서방 대신이 이런 몰골로 눈앞에 있다는 사실에 일말의 연민을 느끼지 않을 수 없었다.

"설상가상으로 군량미마저 여의치 않아서 자네가 고생 많았을 거네!"

"하찮은 파리 목숨 같은 소인이 고생을 운운할 처지는 못 되옵니다! 하지만 이번에 갈이단이 도망가고 전군이 식량부족 사태를 빚은 것은 모두 인위적인 재앙이옵니다!"

명주가 위로를 해주는 강희를 향해 울먹이면서 아뢰었다.

"인위적이라니?"

강희가 깜짝 놀라면서 큰 소리로 되물었다.

"누군가가 폐하를 초원에서 굶겨 죽이려고 작정을 했다는 것이옵니다!"

"누가? 자네, 아직도 남을 모함하는 악습을 못 버린 것 아닌가?"

"어떻게 감히 그럴 수가 있겠사옵니까! 소인은 평생 수많은 사람들을 해쳤사옵니다. 오 선생님을 비롯해 주배공과 같은 좋은 사람들의 눈에 피눈물이 나게 했사옵니다. 그것을 뒤늦게나마 땅을 치고 후회하고 있사옵니다. 소인은 이미 죽음을 각오한 몸이옵니다……. 죄악으로 얼룩진 삶을 참회하는 마지막 순간에 진실을 말하고 싶사옵니다! 누가 하북성, 산서성의 군량미를 폐하의 허락도 없이 마음대로 오란포통으로 옮겨버렸는지 생각해 보셨사옵니까? 몽고에는 수천, 수만의 말이 있는데, 왜 긴급 군량미를 책임진 사람이 고작 천 필의 말에 식량을 소꿉놀이하는 식으로 조금씩 실어 보냈겠사옵니까? 오란포통 전투에서 그 치밀한 포위망을 뚫고 원흉이 유유히 그물을 빠져나갔다는 사실에 대해서 폐하께서는 의문이 생기지 않으시옵니까? ……일대의 명장인 비양고가 그렇게 허술하게 갈이단을 눈앞에서 놓칠 수 있다고 생각하시옵니까? 이 모든 것은 누군가 한 사람이 계략을 꾸미고 농간을 부리지 않고서는 이뤄질 수 있는 일이 아니옵니다. 음흉한 그자만 아니었더라면 폐하의 고난의 만리 길 행군도 없었을 것이옵니다!"

명주가 전혀 두려운 기색 없이 큰 소리로 아뢰었다. 말을 마친 다음에는 가슴을 치면서 통곡을 하기 시작했다.

"소인은 죽어 마땅하옵니다……. 충성스런 신하로 남아 성은에 보답하기는커녕 간신의 농간에 나라가 시달리는 것을 보면서도 한마디도 할 수 없는 죄인이 돼 있으니 말이옵니다. 폐하, 소인을 죽여주시옵소서……."

강희는 명주의 말을 들으면서 문득 남순 무렵 있었던 이상한 일들을 떠올렸다. 곧 얼굴이 창백하게 질리기 시작했다. 어슴푸레 감이 잡혔던 것이다. 강희가 한참 후에 다시 입을 열었다.

"자네……, 너무 자책할 것은 없네. 내일부터 무슨 일이 있으면 직접 짐에게 보고해도 되겠네……."

강희는 말을 마치고는 바로 군막으로 돌아왔다. 이어 다음날 갈이단 의 딸 종소진의 병사들과 벌일지도 모를 정면대결과 관련한 작전을 짜 기 시작했다.

그러나 그럴 필요가 없었다. 이튿날 이른 새벽에 종소진과 목살이가 강희에게 전면 투항해온 것이다. 이에 따라 또 한차례 피비린내 나는 전 쟁의 먹구름은 비껴갈 수 있었다. 종소진이 거느리고 있던 병사들은 사 실 얼마 되지 않았다. 통틀어 봐야 3000명에 불과했다. 그들은 전부 총 칼을 내던지고 줄을 지어 강희의 군막 앞으로 와서는 무릎을 꿇었다. 종소진은 강희가 남편 목살이를 무사히 돌려보내 준 데 대해 깊은 감 명을 받았다. 게다가 그녀와 목살이는 하루라도 빨리 조정과 적대관계 를 청산하고 싶은 마음이 굴뚝같았다. 급기야 그런 생각은 전격 투항으 로 이어졌다.

아수는 이전부터 친자매처럼 지내왔던 종소진과 만나자마자 부둥켜 안은 채 구슬프게 울었다. 처음에는 비극으로 얼룩진 자신들의 과거와 현재를 생각해 울었다. 나중에는 자칫 또 다른 비극을 초래할 뻔했던 운명의 장난에도 울었다. 그 둘의 모습을 지켜보던 몽고족, 한족, 만주족 의 군사들 모두 감동의 눈물을 흘리지 않을 수 없었다.

희비가 엇갈리기는 강희 역시 마찬가지였다. 수십 년 동안의 우려가 뜬구름처럼 사라지는 순간이었으니 말이다. 갈이단이 자살했을 뿐만 아 니라 그의 딸 종소진이 잔여부대를 이끌고 투항해 왔다는 소문은 삽시 간에 퍼져나갔다. 하지만 상황은 이처럼 분명히 좋아졌으나 먹는 문제는 여전히 해결되지 않았다. 청군과 목살이 휘하의 병사들 모두 군량미가 떨어져 말과 낙타를 거의 다 잡아먹다시피 하는 횡액에 직면하고 있었던 것이다. 비양고는 바로 그 절체절명의 순간에 수레 2000대에 쌀과 돼지, 소, 양고기를 싣고 직접 청군의 대영에 나타났다. 청군과 목살이의 군영에서 약속이나 한 듯 환호성이 터져 나왔다. "만세!" 소리가 한동안 진동을 했고, 노랫소리와 북소리 역시 우렁차게 울려 퍼졌다.

"폐하, 그동안 많이 수척해지셨사옵니다. 소인, 너무나 큰 죄를 지었사옵니다……"

비양고가 등뼈가 훤히 보이는 모습으로 강희 앞에 무릎을 꿇고는 흐느꼈다.

"……다행히 갈이단이 전멸했사옵니다. 식량도…… 이제는 걱정 없사옵니다. 소인의 병사들은 그동안……, 천사백하고도 열한 명이나 굶어 죽었사옵니다……"

비양고가 어깨를 들썩이면서 두서없이 아뢰었다. 그러자 강희가 두 손을 내밀어 그의 양팔을 잡고 일으켜 세웠다. 그러더니 한참이나 얼굴을 꼼꼼히 들여다보았다.

"울지 말게. 오늘은 좋은 날이잖아! 자네가 진심으로 짐을 걱정하는 마음만큼이나 짐 역시 몰라보게 허약해진 자네가 많이 안쓰럽군. 그동안 정말 고생 많았네. 돌아가서 몸보신 잘 시켜주지……"

강희의 눈에서도 어느덧 눈물이 흘러내렸다. 호통을 칠 때는 소름끼치는 군주이기는 했으나 역시 근본이 한없이 정다운 인간 강희, 그야말로 강희다웠다.

그날 저녁 고기를 굽는 고소한 냄새가 공기 속에 흠뻑 배었다. 어느덧 한집 식구가 된 청군과 목살이의 병사들은 밤새도록 술잔을 부딪치면서 밤이 새는 줄도 모르고 너나없이 자유를 만끽하고 있었다. 그야말로 거리낄 것 없는 편안한 밤이었다. 중군의 천막 안에는 강희를 비롯해 비양고, 무단, 소륜이 단란하게 자리하고 있었다. 또 아랫자리에는 목살이와 소진, 아수가 즐거운 한때를 보내고 있었다. 언제 살육의 현장에서 불꽃을 튕겨가면서 싸웠던가 싶게 그들은 하나의 대가족이 된 기쁨에 젖어 있었다.

"폐하!"

비양고가 주흥이 올랐는지 똑같이 얼굴이 불그스레해진 강희를 보면서 아뢰었다.

"갈이단이 패망한 후 그의 조카가 권력을 탈취했사옵니다. 스스로 대칸을 자칭하고 조정의 신하로 남기를 원하는 표도 올려 왔사옵니다……"

"계속 말해보게."

강희가 비양고의 말에 귀를 기울였다.

"소인의 생각에는 서부도 중원을 본떠 객이객 여러 부족을 우리 조정에서 실시하는 군수제郡守制로 바꾸는 것이 어떨까 하옵니다. 그렇게 하면 중앙은 더욱 힘 있는 통치를 할 수 있사옵니다. 따라서 서역의 영원한 평화가 이뤄지지 않을까 생각하옵니다!"

비양고의 말에 목살이와 소진, 아수는 놀란 표정을 지어 보이면서 강희를 바라봤다. 강희는 한동안 침묵에 잠겼다. 그러나 껄끄러운 정치 문제에 대한 적당한 대답을 찾느라 긴박하게 머리를 굴리고 있는 것만은 분명했다. 시간이 얼마나 흘렀을까, 강희가 드디어 입을 열었다.

"그건 합당하지 않다고 보네. 몽고족들에게는 자치를 하게 해주는 것이 나아. 하지만 전처럼 각자 완전히 독립된 형태로는 안 되겠어. 객이객의 수령은 여전히 칸이라는 직함을 가질 수 있으되 마흔아홉 개의 기旗로 나눠야 해. 군사는 각 기의 대표들이 지휘하도록 하고, 중앙의 직속관리를 받게 할 것이네. 짐이 아직 세세한 부분까지는 생각해볼 겨를이 없었네. 관내(산해관 안쪽 내륙지역)와 막북(고비사막 북쪽 외몽고지역)으로 흘러든 객이객 왕의 친척과 가족들은 자신들이 원래 속한 곳으로 돌아가도록 해야겠어. 그들에게는 각기 친왕, 군왕, 패륵, 패자, 진국공鎭國公, 보국공輔國公 등의 직급을 수여할 생각이네. 큰 테두리는 대충 이래. 따라서 객이객도 결국은 조정의 관할 범위 내에 들게 되는 것이야. 이 일은 돌아가서 상서방 대신들과 충분한 상의를 거쳐 조서로 발표할 거네!"

강희는 언뜻 생각하기에도 자신의 발언이 대단히 만족스럽게 느껴졌다. 지방자치를 실행하면 조정으로서는 좋은 점이 많을 수 있었다. 무엇보다 지방재정 수입을 늘릴 수 있었다. 뿐만 아니라 만주족과 한족의 경쟁을 유도해 서로를 견제하게 하는 것도 가능했다. 이 경우 조정이 가장 골치 아프게 생각할 반란의 여지를 확 줄일 수 있었다. 만주족과 한족이 손잡았을 경우에야 비로소 반란이 일어날 수 있는 역량이 생기는 것이지 혼자서는 불가능하다는 사실을 강희는 너무나 잘 알고 있었던 것이다. 몽고족에게 자치를 하게 하면서도 권력을 분산시켜 중앙의 직속관리를 받게 하는 것도 같은 맥락이라고 할 수 있었다. 한마디로 객이객을 안정시키는 것은 바로 서부 지역에 함부로 넘나들 수 없는 높다란 만리장성을 쌓는 것과 같다고 할 수 있었다. 목살이와 아수, 소진 등은 이와 같은 강희의 깊은 속마음을 헤아리지는 못했다. 그저 몽고족에게 자치를 허락해줬다는 사실만으로 충분히 감격해마지 않았다.

강희 일행은 서역 전쟁이 끝나자마자 즉각 북경으로 돌아갈 준비를 서둘렀다. 때는 따스한 봄기운이 느껴지는 4월이었다. 강희는 눈에 띄게 맑아진 황하의 강물을 보면서 감탄을 금치 못했다. 그러다 순간적으로 오늘의 황하가 있기까지 온 생애와 정열을 불사른 두 사람, 근보와 진황을 떠올렸다. 둘에 대해 자신이 너무했다는 후회가 들었다. 강희는 그런 생각이 들자 여기저기에서 여유를 부릴 시간이 없다며 길을 재촉했다.

그때 고사기와 색액도는 강희보다 훨씬 앞서 북경으로 돌아와 있었다. 갈이단이 죽었다는 소식을 접하고는 곧장 강희의 허락을 받아 귀환을 서두른 것이다. 아무려나 성가가 북경으로 오고 있다는 소식에 북경은 들끓기 시작했다. 준비도 일사불란하게 진행됐다. 우선 거용관居庸關에서부터 북경에 이르는 길에 전부 황토가 깔렸다. 또 수십만 명의 백성들은 꽃과 술을 준비해 황제와 장군들의 개선을 축하하려고 길목에 대기하고 있었다. 황태자는 장정옥, 동국유, 고사기, 색액도 등을 거느리고 30리 밖까지 마중을 나왔다.

"짐은 보다시피 건강하니 어서들 일어나게!"

강희가 색액도를 힐끗 쳐다보더니 일어나라는 손짓을 했다. 그리고는 저마다 표정이 밝아 보이는 대신들에게 물었다.

"근보는? 같이 오지 않았나?"

강희의 질문에 동국유가 황급히 대답했다.

"폐하께 아뢰옵니다. 근보는 삼 개월 전에 병으로 죽었사옵니다. 이미 직급이 해제된 상태라 관례에 따라 달리 아뢰지 않았사옵니다……."

"음."

강희가 굳어진 얼굴로 짤막하게 대답하고는 다시 수레에 올랐다. 내색하지는 않았으나 가슴이 아픈 듯했다. 정성들여 준비해 온 술과 음식들을 입에도 대지 않은 것은 그런 이유 때문인 것 같았다. 당연히 문무백관들은 무슨 영문인지 몰라 서로 쳐다보기만 하다가 강희의 뒤를 따라갔다.

강희가 자금성으로 돌아왔을 때는 유시酉時였다. 그러나 강희는 쉴 생각을 하지 않고 뭔가 긴히 상의할 일이 있는 듯 바로 장정옥과 고사기를 불러들였다.

"명주 사건도 이제는 마무리를 지어야겠네. 그 사람은 사리사욕에 눈이 어두워 인재를 선발함에 있어 부정을 저질러왔어. 대신들을 모함하고 박대하기도 했지. 그게 사실로 밝혀진 만큼 모든 직급을 박탈하고 영원히 다시 기용하지 않을 것이야. 대신 북경에서 일반인으로 남은 여생을 살도록 돌봐주게."

강희가 인삼차를 마시면서 느릿느릿 지시했다.

"예."

장정옥이 짧게 대답했다. 그리고는 조서를 작성하러 밖으로 나갔다. 그 사이 고사기가 용기를 냈다.

"명주 사건과 관련해서는 소인 역시 자유롭지 못하옵니다. 소인은 그 책임을 지고 상서방 대신 자리에서 물러날 것을 청원 올리는 바이옵니다."

강희가 한참 동안 침묵을 지켰다. 그러다 천천히 머리를 끄덕였다.

"잠시 한 발 물러서 있는 것도 괜찮을 듯하네. 상서방을 떠나더라도 자네의 박식함을 썩히지는 말게. 자료실에 들어가 좋은 책을 만들어보는 것은 어떤가?"

고사기는 원래 상서방에서 쫓겨나는 것은 각오하고 있었다. 심지어는 더 큰 재앙이 자신에게 닥치더라도 감수해야 한다는 생각도 했다. 마음을 비웠다고 할 수 있었다. 그럼에도 횡액이 너무 엄청나면 어떻게 하나 하는 걱정을 하지 않은 것은 아니었다. 그러나 강희는 의외로 따뜻하게 나왔다. 고사기는 그런 강희의 태도에 감격한 나머지 이내 눈물을 뚝뚝 흘렸다.

잠시 후 장정옥이 조서의 초고를 만들어왔다. 강희가 그것을 자세히 들여다본 다음 말했다.

"여러 사람을 연루시키지 않아서 좋구먼. 이대로 옥새를 찍어서 발표하게. 그리고 자네는 이 길로 가서 전하게. 색액도는 오늘부터 상서방에 들어올 필요가 없다고 말이야. 일이 있으면 간친왕簡親王 라포喇布가 대신 상주를 올리도록 하라고 하게. 또 즉각 진황을 옥신묘에서 데려와. 짐이 좀 만나보겠네."

"예, 폐하!"

장정옥이 허리를 굽혀 인사하고는 밖으로 나갔다. 그러자 단 일 분 일 초라도 말 많고 시비 많은 자리에 있고 싶지 않았던 고사기도 황급히 물러갔다. 강희는 놀랍게도 궁전 밖까지 나와 예전의 대신을 배웅하는 파격적인 행동까지 보였다. 이어 빗물 떨어지는 처마 밑에서 말했다.

"짐에게 특별히 하고 싶은 얘기가 있으면 장정옥에게 말하고 들어오도록 하게. 가끔씩 짐이 우울할 때 재미있는 얘기도 해줄 겸 종종 들르게. 그리 알고 그만 가봐!"

진황은 한 시간 후에야 도착했다. 하지만 몸이 예사롭지 않은 듯했다. 걷지도 못해 들것에 실려 온 것이다. 그는 마른 장작처럼 뼈만 앙상하게 남아 있었다. 게다가 병까지 들어 기력을 완전히 상실한 듯 보였다. 그는 마치 시체처럼 꼿꼿하게 누워 눈꺼풀을 드리우고 말이 없었다. 죽음이 깃든 것 같은 누렇게 뜬 얼굴에는 파리한 기운이 감돌았다. 몸에서는 악취도 풍겼다. 한쪽에 비켜 서 있던 아수의 얼굴은 이미 하얗게 질려 있었다.

"진황!"

강희가 허리를 굽혔다. 이어 얼굴을 가까이 들이대고 조용히 불렀다.

"진…… 진 선생!"

진황이 간신히 두 눈을 뜨고 강희를 바라봤다. 그러다 이내 도로 감으면서 미약한 목소리로 띄엄띄엄 입술을 움직였다.

"폐하……, 소인은 이제…… 다시 살아날 가망이…… 없사옵니다. 그러니 그만…… 죽여주시옵소서……."

"짐이…… 큰 실수를 범했네. 짐은 자네를 기용하겠네! 그리고 팽학인, 봉지인 모두 기용할 걸세. 자네……, 정신줄을 놓아서는 안 되네. 짐에게 훌륭한 의원과 약이 있으니 걱정하지 말게. 자네가 좋아하는 황하…… 모두 자네에게 맡길 거야! 천년이든 만년이든 짐은 황하에서 손을 떼지 않을 것이고……."

강희는 진지했다. 진황은 황하 얘기가 나오자 정신이 많이 맑아지는 듯했다. 그러나 그는 머리를 가로저으면서 말했다.

"우성룡은 훌륭한 관리임에는 틀림없사옵니다. 하지만 치수에는 열의만 있을 뿐…… 방법을 모르옵니다. 황화의 치수는 곧 모래를 다스리는 것이라는 사실을……, 폐하께서…… 일깨워 주십시오!"

진황이 겨우 말을 마치고는 가슴 속에서 닳고 닳아 너덜너덜해진 종이뭉치를 꺼냈다. 이어 다시 힘겹게 입을 열었다.

"이건…… 이건 소인이 쓴 《하방술요》이옵니다……."

진황이 간신히 머리를 돌려 강희를 쳐다봤다. 바로 그때 옆에서 넋 나간 듯 서 있는 아수와 시선이 마주쳤다.

두 사람에게는 참혹하다고 할 수밖에 없는 만남이었다. 진황은 정말 이런 장소에서, 이런 몰골로 아수와 마주하게 될 줄은 꿈에서조차 생각하지 못했다. 당연히 커다란 충격을 받았다. 그는 눈을 위로 치뜨다 그 자리에서 그만 혼절하고 말았다. 다급해진 강희가 궁전 밖을 향해 큰소리로 명령했다.

"여봐라! 즉각 진황을 태의원으로 호송하라!"

하지만 갖은 노력에도 불구하고 일생을 황하와 씨름하면서 강둑에서 청춘과 정열을 불태웠던, 그러나 외로운 삶을 살았던 비운의 사나이 진황은 그날 저녁 태의원에서 영영 세상과 이별하고야 말았다. 진황이 죽었다는 소식을 접한 강희와 아수는 긴긴 밤을 뒤척이면서 잠을 이루지 못했다. 어둠 속에서 둘은 말없이 서로 다른 추억에 잠겼다.

진황의 말대로 치수에 대해서는 열의만 있을 뿐 방법은 몰랐던 우성룡은 자기 멋대로 치수에 나섰다. 진황이 만들어 놓은 둑을 뜯어고치고 허무는 바람에 불과 수 년 사이에 황하 하상河床의 모래는 또다시 전처럼 높아졌다. 다시 말썽을 일으킬 수밖에 없었다. 이렇게 해서 진황 등이 피땀을 흘리면서 이룩해 놓은 모든 업적은 불과 몇 년 만에 헛수고가 되고 말았다.

독단과 아집으로 엄청난 재난을 불러오게 된 우성룡은 여러 차례나 자살을 기도했다. 그러나 조정에서는 죄를 묻지도 않았고, 백성들 역시 별다른 원망이 없었다. 그럴수록 우성룡은 더욱 괴롭고 창피했다. 살아갈 면목이 없다고 생각했다. 급기야 누차 강희에게 상주문을 올려 자신에게 죗값을 치르게 해달라고 졸랐다. 그러나 강희는 번번이 누구나 끊임없는 실수와 착오를 겪으면서 거듭나는 법이라고 우성룡을 오히려 다독였다.

아수는 진황이 죽고 난 얼마 후 삭발 수행을 떠날 의사를 강희에게 언뜻 내비쳤다. 어떻게 보면 진황을 죽인 데에 대한 저항이라고 해도 좋았다. 그러나 강희는 그것에 대해 특별히 죄를 묻지 않았다. 하지만 흔쾌히 허락도 하지 않았다. 그저 몽고와의 접경지대에 있는 융화를 황고둔皇古屯이라 개명한 다음 그녀에게 봉지封地로 하사하면서 자신의 진정성을 보여줬을 뿐이었다.

강희는 이제 자신의 곁에서 희로애락을 같이 했던 사람들이 하나둘씩 떠나간다는 사실을 느끼지 않을 수 없었다. 그럼에도 역사의 수레바

퀴는 지치지 않고 앞으로 나아갈 것이었다. 그 생각이 들자 강희는 물처럼 구름처럼 흘러간 과거를 돌이키기보다는 오늘과 내일에 집중하자는 다짐을 했다. 태평성대를 이루자는 의지를 더욱 다졌다.

하지만 태평성세에도 밖으로 드러나지 않는 걱정과 우려는 있었다. 강희가 가장 두려워한 것은 다른 것이 아니었다. 황자들을 중심으로 불화의 조짐이 황궁 안에서 일어나고 있다는 사실이었다⋯⋯. 강희가 오랫동안 한 손으로 턱을 받치고 서성이다 얼굴을 번쩍 쳐들었다. 그런 다음 큰 소리로 명령했다.

"황태자를 들라 하라!"

"황태자를 들라 하라!"

"황태자를 들라 하라⋯⋯!"

황태자 윤잉을 부르는 소리가 입에서 입으로 전해졌다. 여운도 멀리 퍼져 나갔다.

〈3부 「천하통일」 끝, 4부 10권에 계속〉